U0032579

伊尼亞斯逃亡記

味吉爾 · 著 ／ 曹鴻昭 · 譯

聯經經典

THE AENEID

VIRGIL

本書根據企鵝經典(Penguin Classics)
傑克遜‧奈特(Jackson Knight)
英譯本(1956初版；1976修訂版)翻譯

出版說明

　　鴻昭先生少有譯志，晚年付諸實際，一償宿願，先後完成《伊利亞圍城記》（*Iliad*）與《奧德修斯返國記》（*Odyssey*），交聯經出版公司於民國74年出版。之後，復有本書以及其他譯作。先生以鼎盛之春秋，方當結實豐收，去歲猝逝，譯界失一健筆，至堪痛惜。

　　本公司以託付之重，遺稿處理倍加戒慎，茲扼要說明如下：

　　一、正文：取多種英譯本與原譯相參，原譯偶見誤解或疏漏之處，易其用字遣詞，句型力求原狀。

　　二、註解：原稿有全書「專名表」，依英文字母順序排列，附於全稿之後。按正文人名、神名及地名等專有名詞未附原文，讀者無從檢索英文表。茲改以章為單位，各章凡見專名，輒加阿拉伯數字號碼，而將原表重新排列，唯書中戰爭場面之兵卒多而不可考，酌依英譯體作法，省去註腳。但凡有註，皆匯集而放置於本章之後。註解內容之處理亦如正文，另取參考書詳為核對，遇漏註、誤解、過於簡略、同名異譯，皆予補充或統一，各章註解有連帶而可以互參處，亦加以指明，故付梓之註文，

較原稿幾近倍增。

　　千古名著，當代佳譯，作出版說明如上，期以不負所託。

　　　　　　　　　　　　　　　　　　　　編輯部

譯者序

　　特洛伊戰爭是古希臘傳下來的一個知名度極高的故事。在戰爭發生後約四百年，荷馬有兩部史詩講述那次戰爭和一個參戰英雄戰後的遭遇。這兩部書都是從希臘人眼中看那次戰爭。荷馬雖然是以歷史家的筆法敘述戰爭情況，但不時流露出偏袒希臘人的民族感情。到了紀元前第一世紀，約在荷馬死後八九百年，羅馬詩人味吉爾在他的史詩《伊尼亞斯逃亡記》（*Aeneid*）裡從特洛伊人眼中看這次戰爭。他在荷馬史詩的基礎上繼續發展，演出羅馬開國前的英雄事蹟，成為一部羅馬史詩，跟荷馬的史詩前後輝映，同被譽為西洋文學中最偉大的著作。

　　味吉爾熟讀荷馬，也模仿荷馬。他的史詩的佈局，深受荷馬影響。《伊尼亞斯逃亡記》前半部寫一群特洛伊人在海上漂泊，彷彿《奧德修斯返國記》，其中的諸種傳奇遭遇和生人到陰間之行，《返國記》中都有。紀念死者的競技中的各種項目，二者幾乎如出一轍。尤其是在遭遇獨目巨人時，《逃亡記》直接呼應《返國記》。《逃亡記》的後半部是戰爭的描述，有些像《伊利亞圍城記》。雖然二者的寫作時間相隔數百年，但在

戰士的裝束方面，和武器及打鬥方面，如射箭、投標槍、斧劈、劍刺，二者間有許多相仿之處，從這些地方都可看出味吉爾深受荷馬影響。

根據味吉爾的說法，羅馬的開國英雄，其祖先原是從特洛伊來的。特洛伊城破後，希臘人進城見人便殺，見屋就燒。特洛伊方面一位大英雄，即安契西斯皇子和愛的女神阿芙羅黛蒂的兒子伊尼亞斯糾合一班隨從，背負老父，手牽幼子，在火光劍影中逃到城外。臨行時他號召民眾跟隨他逃亡的，都到城外一個指定的地方聚齊。神靈感召他，要他率領這群人去找一片新的土地，重建特洛伊王國。

他們在離特洛伊不遠一個隱僻的地方蟄居了一段時間，趕造了二十隻船，漂洋過海去找一個可以定居的地方。他們到色雷斯（Thrace）登陸後，不久就發現那是一個罪惡的所在，遂立即離開那裡。他們去到的第二個地方克里特，也不能住；那裡疾疫流行，莊稼沒有收成。經阿波羅神諭的指示，他們決定到西方的義大利去。在航程中的一個島上，他們遇到了鳥身妖女哈培；這些兇狠可憎的鳥搶吃了他們的食物。他們急忙離開那裡繼續行駛。在一個地方他們發現了親人，就是赫克特的妻子安助瑪琪。她被一位勝利的希臘君王擄到那裡，作為他的王后，給他生了一個兒子，她這個丈夫死後，他替幼子攝政，並嫁給另一個被擄來的特洛伊人，普利安的兒子之一赫勒納斯。這兩位特洛伊人近親給他們熱情款待和許多補助後，送他們繼續登程，去找命運指定給他們的土地。

經過獨目巨人住的地方時，他們拯救了一個希臘人。那人

自稱是尤里西斯（即奧德修斯）的隨從之一。尤里西斯臨行倉皇，竟把他遺留在那島上。繞過了西拉和克瑞比迪的危險地帶後，他們沿西西里海岸行駛，最後總算接近了目的地。這時他喪失了他的父親。繼而狂風大作，把他們的艦隊吹散了。幸而他們先後都到了阿非利加北岸的迦太基。

迦太基的女王戴朵美而賢淑，熱誠款待伊尼亞斯跟他的人民，她求他給她講特洛伊城陷落的情形及他們在海上流浪的經過。他的講述深深感動她，繼而兩人間發生了愛情，女王情願與他分享她的王位，並收容他的人民，跟她自己的人民同等看待。他二人雖未正式結婚，但已是實際上的夫妻。女王對他恩愛備至，並作長久打算。這使人想到《奧德修斯返國記》中塞西跟克律普梭企圖羈絆奧德修斯的情形。惟奧林匹斯的神警告伊尼亞斯，要他不可耽於逸樂，須繼續找命運派給他的土地。他以快刀斬亂麻的手法，毅然斬斷情絲，率領艦隊離去。戴朵受不了那沉重打擊，自殺身死，齎恨而亡。這可能算是迦太基跟未來的羅馬帝國間仇恨的肇因。

舉行競技紀念他的亡父後，伊尼亞斯得女巫西布耳協助，到陰間看他父親的亡魂。在陰間他看見那些生前犯罪的人都在受刑，生前行善的人在另一個區域安享幸福。他還看見許多他認識的人。特洛伊的陣亡英雄們看見他，都高興而驚訝地跑過來圍住他問長問短，想知道他是來幹什麼的。可是希臘人看見他全副武裝，懼而逃跑，像在特洛伊城下時那樣。他還看見戴朵女王，想跟她說話，可是她滿面怒恨，不理不睬他。他在福田裡看見他父親，那是生前有德行的人死後住的地方，他父親

很慈愛地迎接他,他想上去摟抱他,但三次都落了空,因為人死後的亡魂只是沒有實體的形象,他看見許多亡魂聚在一條河岸上。他父親告訴他說那條河是忘川,那群亡魂是將去陽世投生的人。在投生之前他們須飲忘川之水,忘掉過去的記憶。在那群將到陽世投生的人們中間,他父親指給他看,有些是他的後代子嗣,其中有幾位是羅馬史上的著名軍事家和政治家。他父親還告訴他說,他到義大利後將打敗幾個強悍民族,最後他的後代將把特洛伊人跟當地的拉丁人混合起來建立一個羅馬帝國;這個帝國開疆闢土,將統治全世界。

　　陰間之行結束時,係本書第六章之末,恰是全書之半,伊尼亞斯逃亡記的後半部,自第七章起至書末,是戰爭故事,講的是伊尼亞斯跟他所率領的特洛伊人如何克服了當時義大利人對他們的抵抗,統一了那片土地。他們沿泰伯河進入義大利,首先去拜謁那裡的統治者拉丁納斯。拉丁納斯老而無子,只有一女名拉維尼亞,已許配魯圖利安王特恩納斯為妻。可是拉丁納斯的父親曾在夢中警告他說,命運注定他的女兒將嫁給一個外邦人。他們的後代子孫將統治全世界。

　　拉丁納斯認為伊尼亞斯就是他父親在夢裡所說的外邦人,該是他女兒的丈夫,可是他的王后阿瑪塔喜歡特恩納斯,反對伊尼亞斯。

　　特恩納斯興兵,想把特洛伊人趕出義大利,維護他自己的利益。他有兩個朋友帶兵來幫助他,一個是一位亞馬孫式的女戰士卡米拉,率領一隊男女騎兵;她原是女獵人,是女神狄安娜的寵兒。一個是麥任俠斯,為勇敢戰士,惟生性殘酷異常。

他原是埃楚斯卡的君王,因其人民不堪他暴虐,把他逐出;他依附了特恩納斯。

伊尼亞斯去聯絡阿卡迪亞的國王伊范德,想跟他結成同盟,以對抗特恩納斯。伊范德歡迎伊尼亞斯的提議,他痛恨麥任俠斯的暴虐,想除掉他。不過他自己年老力衰,不能擔負重任;他勸他去聯絡埃楚斯卡人,那兒的人早就想興兵捉拿麥任俠斯為人民報仇,只是他們的祭司說命運註定,須有一個越海而來的外邦人領導他們,他們才能勝利。因而伊范德竭力主張伊尼亞斯去見埃楚斯卡人,他們一定會接受他領導。他並派他的獨子帕拉斯與他同去,跟他學習戰爭的事。

伊尼亞斯率領一枝阿卡迪亞軍往埃楚斯卡去,行前將特洛伊營地的守衛事宜,交在他部下手裡,埃楚斯卡王塔賞欣然接受伊尼亞斯的領導,與他結成聯盟抵禦特恩納斯。正當伊尼亞斯與埃楚斯卡人接洽的時候,特恩納斯與麥任俠斯興兵來打特洛伊營地。守衛營地的人寡不敵眾,損失慘重。幸伊尼亞斯率領塔賞的埃楚斯卡軍和阿卡迪亞軍及時趕回,才解了圍。在續後的戰爭中雙方互有勝負。帕拉斯被特恩納斯刺死了。卡米拉被殺死了。最後麥任俠斯與特恩納斯也死在伊尼亞斯槍下。特恩納斯之死,結束了《伊尼亞斯逃亡記》。惟讀者可以想像伊尼亞斯後來娶了拉維尼亞為妻,跟隨他的特洛伊人在義大利住下來。他們跟當地的拉丁人混合後成為拉丁民族,建立一個王國,即羅馬帝國的前身。

味吉爾這部史詩有許多種英文翻譯。我的翻譯是根據企鵝經典叢書(Penguin Classics)傑克遜奈特(Jackson Knight)的

散文譯本*Virgil: The Aeneid*。一九五六年初版，我手邊另外還有兩個無韻詩譯本作參考。一本是雄雞經典叢書（Bantam Classics）Allen Mandelbaum翻譯的*The Aeneid of Virgil*，一九六一年六月雄雞叢書初版；一本是Robert Fitzgerald翻譯的*The Aeneid-Virgil*，一九八三年紐約Random House出版。傑克遜・奈特的生平事跡我不知道，住在窮鄉僻壤，一時得不到參考資料，不過從他的諾言裡可看出他對拉丁文學很有研究。他對味吉爾的詩藝的分析及對這部史詩的涵義的闡釋，多有精闢之處。這篇緒言算得一篇很好的介紹味吉爾生平及其詩作的文字。我現在將其中有助於我們了解味吉爾的為人及其作品以及他對後代影響的部分擇要意述出來，以補本篇之不足。

末了，有一件小事要交代一下。一九八五年夏，我把此書剛翻完一半的時候，得到了楊周翰先生對這部作品的中文譯本。他的書定名為：《維吉爾—埃涅阿斯紀》（周翰兄是我從前在昆明西南聯合大學的同事，昆明分手後，一直未再見面，只有一次他路過金山灣區時跟我通了一次短短的電話。那次他是來這裡某大學講比較文學的，同時我也知道他在國內大學教書，教的大概也是比較文學。因而我想他已以文學研究者的資格翻了這本書，那我就不必再多此一舉。當時就把這項譯事擱了起來。過了一年多以後，偶爾和一位朋友談及此事。朋友竭力勸我說還是把它完全翻出來的好。他說像這樣一部文學巨著，英文中不知有多少種翻譯。中文有兩個譯本算不得多，而且兩種譯法亦可互相印證，使書中意義更見明顯，也不失為一種貢獻。我覺得他說的也有道理，所以就翻完了它。

傑克遜・奈特序

味吉爾的《伊尼亞斯逃亡記》是基督教出現前後時期的產品。味吉爾生於耶穌紀元前七十年，死於紀元前十九年，死時他這部史詩尚未完成。那時正是從舊的共和政體過渡到君主專制後的第八年，僅在基督教時代開始前數年。味吉爾是非基督教時代與基督教時代交替期間的詩人。

最初，羅馬只是一小片居留地，周圍都是敵人，它需要一種自豪的，紀律嚴明的，和持久的堅定意志，才能生存。最後，羅馬生存了下來，經過許多次由艱苦奮鬥得來的勝利，終於稱霸世界。

早期的歷史不很明白，至少經歷了五百年幾乎不斷的戰爭。在那個時期羅馬人得到了無比的成功，那顯然是由於他們自己的特殊優質，同時也由於神的眷顧和好運氣。羅馬的驚人興起是一件值得驚奇的事，也是令羅馬人自己值得欽敬的事，尤其在共和時期的最後年代，一種新的和平繁榮的機會與一種新的懷疑主義的興起，威脅著舊有的忠貞、正直，和自我犧牲的德性。人民回顧他們過去豐富的道德遺產，對羅馬的起源和羅馬

的神話故事的由來愈來愈有興趣；二者俱能滋養人的生命，俱有詩的真實性。在舊羅馬的武勇消逝以前，它把虔敬和忠貞意識注入於效忠基督教的精神；這二者成就了也拯救了許久以前的小共和政體。味吉爾是親身經驗這個莊嚴層面的至高無上的詩人。他把這個層面加以昇華，撮其梗概，以創造的魔術使它發出新的光芒，照耀後起的世紀。

　　味吉爾的生平事蹟，我們知道一些，但不很多。他的全名是帕布利阿斯・味吉利阿斯・馬洛（Publius Virgilius Maro）。他生於義大利北部的曼圖亞（Mantua）附近，從前那兒叫西斯阿爾卑高盧（Cisalpine Gaul，譯按，指「阿爾卑斯山的這邊」，即羅馬這邊或南邊）。他父母在那兒有一田莊。青年的味吉爾受了很好的教育，後來又到羅馬深造。他好像對各門功課都有興趣，包括科學在內。他早年的朋友中有很多重要的羅馬人，其中可能包括青年的屋大維，即後來的第一位專制君主奧古斯都；可是味吉爾喜歡離開羅馬的寧靜生活。他為人膽怯怕羞，健康總是不好。不久他就去到那不勒斯，在那兒讀書著作，度過大半生。紀元前十九年他跟奧古斯都去旅遊希臘，因病重旋即回到義大利。他死於布倫狄西（Brindisi），死前要求他的朋友們焚毀〔伊尼亞斯逃亡記〕底稿。顯然他的朋友們勸他改變了主張；他同意讓瓦瑞阿斯（Varius）和杜加（Tucca）把那部詩稿加以校訂發表。

　　在他們兩人還年輕的時候，味吉爾就很景仰奧古斯都。他好像已能預見他能給羅馬國境內以和平與秩序，事實上他確實做到了這點。味吉爾熱切相信能夠恢復羅馬的偉大和義大利的

繁榮,這也正是奧古斯都和他的首相馬塞納斯的政策。他們二者是味吉爾的庇護人,從某種意義上說,在某種限度內,他的詩符合他們的意願。可是奧古斯都有時手段殘酷,非味吉爾所能贊同,在他後期的詩裡他時而對他加以微妙的諷示。味吉爾和他的朋友偉大抒情詩人何瑞斯二人的影響,甚至可能幫助改造了奧古斯都,他晚年變得和善些。

味吉爾留下了三部作品,都是詩作。另有些短篇附會在他的名下,其中除兩篇短小可愛的以外,俱非出自他手。

在那三部確係他的詩作之中,第一部是《田園詩集》(Eclogues),內有十個短篇,他自稱那是些關於某些想像的牧羊人及其他村民的虛構故事,但有時提到真人,甚至是當世的人,有時以高度閃爍不可捉摸的寓言諷示時事。集中的詩充滿嫵媚的思想與畫面,其拉丁音樂非常可愛,內含深奧的哲理。

第二部是《農事詩》(Georgics),內分四集,含有向農人提出的關於莊稼,樹木、禽獸,尤其是關於蜜蜂的指示,這些篇章富有詩的情感和色彩,非常媚人,有時具有崇高美。

《伊尼亞斯逃亡記》是味吉爾的第三部詩作,也是最後和最長的一部。這是一個傳說中的故事,講的是遠在羅馬建城很久以前羅馬國的想像起源。這是一部史詩。歷史上有很多史詩,四千多年以前有巴比倫史詩《吉爾格麥希》(Gilgamesh),其後一千餘年又有荷馬的《伊利亞圍城記》和《奧德修斯返國記》。史詩出現在許多時期和許多地方,主要在亞、歐二洲。史詩這個名詞很難定義。也許可以說,是一長篇敘事詩,其中充滿行動,講的是人生,使我們思維人與超人力量間的關係,裡

面的主要人物是「英雄」。就是說他們在某些方面強過普通人，但沒有達到神的水平。史詩或是供歌唱的詩，即為那些尚未習於文字的初民所編製的詩，或寫下來的詩，那是在後期的文化發展上直接間接從歌唱詩演變出來的。

《伊尼亞斯逃亡記》像其他史詩一樣，是一個動人故事讀，講得非常完美，充滿了情節，可當一個故事讀，可是除了是一個故事以外，它像一幅活動的畫面，含著捉摸不定的，也可說是象徵性的意義。

根據傳說，有些羅馬人自稱他們的祖先是特洛伊人，特洛伊城因荷馬的史詩而著名。特洛伊皇子伊尼亞斯在城破後逃了出來，帶領一群特洛伊人航海逃到義大利，定居在那裡。他們的後代子孫建起了，或幫助建起了，早期的羅馬城，味吉爾把這個傳說加以重寫，極力渲染，表現出他自己的想像。

在《伊尼亞斯逃亡記》裡，我們讀到希臘人打破特洛伊時的情景，好像沒有特洛伊人能免於劫難似的。一群特洛伊孑遺的新命運開始就完全無望，後來在逃亡途上，他們有時也陷於失望的憂愁中。可是經過重大努力和許多艱難困苦後，他們終於勝利了，就這樣使未來羅馬的崇高地位和光榮成為可能。特洛伊人的成功，由於其自己的力量者少，由於神的幫助和鼓勵者多。整個故事穿插著許多次神的出現和諭言，有神的命令、忠告、解釋，有時還有神的協助。

伊尼亞斯是這群特洛伊人的領袖，他是愛的女神維娜斯和凡人安契西斯的兒子。維娜斯保護伊尼亞斯，可是至高無上之神朱庇特的妻子朱諾卻與特洛伊為敵，她極力反對伊尼亞斯。

朱庇特自然要看這個問題的兩面，他與天命合作，幫助特洛伊人，保證他們成功。還有別的男神女神也牽涉在內，他們有時贊助或反對這人或那人，這邊或那邊。在詩中他們直接或藉助夢、幻象、先兆、預言等與世人溝通心意。味吉爾相信人世上的事情為另一個世界的力量所主宰，那個另外世界通常是看不見的。但非永遠看不見，而且真實。在書中第六章他將這種信仰的一部分加以解釋。

這信仰對這首詩非常重要。味吉爾是在提供這個世界的一幅真實的詩的畫面，表示人間世如何為人的和超人的品質和行為所控制，特別是原本一群脆弱無望的人如何使羅馬成為一個偉大帝國。伊尼亞斯自己曾不止一次準備放棄希望。不管他有什麼過失，他永遠沒有不理上天的命令。

《伊尼亞斯逃亡記》彰示世上的事情是如何發生的。有些事乍看奇怪，但略加思維，我們便會同意其中一切都是合乎實情的。結論要我們自己去得。倘使我們那樣作的時候，我們就發現若干重要的道德事實，這些事實不是以說教式告訴我們的，或硬塞給我們的，而是由情節和行動顯示出來的。舉例言之，《伊尼亞斯逃亡記》時常堅定地確認兩個重要的行為規則：一個主要是希臘的，「避免過分」；一個主要是羅馬的，「誠實」，就是說忠於神，家鄉，家人，朋友和從屬人。味吉爾經常稱伊尼亞斯為「誠實的伊尼亞斯」，他舉出許多例子，表示無心的過分行為會造成災禍；特別是無節制的愛情，即當一個人對某人或某事愛得過分的時候，當特洛伊人經過海上的風暴，在北阿非利加的迦太基登陸，伊尼亞斯跟迦太基女王戴朵發生愛情

時，他跟她同居下來，忘了天命要他去找義大利。在故事的這一段裡，味吉爾不再稱他為「忠實的」伊尼亞斯了。幾個月後，神來警告他，伊尼亞斯便馴順地開船離去。憤恨的戴朵咀咒他，並自殺身亡。由於她的咀咒，後來羅馬與迦太基之間發生了可怕的仇恨，斷斷續續達百年之久。還有《逃亡記》末尾，伊尼亞斯為他的亡友帕拉斯報仇，憤而殺死了他擊敗的敵人特恩納斯。他那時心裡所想的只是他自己未能加以保護的朋友，其他一概不顧。因此我們想，倘使他沒有以此項妄殺行為玷汙他的勝利，不知道後來的羅馬歷史會不會少些血腥氣，少些苦味。

許多偉大詩篇都講到邪惡，強暴，和恐怖。有時，至少在文明人中間，詩的整個趨勢傾向於和平之善，人道主義，與和好。在味吉爾的詩裡，這種傾向很顯著。很少詩人像他這樣溫和與富於同情；和解而和睦的觀念幾乎使他著了迷。他認為勇氣不惟表現於在戰爭中爭勝利的時候，偉大的前途也不是僅靠勇氣與決心得來。

伊尼亞斯將秉承天命在義大利贏得一個王國，神的力量在指導他，幫助他。甚至他的母親維娜斯還給了他一副甲冑，那是火神伏爾甘藉巨靈和艾蒂納火山之助特別為他作的。味吉爾的動聽的名言多是用比喻表示出來。他常將神與人相比，將人的行動與動物的行動或自然力量相比，但並非每次如此。味吉爾所用的比喻，很值得研究一下，並將它們互相比較一番。伏爾甘跳下牀去給伊尼亞斯打造甲冑的時候，味吉爾給他打了一個比方，說他的敏捷行動像鄉下一個窮苦母親專心致志，徹夜織布以維護她的家及撫養她的子女一般。好像是味吉爾在說，

世上最偉大的事莫過於一個窮人家主婦的勇敢節操和堅決意志，甚至那役使火山的力量和主宰帝國的神力也不能勝過它。

味吉爾的詩的作用就是這樣。他隨時都有暗示。即使忽略了那些暗示，也不致妨害那動人的故事，可是假如注意到它們，那是很有意義的。忽然看見味吉爾的更深一層意義悠然顯現出來，乃是一種藝術享受，是一種極度的審美經驗。只要一讀這個故事而不忽略那些明顯的比喻，就可享受許多次這種經驗。

也許我們就可以此為足。可是假如我們注意一下他工作的方法，那不惟對他更公平些，對作為讀者的我們也有益處。《伊尼亞斯逃亡記》是由強大的靈感和努力二者創造出來的。

故事開始不久，就有一件事清楚表示味吉爾的工作方法。維娜斯教伊尼亞斯不要殺害美麗但有罪的海倫。伊尼亞斯那時正值最倒楣的當口，他的城池被攻破了，全城燒成火海，顯然他將一無所有，惟有殺了這個害得他如此苦的女人，方得洩憤。這時維娜斯突然出現在他面前，教他不要生氣，要想好的事，不要想壞事，要實際些。

味吉爾知道，關於特洛伊的陷落，已有一種不太高明的希臘文記載，根據那個說法，找到了海倫並想殺她的不是伊尼亞斯，而是米奈勞斯。米奈勞斯是斯巴達王，也是海倫的本夫，海倫就是棄他而與人私奔的。希臘人來攻打特洛伊，原是為奪回海倫，還給米奈勞斯的。可是他找到她的時候，他非常生氣，想殺了她。正在這時，維娜斯出現在米奈勞斯面前，告訴他說，海倫仍可給他作妻子，殺了她只是一種愚笨的浪費。米奈勞斯因而饒了她的命。這個說法頗有趣，也頗好玩；可以算得一個

平庸故事中的一個令人滿意的情節。但它沒有深度，沒有鼓舞人的力量。米奈勞斯自然感覺不快，但他沒有高度的悲劇激情。為海倫打了十年戰爭，結果不把她帶回去，那自然是愚蠢的。維娜斯訴諸米奈勞斯的私利。她所以如此，因為那是她的任務，她是掌司愛情的女神，美麗的海倫一向是她鍾愛的，可是其中沒有高尚的動機，沒有暗示的力量，沒有使我們深思的地方。

　　天才的手法就不同了。在這一點上，味吉爾沒有多事，略動手腳即全其功。他只把米奈勞斯換成伊尼亞斯。結果簡直驚人。整幕戲便顯出崇高的氣象。伊尼亞斯有殺海倫的充足理由，但不是自私的理由。那戲劇性顯得很強烈。維娜斯是他的母親，不只是個不負責的愛神。她跟他說的話有一種道德深度和普遍的真實性，幾乎有基督教的意味。她告訴伊尼亞斯不要責備任何人，因為特洛伊的陷落是由於神的意志。味吉爾只把舊詩中的「非海倫之過，乃巴黎之過」，改為「既非海倫之過，亦非巴黎之過」，便巧妙地表示他反對一切仇恨和報復行為。味吉爾就用這樣巧妙手法給他的故事以一種深刻意義，尤以在故事的重要時刻為然，這是過去的詩中所沒有的，也較過去詩人所設想的更接近終極真理。

　　味吉爾的手法總每每如此。整部《伊尼亞斯逃亡記》是一個前尾一貫的故事，其中穿插著一些互相關連的和驚人的見地。偉大的詩人有辦法使看得見的顯示看不見的；他們似乎能把這樣事作得更好些，假如他們收集起大量關於人生的觀察，他們自己的或別人的，把這些觀察集壓濃縮起來，使寥寥數語含有很大的暗示力和說服力。他們總是用確切的語言說出最重要的

事。其結果是一種暗示性的和部分象徵性的語言，不惟能敘述事實，並能顯出事實背後的普遍真實性。

偉大的詩人能回到過去的時代，不僅代表過去某一個人的或某一時代的世界觀，而且代表若干相繼時代或整個文明的世界觀。他所精心提煉出來的經驗，可能是許多世紀的經驗；它可能被一位天才詩人濃縮到一篇詩裡。味吉爾就是這樣把希臘人和羅馬人的經驗表現在《伊尼亞斯逃亡記》裡。

要作到這點，他必須讀許多書，從這些讀物中生出他自己的語言和思想。這就是他的手法。這樣作法使他能和許多現在的和過去的人接觸，特別和過去的詩人接觸——他寫作時總是與這些人為友。我們幾乎可說味吉爾同時可寫許多事情。也可以說他住在一個理想的詩的世界裡，他在這個世界裡達到新的高峰，但還跟那裡原有的詩保持接觸。這種詩的「思想世界」是堆集過去的無數詩思而成的，味吉爾把它加以新的組合，構成一個新的體系。就這樣，他創造出上面所說的那種暗示性的和部分象徵性的語言，用它道出現象世界背後的真實世界。

味吉爾同情所有觀點，和各種各樣的人，甚至壞人。他不以表現問題的一面為滿足，而時常需要表示人或事的真相——當那真相看似可疑或甚至不合理的時候，當除他以外也許無人能表示其暗含意義的時候。他那以博覽群書為基礎的暗示手法，幫助他道出全部真理，即「詩的真理」，而非瑣細的事實真相。他有一種稀有才能，能以寥寥數語繪出一副生動畫面，給人以富有真實的印象。可是他不是要作逼真記述。他像一個善於畫像的畫師，幾下神來之筆就繪出一副真容，維妙維肖，非那些

僅描出常人在臉上看見的一條條皺紋者所能比擬。味吉爾像一個畫像的畫師為了要完全了解他要畫的對象,不惟端詳他現在的面容,還要藉助別的畫家在過去不同時期給他畫的像,看他過去生活所有階段的情形。

味吉爾用他所讀的書,像畫家用過去的畫像一樣。他盡量多收集材料,但向來不照抄過去,總是同時利用不只一種影響。荷馬是他的主要指導之一;在《伊尼亞斯逃亡記》開頭,他摹仿荷馬兩部史詩的開頭。整個《逃亡記》裡有許多令人想到荷馬之處。荷馬的作品只是許多幫助他寫成《逃亡記》的作品中的兩部而已。書裡的情節,甚至人物,就是這樣造成的。舉例言之,伊尼亞斯這個人物不惟摹仿荷馬詩中那個並非十分重要的人物伊尼亞斯,同時他也就是荷馬的阿基里斯,尤里西斯(奧德修斯),和他的赫克特;除了這些以外,他也是赫求力士,這是從其他各種書裡得來的無疑;也許他還是許多其他人物,包括那位實有的活生生的君王奧古斯都——他像真的歷史人物一樣,隱隱約約在故事中到處可見。「味吉爾總是把現實併入理想之中,結果使它的真實性更見光明。」甚至味吉爾的哲學思想,一部分也是從過去不同的作家得來的。劉克理修思(Lucretius)給他很大影響,味吉爾熟讀他的作品,在《逃亡記》裡曾隨心使用他許多詞藻,讓這些詞藻提供思想。可是他絕不同意劉克理修思的唯物哲學,他不能採用他的思想,實在說,他似乎樂於把它顛倒過來,用劉克理修思的話表現很像柏拉圖的唯心哲學。

在《逃亡記》的正中,伊尼亞斯像但丁在《神曲》中一樣,

可到陰間去走一趟,他得去折一「金枝」,帶著作為他的護照。當然有許多事實向伊尼亞斯建議這「金枝」的觀念,但其中無疑有一個最重要。在一首希臘詩裡,其創作時期在味吉爾時代之前不久,有一段稱柏拉圖的作品為一「金枝,輻射著各種美德」。味吉爾特別以這方式說道德之善為精神的識別力所必須,精神的識別力又為聰明的和進步的政治家所必須。

味吉爾深思熟慮,創作態度非常謹慎。有時他一天只寫一行。他花了十一年工夫寫《逃亡記》,這樣一項艱難的工作,其構思如此精細,還有這樣多互相衝突的要求,十一年的時間不算長。假如他活下去的話,他打算再花三年工夫修飾潤色。所以這篇詩是不完備的,可是究竟他要怎樣修飾,我們不得而知。現在的《逃亡記》裡有些不大適合和不大調和的地方,不過所有長篇文學作品,特別是最偉大的,都是這樣的。有時在某一段裡一個人物說了什麼話或作了什麼事,在另一段裡另一個人物說了同樣話或作了同樣事;有時殊難看出某一段時間或空間如何能符合味吉爾在詩的另一部分所說的話。這些小錯漏都不關緊要。味吉爾若非早死,他可能會糾正至少其中若干處。

詩中還有些東西我們看來好像奇怪,但那是味吉爾的藝術的必要部分,倘使我們想到味吉爾的藝術是怎麼回事,就不覺奇怪了。詩中所以有這些東西,可能是因為味吉爾不安於照相式的描寫,而要表現比單純事實所能顯示者更多的真理。

舉例言之,特洛伊人只有幾隻小船,可是他們好像擁有所需要的一切東西,包括餽贈各種東道主的華服美飾,甚至還有用以祭祀各種神祇的牛羊。簡單說來,其理由是在這些場合,

象徵的意義較實質的限制更為重要。重要的是我們應感覺到特洛伊人從前的財富和勢力，和他們現在仍有的貴族氣息與敬神的虔誠。至於我們是否相信真的發生過這些事情，那是不重要的，無論如何大概是沒有人相信的。

此外還有戰爭。有些戰役不是屬於某時某地的，其中牽涉著不同的和不相調和的戰爭方法和武器。這很合乎味吉爾的藝術原理，合乎他那同時寫幾種事情的慣例，或同時寫某一事發展的不同階段。他本可把他的戰役都寫成荷馬的戰法，或像朱利阿斯凱撒的現代戰法。可是他不以那為滿足。他以他的方式彰顯一切戰爭的共相，而不限於某場戰役，因為特定的戰役可能不足以為一般戰爭的良好例證。

詩中也有些誇張的地方。這些是史詩的特徵，不熟悉史詩的人可能會感覺驚奇。它們也並非幼稚，而是一種嚴肅的和重要的象徵手法，許多地區和許多時代的天才詩人都以此表示深遠而真實的意義。概括言之，味吉爾用誇張的手法不算多，荷馬用得更少。甚至味吉爾的特恩納斯，頭戴一頂噴火的頭盔，戰爭激烈的時候那火自動加熱，他急於赴戰的時候，他的臉冒出火花。這種形容並不算過分。火焰與火花，詩人常用以象徵特恩納斯的天性。他是一個有吸引力的英雄，年輕、高貴、漂亮、慷慨、勇敢，可是正常，確實比征服了他的人伊尼亞斯可愛些。但是他有一個缺點，脾氣太火暴了。他的火暴脾氣沒有創造性。味吉爾用兩個比方來表示這一點，一個比特恩納斯，一個比伊尼亞斯，二者都比作一碗水或一鍋水。特恩納斯像滾沸的水，溢出鍋外，升起蒸氣和煙氣；伊尼亞斯的水反映著光

線，水不動盪的時候光線也靜止。伊尼亞斯無論有什麼短處，他能看見結尾時的光明，而特恩納斯的結尾卻是黑暗。倘使味吉爾寫一本科學書把伊尼亞斯和特恩納斯作心理分析，那書的長度將是驚人的。以現在而言，他只用寥寥幾個巧妙的形像，就烘托出許多真實景相。

味吉爾的這篇詩是西方非宗教文學中一部重要著作。在印刷術發明後不久，差不多五百年間，每年都有一本印行。在那以前，它大概是歐洲最著名的非宗教書籍；從羅馬時代迄今，沒有任何書像它這樣繼續出名。概括說起來，它通常被視為一本最好的書；它一向被認為是一篇最好的詩。

味吉爾死後不久，人們把他當神敬。他死在基督教時代之前，但在基督教的崇拜和基督教藝術裡，都占一席地位。他被視為「非猶太人的先知」。人們相信他是魔術家，中世紀有一本關於他的奇蹟的書譯成了許多文字。他是但丁的「親愛的主人」，對克里狄安‧德‧特洛瓦（Chréticn de Troyes）、莎士比亞、米爾頓、波普（Alexander Pope）、雨果、丁尼生等詩人都有很大影響。有沒有第一流的西方詩人完全沒受他的影響，我還不知道，據說他田園詩開頭四行繪出的那幅小畫面，即一個安閒的牧羊人在一棵大櫟樹下作樂，在一切歐洲文學中都被引用過。味吉爾甚至跟近代語文的創造也有關係，因為羅曼斯語系和其他若干語系的文字，通常沿用味吉爾的句法，而不用普通的拉丁語法。現在仍有許多困難問題爭議不休，而味吉爾對這些問題的答案仍是迄今為止最好的答案。他的答案總是寥寥數語，含義無窮。味吉爾這種真正的但仍然神祕的智慧，很

快就引起「味吉爾占卜術」，即用味吉爾的書占卜休咎。許多重要人物和不重要人物，俱曾隨意翻開味吉爾的書，用指頭任指一行，藉以解疑。查爾斯一世在納斯貝戰役之前，即曾如此；直到今日，還有人這樣作。

味吉爾的詩的魔力像地下的種子一般，竭力要冒出地面，見到光明。它仍在生長中，沒有一個人，甚至沒有任何羅馬人，曾了解《逃亡記》中所有細節。許多人因企圖了解其中一切，結果失掉了故事的要旨。至於這要旨是什麼，很難說定。不過大概說起來，人們似乎從其中得到了許多，不過他們總是以奇怪的方法談論他們所得到的。自然也有人反對味吉爾。雖然他的田園詩一發表，他就名聲大噪，可是在他活著的時候，已有人寫書反對他。不過一般說來，對他的盛名之謗正像耶利哥城牆一樣，遲早都倒塌了。

從味吉爾的時代起到我們的時代，他的盛名使我們覺得，人怎麼有時間作別的事呢。德萊敦（Dryden）稱他是「最雅潔最高尚的詩人」，說他值得我們景仰和真誠的感謝。也許我們懷有一位後期羅馬人所說的感覺，「味吉爾有一種奇特之處，謗之無損，譽之無益」；而且也許更可以說，味吉爾這位忠貞詩人，喜歡人類對他的忠貞。有一個故事講一人參觀一個著名畫廊，對畫廊的侍者說：「我不知道人何以對這些畫如此瞎施張。我倒看不出其中有何奧妙。」那位侍者答得很妙，他說：「對不起，先生，這些畫不是在受審。」

目　次

一、特洛伊人到達迦太基

從前，我是個以輕鬆樂章歌詠田牧景物的詩人，在我下一篇詩裡，我離開樹林，去到鄰近的田間，教農田服從甚至最苛求的耕種人；農人們歡喜我的作品。現在，我來看看瑪爾斯可怕的鬥爭。

這是戰爭的故事和一個人的故事。命運註定他是個亡命徒，他是第一個乘船從特洛伊地面到達義大利的拉維尼阿姆① 海岸的人。在陸地和海洋，一路他遇到許多艱難困擾；那是上天的意志，因為朱諾② 是殘酷的，不能忘掉她的怒忿。他還須忍受戰爭的許多痛苦。可是最後他卒能建立一個城池，把他族人的神祇安置在拉丁阿姆③：那便是拉丁國和阿爾巴④ 的王公們及羅馬的崇閎雉堞的起源。

我祗求繆斯給我靈感，讓我能講述這是怎樣開始的，天上的皇后何以生這樣大氣，竟迫使一個以誠實聞名的人冒這樣長久的危險，受這樣多的折磨。很難相信天上的神祇能心懷這樣的怨恨。

從前有個古城叫迦太基⑤，是泰爾⑥移民的住處，跟義大利的泰伯⑦河口遙遙相對。這個城很富強，人民勇於戰爭。據說朱諾愛它甚於世上一切城池，甚至讓薩莫斯⑧屈居第二位。她把她的武器和馬車放在那裡；已經決定使它成為統治全世界的都城，不遺餘力培植它，希望命運之神會同意她的願望，可是她聽說另有一族人，屬於特洛伊的血統，有一天會推翻這個泰爾重鎮；因為他們將養出一族高傲的戰士，轄制一片廣大土地；他們的進展將招致阿非利加的毀滅。她聽說這是紡線的命運之神的計畫，她怕的正是這個計畫。她也不能忘記特洛伊戰爭，她曾在前線替她所愛的阿果斯人⑨作戰。她記得那次爭執的起因，和它在她心裡促成的劇烈憤怒。巴黎的裁判⑩及其對於她的美的不正當的蔑視，仍然銘刻在她的心頭；而且她一向嫉妒全體特洛伊族人，不能忘掉甘努麥德⑪所受的榮寵。

這便是使朱諾生氣的原因，這些特洛伊人孑遺，希臘人和甚至殘酷的阿基里斯⑫所不能殺死的，就這樣在所有海洋給風吹浪打；她總使他們離拉丁阿姆遠遠的，成年累月任憑命運擺佈，從一處海洋漂到另一處。這就是羅馬開始生命時所須經歷的無限辛苦。

特洛伊人從西西里出海，剛剛行駛到看不見陸地，包銅的木槳撥海水，起著泡沫，正在歡歡喜喜張起船帆，那時，永遠不忘她內心重創的朱諾自言自語道：

「我敗了嗎？放棄鬥爭嗎？連使特洛伊皇子不能到義大利的力量都沒有嗎？命運之神不容許我，不錯！可是，只因為有一個人，奧伊柳斯⑬的兒子埃傑克斯⑭，只他一個，發了瘋，

犯了罪，密涅瓦⑮就焚燬阿果斯人的艦隊，淹死阿果斯大軍，
而她們可沒止住她。她借來朱庇特的吞食的電火，從雲中投擲
下去，粉碎了船隻，颳起風划開海面，一道電光刺透埃傑克斯
的胸膛，當他奄奄一息的時候，她興起一陣大旋風，使他的身
軀落在一塊尖石上，插在那裡。而我以優越的地位，眾神的皇
后，我，朱夫的姐姐與妻子，這些年來都在跟一個部落爭鬥。
誰還肯向朱諾的權位致敬，在她的祭壇陳設犧牲低心祈禱呢？」

　　一面在她那暴躁的頭腦裡這樣自己盤算，一面她直去艾奧
利亞⑯，那裡有雨雲的家，狂風掙扎著要迸出來。它們在一個
空曠的大岩洞裡扭鬥，颶風在怒吼；可是統治它們的君王，艾
奧拉斯⑰，把它們囚禁起來，加以訓誡和約束，它們從這個衝
到那個鎖著的門，整座山響應著它們的怨聲。可是艾奧拉斯穩
坐在它們上面，手執權杖，節制它們的傲慢，約束它們的怒忿。
要不是有他在，它們就狂暴地捲起所有陸地海洋，甚至高高的
蒼穹，把一切都趕到太空裡。所以擁有一切權能的天父，預先
有見於此，把眾風趕到一個黑暗的岩洞裡，用一座山壓在它們
上面，派一君王監管它們。根據一固定規章，這位君王知道如
何加以控制，如有這樣命令，和如何放開它們。朱諾現在就是
去到這位風王那裡，低心下意向他求情。

　　「我主艾奧拉斯，神和人的父給你權柄，使你能平息波浪，
或颶風興起它們。現在有一族為我所恨的人正航行於埃楚斯卡
海上，把特洛伊本身和特洛伊人家的敗神運到義大利。請給你
的風以憤怒，沉他們的船；讓海水滅他們的頂。或者驅散他們
的船隻，把他們的水手亂拋在海水中。我適有十四位嬌美的海

居寧芙，德奧佩亞[18] 是其中最美的，我將把她給你，作你的合法妻子，為報答你給我的絕大好處，她將在未來的歲月跟你同居，給你生幾個漂亮兒子。」

艾奧拉斯答道：「我后陛下，妳的惟一任務是決定妳有什麼願望；我的惟一責任是立時服從妳。我在這個小小領域裡的權力，是妳的賜予，因為是妳替我取得朱庇特[19] 的惠顧。謝謝妳，我在神的宴會上有一席位，由於有妳，我掌握管束風雲的權柄。」

說完後他揮動三叉戟，照定岩壁薄的地方猛力一擊，眾風形成一條線，從他擊破的缺口迸發出來。它們以大旋風的威勢捲地而起，向海裡撲去。東風、南風，和陣陣狂暴的阿非利加風，把海水徹底捲起，驅使長軍的波浪向岸邊滾滾沖去，這時人在呼喊，索具在嘯鳴。霎時間雲霧使特洛伊人看不見天與光，海面一片漆黑，像黑夜一般。空中雷聲隆隆，電光不斷閃閃；特洛伊人無論從哪裡望，他們所見的是頃刻間的死亡。伊尼亞斯[20] 立時感覺恐懼的冰冷，四肢酥軟，發出了呻吟。他向上天伸出雙手，手掌向上，高聲哭喊道：「你們多麼幸運喲，三倍的幸運還有餘，你們在特洛伊的崇高城垣下死在父母眼前的！啊，迪奧麥德斯[21]，希臘人中最英勇的，為什麼不在伊利亞[22] 的戰場刺死我，使我的神魂在死中得到自由，強大的薩佩敦[23] 躺在那裡，殺人的赫克特[24] 被阿基里斯的長槍洞穿身軀，在那裡，西莫伊斯[25] 挾著英勇戰死者的無數甲冑滾滾流去！」

伊尼亞斯還在滔滔說著，一陣怒嚎的北風撞在他的帆篷上，把浪頭掀得天高。槳折了，船頭轉向了；船舷承受了海的全部

衝擊。一堵水的懸崖，高高的，激了過來。有些水手懸在浪脊；
還有些看見浪頭在面前陷了下去，露出滾沸的水和沙下面的海
底，接著南風趕上了另外三隻船，拋得它們向一長條半隱的礁
岩旋轉，這條礁岩在海的中央，離義大利遠遠的，人們稱它為
「祭壇」。東風迫得另外三隻離開深海到淺水灘的流沙那裡。
他們的朋友駭然看見風使他們的船擱淺，在船上堆起山樣高的
沙。一隻船上載的是律西亞人㉖，他們的可靠的船長是奧朗特
斯㉗。伊尼亞斯正在看著時，一個巨浪撞在他的船尾上。舵手
打著轉，頭朝下栽到水裡。船在原處轉了三轉，被一個大漩渦
吞了下去。有些水手還能看見，這裡一個，那裡一個，在荒蕪
的水上游著，破船的碎片，個人的裝備，和從特洛伊救出來的
寶貴東西，在浪頭上漂浮。這時暴風已在打擊著伊利昂紐斯㉘
和英勇的阿克特斯㉙的兩艘結實的船，和另外兩艘，一艘載著
阿巴斯㉚，另一艘載著年老的阿利特斯㉛。每隻船的接縫鬆開
了，裂縫張大了，可怕的海水湧了進來。

　　這時由於海面的咆哮騷動，和甚至海的深處水的渦流，奈
普頓㉜知道有一場暴風雨被放出，心裡很生氣，他從波浪裡伸
出頭來，高高的在水面上靜望，看見伊尼亞斯的艦隊四零五散，
特洛伊人被暴戾的浪波沖倒了，整個天空正壓了下來。很快，
他體會到這是他那心懷怨恨的姐姐朱諾所玩的手法，他喚東風
和西風到他面前，率直說道：

　　「兩位風，對於自己身世的驕傲竟使你們猖狂到這樣地步
嗎？沒有我的有權柄的允許，你們竟敢攪得天地混亂、興起這
些山樣高的海浪嗎？我要告訴你們……！且慢，我最好先把波

浪安靜下去，然後再重責你們。現在你們快快去吧。把我的話
說給你們君王聽。海洋不是他的，而是我的領域，有無情的三
叉戟為憑。他的屬地是那個寬大的岩洞，東風，那是你們眾風
的家。那裡是艾奧拉斯的宮廷。在那裡他可以大逞威風，只要
他把眾風好好地關著就是。」

那樣說著，說時遲，那時快，他把洶湧的洋面安靜下來；
驅散雲團，重現天日。他這樣作著的時候，屈頓[33] 和屈莫索[34]
用力推開那些夾在銳利的岩石間的船；他也來幫助，用他的三
叉戟撬開它們。寬闊的沙洲又出現了，他一面乘馬車輕輕掠過
浪脊，一面安撫海洋。這正像一個龐大聚會裡突然發生的騷動，
當一些不肖之徒忘其所以，暴躁起來，一時火把和石頭亂飛，
因為忿怒很快就找到武器。可是那時他們也許看見一個其人格
與履歷為他們所尊敬的人。倘使有這樣一個人，他們將靜靜等
待，細心傾聽。他將跟他們講話，撫慰他們，引導他們。就這
樣，所有海的騷擾這時都靜息了。它的主上，奈普頓父，只須
望一望海面，然後在無雲的天空下策馬放轡，讓那樂意的車飛
馳而去。

伊尼亞斯跟他的人疲倦極了，他們盡力向最近的陸地駛去，
他們駛向阿非利加海岸。那兒的一條長的海峽盡頭，有一港被
一個形似兩道防波堤的島包圍著。它分開從海裡來的水，把它
納入兩個狹長的峽道裡。兩岸令人望而生畏的岩岬高聳入雲，
它們所陰庇的廣闊水域，寂靜，安全。水的盡頭有一片枝葉顫
動的樹林往下頃垂，那背後是一座神祕的，林木陰鬱的向前突
伸的山嶺。正前面的山麓有一岩洞，裡面有鐘乳清水，和就石

鑿成的座位，因為那裡是寧芙們的住處。在這裡，一隻疲倦的船不需要纜索和有爪的錨牢牢繫泊。

伊尼亞斯跟他的艦隊中的僅七隻船復合後，駛入海峽。特洛伊人正渴望回到陸地上，下了船，滿心歡喜踩著沙灘，渾身鹽漬躺在海邊。阿克特斯所作的第一件事是用火石打火；他用枯葉燃著火，放些乾的東西在周圍，很快就生出火焰，別的人雖已掙扎得非常困頓，也拿出些他們所救下的糧食和炊具，雖然糧食是被海水浸了的。他們準備在石頭上磨玉米麵烤麵包。

眾人在作著那些事的時候，伊尼亞斯爬到一個可以一望無阻向海裡眺望的石頭上，希望看見有特洛伊船隻，雖然給風撞破了，但仍然浮著：那也許是安修斯㉟的船，或克普斯㊱的或克卡斯㊲的高而塗有紋章的船尾。他沒有看見一隻；倒看見了三隻公鹿在海濱遊蕩，後面有一長串鹿在谷地吃草。他突然停止眺望，急忙抓一張弓和幾枝快飛的箭，他的忠實的阿克特斯隨身帶著的。他首先把那幾隻領頭的鹿射倒，那些頭上生有樹枝樣的長角的。其次他向鹿群射去，他的箭使牠們在綠樹林裡四散驚奔。等勝利地放倒了七隻沉重的軀體後他才停止，那正是生還的船隻的數目。接著他回到港裡，跟他的人們分享鹿肉，還分些酒給他們，那是當他們在西西里海灘登船時厚道的阿塞斯特斯㊳慷慨贈給他們的。這時他向人們講話，安慰他們的悲傷：

「朋友們，困苦對我們並不陌生，你們過去所遭遇的艱難有比這更甚的。現在像從前一樣，上天將使我們的痛苦有個結束。你們曾穿過有西拉㊴的瘋狂海狗吠鳴的岩石群。曾跟獨目巨人㊵照過面，那些石頭怪物。你們必須振作精神，忘卻憂懼；

也許將來有一天你們會樂於回顧現在所忍受的。我們曾努力克服了各種困難，一再冒生命危險；可是我們是要往拉丁阿姆去的，命運之神使我們在那兒得到安息和一個家，特洛伊帝國也許有在那兒復興的權利。所以請各位堅持下去。留得青山在，準備迎接將來的好日子。」

他嘴上這樣說，心裡卻不舒服。他的憂慮實在是很厲害的，只是他瞞著內心的痛苦，面上現出有自信和高興的樣子。特洛伊人現在準備處理那些獵獲物，很快就要享用牠們。有人剝了肋骨上的皮露出肉來。有人把肉切成肉排，串在烤籤上，顫巍巍的，也有人在沙灘上找到燒大鍋的地方，點起火來煮肉。他們吃了，恢復了體力；躺在草地上，喝著老酒，嚼著肥美的鹿肉，到飽了為止。餐後收拾畢，他們長談著，為失掉的夥伴憂戚；一面希望他們可能仍然活著，一面害怕他們已到了生命的盡頭，不能聽見人的呼喚了。誠實的伊尼亞斯心裡最惋惜的有時是激烈的奧朗特斯和阿麥卡斯[41] 的命運，有時是律卡斯[42] 的可怕遭遇，有時他為他的英勇朋友古阿斯[43] 和克盧安薩斯[44] 悲哀。

他們餐畢的時候，朱庇特從天堂高處俯瞰有白帆航行的海洋，下界的平地、海岸和遼闊世界上的國家。他站在天頂，視線凝注著高貴的迦太基。正在認真思維所涉及的問題時，維娜斯[45] 突然向他講話。她垂頭喪氣，眼裡閃著淚光說道：「你承受天命永遠主理人和神的命運的，你持有霹靂使我們恐懼的，我那親愛的兒子伊尼亞斯跟其他特洛伊人怎麼如此嚴重地冒犯了你？他們中間時常有人死亡；現在因為他們要去義大利，世上一切道路都對他們斷絕了。可是你曾答應過，若干年後，他

們的後代,羅馬人,將是人類的領袖,圖瑟⑯ 的恢復了活力的血液將在他們的血管裡循環;他們的法律將管治一切海洋和陸地。父啊,什麼理由改變了你的心意呢?以我而論,你的諾言安慰了特洛伊的陷落所給我的可怕震撼,因為我認為這項新的天命可以補償她的厄運。可是現今特洛伊人災難重重,仍然走著同樣的厄運。至高的君王,你教他們的苦難何時休歇呢?安蒂諾⑰ 倒是從希臘的危難中逃了出來,還設法平安度過亞得利亞海頂端利伯尼亞人⑱ 住的地方,甚至到了蒂馬瓦斯河⑲ 的發源地,那河的水咆哮著順九個河口奔騰出去,是以那裡的田野充滿海的吼聲。安蒂諾在那兒建立一個可供特洛伊人定居的地方,名其城為帕度亞。他給那城的居民一個特洛伊名稱,把特洛伊武器掛在牆上;在那兒遠避擾攘,安享清閑。可是我們是你自己的兒女,曾蒙你答應高登天堂,現在只因一位神的憤怒而被最可惡地陷害了,我們的艦隊喪失了,現在離義大利海岸還很遠呢。你就這樣報答我們對你的尊敬嗎?這就是你讓我們在王權體系占有的地位嗎?」

神和人的創造者向她微笑,每當平息風雨廓清天空時,他就帶著這樣笑容。他輕輕親了他女兒一下,說道:「別怕,西瑟拉女⑳ 。妳仍然有著妳的人民的命運,那不會有什麼變動。妳將看見妳的城池,看見拉維尼阿姆的垣牆,因為那是我答應過的。妳將把妳伊尼亞斯的兒子提升到天上,那慷慨好義的人。沒有任何理由改變我的心意。只因現在妳為他憂慮,心神不寧,所以我要說些未來的事,展開命運之神的冊籍,顯示其中的祕密。妳就知道,伊尼亞斯將在義大利打一大仗,推翻幾個驕傲

的民族，他將給他的戰士們奠立一種生活方式，築起供他們自
衛的牆垣；他將活到他在拉丁阿姆登基後第三個夏天，度過他
征服魯圖利亞人⑤ 後第三個冬天。他的幼子阿斯堪尼斯⑤ ，這
時又有一個名字叫尤利阿，在特洛伊主權存在時他原叫伊拉斯，
他將完成他的王權，月復一月，達三十年。活潑好動且精力充
沛，他將建造堅固的阿爾巴‧朗卡，把他的京都從舊城拉維尼
亞遷到那裡。在赫克特族人的王朝統治之下，王權將在這裡繼
續存在，代代君王將在這裡統治三百年，後來有一王室出身的
女祭司伊利亞替瑪爾斯生一對孿生兒子⑤ 。接著一位被母狼乳
育的羅穆勒斯，穿著漂亮的紅褐狼皮，將繼承王位。他將建造
瑪爾斯的雉堞，稱他的人民為羅馬人，隨他自己的名字。對羅
馬人我不設空間或時間限制。我已給了他們統治權，那是沒有
休止的。不錯，甚至憤怒的朱諾也是要改變計畫的，現在她以
不斷的恐懼煩擾海洋、地上和天堂，將來她將跟我共同助成一
個穿寬袍的國家，即羅馬人的國家，全世界的令主。我的命令
已經下達了。五年後阿薩拉卡斯⑤ 王室就要征服甚至塞爾⑤ 、
著名的邁錫尼⑤ 和阿果斯，主持那裡的狀況。將來驕傲的特洛
伊後代將生下一位凱撒，四海之內都是他的領土，他的令名將
上達星空，他的名字叫朱利阿斯⑤ ，承襲了他的偉大祖上尤利
阿斯的盛名。有一天妳會心平氣和歡迎這位朱利阿斯到天上來，
滿載著東方的財物，人們亦將請他聽他們祈禱。那時我們這憤
怒的世紀將放下干戈，化為慈祥。

　　銀髮的菲底斯⑤ 、維斯妲，跟羅穆勒斯與雷穆斯兄弟將制
訂法律。可怕的鐵鑄的戰門將關閉著；兇惡可怖的嗜殺者將被

牢牢關在門後，坐在殘忍的武器上，總在張著血口吼叫，但被背後的百條銅鏈緊緊綁著。」

這樣預言了，他派美伊亞⑨的兒子墨丘利從天上下去，要阿非利加地面，迦太基跟它新築的防禦工事，張臂歡迎特洛伊人為客，戴朵⑩決不可因為不悉命運的計畫而不准他們入境。因此墨丘利鼓盪著翅膀飛了去，划過廣闊的天空，立時到了那裡，站在阿非利加海岸上。他服從了他的指示；迦太基人遵從他的神聖意志，把一切敵意都拋棄了。他特別感動了他們的王后，使她容忍特洛伊人，以善意相待。

這時誠實的伊尼亞斯經一夜思維，決定在清晨的新鮮空氣中步行出去，探查這個新國家，看風把他們颳到何處的海岸上，這裡住的是什麼樣的動物，是人或是野獸，因為他看見這裡的土地是沒有耕種過的，然後可正確地報告給他的夥伴們。他讓船泊在神祕的樹蔭下，那兒有遍生林木的岬角圍著，上有高峻的岩壁。他走出去，只阿克特斯一人相隨，兩根闊矛頭的獵槍顫巍巍地握在手裡。他的母親在樹下跟他相遇。她有少女的容顏，作少女打扮，手持少女的武器，像斯巴達姑娘，或那位色雷斯女郎哈帕律斯⑪，她跑得比馬耐久，比赫布拉斯⑫河水還要迅速。她肩上掛一張弓，像一女獵人那樣！頭髮在風中飄拂；她的上裝的飄動褶帶挽起來打成一結，兩膝赤裸著。她先說道：「喂，兩位青年先生？你們看見我的一個姊妹沒有？她揹著一個箭袋，穿著一件有斑點的山貓皮披風，在這兒徜徉，也許在高聲吶喊追一頭口角飛沫的野豬，倘使看見，請告訴我她在哪兒。」

維娜斯這樣說了，她的兒子開始答道：「我們沒有看見也沒有聽見妳的任何姐妹，年輕的姑娘……不對，我該如何稱呼妳？妳的容貌不像凡人，說話的聲音也沒有凡人的音調……女神！妳定然是一位女神。不是阿波羅的姊妹嗎？或寧芙們的近親嗎？哦，不論妳是誰，我求妳幫個忙，解救一下我們的困苦。請告訴我們這是什麼地方，我們被漂到了何處的岸上。一陣颶風掀起的巨浪把我們驅趕到這裡，我們迷失了，不知道這是什麼地方，住的是什麼人。倘使妳告訴我們，我們將在妳的祭壇上奉獻許多祭品。」

維娜斯答道：「我可不配有那樣榮耀。迦太基的少女通常都佩一箭袋，穿深紅色高帶獵靴。你現在看見的這個國家為泰爾來的腓尼基人所統治，阿吉諾王朝現在君臨他們的城池。他們的周圍是阿非利加，任何戰爭都不能征服阿非利加人。主持我國政事的戴朵女王來自泰爾，想逃避她的兄弟。那是一個又長又複雜的犯罪故事；可是我將給你敘述其中的幾椿大事。

「戴朵嫁給了西該阿斯⑥³，腓尼基人中最大的地主；不幸她很熱情愛他。她還是一個小女孩的時候，她父親就把她許配給了他；跟他的結合是她的初婚。她有個兄弟皮格馬利翁⑥⁴，當時的泰爾君王，是個邪惡無比的壞蛋。這兩位皇子中間發生了一場厲害的口角。皮格馬利翁財慾薰心，在一個敬神的儀式中設下埋伏等他，乘他不備，褻瀆神靈地以短劍刺殺了他。他忘記害怕他的姊妹的愛的力量。皮格馬利翁隱瞞著這事很久，以假的理由給戴朵希望，還以許多殘酷的謊話哄慰她的熬心的憂慮。一次她在睡眠的時候，西該阿斯的亡魂出現在她面前，

面色可怕的蒼白，他的屍體還沒有埋葬。那鬼魂告訴她在祭儀
上發生的凶事，給她看他胸口的劍傷，並揭露了宮廷中的全部
隱謀。他促她迅速離家逃亡。為幫助她的行程，他告訴她有一
個地方埋藏了大量金銀，沒有人知道。戴朵因夢中所見，駭得
毛骨悚然，開始準備逃亡，並糾集一班衷心憎恨和懼怕這位暴
君的人。他們集合起來，倉卒占據幾隻恰好準備停當的船，把
金子裝在船上。貪財的皮格馬利翁失掉了他的寶藏，它被運到
海外去了；整個行徑是一個女人領頭做的。就這樣他們到了這
裡，你已可看見一座新城迦太基的崇高雉堞，它的堡樓還正在
蓋呢。他們買了一張公牛皮所能圍住的土地，因為那個緣故，
這座城就叫做『革城』。可是告訴我，你們是誰？從哪裡來的？
往哪裡去？」

　　伊尼亞斯回答她的問話的時候，從內心深處發出一聲嘆息，
說道：「女神，倘使我源源本本講述我所經歷的全部考驗，倘
使妳有時間聽下去，那麼在尚未講畢之前，金星定將關閉天門，
教白晝去睡眠去了⑥。我們是從古老的特洛伊來的，不知妳聽
說過那個名字沒有，航行過許多奇異的海面；後來一陣暴風任
意把我們颳到阿非利加海岸。我是誠實的伊尼亞斯，船上載有
從敵人手中救出來的我們的家神。我的名聲遠播於天外，我是
要到義大利去的，我家的始祖出自朱夫，是從那裡來的。遵從
我應得的命運，和我的神聖母親給我指出的路徑，我帶了二十
隻船航行於弗呂吉亞海⑥。目下只剩了七隻，是從東風和波浪
中救出來的。現在我漂流在阿非利加的荒野裡，無告無聞；起
初被趕出亞細亞，現在又被趕出歐羅巴⑥。」

維娜斯不要多聽他的抱怨，打斷了他的哭訴，說道：「不論你是誰，我想天上的神是不會恨你的。你仍然在呼吸著，活著；你已經到了泰爾人的城市。順這條路往前走，就到女王宮殿的門口。我可以告訴你，風已變了方向，改往北吹，你的船都被吹到安全地帶，夥伴們都回來了。倘若不是這樣，那就是我父母說了大話，他們給我上的預言課都失敗了。看那十二隻天鵝，快活地形成行列。朱庇特的鷹已從天空飛撲下來，正在穿過長空追逐牠們。可是你可以看見牠們有的正在一長行往地上落，有些從空中往下望，有些已經在地上落定了。正像這些天鵝，有的在扇翅玩耍，已經平安到了家，有些還在成群自由盤旋，在天空鳴著，你的船跟船上的特洛伊水手有的已平安抵港，有的還張著吃風的帆篷在駛近港口。所以你只須順著面前的道路走去就是。」

維娜斯這樣說著，當她轉過身去的時候，她的美放出光輝，脖子顯示淡淡的玫瑰色澤，神聖的頭髮散發天堂裡的香氣。她的長衫下垂到腳上，單是她的步態，就證明她是一位女神。伊尼亞斯認出那是他母親，當她消逝的時候，他急忙向她喊道：「哎呀，妳也這樣殘忍啊！為什麼以捉弄人的裝扮一再欺哄妳自己的兒子呢？為什麼我不能手拉手坦白聽妳講話並回答妳呢？」

他一面那樣責備她，一面向城牆那裡走去。維娜斯以一層濃霧遮住兩位特洛伊人，用神力以一團密雲包圍他們，使任何人都不能看見或接觸他們，或阻撓他們，或問他們是來幹什麼的。她自己則騰空飛回帕弗斯⑱去了，她快樂地回到自己家裡，那裡有她的廟宇，廟裡的一百座祭壇總是燒著希巴⑲香，許多

鮮花不斷吐出芬芳。

　　這時，兩位特洛伊人急忙順路向前走去。他們爬上一個高大的山丘，在山丘上俯瞰全城和堡樓。伊尼亞斯驚異地望著從前只有阿非利加茅屋的地方現在蓋起了堅固的建築，望著那些城門，熙熙攘攘的人群和鋪平的街道。泰爾人正在忙著工作，有的在描畫築牆的線，滾石頭上坡，努力建造堡樓，有的在犁一條溝，以標示一座建築的輪廓。他們在制定法律，選舉官吏和為他們所尊敬的議員。有一個地方，人們在鑿港，另有一群人在策劃一個區域，以奠立一個劇院的深厚基礎；他們也從石礦裡鑿出高大的石柱，立在正在建造的舞台旁以壯觀瞻。像初夏靜謐中的一窩蜜蜂，在陽光照射下的遍地繁花中忙碌著工作，它們護送著已長成的一代幼蜂到外面的空間，或把透明的蜜擠出鼓脹的蜂房，把芬芳的花蜜裝在裡面；或卸下出外尋食者帶回來的負擔；有時還集合起來將一群懶惰的雄蜂逐出農場。大家都在亂哄哄地工作；空中升起蜜的香甜帶著香草的馥郁。

　　伊尼亞斯望著那些建築物。「啊，幸運的人們，」他叫道，「因為你們的城牆已經築起來了！」他向前走去，被一團雲霧神祕地保護著，走進人群裡，混在迦太基人中間，但沒人看得見他。

　　城中心有一濃蔭覆地的樹林。腓尼基人在仍然感覺風雨飄搖的航海辛勞時，從這裏的地下挖出了朱諾天后所指出的一個預兆性的東西。那是一匹駿馬的頭，象徵著這個國家將在未來的世紀裏勇敢善戰，生活富裕。腓尼基女王戴朵在這個地點開始為朱諾蓋一座寬敞豪華的廟宇，廟內陳設的供奉富麗堂皇，

令人感覺到女神真的存在。一級一級階梯直到隆起的青銅門檻；
青銅板夾住棟樑；使樞紐吱嚀響的門也是青銅質的⑦。在這片
樹林裏，伊尼亞斯有一種奇異的經驗。他第一次不再害怕了，
第一次不管如何苦惱，敢希望能安身立命，感覺一種自信。在
等待女王的時候，他察看那偉大的屋頂下凡是可以看見的東西，
驚嘆這座城的興隆，工匠的相競的技巧，和他們的工程的浩大。
他看見特洛伊戰爭，所有伊利亞周圍的戰役，都依先後次序畫
在那裏，因為他們的聲名已經遠播到世界各處。阿加米農和米
奈勞斯㉑在那裏，還有普利安；他對那三人同樣無情無義的阿
基里斯也在那裏。伊尼亞斯靜靜站在那兒，眼裏噙著淚水，他
說道：「哦，阿克特斯，世上有哪個國家，或哪個地方，沒有
聽說過我們的苦難嗎？你看，那是普利安。即使在這裏，光榮
的仍得到應有的尊敬；受苦的受人憐憫，短促的人生引起同情。
忘掉一切恐懼吧。知道你被表現在這裏，就可幫助拯救你。」
他這樣說著。雖然那只是一幅畫，可是他一面深深喟嘆，一面
對它深思默想，眼淚順著面頰流。他彷彿又看見敵對的雙方繞
特洛伊的防禦工事打鬥，一方面希臘人在特洛伊壯士進襲下潰
逃，另一方面特洛伊人在敗退，盔纓點動的阿基里斯在戰車上
追逐。眼裏仍然流著淚，他看見另一幕景象，雷薩斯㉒營地的
雪白帳篷，入睡不久就被出賣給迪奧麥德斯，並為他所毀滅；
迪奧麥德斯自己，大屠殺後遍身血汗，把那兩匹生猛的馬趕往
希臘營地，牠們尚未來得及嗜到特洛伊地面的草和飲到贊薩斯
河㉓的水。另一處畫著青年綽依拉斯㉔跟阿基里斯間的殊非勢
均力敵的戰鬥，綽依拉斯在前逃，已丟掉武器，他的馬在奔跑，

空車拖著他仰面朝天，但仍握著韁繩，脖子和頭髮在地上滾，矛頭向後指，在塵土裏畫著線。同時特洛伊仕女們披頭散髮，在一個悲哀的祈禱行列裏走著；她們張手捶胸，捧著一件長衫到帕拉斯⑦的廟裏獻祭；但帕拉斯沒有袒護她們，她站在那兒背過臉去盯住地面。阿基里斯又出現了，這回他賣掉赫克特的屍體，取得黃金；那屍體他曾綁在車後，繞伊利亞城跑了三圈兒⑥。在他看他朋友最後一眼時，看那無生命的軀體，沒有武器，沒有戰車，普利安伸出兩隻沒有寸鐵的手求情，伊尼亞斯深深長嘆一聲。他還看見他自己在跟希臘領袖們激戰。他也看見東方的戰鬥部隊，率領他們的是使神聖武器的黑曼農⑦。鬥志旺盛的潘澤西利亞⑩在那裏，領著持新月盾的亞馬遜女戰士進攻；她在千軍萬馬中大放光明，坦胸露乳，胸下束一金帶，這位女戰士膽敢跟男人鬥。

達丹人⑦伊尼亞斯驚奇地看著這些特洛伊畫面，聚精會神，目不轉睛。這時，女王戴朵自己，美豔絕倫，堂堂皇皇走進廟來，一群青年扈從緊緊相隨。她像狄安娜⑩一樣，當那女神著她的跳舞者在歐魯塔斯河畔或辛莎斯山坡跳舞，成千山林寧芙在這邊或那邊相隨；她肩揹箭袋走起來的時候，比所有女神都高些，那時拉托納心裡有不能形容的喜悅。戴朵正像她那樣，也像她一樣快樂地跟人群一起走著，一心促進建立未來王國的工作。接著在廟的圓頂下，面對著女神的正門，她坐在寶座台正中的座位上，武裝侍衛拱衛身邊，她已在為她的人民宣佈新的法律和規章，並以她自己的公平判斷，或以抽籤方法，公平分派要求於他們的勞役。伊尼亞斯忽然看見安修斯、塞解斯塔

斯[81]、勇敢的克盧安薩斯，向前走近，後面跟一大群其他被黑
颶風驅散在海面漂到遠處海岸的特洛伊人。伊尼亞斯和阿克特
斯二人停住腳步，心裡大喜，但也著急。他們急欲握夥伴們的
手，但對於這神祕的事覺得茫然。因此他們沒有招呼，仍然裹
在一層柔霧裡注視著，希望發現這班朋友的遭遇如何，他們的
船泊在什麼地方，為什麼來這兒。這群人裡似乎有每隻船的代
表，他們在熙攘聲中向廟裡走，請求給予同情的聽訴。

　　特洛伊人已進到廟裡，獲准直接向女王講話。他們中間最
年長的伊利昂紐斯，冷靜沈著地開始說道：「女王陛下，朱庇
特授妳以建築新城的權利，課妳以用正義約束無法紀部落的責
任，我們是不幸的特洛伊人，風把我們颳到個個海裡。我們求
妳保護我們的船隻，免遭可怕的火災，並對一群敬畏神明的人
大發慈悲。實在的，請比較縝密地考慮一下我們的境遇，我們
決不能來此以刀劍摧毀阿非利加家室，或偷竊妳們的牛，把牠
們趕到海灘；作為一群戰敗的人，我們永遠不會妄自尊大和侵
害別人。決不會的，但是有一個地方，希臘人稱它為赫斯派里
亞[82]，就是西方土地，一塊古老的土地，武功顯赫，土壤肥沃。
那兒的居民原為奧諾曲亞人[83]，據說他們的後代稱那個地方為
義大利，為了紀念他們的一個領袖。我們本是往義大利去的，
忽然在風雨星奧利昂[84]升起的時候，海浪大興。我們被颳到看
不見的淺灘上；頑強的暴風驅我們掠過海面，怒濤在可怕的岩
礁旁沸騰，我們漂到貴地來。請告訴我們，這裡住的是什麼人？
什麼人的地方會如此野蠻，竟容許這樣作法？因為我們被拒絕
了甚至像一片荒沙所能提供的歡迎。妳的人民開始攻擊我們，

不讓我們在岸上立足。縱然妳們不尊重人和人的武器，至少應該記住尚有明辨是非的神在。伊尼亞斯是我們的君王。誰也不能比他更公正，在主持正義或勇於戰爭方面，誰也不能比他更偉大。假如命運仍然保全他的性命，他還沒有躺在無情的陰曹地府，而仍能從天堂的空氣裡汲取力量，那什麼都不要怕：妳如首先採取步驟跟他交好，那妳決不會後悔。我們在西西里也有能戰的城池；阿塞斯特斯在那兒，他是特洛伊血統的一個著名皇子。我們希望妳允許我們把業經風雨摧殘的船拉到海灘上，在妳的樹林裡伐木製槳，以便駛往義大利和拉丁阿姆，只要能到達我們的目的地，重見我們的君王與夥伴，我們就滿足了。可是倘使不給我們援救，倘使特洛伊人的偉大善良首領已葬身阿非利加海底，我們已不能從尤拉斯身上看到我國的未來，我們尚可回到西西里海峽，我們原是從那裡來的，那裡有個地方在等著我們，我們可奉阿塞斯特斯為王。」伊利昂紐斯這樣說著，其他特洛伊人一致喝采。

　　戴朵眼往下看，簡短地答道：「特洛伊人，別害怕，也不要憂慮，我們生活不易，這是個新王國。所以我們不得不採取認真的預防措施；我必須有衛士，得處處監視我的邊疆。誰沒聽說過伊尼亞斯和他的族人，特洛伊城、它的人民的英勇、和那次戰爭可怕的火焰呢？我們腓尼基人並非如此頭腦遲鈍，日神套上他的馬時也不是離我們泰爾城如此遼遠。無論你們要去大名鼎鼎的赫斯派利亞，撒騰⁸⁵統治的地方，或去厄瑞克斯⁸⁶附近的區域，奉阿塞斯特斯為王，我俱將幫助你們平安離去，盡力玉成你們。但不知你們肯不肯跟我以平等地位定居在這裡？

你們可把我現正建造的城當作自己的城。把你們的船拉到海灘上。特洛伊人跟泰爾人中間絕對沒有分別。我只希望你們的君王伊尼亞斯自己會出現，像你們一般被同樣的風吹來。我定將派可靠的人到海邊，教他們尋遍阿非利加，看看他是不是被沖到岸邊，迷失在某城或樹林裡。」

她這番話使勇敢的阿克特斯和他的長官伊尼亞斯吃了一驚。他們早就急著要擺脫那團雲霧。阿克特斯首先向伊尼亞斯說道：「女神的兒子，你現在怎麼說？你看一切平安，我們又得重見我們的夥伴和船隻。只有一位朋友喪失了，我們親見他淹死在海裡，其餘一切都應了你母親的預言。」他剛說到這兒，包裹他們的雲團驟然分開，消逝在清明的空氣中。伊尼亞斯站在那兒，在光天化日下發出光輝。他的面龐和兩肩有一種神聖美，他母親給他的頭髮以一種魅力，使他煥發青春的光輝，眼睛閃耀快活的神情；像藝術給象牙的亮光，或銀或雲石嵌在黃金裡。突然間，令所有人一致驚愕，他向女王說：「我在這兒，在妳們面前，我就是妳們所要找的人。我是特洛伊人伊尼亞斯，從阿非利加海救出來的。女王陛下，只妳一人曾對特洛伊的不堪言喻的苦難感到憐憫；現在妳還要接納我們在妳的城裡和家裡作夥伴，我們這些人只是希臘人的劫餘，窮苦無告，陸地和海上的每次不幸都耗盡我們的精力。恰當的酬謝，不在我們能力之內，也不在達丹族其他倖存者能力之內，這些人可能還活著，分散在這個廣大世界的其他地方。倘使天上的神惠顧善人，倘使什麼地方還有正義，或某種理性能辨別是非，那妳將從他們那裡得到真的報酬。是什麼快樂的世界給了妳生命？什麼人能

偉大得可作像妳這樣人的父母？只要河川將奔流入海，只要陰
影仍漂蕩於山坡，只要群星還放牧在晴空，那末無論我到哪裡，
妳應有的榮譽，妳的聲望和令名將永垂不朽。」說著他向他的
朋友伊利昂紐斯伸出右手，向塞雷斯塔斯⑧ 伸出左手，然後去
招呼其他的人，勇敢的古阿斯和英勇的克盧安薩斯。

　　腓尼基的戴朵乍見伊尼亞斯，不禁懍然起敬，想起他的可
怕的命運。接著她說道：「女神的兒子，什麼厄運迫你遭逢這
樣可怕的危難？什麼暴力把你拋在這個野蠻的海岸？你真的是
維娜斯、仁慈的生命給予者，在弗呂吉亞的西莫伊斯河畔給達
丹人安契西斯⑧⑨ 生的那個伊尼亞斯嗎？我記得從前圖瑟來到西
當，因為他被放逐於他自己的家鄉之外，想請我父親拜拉斯⑧⑨
幫助他得一新的領域，那時我父親正在用火和劍征服塞浦路斯。
從那時起，我就知道特洛伊的苦難，還知道你和那些希臘皇子
們的名字。甚至你們的仇敵圖瑟也對特洛伊人大加稱讚，他自
稱他也是古代圖瑟族的後裔。所以，英勇的朋友們，請到我家
來，厄運同樣折磨過我，也使我遭遇許多苦難，好久以後我才
在這裡得到安靜。我自己的親身不幸，教我幫助別的落難人。」
這樣對伊尼亞斯說了，她引他到王宮裡。走著的時候，她下令
在廟裡擺上拱奉，敬謝神靈。她還記得命人給伊尼亞斯的在海
岸的朋友們送二十頭公牛，一百條毛豬脊背，一百隻羔羊及其
母羊，和酒神的歡樂餽贈，酒。王宮內的陳設富麗豪華。人們
準備在中間的殿廳擺設筵席。富貴的紫色帷幔製造得精巧，桌
上擺了許多銀質餐具，金質的餐盤上鐫刻著這個民族祖先的英
雄事蹟，自開國起歷代的史實。

　　可是伊尼亞斯愛子心切，無法釋懷。他教阿克特斯趕快到船上告訴阿斯堪尼斯這個消息，並把他帶到城裡來，因為這位慈父的心在想著他。他還教阿克特斯帶些禮物來，一些從陷落的特洛伊搶救出來的東西；一件金線繡像的硬挺長衫，一襲黃色薊花緣邊的披風，都是阿果斯海倫用過的，這是她母親麗妲⑩給她的兩件精美禮物，她私奔前往特洛伊時從邁錫尼⑪帶了出來。伊尼亞斯添了一根權杖，普利安的長女伊利昂內用過的，跟一串形似桑葚的項鍊，一頂雙環嵌金鑲寶的王冠。

　　阿克特斯迅即從命，立時往船上去。這時維娜斯在考慮新的計畫和策略，她決定教丘比特變成可愛的阿斯堪尼斯的模樣，代替他去；他將把禮物遞給戴朵，遞的時候使愛火燒她，燒到她骨頭裡。因為維娜斯害怕一個有受腓尼基詐術威脅之虞的家不安穩；朱諾的狠心也苦惱著她，黑夜來的時候她的憂慮又回來了。因此她向她那有翅的兒子說：「兒啊，只有你是我的力量，我的一切能力都在你身上。兒啊，你甚至瞧不起天父的泰菲阿斯⑫般的霹靂。現在我必須靠你，請你神力相助。你知道，只是由於無情朱諾的堅持不移的怨恨，你的兄弟伊尼亞斯曾航行於波濤洶湧的海洋，到過每個海岸；你時常同情我的苦惱。現在腓尼基的戴朵在留著他，跟他談著，勸他留下跟她同住。朱諾所施的策略，其結果如何，我很憂慮；在這個重要關頭她決不會遲於行動的。所以我打算先下手施一巧計，把女王包裹在愛火裡，使得神聖力量的任何舉動都不能使她不對伊尼亞斯發生熾熱的愛，像我所打算的。為使你做到這點，請聽我的計畫。我所最疼愛的少年皇子，現在他親愛的父親派人召他；他

正要帶著禮物，那些從特洛伊戰火中和海洋的危險中搶救出來的東西，往腓尼基人的城裡去，我將催他熟睡，把他藏在高原的西瑟拉或愛達利阿姆[93] 我的聖地；否則他也許會發覺這個計策，或在這計策正施行時突然出現。你必須變成他的模樣，戴著他的面貌，只須一夜就行；畢竟他是一個像你一樣的男孩。那樣在皇家筵席上，當觥籌交錯，戴朵拉你過去，抱住親你的時候，你可將看不見的愛火吹進她身裡，讓她中你的法力。」丘比特遵從他親愛母親的吩咐，拿掉肩上的翅膀，好玩地學著尤拉斯的步態。維娜斯這時把甜蜜的熟睡注在尤拉斯體內，緊緊地、愛顧地抱住，以神聖的力量抱他到愛達利阿姆的高地林中，那兒在繁花與林蔭中，柔軟的茉沃刺那圍繞著他吐芳香。

聽話的丘比特立即上路，拿著送給迦太基女王的華貴禮物，快樂地跟從阿克特斯的引領。走到的時候，女王剛剛鎮定下來，雍容地坐在正中的金座裡。特洛伊首領伊尼亞斯和所有特洛伊男士都在那兒，在紫色椅罩上落座。侍從們端水給他們洗手，傳遞麵包籃，並拿給他們柔軟質材的餐巾。王宮內有五十名侍女各守崗位伺候，她們的職務是補充寬大的貯藏室，和燃起宮裡的爐火。另有一百名女侍和一百名男侍，年齡相若，端盤上菜，伺候酒漿。許多被請來坐在繡花席位上的迦太基人，從喜氣洋洋的門口走進來。

他們驚奇地看著伊尼亞斯的禮物，看著尤拉斯，一位神改裝的，容光煥發，學著尤拉斯的聲音說話。他們羨慕那根權杖和那襲黃色薊花緣邊的披風。可是獨有不快樂的腓尼基戴朵，這時已陷於無救的境遇，心裡猶滿懷冀盼。她凝視著，心裡的

愛火也增長著；那個男孩和那些美好禮物同樣影響著她。丘比特貼在伊尼亞斯身邊，兩臂摟住他頸子，對他這位假設的父親顯出深重的愛。然後他過去到女王跟前。戴朵的眼睛和全部心思都集中在他身上，時而撫摸他，緊緊摟住他，因為，可憐的戴孕，她不知道一位有力的神已進入她的身體。那時丘比特謹記他母親塞浦路斯女神的願望，開始一點一滴排除戴朵對西該阿斯的全部思念；他襲擊她那顆久已不活動的心，以活生生的愛情令人卜卜心跳的力量，刺激她那久不習慣於這種思想的腦海。

筵席到了第一段落，所有餐几都搬開了。人們拿來大碗，裝了滿滿的酒。殿廳裡有大聲談話的聲音，話聲響徹那廣大的空間。燈從分成金格的天花板吊著下垂，熊熊的燭光驅散了黑暗。女王吩咐拿來一只嵌寶金杯，把杯裡斟滿醇醪，像從拜拉斯起和他的後代所時常作的那樣。有人喊著殿廳肅靜，她說道：

「朱庇特，據說是你立下款客的法規，願你使今天成為腓尼基人和特洛伊流亡者的幸福日子，可為我們的後代子孫所紀念的一天。願歡樂的給予者巴克斯⑨與慷慨的朱諾，祝福我們。腓尼基人，拿出你們的友情來，使我們的聚會皆大歡喜。」說著，她在桌上酹酒獻祭，祭畢，她首先以嘴唇觸酒，然後遞給比蒂阿斯⑨請他喝。他勇敢地飲著那起泡的杯，把滿滿的金杯一飲而盡。別的腓尼基王公跟著也喝了。披長髮的艾奧帕斯⑨拿起他的包金豎琴，音樂響了起來。他的教師是偉大的大師阿特拉斯；他這時唱著徘徊的月亮和辛勞的太陽；唱著人、獸、雨、火的起源，唱著預告陰雨的大角星和海阿狄斯⑨，和那兩個熊星座。他的歌解說冬日的太陽何以急於沉入海洋，冬夜何

以漫長。腓尼基人一再呼好，特洛伊人也跟著喝采。在劫難逃的戴朵竟夜談著許多事，愛苗迅速滋長著。她一再詢問關於普利安和赫克特的事，問黎明的兒子到特洛伊時帶了什麼武器，時而問迪奧麥德斯的馬品性如何，和阿基里斯身材多高。最後她說道：「唉，客人！你必須把整個故事從頭講給我聽，講希臘人所設的陷穽，你的人民所遭受的災難，和你自己的流浪；現在已是你在各個陸地與海洋上漂泊的第七年了。」

譯　註

①拉維尼阿姆（Lavinium）：伊尼亞斯在義大利將建的城池，以其妻拉維尼亞（Lavinia）為名，見第七章以後。

②朱諾（Juno）：撒騰的女兒，朱庇特的姊姊兼妻子，眾神之后，她仇視特洛伊人，是由於巴黎的裁判和巴黎拐走海倫。

③拉丁阿姆（Latium）：許給特洛伊人的地方，即義大利羅馬往南延伸一帶，其人稱拉丁人，其君王是拉丁納斯，見第七章註③。

④阿爾巴・朗卡（Alba Longa）：伊尼亞斯的兒子阿斯堪尼阿斯將建之城，見註㊾。

⑤迦太基（Carthage）：非洲北部城池，傳係戴朵所建。正史上，是羅馬的勁敵，公元前146年被羅馬夷為平地。

⑥泰爾（Tyre）：腓尼基人的商港，以產紫色顏料著稱。

⑦泰伯（Tiber）：義大利河名，羅馬建在泰伯河左岸，距入海處奧斯蒂亞約十四哩。

⑧薩莫斯（Samos）：⑴小亞細亞西方離島，朱諾最喜愛的地方之一。島上的朱諾廟在古代最著名。⑵薩莫色雷斯（Samothrace）的別名，見第七章註⑰。

⑨阿果斯（Argos）：希臘一城，為朱諾所鍾愛。這個地名亦用以代表整個希臘。其地居民阿果斯人，亦代表全部希臘人。

⑩巴黎（Paris）：特洛伊君王普利安及其王后赫丘巴的次子，赫克特（老大），波來特斯、波律多拉斯、赫勒納斯、德弗巴斯、與卡珊德拉的兄弟。赫丘巴懷著他的時候，夢見自己生一把熊熊火炬，火炬燒掉了特洛伊城。嬰兒出生，遂被棄於山中，但普利安的一個牧羊人抱回家撫養成人，以牧羊為業，並且長成世上最美的男子，後來與普利安一家相認。維娜斯、朱諾、和密涅瓦（希臘神話中稱為雅典娜）三位女神爭美，請巴黎裁判。每位女神都企圖賄賂他以影響他的決定。他決定接受維娜斯的賄賂（將世上最美的女人，即米

奈努斯王的妻子海倫，給他為妻），因而掀起特洛伊戰爭。

⑪甘努麥德（Ganymede）：特洛伊王特洛斯（Tros）的兒子，貌美，宙斯虜之為捧杯者。一般認為宇宙對此少年有斷袖之愛。另見第五章註㊷。

⑫阿基里斯（Achilles）：即《伊利亞圍城記》中的希臘聯軍第一員大將。

⑬奧伊柳斯（Oileus）：小埃傑克斯的父親。

⑭埃傑克斯（Ajax）：奧伊柳斯的兒子，稱為小埃傑克斯（特拉蒙（Telamon）的兒子稱大埃傑克斯）。特洛伊城破後，他在密涅瓦廟裡姦汙緊抱密涅瓦塑像求庇的特洛伊城主之女兼女祭司卡珊德拉，因此，密涅瓦雖然偏向希臘這邊，仍怒而懲罰他。

⑮密涅瓦（Minerva）：羅馬女神，等於希臘的帕拉斯，即雅典娜。她是智慧女神，也是女戰神，並精於紡織。荷馬寫她是奧德修斯的守護神。

⑯艾奧利亞（Aeolia）：西西里附近群島。艾奧拉斯是其中之一。

⑰艾奧拉斯（Aeolus）：⑴風神；⑵提沙里（Thessaly）王。

⑱德奧佩亞（Deiopea）：朱諾的侍女。

⑲朱庇特（Jupiter）：羅馬人的主神，等於希臘人的宙斯，是撒騰的兒子，朱諾的弟弟兼丈夫。

⑳伊尼亞斯（Aeneas）：本書主人公，安契西斯與女神維娜斯的兒子，稱為誠實的伊尼亞斯，亦稱伊尼亞斯隊長。

㉑迪奧麥德斯（Diomedes）：泰杜斯（Tydeus）的兒子，特洛伊戰爭裡希臘聯軍最重要的戰將之一，曾刺傷戰神瑪爾斯（阿瑞斯）和愛神維娜斯（阿芙羅黛蒂）。

㉒伊利亞（Ilium）：即特洛伊。

㉓薩佩敦（Sarpedon）：宙斯與凡女生的兒子，特洛伊的友軍律西亞人的領袖，為阿基里斯好友派楚克拉斯（Patroclus）所殺。

㉔赫克特（Hector）：特洛伊皇子，普利安（Priam）與赫丘巴（Hecuba）的兒子，安助瑪琪（Andromache）的丈夫。他殺死阿基里斯的摯

友派楚克拉斯（Patroclus）阿基里斯殺死他，把他的屍體綁在車後，繞城跑三圈兒。後來普利安贖回他的屍體，是《伊利亞圍城記》非常有名的一幕。

㉕西莫伊斯（Simois）：特洛伊河流之一。

㉖律西亞（Lycia）：小亞細亞西南部一區，以土地肥沃著稱。

㉗奧朗特斯（Orontes）：伊尼亞斯的戰友，指揮律西亞人。

㉘伊利昂紐斯（Ilioneus）：特洛伊人，伊尼亞斯的戰友兼發言人。

㉙阿克特斯（Achates）：伊尼亞斯的忠實隨從。

㉚阿巴斯（Abas）：⑴伊尼亞斯艦隊中一艦長；⑵特洛伊戰爭中希臘戰士，為伊尼亞斯所殺；⑶幫助伊尼亞斯的埃楚斯卡人。

㉛阿利特斯（Aletes）：伊尼亞斯的戰友。

㉜奈普頓（Neptune）：海神，相當於希臘的波塞冬（Poseidon），曾為特洛伊城主普利安之父洛麥敦（Laomedon）築城，因洛麥敦不給他報酬而仇視特洛伊。但他仍對伊尼亞斯友好。

㉝屈頓（Triton）：海神，奈普頓的兒子，善吹海螺以鎮平河海。

㉞居莫索（Cymothoe）：海居寧芙（nymph）。寧芙，字義為「年輕婦女」，神話中指水中或山間的女仙或次要女神，通常守著特定的河、泉、山或樹，通常年輕、漂亮、多愛情故事。

㉟安修斯（Antheus）：伊尼亞斯的戰友。

㊱克普斯（Capys）：⑴特洛伊人，伊尼亞斯的戰友；⑵娶西莫伊斯河神之女而生安契斯；⑶阿爾巴·朗卡的國王之一，安契斯教伊尼亞斯看他的後代子孫時，有他在內。

㊲克卡斯（Caicus）：伊尼亞斯的戰友。

㊳阿塞斯特斯（Acestes）：西西里王，原為特洛伊人。在伊尼亞斯一行人航行途中，他曾收容招待他們，見第五章。

㊴西拉（Scylla）：攫食過往船隻水手的海中的六頭十二足女妖，居於麥西拿海峽，靠義大利一邊，對面有克瑞比迪（Charybdis）大漩渦。在《奧德修斯返國記》第十二章中，荷馬寫奧德修斯率部下通過此地，十分精采。

⑩獨目巨人（Cyclops）：⑴住在西西里的一族巨人，只一隻眼睛生在
額頭正中，喜食人肉。⑵為火神與金工神伏爾甘（Vulcan）工作的
神靈。

⑪阿麥卡斯（Amycus）：⑴伊尼亞斯的戰友；⑵小亞細亞貝布瑞夏
（Bebryces）的統治者，以長於拳擊著稱。⑶伊尼亞斯的隨從，為
特思納斯（Turnus）所殺。⑷米馬斯（Mimas）的父親；⑸迪奧雷
斯（Diores）的兄弟。

⑫律卡斯（Lycas）：特洛伊人，伊尼亞斯的戰友。

⑬古阿斯（Gyas）：⑴特洛伊人，伊尼亞斯的戰友；⑵大力士赫求力
士（Hercules）好友麥蘭帕斯（Melampus）的兒子，幫助特恩納斯。

⑭克盧安薩斯（Cloanthus）：特洛伊人，伊尼亞斯的戰友，羅馬帝國
貴冑，克律恩俠斯（Cluentius）家族的始祖。

⑮維娜斯（Venus）：即希臘的阿芙羅黛蒂，愛與美的女神，朱庇特
與迪昂內的女兒，與安契西斯（Anchises）生伊尼亞斯。也是愛神
丘比特的母親。後來她成為凱撒家的守護女神。

⑯圖瑟（Teucer）：⑴特洛伊古代君王；⑵希臘人，特拉蒙埃傑克斯
（見註⑭）的異母兄弟。埃傑克斯死在特洛伊，戰後圖瑟回家，他
父親因為他沒有把他哥哥帶回去，怒而把他逐出家門。他去到塞浦
路斯，建薩拉米斯（Salamis）城。

⑰安蒂諾（Antenor）：特洛伊元老會議的重要成員。特洛伊圍城前，
曾善待代表希臘方面來談判索回海倫的奧德修斯與迪奧麥德斯，見
《伊利亞圍城記》第三章；同書第七章，他主張交還海倫。特洛伊
城破之後；奧德修斯念其盛情，在安府門上貼豹皮，令希臘軍不得
騷擾外，並救安蒂諾三個兒子的性命。他先伊尼亞斯逃往義大利，
建帕度亞城（Padua）。羅馬作家後來認為安蒂諾是特洛伊「有德
的叛徒」。

⑱利伯尼亞人（Liburnian）：亞得里亞海東北岸上的居民，以行船快
速著稱。

⑲蒂馬瓦斯（Timavus）：義大利北部一河，水流甚急，注入亞得里

亞海。

⑤西瑟拉（Cythera）：希臘東南海岸外離島，相傳維娜斯自其附近的海水泡沫中出生，然後在此島登陸，西瑟拉女（Cytherea）遂成她的別稱。

⑤魯圖利人（Rutulians）：義大利民族，領袖為特恩納斯。

⑤阿斯堪尼斯（Ascanius）：原名伊拉斯（Ilus）；後改尤拉斯（Iulus），是伊尼亞斯與克魯薩（Creusa）的兒子。

⑤伊利亞（Ilia）：又名雷亞·西爾維亞（Rhea Silvia）。伊尼亞斯與拉丁人結合，其子尤拉斯在後來的羅馬城東南方建阿爾巴·朗卡城，傳至第十、十二或十三代，為努米托（Numitor），雷亞即努米托之女。努米托之弟阿穆流斯（Amulius）篡位，並迫雷亞成為灶神（Vesta）之處女司祭，以免她生出能繼王位的子嗣。但她仍與戰神瑪爾斯（Mars）生出雙胞胎羅穆勒斯（Romulus）與雷穆斯（Remus）。阿穆流斯下令將二嬰溺斃於泰伯河（Tiber），但盛二嬰之槽子下漂至未來羅馬附近，有一母狼與啄木鳥哺餵他們，然後由一牧人夫婦養大，逐漸發跡，殲除阿穆流斯，扶祖父復位。二人隨後在當初獲救之處建城，羅穆勒斯築城牆，雷穆斯躍越，死於羅穆勒斯之手。羅穆勒斯勢力既成之後，該城即被以他的名為名，稱Rome，即今日之羅馬。羅穆勒斯後來在一次暴風雨中飄然消失，羅馬人相信他已化為神。

⑤阿薩拉卡斯（Assaracus）：⑴特洛伊祖先兼領袖之一；克普斯的父親，安契西斯的祖父。特洛伊城主出於他兄弟伊勒斯（Ilus）那一房。⑵兩名兵卒的名字。

⑤塞爾（Phthia）：希臘一城，阿基里斯的家鄉，在提沙里地區。

⑤邁錫尼（Mycenae）：培洛奔尼撒半島（Peloponnese）的史前第一大城，《伊利亞圍城記》裡希臘聯軍統帥阿格曼農（Agamemnon）的首都。

⑤凱撒（100-44BC）家族的姓是Julius，遙承伊尼亞斯兒子尤利阿斯（Iulus）之名。

⑱菲底斯（Fides）：忠信與誠實的化身神，監督羅馬人民的道德節操，是條約及其餘國家文件的守護神，元老院常在她的神殿裡開會，以示敬重。

⑲美伊亞（Maia）：頂天神阿特拉斯（Atlas）的女兒，金牛宮七星之一，性害羞，深居阿卡迪亞（Arcadia）西里尼（Cyllene）山中，但宙斯還是常來與她相會。她生下漢密斯（Hermes），即羅馬人說的墨丘利（Mercury），神的使者及引導亡魂入地獄者。

⑳戴朵（Dido）：泰爾女王。她的來歷，以下即有交代。她與伊尼亞斯的關係是西方文學裡非常有名的一個愛情故事。

㉑哈帕律斯（Harpalyce）：傳說中的色雷斯（Thrace）公主，以喜好戰爭射獵著稱。色雷斯是希臘西北部一區，戰神瑪爾斯鍾愛的家鄉。

㉒赫布拉斯（Hebra）：(1)色雷斯一條河流；(2)伊尼亞斯的兵卒。

㉓西該阿斯，原文為Sychacus。

㉔皮格馬利翁（Pygmalion）：有二人同名，另一個是塞浦路斯王。

㉕意思是未講完天就黑了，即一天也講不完。

㉖弗呂吉亞（Phrygia）：小亞細亞中部與北部地區，其人民操印歐語，經色雷斯由歐洲移來。今日土耳其首都安卡拉即其重鎮之一。在希臘神話裡，常與律狄亞（Lydia）相混。

㉗亞細亞（Asia）：在味吉爾時代，僅指小亞細亞而言。歐羅巴（Europe）：西西里或西當（Sidon）的腓尼基王阿格洛（Agenor）有女歐羅巴（Europa），朱庇特化成公牛，把她載到克里特，她在那裡生了米諾斯與薩佩敦。歐羅巴洲之名即由她的名字而來。

㉘帕弗斯（Paphos）：塞浦路斯一城，為祭祀維娜斯的中心。

㉙希巴（Sheba），在阿拉伯半島西南，以香料或香水聞名。

㉚雄雞本作：「廟內陳設著禮物，還有女神的像……棟梁安裝在青銅柱上；門的吱嚀響的樞紐也是青銅質的。」

㉛米奈勞斯（Menelaus）：阿楚斯（Atreus）的兒子，阿格曼農的弟弟，斯巴達國王，海倫的丈夫。結婚前，與其他向海倫求婚者約定，異日如有人搶海倫，眾人共擊之。後巴黎拐走海倫，此約生效，特

洛伊戰爭開始。

⑫雷薩斯（Rhesus）：特洛伊的色雷斯友軍領袖，到特洛伊那天夜裡即為迪奧麥德斯所殺，事見《伊利亞圍城記》第十章。當初人們相信，倘使雷薩斯的兩匹馬吃了特洛伊的草，飲了特洛伊的水，特洛伊城便不會陷落。雷薩斯在圍城的第九年馳援特洛伊，抵達當夜，營地即被特洛伊本身派出的偵探多朗敗洩（見本書第十二章註④），那兩匹馬未及飲食，即為迪奧麥德斯與尤里西斯所得。

⑬贊薩斯（Xanthus）：⑴特洛伊的河流；⑵律西亞的河流；⑶阿基里斯兩匹不朽的神馬。

⑭綽依拉斯（Troilus）：普利安的一個兒子。

⑮帕拉斯（Pallas）：⑴密涅瓦的希臘名字，見註⑮；⑵阿卡迪亞（Arcadia）英雄，伊范德（Evander，見第八章註③）的祖先；⑶伊范德的兒子，助伊尼亞斯作戰，為特恩納斯所殺。

⑯事見《伊利亞圍城記》第二十二章。

⑰曼農（Memnon）：泰梭諾斯（Tithonus，見第四章註㉕）與黎明女神的兒子，衣索比亞國王，為阿基里斯所殺。

⑱潘澤西利亞（Penthesilea）：亞馬遜女王，為阿基里斯所殺。亞馬遜（Amazons）相傳是住在黑海區的一族女戰士。

⑲達丹人（Dardan）：特洛伊人之別稱。達丹納斯（Dardanus），希臘人說他出生於特洛伊，羅馬人則說他來自義大利。反正他受特洛伊第一個君主圖瑟歡迎，得贈土地，並娶圖瑟之女為妻。特洛伊地處海邊平原，達丹在其東南方的愛達山（Ida）建城，名達丹尼亞（Dardania）或達丹納斯。圖瑟死，達丹納斯繼位，並以達丹之名泛稱特洛伊。宙斯與許多凡間女人生過很多子女，荷馬說宙斯在這類子女裡最鍾愛達丹納斯。希臘人因阿果斯王達納爾斯（Danaus）而通稱為達南人（Danaans），不可混淆。

⑳狄安娜（Diana）：朱庇特和女神拉托娜（Latona）的女兒，阿波羅（太陽神、預言神、藥神、弓神）的孿生姐姐。她是月神（天上），是射獵女神、處女神與法術女神（地上），冥界女神。她又是十字

路女神,因此有時稱為三路女神(曲維亞Trivia,Tri為三)。下面
所提的歐魯塔斯河(Eurotas)是斯巴達城外的河流;辛莎斯(Cynthus)
是愛琴海小島德洛斯(Delos)的山名,阿波羅與狄安娜在此出生。

⑧塞解斯塔斯(Sergestus):特洛伊人,伊尼亞斯的戰友。

⑧赫斯派里亞(Hesperia),西方,住在西方的人。希臘字根的意思
是黃昏、黃昏星(金星)。

⑧奧諾區亞(Oenotria):古希臘以此稱呼義大利南半部地區。

⑧奧利昂(Orion):傳說中的獵人,希臘神話中,死後為獵戶星座。
在許多文化裡,它若出現於黃昏,是冬季與暴風雨的預兆。

⑧撒騰(Saturn):即希臘神話裡天與地結合而生的克魯諾斯(Cronus),
朱庇特、米諾、冥王普路托(Pluto),和海神奈普頓的父親。被朱
庇特推翻後,他定居在義大利,因此義大利有時稱為撒騰之地方。
他統治義大利時,造成那裡的黃金時代。

⑧厄瑞克斯(Eryx):⑴西西里西北海岸的山和城,城內有維娜斯廟;
⑵西西里王,維娜斯的兒子,伊尼亞斯的異父兄弟,著名拳擊師,
因故與赫求力士比拳,為赫求力士擊斃。

⑧塞雷斯塔斯(Serestus),與下面提到的古阿斯(Gyas),都是與
伊尼亞斯同行的特洛伊人。

⑧安契西斯(Anchises):特洛伊皇子,維娜斯與他發生關係而生伊
尼亞斯。

⑧西當(Sidon):腓尼基人城市,靠近泰爾。

⑧拜拉斯(Belus):⑴戴朵的父親;⑵泰爾王朝的始祖;⑶帕拉麥德
斯(Palamedes,見第二章註⑤)的父親。

⑨麗妲(Leda):斯巴達王丁達勒斯(Tyndarus)之妻,二人生有雙
胞胎:克斯特(Castor),與阿格曼農之妻克里退奈斯屈阿(Clytaemn-
estra)。宙斯慕色,化成天鵝與她交合,她生下波勒克斯(Pollux)
與海倫(Helen),皆卵生。不過,兩對雙胞胎的生父是誰,傳說
不一,有的說都是丁達勒斯,有的說都是宙斯。

⑨應為斯巴達。

㊈泰菲阿斯（Typhoeus）：一個代表火山的怪獸。有一百個噴火的蛇頭，曾統治宇宙，並打敗宙斯。宙斯反攻得勝，把他壓在火山底下。

㊜愛達利阿姆（Idalium）：塞浦路斯的山及樹林，維娜斯的聖地。

㊝巴克斯（Bacchus）：酒神，希臘名戴奧尼索斯（Dionysus）。

㊞比蒂阿斯（Bitias）：⑴戴朵的廷臣；⑵特洛伊人，潘達拉斯的兄弟。

㊟艾奧帕斯（Iopas）：戴朵宮廷裡的詩人。

㊠海阿狄斯（Hyades）：雨季出現的星體。

二、伊尼亞斯講述特洛伊的陷落

　　大家默無聲息，每個人和每張面孔都凝視著他。特洛伊的首領伊尼亞斯從高台上開始說道：

　　「女王陛下，妳要我回顧過去的痛苦，要我講希臘人如何消滅偉大的特洛伊和令人嗟嘆的特洛伊帝國，那真是慘不忍述。我親見那悲劇，曾參加過許多戰役。沒有人能講這個故事而不流淚，即使他是邁密登人①或多洛皮安人，或鐵石心腸的尤里西斯的士兵。現在夜露已迅自天空降下，眾星已在沉落，使人想到必須休息，不過，如果妳真的這麼想知道我們的遭遇，聽我講述特洛伊的最後痛苦，縱使我想起就不寒而慄，殊難忍受它的悲慘，可是我仍將開始講。

　　「希臘的眾指揮官年復一年為命運所沮喪，為戰爭所挫折，造了一個龐大的木馬，腹側是樅木板做的。巧妙的製工，係得自密涅瓦的靈感。他們偽稱獻上這個供品以保證歸航安全；這就是當時傳播的謠言。可是他們暗自抽籤決定，隱藏一夥人在黑暗的腹內，把馬腹充滿了武裝戰士。

　　「從特洛伊可以看見特內多斯島②。在普利安帝國時代，

那兒有財富和權力，是很著名的地方，可是現在卻一無所有，只有一個弧形海灣，提供一個不安全的停泊處。希臘船隻駛到特內多斯，隱藏在寂寞的海邊。我們認為他們已乘風駛往邁錫尼回家去了，所以全體特洛伊人在多年痛苦之後都鬆了一口氣。我們敞開城門，去到岸邊看看希臘人住過的、現在空無一人的地方。不錯，這是多洛皮安人的住處，那是殘酷的阿基里斯的營地。那廂是泊船的地方，這邊是通常鏖戰的場所。有人驚見那個笨重的木馬，很覺詫異，那是永不婚嫁的密涅瓦的饋贈，是為了毀滅我們的。訐莫特斯③ 也許是志在叛國，也許是由於特洛伊的命運已經注定了，首先提出建議道：我們應將馬拉進城去，立在城堡上。可是其他人如克普斯判斷得比較聰明，他們認為凡是希臘人無償提供的東西都有詐。他們主張毀掉它，把它扔在海裡，或點起火燒它，不然就破開馬身，看看腹內有無東西。其餘的人有的贊成這個提議，有的贊成那個。

「可是勞孔④ 領著一大群人匆匆忙忙憤怒地從城堡上走下來。離得還遠的時候他就叫道：『不幸的朋友們，你們定然是瘋了。你們真的相信敵人已經去了嗎？你們想希臘人會提供一件贈物而其中沒有奸詐嗎？你們想尤里西斯就不過如此嗎？要不是他們有人關在這木馬內，現在仍藏在腹中，就是這馬本身是破城的利器，也許可用它窺探我們的家室，或從馬身高處威脅特洛伊城；或者它暗藏著其他令我們困惑迷亂的東西。特洛伊人，決不要相信那馬呀！不論它是什麼東西，我仍害怕希臘人，即使當他們饋送我們禮物的時候。』說著他使力向馬側投一根沉重的槍，插進圓腹的堅實木板，戰巍巍的，擊中的時候，

馬腹內的空間發出響聲；倘使上天沒有跟我們作對，我們沒有
亂了心意，勞孔定然會暴露希臘人藏身的地方。那末特洛伊現
在將仍然存在著，哦，普利安的雄偉城堡，你將仍然屹立著呀。

「可是另有一人出現了，一個年輕的陌生人，兩臂背綁著。
幾個特洛伊牧人碰到了他，正吆喝著趕他到普利安王那裡去。
事實上他在等著他們來捉他。他的目的是給希臘人敞開特洛伊
的門；憑著他自己的冷靜沉著的膽力，他準備接受任何結果，
不是詐騙成功，就是必死無疑。年輕的特洛伊人急於要看看他，
忙聚在他周圍，爭著嘲弄挖苦這個俘虜。現在妳可聽聽希臘人
如何騙我們。從這人的詭詐，就可了解他們全體。

「這個俘虜在我們中間停下來，大家都能看見他，惶恐迷
亂，毫無自衛能力。他那驚恐的眼睛掃視一層層特洛伊人。一
會兒他說道：『噢，現在我在陸地或海上找得到一個藏身的地
方嗎？找不到，在現在的極端苦難中我毫無希望！希臘人中沒
有我容身之地，而特洛伊人同樣敵視我，要我的命作為報復。』
這幾句動人憐憫的話，改變了我們的心情，止住了施以暴力的
衝動。我們催他告訴我們他是哪國的人和他的使命是什麼，何
以膽敢甘冒被俘的危險。後來他不再害怕了，並答道：『不管
將來怎樣，我要向陛下講述整個故事，而且句句都是實話。第
一，我承認我是希臘人，名叫西農。我可以是一個苦命的人，
但命運的惡毒永遠不能把我變成一個不誠實和說謊話的人。你
也許聽人說過帕拉麥德斯⑤，一位偉大和有著名軍功的君王，
他雖無罪愆，只因他反對這次戰爭，希臘人控以可怕的賣國罪
名，將他處死了。現在他過去了，他們才哭他。我還很年輕的

時候，我父親，不是富有者，送我來這裡當帕拉麥德斯的助手，因為我們是近親。只要帕拉麥德斯的王位鞏固，在君王會議裡有影響力，我就也受人尊重。但是，由於尤里西斯的忌妒奸詐，這對你們不足為奇，帕拉麥德斯離開人世後，我便被壓倒了，過著沒沒無聞和憂心忡忡的無聊生活，私心為一個無辜朋友的命運悲哀。我一定是失去了理智，因為我沒有把這種憤恨心情隱瞞起來。實在的，我曾發下誓願，等勝利後回到阿果斯故鄉時，如有機會，定將為亡友報仇。我的話惹起了對我的激烈仇恨；我已逐漸進入毀滅的途徑，因為從那時起尤里西斯不斷以某種新的指控威嚇我，在軍中散佈些有挑動性的暗示，冷酷地計畫著打倒我。他一點兒也不甘心，直到他夥同克爾卡斯⑥ ——可是現在說這些對我有什麼用呢？你們並不想聽，我只是在白費唇舌，你們自然把所有希臘人都歸為一類，只要我有一個希臘名字，對你就夠了。所以你早就該對我施行報復了。那將如何使那個伊薩卡人⑦ 高興啊！阿楚斯的兩個兒子有什麼不肯拿出來報答你們呢！』

「這自然使我們急於偵問西農，逼他解釋；我們不知道希臘人的狡詐能壞到什麼地步。他這個狡猾的演員，興奮地繼續講他的故事。

「『希臘人有幾次因疲於這樣長久的戰爭，想放棄它，離開特洛伊地面，實行退卻。我多麼想他們退去啊！可是每當他們開始行動的時候，洶湧的海水止住了他們，逆風使他們驚慌；當這個木馬用楓木板造成的時候，空中暴風雨的呼嘯較以前更其尖銳。我們在焦急中派歐呂柏拉斯⑧ 去請教阿波羅的神諭，

他從廟裡帶回來這個可怕的信息：『希臘人，當初你們駛往特洛伊的時候，曾宰一個少女為祭，以平息怒風。現在你們要回去，亦須殺人設祭，惟有犧牲一希臘人的性命，才能保證前途平安。』軍中聽到這樣的話，個個心驚膽戰，一股冰冷的感覺，使人們毛骨悚然。誰也不能說阿波羅要選誰，誰將死於非命。這時，那個伊薩卡人逼迫我們的占卜官跟他一起來到我們面前。人們鼓譟起來。他公然逼他解釋神的要求的意義。許多人已在預言，說我將是這個野蠻的、狡猾計畫的犧牲者。他們未加反對，等待這事的結果。一連十天，克爾卡斯默不作聲，不透露誰將是被犧牲者。可是那個伊薩卡人的高聲堅持，得到了勝利；最後，那占卜者跟他達成默契，打破緘默，指定把我獻在祭壇上。其他的人都一致贊成，個個都怕這命運會落在自己身上，當它落在別的倒楣鬼身上時，他們都鬆了一口氣。可怕的日子很快來到了。犧牲儀式所用的器皿都準備好了，連同通常的鹹穀和我的頭帶。好了，現在我承認我逃出了被拘禁的地方，得免於死亡。整夜我躲在湖邊的蘆葦叢裡，滿心希望他們開船離去。我不相信我還能再見我的故鄉或我的兒女或我所想念的父親。希臘人可能會在他們身上洩忿，殺死我的無助的家人以懲罰我的罪過。現在我祈求陛下，憑天上眾神和所有那些維護真理者的名稱，是的，憑人世間神聖不可侵犯的誠信的名義，可憐可憐我這個經歷過這樣可怕的磨難和忍人所未忍的人。」

「他的眼淚救了他的命，我們甚至開始可憐他。普利安以身作則，下令鬆綁他，去掉手銬。他和善地跟他說道：『不管你是誰，我們這裡可沒有希臘人；快些忘掉他們，跟我們一起

吧。現在我要你誠實地、完全地答覆幾個問題。他們造成這個大木馬目的何在？這是誰的主意？是為什麼的？是為了用於某種儀式呢，或用作一種戰爭工具呢？』

「他問畢了。慣於欺騙並具有希臘人一切狡猾伎倆的西農，舉起他那兩隻剛鬆綁的手，手掌朝天，說道：『請替我作證，永恆的星光，永遠沒有被褻瀆過的尊嚴；替我作證呀，祭壇，可怕的刀，和我所戴過的犧牲者額頭上的韌帶。現在我如違背只在希臘人中間才算神聖的義務，不能算是罪過。倘使我恨希臘人，揭開他們的陰謀，那不能看成罪過；現在我已不受我自己國家的法律約束。假如我向你說實話，好好報答你，那末我所求於特洛伊的，要是它不被攻破，只是不要違背它的信誓，而要實踐它的諾言。

「『從戰爭開始起，希臘人獲勝的惟一希望在於帕拉斯的幫助。可是有一天夜裡，迪奧麥德斯和多行不義尤里西斯，爬到你們神聖的廟裡，搶去了特洛伊的護符密涅瓦的像，他們砍倒守衛城堡上層的崗哨，抓住那聖像，用他們血汙的手觸及女神的處女額頭的韌帶。從那夜起，希臘人的希望便像退潮般下落，逐漸消逝了；他們的力氣沒有了，女神一心跟他們作對。

「『女神自己曾以幾椿異事證明這種情勢。神像剛放在希臘營地；她兩眼射出閃閃的火焰，四肢淌下鹹汗，三次神奇地從神座上跳起來，一手執盾，長槍顫動著。克爾卡斯受了感應，教希臘人立即渡海逃去，因為希臘的攻擊已不能摧毀特洛伊的防禦，除非他們先回到阿果斯，再接受些他們第一次渡海時美好的船上載有的神聖恩惠。是以現在他們駛回他們的本城邁錫

尼去了，那只是為了重整軍備和改組他們的神聖聯軍，不久就
要越海回來令你們吃驚。這就是克爾卡斯由於那些徵兆而給他
們定的計畫。他們遵照他的建議，造成這個巨大的木馬，以贖
其褻瀆帕拉斯神像之過，企圖消弭滅罪。同時他教他們把這馬
造得這樣大，造成一個橡木板的龐然大物，使你們不能把它拉
進城門或吊過城牆。倘使把它弄到城裡，它將在你們的古老信
仰的蔭庇下保護你的人民。倘使你們有人傷損了給密涅瓦的供
奉，普利安的帝國和特洛伊人將遭可怕的毀滅，正像我求上天
教克爾卡斯所遭受的那樣。可是假如你們把馬弄到城內去，亞
細亞將可進攻到培洛普斯⑨的城下，這將是你們的後代子孫的
命運。』

「因此我們相信了西農，上了他那褻瀆神靈和狡詐的當。
他的奸計和他的假淚使我們特洛伊人墮其術中，而我們這些人
是無論泰杜斯⑩的兒子或拉瑞莎的阿基里斯以十年戰爭和千艘
戰艦都沒能屈撓的。

「可是現在有一個遠更重大和可怕的經驗給我們痛苦，它
的意外的震撼，衝亂了我們的心意。被抽籤決定作為奈普頓的
祭司的勞孔，這時正在祭壇上宰一隻漂亮公牛為祭，兩條長大
的蟒蛇，想起來就令人心悸，從特內多斯的平靜海面游來，二
者並頭向岸邊前進。牠們的前部和血紅的頂冠高出水面，其餘
的部分在後面的海水裡曲曲捲捲，嘩嘩拉拉，濺起浪沫水花。
牠們的血紅眼睛冒出火花，舌頭一伸一縮舐著嘶嘶作聲的嘴，
這時已到沙灘上了。我們駭得面色蒼白，四散驚逃；牠們直向
勞孔奔去，首先攻擊他的兩個幼小兒子，一個纏住一個，越來

越緊，咬他們，嚙他們的幼小肢體。接著牠們捉住了勞孔，當
他手執兵器急來救援的時候。牠們那長而壯的鱗體纏著他，繞
腰身兩圈兒，喉嚨兩圈兒，頭和頸子還高高伸在他上面。他兩
手瘋狂地要推開纏繞。汙穢和黑的毒液浸溼了他的手和頭帶，
他的可怖的尖叫充滿空中，像一頭被犧牲的公牛因斧頭砍的不
正，咆哮一聲從頸上甩掉它，負傷離開祭壇跑開。兩條海蟒這
時退了去，爬到殘忍的密涅瓦在高堡上的廟裡，藏在神像足邊
圓盾後面。這使每顆戰慄的心充滿了驚悸。人們說勞孔罪有應
得，他不該向馬側投一長槍，傷了那神聖的木馬。大家高聲喊
叫，要把馬拉到牠應在的地方，並祈求密涅瓦的恩典。

　　「我們拆掉一段城牆，敞開了防禦工事。大家一齊努力，
馬蹄下裝了滾軸以利行進，麻繩繫在頸上。那個暗藏戰士的殺
人機關爬過了我們的城牆。青年男子和未婚少女們圍住它唱讚
美詩，快樂地希望著只要一摸那些繩子，就可以給他們好運氣。
那東西爬了上來，險惡可畏地停在城內。噢，伊利亞呀，神們
住家的地方！噢，我的曾為特洛伊人所光榮保衛的土地和城堡
呀！那馬在城門口停了四次，每次腹內都有武器的呵啷聲。可
是我們總是不動腦筋，瞎了眼，迷了心。我們竭力前進，把那
個惡毒的可怕東西安置在我們的神聖城堡裡。卡珊德拉[11] 再度
說出未來的命運。她自己的神命令特洛伊人不要信她。我們這
些可憐的傻瓜，用我們最後一天，以節日的綠葉裝飾城裡的每
個廟宇。

　　「同時天體在運行，夜幕落在海洋上，把上天下地和希臘
人的奸詐一起裹在黑暗裡。特洛伊人寂然無聲，筋疲力竭睡在

城堡裡。這時整個希臘艦隊在融融月光下，以整齊隊形祕密駛往舊日的登陸地點。突然間，王的船發出火的信號，西農在一種不公正命運的神聖保護之下，偷偷抽掉馬的松木閂，放出裡面藏著的希臘人。木馬敞開了，他們又得呼吸新鮮空氣。他們欣然恢復自由；兩個首領，西傘助阿斯⑫和澤內拉斯⑬，躍出馬腹，繼而無情的尤里西斯抓住一條繩子墜下。接著是阿卡馬斯⑭和佐阿斯⑮、佩柳斯的孫子內奧普托勒馬斯⑯，馬柴昂⑰領著他們；還有米奈勞斯和製造木馬的埃佩奧斯。他們向一個酣睡和沉醉的城池行進。崗哨被殺死了，城門敞開著，按照預定計畫，他們迎入夥伴，匯合起來。

「在這個時候，神賜的安息才來到可憐的人間不久，香甜地爬到人們身上。我夢見赫克特站在我面前，滿面憂戚，痛哭流涕，渾身塵土血汗，像那天被拖在戰車後那樣；兩腳被穿皮條的地方腫著。哦，他看著多麼悲慘啊！這跟從前的赫克特，當他戰罷歸來穿著阿基里斯的盔甲的時候⑱，或當他剛把火炬擲到希臘船上的時候，多麼不同啊！他的鬍鬚刮蓬蓬的，頭髮裡凝結著血塊，所有他為保衛祖國城池而戰所受的創傷，都還清晰可見。在夢裡，我是首先說話的，一面哭著，強迫我自己為這次悽慘的會晤找話說：『達丹地面的光明，特洛伊的最可靠的希望，怎麼這麼久沒有見你呀？我們等你等得好苦啊，赫克特！你是從哪裡來的啊？我們現在很疲憊，你的家人很多都死了。我們跟我們的城池經歷了許多艱難困苦。想不到現在又看見你啊！可是誰這樣可恥地毀損了你的尊容？為什麼身上有這些創傷呢？』他沒有回答，對我這些無益的問題未加理會，

但深深飲泣，哽咽著說道：『女神的兒子，快些逃吧，逃出你周圍的這些火烟。城已經破了，整個特洛伊已從她那最高的堡壘倒了下來；普利安和我們的親愛的土地已有過他們應有的日子。倘使強有力的膀臂可以保衛我們的城堡，那麼無疑地我將保衛了它。可是現在特洛伊把它的神和家神交付給你了。帶著他們去面對你的命運，給他們一座跟現在這個同樣偉大的城池，漂洋過海之後，有一天你將建起這樣的城池的。』說著，他親自從神龕裡拿出神聖的花圈，神力所在的女灶神，和它永不熄滅的灶火。

「城裡混亂的哀號這時已傳到我的耳鼓。我父親安契西斯的房子地處偏遠，隱藏在一片樹林背後；即使在那裡，戰爭的喊聲也愈來愈高，最後空中充滿了它的恐怖。我從夢中驚醒，爬到屋頂高處，站在那兒傾耳細聽。那正像颶風的時候一片玉米田著了火，或像山洪暴發沖毀耕牛辛勞種植的茂盛莊稼，沖倒整片樹林，同時有牧童站在高崖上聽著那吼聲，無能為力地驚叫著。真相已經沒有可疑的了；希臘人如何騙過我們，立刻明白了。德弗巴斯[19] 的巨廈已為火所燬，倒了下去。烏卡勒岡[20] 的房子，與他為鄰，也著了火。寬闊的西吉阿姆峽[21] 被火光照得通紅。喊殺聲和號角聲響著。我胡裡胡塗抓起武器；並不是有什麼作戰計畫，只是有一種熾熱的念頭，要糾合一班人，跟我的戰友們集結在一個防禦點上。我憤怒得發狂，沒有時間作什麼決定；我只記得戰死是光榮的。

「這時奧司瑞[22] 的兒子潘薩斯來了，他是城樓上阿波羅廟的祭司。他躲過希臘人的槍劍，牽著他的小孫子的手，帶著祀

神的器皿和敗神的聖像，氣急敗壞跑到我們門口。『潘薩斯』我喊他道，『哪裡最危險？我們在哪裡抵抗？』我的話剛出口，就聽見他悲嘆地答道，『我們達丹地方的末日已經到了。無論我們如何努力，都不能改變這個時刻。我們特洛伊人完了，伊利亞完了，圖瑟時代的光榮輝煌也完了。現在一切都屬於阿果斯人的了；這是朱庇特的殘酷意志。希臘人已是我們城池的主人，它已在燃燒著。那木馬高高站在我們城內，放出武裝戰士；西農得意揚揚地撥著火焰。希臘軍的主力，成千成萬的邁錫尼皇軍，集結在敞開的城門邊。其他部隊塞滿了狹隘的街衢，平端著武器；他們的出鞘的刀劍，一條條閃爍的鋼刃，準備著刺殺。只有城門下最前方的哨兵在抵抗，他們盲目地戰鬥著。』

「潘薩斯這片話，連同從上天來的某種衝動，使我撲入火光劍影中，聽憑上聞於天的吼聲、喊聲和黑暗的復仇本能的引導。隨我來的有瑞弗斯和強大的戰士埃普塔斯㉓，他們是踏著月光走來的。跟他們同來的有海帕尼斯、杜馬斯、和青年的科魯巴斯㉔；他們一起站在我身邊。科魯巴斯是邁格當的兒子，數日前才來到特洛伊，因為他要向普利安和我們國家提供助力，希望藉以得到卡珊德拉為妻，他對她有狂熱的愛。他沒有聽信他公主新娘的警告，真是不幸。我看見他們並肩站著，對戰爭毫無懼色，因此向他們說道：『諸位勇士，現在勇氣已不能幫助我們了；倘使你們決心跟我一起奮戰到底，你們自己可以看見我們的結果將會如何。你們要拯救的城已燃燒起來，我們得撲入火焰與槍劍中戰死。一個被征服者如知道他已不能得救，始有一線得救的希望。』

「那給了他們高傲的心以拚命奮鬥的力量。像一群不耐飢餓之苦盲目前進的狼，想著家裡的幼雛嗷嗷待哺，等著牠們回去，因而進入濃霧裡尋覓食物；我們向槍劍和死亡挺進，逕趨特洛伊中心，在黑暗裡直接穿過敵人。

「沒有人能描述那裡的狂殺和殘死狀況，沒有眼淚可以配得上這樣的痛苦。一座古城陷落了，她的悠久的帝國到了盡頭。街上房屋裡，廟宇的台階上，我們多年來虔敬踩過的，到處躺著不動的死屍，被殺的不光是特洛伊人。有時被征服者鼓起勇氣，那時勝利的希臘人也倒下去。到處是痛苦恐懼，死亡現出千種形狀。

「首先遇見我們這夥人的是安助吉奧㉕，他身邊有一隊強勁的希臘軍，可是他漫不經心地誤認我們是他們自己向前行進的隊伍，甚至向我們友好招呼：『快些呀，朋友們！為什麼這麼晚，還這樣慢吞吞的？你們是剛從高船上來的嗎？特洛伊中心已燒得通紅，別人已在大搶特搬了。』可是他沒有得到確定的答覆；剛說完，他發現誤入敵隊；駭得後退，不再說話了；像一人腳剛落地，發現他踩住一條躺在荊棘叢裡未被看見的蛇，那蛇憤怒地昂起鼓脹的藍頸，他突然嚇得往後退縮。安助吉奧看見我們，就像這樣發抖，企圖退卻。我們衝上去攻擊，把那夥希臘人包圍起來；他們地理不熟，驚惶起來。我們壓倒了他們；第一次交手，運氣就這樣好。這時氣勢大盛的科魯巴斯乘勝呼喊道：『朋友們，讓我們接受命運的這個暗示，在她維護之下贏得安全。我們須改持希臘人的盾牌，戴他們的徽章。誰管我們對敵人的作法是奸詐、還是勇敢呢？希臘人將給我們以

我們所需要的武器。』說著他開始戴起安助吉奧的羽盔，拿起他的高貴的飾有紋章的盾牌；把那把阿果斯劍掛在腰間。瑞弗斯、杜馬斯和我們這夥中所有其他的人都高高興興照他那樣，用新自死者得來的武器裝備起來。我們繼續向前行進，跟希臘人混在一起，順從異邦神祇。在伸手不見五指的黑暗中，我們進入許多次遭遇戰，每次都殺死許多個希臘人。有些希臘人散開來跑回船上，或跑到海灘上，以保安全。有些怕得甚至又鑽到木馬空腹中藏起來。

「說來真慘，神有二心的時候，我們看見普利安那個還沒出閣的女兒卡珊德拉從密涅瓦廟裡被拖出來。她披頭散髮，只能翻著火熱的眼睛無可奈何地望著天空，因為她兩隻纖手被綁著，不能伸上去祈禱。科魯巴斯看見她這樣光景，心裡不能忍受。在一陣狂怒下，他撲入希臘人中間送死去了。我們整夥跟上去，用武器攻擊。這時我們第一次受到我們自己人的打擊，一陣標槍從廟的屋頂上向我們投來。他們錯認了我們的希臘盔纓和希臘武器的形狀，因而發動一場悲慘屠殺。希臘人看見我們拯救一個女子，憤怒得咆哮起來。他們從四面八方向我們集中攻擊，最兇猛的是埃傑克斯，還有阿加米農、米奈勞斯，和全體多洛皮安軍；正像颶風興起時，各種風互相衝撞，西風與南風，還有欣見黎明之馬的東風，同時林木發出呼嘯，奈魯斯㉖在泡沫裡猛使三叉戟，攪起海水直到海底。甚至先前在特洛伊各處的黑暗中被我們趕跑了的，有些現在又回來了；是他們首先看穿我們的武器和盾牌有詐，他們也注意到我們講的話跟他們的不同。我們的處境相當危殆，他們卒以多數壓倒了我們，

科魯巴斯首先遇難,佩奈柳斯[27] 在戰士女神的祭壇旁殺死了他。瑞弗斯也陣亡了,他是特洛伊人中最公正的,從來沒有作過不義的事,可是神們沒有理會他的正義居心。海帕尼斯和杜馬斯也死了,都是被他們的朋友刺死的。還有你,潘薩斯,甚至你的聖潔和你頭上戴的阿波羅花冠,也不能救你免於死難。哦,伊利亞的灰燼啊,燒盡我所愛的一切的火焰啊,請替我作見證,在你陷落的時候,我從未退縮不前,不敢去刀光劍影中冒戰爭的危險,我情願給希臘人殺死,可是命運不如我願。這時我們被打散了。跟我一起的有年老遲緩的伊菲塔斯[28] ,和為尤里西斯所傷而行動不便的佩利亞斯。聽見普利安宮殿傳出的喊叫聲,我們直奔那裡去。那兒的戰鬥極其激烈兇殘,其他各處的廝拚和殺戮,跟這裡相比算不了什麼。這兒是戰神極度瘋狂的地方。希臘人猛衝到房前,頭頂盾牌擁集在門外;梯子已牢牢靠在牆上,進攻者已踏上靠近門楣的梯磴。他們左手執盾,伸向前去以資保護,右手扳住房頂。對抗他們的特洛伊人,在死亡邊緣上知道他們的處境無望,揭屋頂上的瓦並鬆開堡壘上的磚,投擲下來以保衛自己。他們把屋頂的描金橫樑——古特洛伊的光榮——滾下來砸壓敵人。有人光著寶劍,堵住進口,並肩守門。我們感覺一股新的勇氣,決定幫助王宮,給守衛者以救援,給被打擊者以新的氣力。

「經過一個隱蔽的通路,可以從一個祕密的門進入宮殿,過路人向來不注意這個進口;由這道門,可以通往普利安王家的幾處宅第。在我們的帝國時期,可憐的安助瑪琪[29] 常獨自從這條路上走去拜望赫克特的家人,或者帶領小阿斯蒂亞納克斯

去看他祖父母。我從這裡進去，爬到斜坡屋頂最高處；不幸的
特洛伊人正忙著投擲不發生作用的東西。與此相鄰的屋頂上有
一堡樓高峙，我們常從這裡眺望全特洛伊地面，看希臘人的營
地和艦隊。我們用鐵槓撅它周圍，把上層鬆開了；扳離原位，
推了下去。忽然間它訇然一聲坍塌在許多進攻者身上。可是其
他進攻者接著來了，我們不懈地投擲石塊及其他許多種東西。

「派拉斯一躍，站在王宮正門前，銅甲閃耀，睥睨一切，
像一條吃飽了毒草藏在地下冬眠的蛇，現在出來到日光中，脫
皮後呈現清新和青春的光彩，昂首挺胸，踡起滑溜的身軀，三
叉舌不住伸縮。跟他一起的有偉岸的派瑞法斯[30]，阿基里斯的
侍從兼御者奧托麥敦，和全體西羅斯[31]部隊。他們一起來到房
前，向屋頂投擲火炬。他們的首領派拉斯手持斧頭砍那結實的
門，鬆開了包銅的戶樞；不久便劈開了一片，把那堅固的橡木
門砍了個洞，在門上開了一面大窗。這時門內情況一目了然。
一長排走廊突然出現在眼前，可以看見普利安王及其前代君王
的寢宮，門前有武裝衛士拱衛。

「王宮內有啼泣聲和一片混亂可憐的嚎聲。女人的痛苦叫
喊響徹室內的每個角隅，陣陣尖叫，上聞於天上的星體。貴婦
們驚恐得在室內亂轉，兩臂抱住柱子親著。派拉斯走上來，像
阿基里斯自己進攻時那樣。任何門卡或衛士都擋不住他的攻擊。
在他不斷敲打下，門破了，門柱被扭出臼窩，向外倒了下去。
極端的暴力闢了一條路。闖過去砍倒前面的衛士後，希臘人一
擁而進，王宮裡到處都是他們的人；他們甚至比漲水的河還要
可怕，當那起泡沫的水沖破堤岸，浪濤滾滾沖倒一切障礙，最

後那瘋狂的洪流衝進田園，將許多哩鄉野的牛與牛棚一掃而光。我親見派拉斯殺氣騰騰，跟阿加米農、米奈勞斯都在門內；他們看見赫丘巴和她的一百個女兒，還看見普利安血染他所供奉的聖壇火。那五十間原望延續宗祧的洞房和那些裝飾著戰利品與東方金寶的柱子都倒了下去。凡是未被火燒掉的，都被希臘人摧毀了。

「妳也許想知道普利安王是怎樣死的。

「當他看見特洛伊已經陷落、宮殿的大門已被打開、敵人已經到了他家的時候，雖然已經年邁力衰，他仍無力地把那久已不用的甲冑披在他那老而抖顫的肩上，把一柄不發生作用的劍繫在腰間。他開始衝向敵人叢中赴死。在宮殿中心一片露天的地方，有一大祭壇，旁邊有一棵老月桂，覆蓋祭壇上空，蔭蔽著家神。赫丘巴和她的女兒們坐在祭壇旁，一個無效的庇護所，抱住神像，像一群鵓鴿在一陣昏暗的暴風雨來到前飛撲下來找避難所那樣。赫丘巴看見普利安像年輕力壯時那樣全身披掛，喊叫道：『可憐的丈夫啊，你這樣武裝起來是為了什麼呀？你要做甚樣可怕的事啊？為什麼這樣匆匆忙忙的？現在需要的不是這樣的幫助，也不是武裝自衛，即使我的赫克特還活著也是如此。來這裡吧。這祭壇可保護我們大家，否則我們就死在一起吧。』說著她把老王拉過去，讓他坐在神壇旁邊。

「可是，看呀，普利安的一個兒子波來特斯㉒正在逃派拉斯的殺戮，帶傷衝出敵兵的槍矛，順著長廊穿過空的殿廳跑來，派拉斯隨後緊追，準備用槍再給他一個創傷。最後，波來特斯進入他父母的視線，在他們面前倒了下去，生命隨著大量的血

流了出來。普利安看見這光景，甚至知道自己也必死無疑，仍不能克制，或忍怒吞聲。『你！』他叫道，『倘使上天還有任何正義，記下你這樣的惡行，願神們給你以正當責罰，懲處你這項罪惡，你竟汙瀆一個為父者的顏面，把我自己的兒子殺死在我面前！偉大的阿基里斯，你妄稱為你父親的，他對待他的仇家普利安可不是這樣的，他忠實地尊重祈求者的權利，把赫克特的屍體還給我埋葬，讓我平安回到自己家裡。㉝』老王說著，投出他的標槍，那槍太無力氣了，不能造成傷害，被銅盾擋開，只呵啷一聲拍在盾的中心上。派拉斯答道：『既是那樣，我就派你去給我父親阿基里斯送個信兒；別忘了告訴他我這可嘆的行為，和他的兒子如何辱沒了他。現在就死去吧！』說著他拉住抖顫的普利安，拖過他自己兒子的血泊，拉到祭壇上；左手挽住老人的頭髮，右手揚起光亮的寶劍，刺入他的脇下。普利安在那裡了結了殘生，臨終眼前，特洛伊被焚，城牆坍塌。曾威風凜凜統治過一個亞細亞帝國的他，落得這般下場。他的碩大的軀體被棄在岸邊，頭被割了去，成了一具無名的屍體。

「那時我初次感覺一種劇烈的恐懼，看見普利安王那樣可怕地被殺害，我想起了自己親愛的父親，他們二人年紀相若。我想起了無助的克魯薩㉞，家被搶劫，和我的幼子尤拉斯。我回顧一下，看還有什麼人在身邊。所有人都棄我去了。他們戰得完全筋疲力竭，有的從房頂跳到地上，有的絕望之餘撲到火裡燒死了。這時只剩我一人；就在這時，我看見了她，丁達勒斯的女兒海倫。我在徬徨地走著，趁著火光到處張望，看見她靜悄悄地躲在維斯塔㉟門旁，一動也不動。她怕特洛伊人的憤

恨，他們的城已經破了；同樣也怕希臘人的報復和她所遺棄的丈夫的怒忿。她是特洛伊和她丈夫共同咀咒的人；現在暗藏在祭壇旁，為人所不齒。我一時心頭火起，充滿了為家國報仇雪恨的怒意，要以罪惡還報罪惡。『哈！』我想道，『我能讓她不受傷害，回到她的出生地斯巴達和邁錫尼，安享勝利王后的地位嗎？我能讓她重見她丈夫、父母和兒女，並有我們一群特洛伊王公貴婦圍著服侍她嗎？在普利安死於劍下、特洛伊燒成火海，我們的達丹海岸遍地血汙之後，我能允許這樣嗎？不能！殺一個女人沒有什麼大榮耀；這樣的勝利不值得稱頌。但我總算結果了一個罪婦，懲處了一椿急待懲處的罪惡，那樣發洩我復仇的慾望、安慰我所親愛的死難者的在天之靈，也是一件快事呀！』

「我心裡這樣說著，憤怒掌握了我的判斷，完全控制住我。可是在我說著的時候，我的溫柔的母親出現在我面前，形相較我從前所見的更為清晰，在黑暗中容光煥耀，照在我身上，露出她的全部神性，她的美麗和氣質正像神們所見的那樣。她用手止住我，輕啟朱唇說道：『兒啊，無論怎樣怨恨，怎能發這樣不可控制的脾氣呢？為什麼這樣盲目生氣呢？為什麼這樣忘掉你對我們的愛呢？你不是應該先去看看你那老而疲憊的父親安契西斯在哪裡，你的妻子克魯薩跟兒子阿斯堪尼斯可還活著嗎？成群的希臘掠奪者在他們周遭到處搜索，假如不是我在保護著，這時他們不是為火所焚、便是死於無情的劍下了。你切勿怪罪斯巴達丁達勒斯家這位可恨的佳麗，也不要怪罪巴黎。是神狠著心腸，毀滅特洛伊的顯赫光輝和勢力。現在看吧！我

要驅散你周圍的一切濕陰陰的朦朧雲霧，它們遮蔽著你凡體的視力。你不要害怕母親的命令，也不要不服從她的吩咐。你看那廂磚石亂飛，烟塵滾滾，那是奈普頓在打碎牆垣，用他那強有力的三叉戟挖掘牆基，搗毀整座城池。那邊站在斯坎門㊱前領頭的是盛怒的朱諾，她腰懸寶劍，滿腔殺氣，喊她的朋友們從希臘船上成隊前來。往四下看看吧，堡壘高處坐的是帕拉斯屈頓尼亞㊲，閃爍著雲裳和她胸前無情的戈兒岡頭㊳。甚至至尊的天父也給希臘人以新的勇氣、強力、和勝利，並鼓舞眾神對抗特洛伊的武力。兒啊，快逃命吧。停止這場鬥爭吧。我將到處保護你，把你平安帶到你父親門外。』說畢，她消逝在夜的黑暗裡。哦，眼前我看見些可怕的形狀，那些仇視特洛伊的龐大神祇。

「實在的，整個伊利亞這時在我面前清清楚楚燒成了一片火海；奈普頓的特洛伊已經天翻地覆；像高山頂上一棵老梣樹，農人們圍住爭相砍伐，一斧跟住一斧，它開始擺動，繼續搖晃，樹梢和高枝左歪右斜，最後慢慢傾倒，咔嚓一聲順著山坡滾溜下去。我爬下房頂，由於女神的引導，平安穿過火光敵影。刀槍讓我通過，火焰遇我倒退。

「到了我父親家那座老房子門口的時候，我衷心希望，找到他後，第一件事就是把他帶到山裡去，可是他拒絕在特洛伊夷為平地時去過流亡的生活。『你們其餘的，』他說，『現在血氣方剛，年富力強，可快些逃命去。至於我，倘使天上的神祇要我繼續活著，他們會保佑我的家。我已經看見特洛伊陷落過一次，並安全無恙度過那關。一次就夠了，而且不只夠了而

已。哎,你們現在可以辭我而去,我就像現在這樣躺在這兒。我自有我自己的死法。敵人將可憐我;他們是只顧搶東西來的。至於埋葬,那倒可以免掉。我已在天譴之下過著痛苦日子,自從眾神之父和人之王以他的霹靂風吹我、用火燒我以來,我只在無目的地苟延歲月。』他這樣說著,決心堅定,不能動搖。我們這一邊,我的妻子克魯薩、阿斯堪尼斯和我們全家人都痛哭流涕央求他,說他是一家之主,千萬不要這樣毀滅我們的希望,我們的負擔已經夠重了,不要再給我們增添重量。可是他仍然拒絕,坐在那兒動也不動,也不改變目的。

「這時我極端失望,只求一死,我已在開始武裝自己,因為除此以外還有什麼辦法,還有什麼途徑可尋呢?『你是我生身父親,』我說,『你當真以為我會離家棄你不顧嗎?一個為父的人能說出這樣可怕的話嗎?假如天上的神祇要這個偉大城池的人死盡殺絕,假如你下定決心,使你自己和你的親人與特洛伊偕亡,那麼死的門是敞開著的。派拉斯頃刻就會離開普利安的血泊來到這裡,他曾當他面殺死他兒子,再把他殺死在祭壇上。哦,溫柔的母親,你救我逃出火光劍影就是為了這個嗎?就是要我看見敵人在我自己家裡,看見阿斯堪尼斯、我的父親,和克魯薩在我身邊,像犧牲一般倒在彼此的血泊中嗎?快些,諸位夥伴!拿我的武器來。征服者已到了必死的關頭。讓我回去找希臘人去。讓我返去再戰一番。今天我們大家不能坐在這兒等死啊。』

「說畢,我扣上寶劍,把左臂伸入盾帶,整好盾牌。正要離家的時候,克魯薩出現在門口。她止住我,抱住我的腳,捧

著我們的幼子尤拉斯給我。『假如你要去尋死，』她哭道，『那麼快些也帶我們去，跟你共同赴難。可是倘使根據你所見的戰鬥情形，你認為重上戰場對我們尚有希望，那麼，你首先應該當心的是在這兒保護你的家室。否則你將把我們的小尤拉斯、你的父親和我留給誰照顧呢？你曾稱我是你的妻子啊！』

「她的哭聲高亢，整座房子響徹那痛苦的話語；這時突然發生了一個奇蹟。我們這對悲傷的父母在共同捧著尤拉斯的時候，那孩子的輕便小帽上忽然著了火，一道明亮但無害的火焰掠過他頭髮，在額頭上跳動著。我們心驚膽怕，急忙動作起來。我們拂動他的頭髮，以熄滅火焰，並試圖用水澆那神火。這時我父安契西斯高興地舉目遙望星空，伸起雙手向天禱告道，『萬能的朱比特，倘使禱告能改變你的意志，請你這時立刻望望我們，我們只求一件。倘使我們的正直贏得你的惠顧，現在請給我們一個朕兆以證實這個神蹟。』老年皇子話還沒有說完，忽然他左邊響了一聲霹靂，一顆流星拖著一道長光劃過黑夜的天空，明晃晃地落了下去。我們看見它掠過我們房頂，把街道照得通明，仍然亮著進入愛達山的樹林裡。它後面有一條光線，周圍有一團硫磺烟狀起。我父親相信了。他站起身來，仰面朝天，祈禱我們的神祇，膜拜那神星。『啊，我不再遲疑了，我族的神祇，無論你們引我到哪裡，我都跟你們去。救救我們的房子吧，救救我的孫子吧。你們這個朕兆是神聖的，特洛伊在你們掌握中啊。兒啊，我不再堅持了，我情願跟你走。』

「我父親這樣說。這時城裡的火燒得更響，那滾滾的熱焰離我們愈近了。『好吧，親愛的父親，』我說，『來，你得讓

我背你。我用肩膀扛著你，一項為我所愛作的事，我不會嫌重。無論前去遇到什麼，我們有福同享，有禍同當。尤拉斯須在我身邊走，我的妻在後相隨。還有你們眾人，我的僕從們，請聽我說。你們出城的時候，經過一個小丘，上有一個棄而不用的色列斯[38]的古廟，廟旁有一棵多年來為我們祖先所尊敬的老柏樹。我們可分頭出城，在那裡匯合。父親，現在請你去請出我們家的神祇，我們的神聖表徵。我不能碰他們，因為我還沒有在活水裡洗過手，我剛從惡戰中來，手上還沾有血汙。』說著我彎下身把一件紅褐色獅皮披在頸上和肩上。接著便背起我父親。我的幼子尤拉斯手指頭攙住我右手，在我身邊小跑。克魯薩在後相隨。我們就這樣行著，揀黑的地方走；雖然直到那時，我還沒有受到刀槍的影響，甚至也沒有遇見希臘人來攻擊，可是任何風吹草動都使我吃驚，我心裡很害怕，為我背上背的擔心，也為身邊走的擔憂。

「我已經到了城門跟前，心裡想一路還算平安；忽然聽見急促的腳步聲，我父親往前面的黑暗裡望望，叫道，『兒呀，快跑呀。他們來了，我看見明晃晃的盾牌和銅的閃光。』那時我甚是焦急慌忙，一種不祥的力量奪去了我的機智，因為離開了我熟識的街道後，我迷失了方向，正在走投無路的時候，哎呀，真可怕！我的妻子克魯薩不見了：可是某種惡毒的命運偷了她去，所以她停止逃跑呢？還是她迷失了道路，跑得筋疲力竭倒了下去呢？我們不知道；我們再也沒有看見她。她剛失踪的時候我沒有回頭望她；在到達從前祭祀色列斯的那個山丘前我也沒有想過她。在山丘上我們一夥人集合起來，才發現少了

她一人，她的丈夫、兒子和朋友們在不知不覺中永遠失掉了她。

「我氣得發瘋，埋怨個個神祇，咀咒全體人類。在整個特洛伊的陷落中，沒有一樣像她的喪失使我這樣傷心過。我把阿斯堪尼斯、安契西斯和我們的特洛伊護神託付給我的夥伴們。留下他們隱藏在曲折的谷地，我返回特洛伊去。我又佩上明晃晃的武器，決心再冒一次險，循舊路再往特洛伊走一趟。

「首先我去到我們適才穿過的幽暗城門，在黑暗中細心默察我的足跡，順著它們往回走。所有這段時間我感覺一種威脅，空氣的沈寂使我心裡害怕。我回到我們的房子跟前，心想萬一她走回去了，萬一如此啊！希臘人已占據了整座房子。一切都完了，風吹火焰燒到房頂；火頭跳過房頂，煙焰沖向天空。我進而又去看看堡樓上普利安的宮殿。那兒在被遺棄的柱廊下，朱諾保護著菲尼克斯⑩和可怕的尤里西斯，在監督劫掠者，他二人是被指定負責這項責任的。從特洛伊的廟宇裡搶來的寶物都堆集在這兒，其中有祭神的桌子、純金的調酒碗，和抄來的衣服、一長列心驚膽裂的婦孺在附近等著。我甚至冒險在黑暗中喊叫。我一再在街上喊著，在悲悽中連呼克魯薩的名字，正在心煩意亂、無限憂傷、挨著一座一座房子尋找的時候，克魯薩的亡魂出現在我眼前，滿面愁容，蒼白可怕的身體比生前高些。我駭得動彈不得，頭髮直豎，說不出一個字來。她跟我說話，她的話消解了我的悲戚。『親愛的丈夫，何以讓你自己縱情於無謂的悲傷？已經發生的事是神的計畫的一部分。正義的法則和奧林匹斯的最高統治者，都不准你帶克魯薩離開特洛伊伴你遠行。你得渡過重洋流亡到很遠的地方。你將去到西方土

地，那兒律狄亞泰伯河的緩流流經肥沃的田疇，兩岸住著強壯的人們。那裡有快樂和一個王國在等著你，你將娶一位王后，不要再為你所愛的克魯薩傷心流淚了。因為我是達丹納斯⑪ 之後和女神維娜斯的女兒，我不必去忍受多洛皮安或邁密登人家的傲慢，也不必去為希臘人的母親作奴隸。眾神的偉大母親要我留在特洛伊的疆界內。現在就此告別吧，千萬疼愛我們二人的兒子。』說了這些後，雖然我哭著想跟她再多說些話，可是她棄我而去，消逝得無影無蹤。我三次想在她站立的地方抱她的脖子，三次都撲了空，那幽靈脫出我的雙手，像一陣風，或一個融化了的夢。

「夜已闌珊，我回到我的夥伴們身邊，驚見又有許多新來者集結在那裡，其中有母親、丈夫和青年人，都可憐地聚在那兒準備逃亡。他們是從四面八方來的，個個帶著隨身東西，決心讓我領他們渡海去到任何地方。這時晨星已升至愛達山山脊之上，帶來了白晝。希臘人把守著每道城門，沒有拯救的希望。我無可奈何揹起我父親，向山裡走去。

譯 註

①邁密登人（Myrmidon）：居住於提沙里（Thessaly）地區阿基里斯家鄉塞爾（Phthia）一帶的古民族，因由阿基里斯率領出征特洛伊而出名。尤里西斯（Ulysses），即希臘的奧德修斯。

②特內多斯（Tenedos）：愛琴海一小島。

③訐莫特斯（Thymaetes）：⑴一特洛伊人；⑵希塞塔昂的兒子，在前線防衛特洛伊營地。

④勞孔（Laocoon）：特洛伊人，海神奈普頓的祭司。

⑤帕拉麥德斯（Palamedes）：希臘英雄。特洛伊圍城之戰裡，他與尤里西斯與迪奧麥德斯輪流領軍，將略頗為後二者所妒。依照史詩，他們在他釣魚時淹死他，或誘他下井尋寶，然後落石入井。依照悲劇的寫法，阿格曼農、迪奧麥德斯及奧德修斯偽造特洛伊城主普利安之信件與金錢，遣人藏入他帳中，然後舉發他通敵受賄，使他被處以石頭丟死之刑。

⑥克爾卡斯（Calchas）：特洛伊之戰時希臘軍的占卜者，曾預言希臘軍須有阿基里斯方能得勝，希臘軍將圍城九年而在第十年陷城，阿格曼農必須殺死女兒獻神，艦隊才能順風前往特洛伊等要事。

⑦伊薩卡（Ithaca）：希臘西部小島，尤里西斯的家鄉。阿楚斯（Atreus）的兒子是阿格曼農與米奈勞斯。

⑧歐呂柏拉斯（Eurypylus）：參加特洛伊戰爭的希臘人。

⑨培洛普斯（Pelops）：阿格曼農、米奈勞斯的祖父。培洛奔尼撒半島（Peloponnese）即因他而得名。

⑩泰杜斯（Tydeus）：希臘人，迪奧麥德斯的父親。拉瑞莎（Larisa）是提沙里的城鎮，阿基里斯的故鄉。

⑪卡珊德拉（Cassandra）：普利安的女兒。阿波羅愛她，賦予她以預言的能力。後因她拒絕阿波羅的愛，阿波羅怒而使她的預言雖然後來都應驗，但當初無人相信。根據比較流行的說法，特洛伊陷落之

後，她被希臘軍統帥阿格曼農所得，阿格曼農返家即被其妻殺害，她一起喪命。

⑫西傘助阿斯：原文為Thessandrus。

⑬澤內拉斯（Sthenelus）：⑴迪奧麥德斯的侍從；⑵一特洛伊人。

⑭阿卡馬斯：原文為Acamas。

⑮佐阿斯（Thoas）：⑴藏在木馬腹內的希臘人之一；⑵伊尼亞斯的兵卒。

⑯內奧普托勒馬斯（Neoptolemus）：佩柳斯之孫，即阿基里斯的兒子派拉斯（Pyrrhus），因在其父死後才參戰，故改現名，意為「青年戰士」。特洛伊城破之後，他打入宮中，在宙斯祭壇上手刃普利安。

⑰馬柴昂（Machaon）：希臘軍醫。下面的埃佩奧斯，原文為Epeos。

⑱阿基里斯為戰利品與統帥阿格曼農爭執，忿而退出戰事。（《伊利亞圍城記》第一章）。其後局面轉變，赫克特大破希臘陣地，阿基里斯仍不肯出戰，但允將其甲冑借與好友派楚克拉斯（Patroclus）穿戴，以振軍心（同書第十六章）。派楚克拉斯與赫克特對陣，命喪赫克特之手，這副甲冑即被赫克特剝去（同書第十七章）。赫克特攻入希臘軍，以火炬擲其艦隻，亦為此前後章之事。

⑲德弗巴斯（Deiphobus）：普利安的兒子，巴黎死後娶海倫為妻，特洛伊陷落時海倫出賣他，致其為希臘人所殺。

⑳烏卡勒岡（Ucalegon）：特洛伊人。

㉑西吉阿姆（Sigeum）：特洛伊附近岬角。

㉒奧斯瑞斯（Othrys）：⑴阿波羅祭司潘薩斯（Panthus）的父親；⑵提沙里的山。

㉓奧斯瑞斯（Othrys）、埃普塔斯（Epytus），以下的海帕尼斯（Hypanis）、杜馬斯（Dymas），都是特洛伊人。

㉔科魯巴斯（Caroebus）：普利安的友軍，愛上卡珊德拉。

㉕安助吉奧（Androgeos）：⑴特洛伊戰爭中希臘戰士；⑵克里特王米諾斯的兒子，為雅典人所殺。

㉖奈魯斯（Nereus）：古老的海神，海（Pontus）與地（Gaea）之子。

善於變形，能預言。

㉗佩奈柳斯（Peneleus）：希臘士兵。

㉘伊菲塔斯（Iphitus）、佩利亞斯（Pelias）：特洛伊人。

㉙安助瑪琪（Andromache）：赫克特的妻子。特洛伊陷落後，她和赫勒納斯（Helenus，見第三章註㉛）成為阿基里斯的兒子內奧普托勒馬斯的戰利品。內死後，他二人結婚繼承他的王位。阿斯蒂亞納克斯（Astyanax）是她與赫克特所生之子。

㉚派瑞法斯（Periphas）：希臘人；奧托麥敦（Automedon）：阿基里斯的御者。

㉛西羅斯（Scyros）：愛琴海一島，派拉斯的出生地。

㉜波來特斯（Pulites）：特洛伊城主普利安的幼子。

㉝事見《伊利亞圍城記》第二十四章。

㉞克魯薩（Creusa）：普利安的女兒，伊尼亞斯的第一任妻子，阿斯堪尼斯（見第一章註㉜）的母親。

㉟維斯塔（Vesta）：女灶神。

㊱斯坎（Scaean）（左手）：特洛伊最堅固、最著名的城門，面對希臘營地。

㊲屈頓尼亞（Tritonia）：密涅瓦的稱謂，來自利比亞西部的屈頓尼斯湖（Tritonis），有人說她生在離該湖不遠的地方。

㊳戈兒岡（Gorgon）：荷馬視為一個神，後人視為三個姊妹；她們是塞諾（Stheno）、尤瑞雅爾（Euryale）和麥杜薩（Medusa）。她們滿頭蛇髮，誰要是看她們，立刻變成石頭。三者中只有麥杜薩是會死的。柏修斯（Perseus）割下她的頭送給密涅瓦，她把它放山上的神盾上。

㊳色列斯（Ceres）：穀物女神。撒騰的女兒，朱庇特的姊姊。

㊵菲尼克斯（Phoenix）：阿基里斯的教師兼友人。

㊶達丹納斯（Dardanus）：見第一章註㊲。

三、伊尼亞斯講述他的旅程

「上天已推翻亞洲的帝國和普利安的族人，雖然他們該有一個較好的命運。堂堂的伊利亞陷落了，奈普頓的特洛伊燒成了平地。天意要我們這班倖存者到世上找一片無人煙的地方為家。所以我們開始在弗呂吉亞的愛達山山腳附近安坦助斯① 城下打造船隻，不知道天命要我們去到哪裡，准許我們在哪裡定居。我們集合起眾人，在初夏的時候，我們的首領安契西斯督促我們登船，開始命定的航程。我流著眼淚告別故國的海岸、港灣，和特洛伊所在的平原。我成為海上的流亡者，偕同眾夥伴和我的兒子，帶著我家的家神和我族的大神。

「離特洛伊相當距離有一個地方為瑪爾斯② 所有，色雷斯人在那裡耕種大片平壤，過去有個時期，兇惡的律克加斯王③統治過那裡。很久以前，在特洛伊興隆的時候，那裡跟特洛伊有過親密的友誼和姻親關係。我們去到那個地方，在一個海灣選了一個地點，開始修築城垣，我決定用我自己的名字名此城，稱它為伊尼地。可是天命反對這個企圖。

「我正在向母親維娜斯和其他可能贊成我的企圖的神祇，

並向天上眾神之主獻祭，正要在海濱宰殺一頭漂亮公牛。那個地點附近有一土丘，上面生著一叢一叢山茱萸和一叢濃密的穗狀桃金孃。我去到那裡，打算從地上折些青條，用青葉覆蓋祭壇。在那裡我遇到了一個可怕驚人的奇蹟。我從根處挖出第一根枝條，竟有股血滲出，血滴霑溼土地。我渾身打個冷戰，害怕得彷彿血液都凝固起來了。我繼續做去。急著要發現造成這個奇蹟的原因，我折下第二條靭枝。又有股血從皮下滲出。在大惑不解的時候，我開始向當地的神祇和統轄色拉斯地面的瑪爾斯父禱告，求他們改變這個朕兆的可怕意義，化一切為吉祥。我跪在沙上，想用更大力氣再折一枝。那時——我該說嗎？還是應該緘口？土丘裡發出一種可憐的呻吟，我聽見一個人聲答我道：『伊尼亞斯，為什麼你要傷害一個可憐的苦難者？是我埋在這兒。不要再傷害我了，不要使罪惡玷汙你那正義的手。我不是外邦人，我生來是特洛伊人。假如我的枝條被折，就有人血流出來。哎呀，趕快離開這貪婪的海岸吧，快離開這野蠻國度吧！因為我就是波律多拉斯[41]，在這裡被亂槍刺死，所以我上面生了一叢像標槍樣的東西。』

「聽了這些話，惶惑和恐懼使我的心碎了。我駭得緘口無語，頭髮直豎，喉嚨說不出話來。因為從前當不幸的普利安深感特洛伊將被長期圍困的時候，他開始對特洛伊的武力失去信心，暗中將波律多拉斯和許多黃金託付給色拉斯王照顧。後來特洛伊的勢力衰敗了，它的興旺時期過去了，這位國王就倒在勝利的阿加米農那邊。他破壞了一切正義的律例，謀害了波律多拉斯，奪去了那黃金；那可咒的黃金慾驅使一個人無所不用

其極。當我能再動彈的時候，我挑選了幾位夥伴，特洛伊的領袖們，自然包括我父親在內。我將那奇蹟告訴他們，問他們作何想法。大家一致認為我們應立即離開這個邪惡地方，跟這個褻瀆待客律的國度脫離一切關係，讓一陣海風把我們的艦隊吹去。因此我們重新埋葬波律多拉斯，把他墳上添些新土，在樹蔭下築一祭壇，上面覆以陰鬱的深暗布單和黑的絲柏。伊利亞婦女們披頭散髮，站在旁邊。我們用成碗的熱乳和成瓶的淨血奠祭；這樣使死者的靈魂在墓內安息，我們便高呼珍重而去。

　　「一等我們能信得過海洋，當微風吹動含笑的水面招我們下海的時候，我的夥伴們便聚在海灘上把船推下水去。我們駛離那個海港，陸地和城鎮在我們後面消逝。在很遠的海中有一島名叫德洛斯，一個神聖的島，上有居民；此島為奈瑞艾茲⑤的母親和愛琴海的奈普頓所鍾愛。弓神見它從這岸漂浮到那岸，也因為那是他的誕生地，為孝敬他的母親，他把它牢固地鏈在高高的邁科諾斯和古阿洛斯⑥上，使它成為可供人住的地方，並使島上居民有睥睨波浪的能力。那時我去到德洛斯，我們這一夥疲憊的人在它的港內受到安全和同情的歡迎。我們下船到阿波羅的城裡致敬。那兒的國王是阿尼阿斯，他是國王兼阿波羅的祭司，頭戴神聖的桂冠和冠帶。他出來迎接我們，認得安契西斯是他的老朋友。他跟我們握手，把我們待為上賓，我們一同走到王宮裡。我虔敬地走進用古老的石塊築成的廟裡祈禱道：『阿波羅，請給我們一個為我們自己所有的家。我們疲倦極了。給我們一座堅固耐久的城池，使我們子孫隆昌。讓我們有一處新根據地，以保存從希臘人和殘酷的阿基里斯手中救出

來的特洛伊的殘餘。誰將是我們的導引？你要我們往哪裡去？
哪兒是我們的家？作為我們的父和神，告訴我們你的意志，請
向我們心裡直說。』

「我剛說完，忽然間一切東西震動起來，廟門和神的月桂
也是那樣；我們所在的整個山頭彷彿都在搖動，廟門似乎震開
了，廟裡的鼎鑊在高聲說話。我們低頭倒在地上，只聽一個聲
音說道：『哦，多災多難的達南人呀，你們的祖先所從出的地
方，你們的發祥地，將接納你們回到她那慷慨的懷抱裡。去找
你們古代的母親去。在那塊地方，伊尼亞斯的家族，他的子子
孫孫，和所有他們的後代，將統治地上的大幅疆土。』阿波羅
的話使我們非常高興和強烈地興奮。可是我們都不知道，他教
我們這班流浪者回到我們古代母親那裡去，他指的城池究竟在
哪裡呢。這時我父親回想我們早些年的傳統。『特洛伊的諸位
領袖，』他說道，『聽我講你們的希望在哪裡。偉大的朱夫⑦
有一島在海的中心，叫克里特。島上有一愛達山，那兒是我族
的搖籃。克里特人有一百座大城，他們統轄的腹地是肥沃的。
我記得聽人說我們的祖先圖瑟，原是從克里特航行到特洛伊地
面，在那裡擇地建都。因為那時還沒有伊利亞和特洛伊城砦，
人們住在谷地裡。偉大的聖母訏柏勒⑧跟她的祭儀和那些在愛
達山林中撞鐃鈸的科瑞班蒂斯人，也是從克里特來的；我們還
從克里特學得祀神儀式中的靜默，以及用獅子為我們聖母駕車。
所以，現在，來，讓我們遵從神命指示的途徑。讓我們祈禱順
風，駛往克諾薩斯⑨去。如有朱庇特的幫助，航程不會太長；
第三天早晨我們的艦隊就能到克里特海岸。』說著，他在祭壇

上獻上正當供奉，給奈普頓一頭公牛，另一頭獻給光耀輝煌的阿波羅，給暴風雨神一隻黑羊，給溫和的西風一隻白羊。

「有一個傳說迅速散播著，說克里特皇子愛多麥紐斯⑩ 被逐出他父親的王國，克里特是一片無人居住的地方，我們到那裡時沒有敵人，只有空房子供我們使用。我們離開德洛斯的海港，在海上航行，穿浪前進，駛往許多陸地，經過納克索斯⑪，慶祝酒神節的人在那裡的山坡上痛飲作樂；經過蒼翠的蘆葦島和橄欖島，大理石白的帕羅斯⑫，和在海中星羅棋佈的席克勒底斯群島。水手們呼喊著競相划槳。『往克里特去，我們祖先的老家！』我的朋友們叫著，互相催促前進。船後一陣順風幫助我們的航程。最後，我們順利抵達克里特人住的古老海岸。

「我很興奮地開始構築我們所盼望的城池的牆垣。我稱它為派加米亞⑬，我的人民喜歡這個名字。我教他們愛護他們的新家，並築一高堡以資捍衛。不久，我們的船差不多都全部拉到乾岸上，我們的青年男女已在忙著婚嫁，耕種新的田地，我自己也正忙著制訂法律，分配房舍。忽然間，從天空的某一受毒害的部分降下一場令人傷心的瘟疫，襲擊樹木、莊稼和人，那一季的惟一收成就是死。人們不是喪失寶貴的性命，就是病得幾乎不能動彈。天狼星的熱，灼乾田地，弄得一片荒蕪。草木枯焦了，病了的莊稼不能養活我們。那時我父親教我循原路回到奧推吉亞阿波羅的廟裡，求他開恩，問他讓我們的苦難何時終結，要我們向何處求助，我們應往哪裡去。

「夜來了，世上萬物都在睡眠。我躺著睡的時候，在盈滿的月亮透過窗戶照在牆上的光輝中，看見特洛伊被焚時我帶出

來的眾特洛伊神祇清清楚楚站在我眼前。他們跟我說話,用言語緩和我的憂慮:『你看,是阿波羅自己教我們來到你房裡,他現在給你一個預言,即使你返回奧推吉亞,他給你的也就是這個預言。火焰焚燬特洛伊的時候,我們就跟著你和你的隊伍,在你的照顧下隨著艦隊渡過重洋。我們將把你的兒孫昇到星空,給你的城池以廣大權力。所以你要築起都城,為你的偉大神祇構築堅固的牆垣,決不要望著漫長的流亡而退縮不前。只是你得改換你的住處,德洛斯的阿波羅沒有教你們來克里特,這裡不是他要你定居的海濱。另有一個地區,希臘人稱它為赫斯派里亞,即西方世界,一個古老的國度,武功鼎盛,土地肥沃。那兒的居民原是奧諾曲亞⑭人;據說他們的後代子孫改稱那個地方為義大利,那是他們的一個領袖的名字。這個義大利才是我們真正的家。達丹納斯和伊阿西阿斯⑮都是從義大利來的,伊阿西阿斯也是我們的族人,他還是特洛伊國的創建者。來,起來!高興起來吧,把我們給你的這個消息告訴你父親,這是一個確實無疑的消息。找義大利和科瑞薩斯城⑯去。朱庇特不要你耕種狄克推山⑰的田地。

　　「我看見的神祇和他們所說的話使我發一陣楞。這不會是一個夢。我看見他們戴著花冠的頭和說話的嘴唇,清清楚楚在我面前。我不禁出了一身冷汗,遂即從床上跳起,向天空伸手祈禱,將未攙水的酒澆在爐火上,祭奠他們。欣然完成了這項任務,我把所發生的事正確地告訴安契西斯。他逐漸覺悟到他把兩支祖先的後代弄混了,自己的錯誤使他誤解了關於這些地方的古老傳說:『哦,兒啊,你負著特洛伊命運的責任,除了

卡珊德拉以外，沒有人能預先見到這樣的事。現在我想起，她曾預言我族的這種命運，常說我們未來的領域是赫斯派里亞和義大利，直稱這兩個名字，可是誰信特洛伊人會到赫斯派里亞海岸呢？那時誰管卡珊德拉的預言呢？讓我們相信阿波羅吧，接受他的警告，採取一條比較好的途徑。』他這樣說著，我們大喜若狂，服從他的指示。像上次離開色雷斯那樣，我們離開了克里特，只留下少數人在這島上，開起輕快的船，渡越大洋。

「我們的船遠遠的在大海中，已經看不見陸地，四下都是海和天，頭頂上有烏黑的雨雲，同時狂風大作，朦朧迷離，吹起了碧波。風很快捲起海面，只見巨浪滔滔。我們的船被波浪打得東飄西盪。烏雲遮住了白日的光亮，天空只有黑暗和雨，電光閃閃，一再劃開濃雲。風吹我們離開航線，我們在波浪上盲目漂盪；甚至我的舵手派利努魯斯[18] 說，他往天上望望，不知是夜間或是白晝，在大海中沒有陸地上的標誌，他不能計畫一條航線。雖然難以計算，不過，一連三天三夜，我們在陰暗的洋面迷失著。〔一邊有佩洛普斯和馬勒亞[19] 的崚巇擋住我們，陸地對我們的威脅不亞於海洋；而無情的浪波無時不在沖擊我們。〕第四天我們才首次看見海岸，看見遠處的山嶺，山前的炊煙曲旋上升。船帆鬆弛了，我們用起槳來。槳手們用力撥水，掠過蔚藍的水面，激起浪花。

「逃離海洋後，在遼闊的艾奧尼亞海中的斯楚菲德斯群島[20]，我首次找到避難所。它們是些已經固定了的島，但仍舊沿用這個希臘名稱，意即旋轉群島。可怕的塞勒諾和其他哈培鳥[21]，自從被逐出菲紐斯[22] 的宮殿後，就來住在這裡；因為害怕

追逐牠們的人，牠們放棄用過餐的地方。哈培鳥是一切妖怪中最獰惡可怕的；天怒的譴責沒有比這更殘酷的了，從冥河出來的惡魔沒有比這更壞的了。牠們鳥身女面，肚腹的排泄物令人作嘔。牠們的手是利爪，面上總是現出蒼白的飢色。

「我們在這裡入港登陸，看見面前的平地草場有成群沒人看管的快樂牛羊。我們持劍攻略，並求告神靈，包括朱庇特自己，分享我們的獵物；接著便在彎彎的海岸堆土為座，開始享用一餐盛饌。但是一群哈培突然嘩啦嘩啦從山上可怕地撲來，向我們襲擊；攫取我們的食物，汙穢凡是觸及的東西，惡臭難聞，鳴聲可怖。後來我們重整几案，又燃起祭壇上的火，這次將祭壇設在一個懸崖下的深處〔有神秘的樹林屏蔽〕。可是那群聒噪的哈培，原來躲在看不見的地方，從另一地點又向我們撲來，伸出利爪飛繞，用嘴汙穢食物。我立即命令我的夥伴們拿起武器，向這群怪物拚戰。他們照我的吩咐行事，把劍和盾藏在草叢裡看不見的地方。等那群哈培噼噼啪啪飛到海岸彎處時，米塞納斯㉓ 在一高處響起銅號報警。眾夥伴聽見號聲，起而進攻，進行一場怪異的鬥爭，企圖劍刺這些不祥的和汙穢的海鳥。哪知牠們的羽翼對我們的劈刺毫無感覺，我們傷不到牠們背上的皮膚。牠們迅即飛去，聳入高空，撇下剩餘的食物和牠們令人惡心的遺跡。這時其中之一，塞勒諾自己，落在一個高崖上，說起話來，像一位女預言家一般向我們說道：『哈，你們這班洛麥敦㉔ 的後人，竟不惜從事戰爭以衛護你們的偷牛過失嗎？你們要為這些已宰殺的牛而鬥爭嗎？要把我們無辜的哈培趕出我們應有的土地嗎？那麼請聽我要說的話，把它們牢

記在心。因為我，一切復仇女神的首領，要向你們透露阿波羅向我說過的預言，是萬能之父告訴他說的。你們旅程的終點是義大利。你們將請求風神協助往那裡去。你們將獲准入港，但在你們建一城池和築起牆垣之前，得遭受一次可怕的飢餓，餓得嚼食自己的餐几，以懲罰你們攻擊我們的罪過。』說罷飛去，倏然鑽入林中去了。

「我的夥伴們聽了這番話，頓時駭得連血液都凍結起來。他們意志消沉，跟我說無論這些哈培是女神也好，或只是些不祥的和汙穢的鳥兒也好，得救之道不能靠武器，而要靠祈禱和許願。我父親安契西斯站在海灘上，伸起雙手求告上蒼。他命我們舉行需要的崇拜儀式，禱告道：『諸位神祇，請止住這項危險，避開一切這樣的禍災。請你們慈悲為懷，保護正義的人。』接著他命我們解纜拔錨，張起帆篷。南風充滿船帆，我們在白浪上逃逸，任風跟舵手擇定航線。稍時，為海水環繞的林木蔥鬱的澤罕莎斯島㉕進入視界，隨後我們也看見道里強、薩麥、和有斷崖峭壁的奈瑞托斯。我們避開了曾為拉厄特斯㉖所統轄的伊薩卡石島，詛咒了那個生出野蠻的尤里西斯的地方。不久，為柳卡塔㉗的雲霧所覆蓋的山嶺出現在我們面前，還有阿波羅的危岬，航海者所畏懼的地方。因為身體疲倦，我們拋錨登陸，把各船船尾排在海濱，列成一線，走進一座小城去。

「就這樣出乎意料之外，我們最後登上了陸地。當即遵儀在朱庇特面前行淨化禮，在祭壇上點火還願。接著我們在阿克坦㉘海岸開特洛伊運動會，聚了一大群人。眾夥伴脫光衣服，抹橄欖油，從事各種比賽，正像在老家的摔跤場上那樣，心裡

快活地想著他們已安全逃出敵人的掌握，一路躲過了許多希臘城池。同時太陽在繼續運轉；冰雪來了，凜冽的北風捲起了浪波。我把從前強大的阿巴斯用過的空銅盾釘在廟門上，下面寫了一句紀念詞，『伊尼亞斯獻上從勝利的希臘人手中奪來的武器。』接著我教人們登船歸位，離開港口。眾夥伴撥動海水，作划槳競賽。不久我們看見腓埃基㉙的山嶺在身後消逝，繞過埃匹拉斯㉚海岸，進卡奧尼亞港，最後到了山城布斯魯坦。

「在這裡，我們聽見一個奇怪的故事，幾乎令人難以置信。普利安的兒子赫勒納斯㉛被希臘人擁戴為這裡的君王。他承繼了派拉斯的王位，娶了他的王后安助瑪琪，因而安助瑪琪又成了她的族人的妻子。我對這故事大為驚奇，急忙想去問赫勒納斯，聽他自己講這件非常事故的始末。在離開海岸和船，從港口往上走時，我忽見遇見安助瑪琪自己，正在悲戚戚地澆酒祭奠赫克特的骨灰。她的城池瀕臨一條以西莫伊斯為名的河，離城不遠有一片樹林，林木中間的青草地裡有赫克特的紀念塚，她正在那裡招祭赫克特的亡魂，虔敬地築了兩個祭壇，作為她哀念的地方。安助瑪琪看見我一身特洛伊裝束向她走來，吃了一驚。她迷惑起來；打量著我，現出侷促不自然的樣子；同時渾身寒冷，幾乎站立不住，過了許久才說出話來。『你是真的嗎？我能相信我的眼睛嗎？女神的兒子，我可否知道真的是你？你是活人嗎？倘若你已死了，那末請告訴我，赫克特在哪兒？』說著說著她哭了起來，那裡整個地方都聽見她的哭聲。她悲慟得很厲害，我只能乘間斷斷續續說幾句：『不錯，我是活人；活是活著，只是有莫大痛苦。別疑惑，你的眼睛沒有騙妳。可

是，自從妳失去妳那聲名赫赫的丈夫後，妳的遭遇如何呢？妳
又走了赫克特的安助瑪琪所應有的好運嗎？妳仍是派拉斯的妻
子嗎？』

「她回答我的話，低頭細聲說道：『啊，最幸運的莫過於
普利安那個被刺死在特洛伊城下敵人墓旁的女兒！她沒有當被
俘的奴隸，沒有被派去滿足征服者的獸慾。我看見我的家被燒
掉了，我被帶到遠遠的海外，來忍受阿基里斯的幼子的屈辱和
各種勞役。可是我丈夫不久便離開了我，他急著娶一個斯巴達
女子，名叫赫米昂內㉜，麗妲的外孫女，所以將我配給赫勒納
斯，把一對家奴結為夫妻。那時奧雷斯特斯㉝仍然因為他的罪
過受著復仇女神的迫害，派拉斯打算搶的就是他的妻子，所以
奧雷斯特斯一腔怒火，伺機報復，乘其不備，在他家的祭壇上
刺死了他。派拉斯死後，他的一部分領域依法傳到赫勒納斯手
裡。他借用特洛伊國的卡奧的名字，稱此處為卡奧尼亞，稱整
個地方為卡奧尼亞平原；在山頂上建一伊利亞城砦，一個特洛
伊堡壘。可是你，什麼風吹得你來，怎麼會來到這裡？也許有
一位神強迫你無意中在我們這裡登陸吧？你的小兒子阿斯堪尼
斯怎麼樣？還活著嗎？還在呼吸增加活力的空氣嗎？在特洛伊
時他還跟你一起……他還記得他的亡故的母親嗎？他知道伊尼
亞斯是他父親、赫克特是他伯父嗎？這種知識養成了他的大丈
夫氣概和慕古精神嗎？』

「她正在問著這一長串問話，說著哭著，普利安的皇子赫
勒納斯自己帶著一群隨從，從城裡走來。他很高興認出了他的
族人，帶領我們回城去，一邊跟我們說話，一邊哭著。走近城

時，我認出這個小『特洛伊』，它的城砦建得像舊的城砦一樣，有一條乾河溝也叫贊薩斯；我甚至向『斯坎門』致敬。

「其他特洛伊人高興地同我一起享受這座城池的款待。國王將他們安頓在一條寬敞的柱廊裡，在庭院中賜他們以盛在金盤裡的膳食。他們從捧在手中的碗裡傾出巴克斯的贈物以祭奠神靈。

「這樣日復一日，惠風興起我們啟程的念頭；南風鼓漲我們的帆篷。因此我跟赫勒納斯說，他有預言的能力，問他道：『你是特洛伊所生，是天意的傳譯人，曉得阿波羅的真正意願，和他的三腳鼎，和他的月桂樹；你也通曉星辰，鳥的鳴唱和牠們的具有預言意義的飛行。來，說說看。我對神意的虔敬遵從，使我對我的航程抱有相當希望。神的每次諭告都是以其全部權威，促我航行到遼遠的義大利去。只有哈培鳥塞勒諾是例外，她跟我說起可怕的神怒，預言大災大難，一些不堪言的不敬的話，還說我將遭遇一次餓死人的饑饉。所以請告我，主要地，我將躲過些什麼樣的危險？誰能引我度過那些可怕的難關？』

「我說完後，赫勒納斯首先遵禮獻上公牛，祈禱，以贏得神的恩惠。繼而他鬆開頭上的飾帶，神力是如此強大，他在一陣高熱中牽我的手，引到菲巴斯阿波羅的廟門口。接著他行使祭司的能力，立即張開受神感召的嘴預言道：『女神的兒子，你受了上天的允許才航行於大海上，這是明顯而且一定的一點。諸神之王就是這樣決定了天命，就是這樣讓事態自然發展，也就是這樣翻開未來史冊的書頁。我要說的只是許多事情中的幾椿，跟你說了後，你可在遠洋上航行得更安全些，並順利進入

一個義大利海港休息。其餘的事，要麼是命運之神不讓赫勒納斯知道，要麼是撒騰尼亞㉞朱諾不准洩露。所以第一，你不要以為義大利已經離此不遠，你可以一直駛入它的一個港口，因為那是不對的。義大利對你還是很遠的，你得駛過遼闊而未經航測過的洋面，繞行很長的海岸，才能到達那裡。首先你須在西西里海上吃力划槳，你的船須渡過義大利海的鹹水面，經過地下湖和塞西㉟的艾艾伊島，才能在安全地點建立城池。現在我給你一個信號，你須銘刻在心，切勿忘記。等到一次你正在焦慮的時候，看見遠處的河畔有一棵冬青櫟樹，樹下有一條大白母豬躺著，她剛生下的三十頭小豬，跟她一樣全是白的，吮著她的乳頭，那便是你的城址，你在那裡將得到安息，不再奔波煩惱。不要因為將有飢啃餐桌之虞而心懷恐懼；天命將給你指出一條路，只要你禱告阿波羅，他總在那裡幫助你。可是你必須躲開靠我們這邊的義大利海岸，雖然跟其他海岸相比，它離我們這裡近些，因為岸上的城池都有敵對的希臘人。其中有一座城是納瑞克斯的洛克里斯人㊱建的。另一座是克里特的愛多麥紐斯的，他的武裝部隊據有薩倫帝尼人㊲的平地。另外還有小佩特利亞㊳，那是麥利博亞的首領菲洛克特蒂斯的著名城鎮，有一圈兒城牆圍著。等你經過所有這些地方後，你的艦隊將沿著海的彼岸行駛，那時你必須在海灘上築起祭壇還願。這樣作的時候，你必須穿紫色衣裳，甚至蒙起頭來，因為怕你正在膜拜和聖火正在燃燒的時候，有人闖進來擾亂神的信息。你跟你的夥伴都須永遠遵循這個祭神規則；你的後代子孫，假如他們要良心純潔，也必須信守這個儀式。

「『還有一層，你離開那裡的時候，風將吹你到近西西里海岸的地方，那裡的佩洛魯斯岬角將開一口露出一條清楚的水道。那時你必須使船的左舷沿陸地駛行，順著一條長而迂曲的航線前進，不要使右舷靠近海岸。據說從前這兩邊的陸地原是一整塊，惟在很久以前一次大震動，震開了那塊地，它們便向兩邊分裂，充足的歲月完成了這樣大的變動。接著海水洶湧地衝進二者中間，隔開義大利城鎮和西西里海岸，在新裂開的兩岸間的峽道流著。到了這裡，你右邊的航路為西拉所阻；左邊有克瑞比迪，每天三次它把大量海水吸進它的深旋渦裡，再三次噴向天空，像是要用水射擊星體似的。西拉只藏在岩洞裡，通常看不見她；她伸出頭來把船引到岩石上。她的上半直到腰間是女身，有美好的乳峰；下體是一個可怕的鯨魚，有許多條從狼一般的腹下生出的海豚尾巴。你最好採取一條長而迂曲的路線，繞到西西里的帕奇納斯岬角[31]，不要冒險去甚至一見那藏在可怕的岩洞深處駭人的西拉，那裡的岩石響徹她的海藍狗的吠聲。再者，我相信赫勒納斯是有先見的，他的預言是值得相信的，也相信他是因阿波羅的感召而知道真理的，即使如此，噢，女神的兒子呀，我要向你宣布一項最高責任，它的重要和緊急不亞於其他一切責任，我要三番五次向你警告。首先你必須崇拜強大朱諾的神格，向她求情；一心一意向她効忠。你可提出供奉，向她祈禱，以求得那位強大女神的恩典；只有那樣，你才能離開西西里，順利到達義大利的邊境。到了義大利後，先去到庫麥城[40]，那裡的颯颯的林中有陰沉可怕的湖泊。在那兒可以看見一位瘋瘋癲癲的處女先知，她從一個岩洞深處預言

天機；把她的預言寫在樹葉上；然後把寫下來的預言理出次序，
藏在洞裡。它們收在那兒，有條不紊；可是一旦戶樞轉動，甚
至只是一絲微風吹來，致使門的開動攪亂了那些纖脆的樹葉，
那女先知便聽任它們在岩洞裡紛飛，不去收拾它們，不把它們
再理成預言集。因此問事者得不到答言，便痛恨西布耳的神諭。
現在為了使你免得浪費時間，我要警告你，無論你的夥伴們如
何責備你，甚至有順風鼓起帆篷，要你急速航行於海上，你也
必須去看望這位女先知，懇切求她答話；必須求她開口，親自
說出來。那時她會告訴你義大利的各部族人民，你將從事的戰
爭，和你將如何逃避或忍受未來的多般磨難。倘使你贏得她的
好感，她將讓你順利通過。

「『這些就是為答覆你的問題，我可能給你的指示。所以
現在就請登程吧，願你的業績光大我們特洛伊的榮譽。』

「預言後，這位仁慈的先知下令把禮物搬到我們船上，許
多沉重的金塊和象牙雕刻。他把許多白銀裝在船艙裡，還有多
多納大銅鍋；一件由三股金線編綴的連鎖胸甲，一項輝煌的尖
頂頭盔，頂上有長的馬尾，後二者都是派拉斯的東西。他還有
特別禮物給我父親。赫勒納斯還給了我們馬匹和嚮導，補充我
們的武備，加派搖槳人補足我們的水手。

「赫勒納斯這樣做著的時候，安契西斯命我們張起帆來，
免得耽誤順風。這時阿波羅的代言人赫勒納斯必恭必敬向我父
親說：「安契西斯，你是被認為可以高配維娜斯的人，神眷顧
你，兩次從陷落的特洛伊救出你的性命，你看，義大利的土地
就在眼前，快些駛往那裡，據它為己有。但首先你須前去繞過

這邊的海岸，越海到那邊的義大利海岸，那兒是阿波羅要你去的地方。現在去吧，仗著你兒子的忠誠給你的力量。不過，我怎麼這麼多話呢？風起來了，我不可以讓風等著我說話。』

「安助瑪琪也說現在已到分手的時候了，她慷慨樂贈，不稍後人。她給阿斯堪尼斯拿出來幾件金縷衣，和一件特洛伊綉花披風。遞給他這些織品時，跟他說道：『阿斯堪尼斯，親愛的，請也接受這些禮物；這是我給你的，好使你思念我的手工，作為赫克特的安助瑪琪總是愛你的永久紀念品。請受下這些東西，這是你的親人給你的最後贈品，因為你看著很像我的阿斯蒂亞納克斯。他的眼睛、手、面貌，和舉動，跟你一模一樣；他要是活著，正是你的年齡。』

「離別他們的時候，我含淚說道：『住在這裡興隆昌盛吧，你們的冒險日子已經過去了，而我們仍須歷經艱難。你們已得到安息，不再航駛於無垠的海面，不須尋覓那彷彿總是後退的義大利地方。你們可以看著你們的形同贊薩斯的河川，和你們親手建造的特洛伊，希望你們前景美好，不再怕希臘人的侵犯。倘使有朝一日我到達泰伯河，站在河畔的田地裡，看著那些應許給我的人民的城牆，那時我們在義大利將由於我們心心相印，建立一個同樣的城池，一片西方樂土，跟埃匹拉斯有親密的關係，跟你們有共同祖宗達丹納斯，和共同歷史；你們跟我們同樣都是特洛伊，但願這也是我們後代子孫傳承不息的責任。』

「我們在海上航行，經過霹靂岬，那裡的水路離義大利最近。到那兒的時候，太陽已經落了下去，群山籠罩在陰影裡。我們棄舟登陸，抽籤派定輪流守船的人，便高高興興躺在岸邊

舒適的地上。就這樣分散著躺在乾燥的海灘上休息；睡眠恢復
了我們的體力。時間輪轉，還沒有到午夜的時候，總是機靈的
派利努魯斯跳起床來，靜聽不論從哪個方向來的風信。他望望
每個在寂靜的天空莊嚴地通行的星宿，大角星，兆雨的畢宿星
團，大小熊星，轉動眼睛又望見金劍獵戶星座。他見萬籟俱寂，
天空晴朗，便站在船尾高聲疾呼。我們當即起身登程，張起帆
篷。這時發紅的曙光已驅散群星，隔水只能看見遠處岸邊的山
嶺。『義大利！』阿克特斯首先喊出那名字。『義大利！』我
的夥伴們歡呼著，我父親安契西斯高高地站在後甲板上，手裡
拿一個大酒碗，飾以花環，斟滿醇釀，向眾神祈求道：『地神，
海神，風雨神，請以順風相送，用你們的噓氣幫助我們的行程。』

　　「很快就有順風應答他的祈禱。前面不遠有一港口，高處
密涅瓦的廟宇進入我們的視線。眾夥伴捲起帆篷，掉轉船首向
著陸地。那港口因東風衝擊海水，呈彎弓形。伸出來的岩石把
海水激成水花，遮蔽了港口，兩堵石壁像兩隻下垂的胳膊一般，
從高峙的巉崖一直伸下來。那廟宇離岸邊尚遠。在這裡，我們
看見預言者所說的第一個徵兆，草地上有四匹雪白明亮的馬在
吃草。我父親安契西斯叫道，『噢，奇怪的地方，你給我們的
信息是戰爭啊；馬可用來打仗，這些馬就意味著戰爭。可是有
時候這些四足動物可成隊馴順地共同負軛，安於韁索。』他還
說，『所以，還有和平的希望。』接著我們向使用武器的密涅
瓦的神力祈禱，她是首先歡迎我們這班高興歡躍的人的。我們
站在祭壇前面，頭上蒙著弗呂吉亞布，遵禮如儀燃起供品，祭
祀阿里斯、朱諾，赫勒納斯曾警告我們要牢記他這項最重要的

指示。我們沒有停留;祭祀已畢,立即揚帆乘風駛去,離開那些有希臘人居住的,我們不信任的地方。我們看見的下一個城池是位於一個海灣裡的塔倫坦⑪,相傳赫求力士來過這裡;它的對過是高峙的拉西尼阿姆⑫ 朱諾的廟宇。是的,那裡有考倫尼亞⑬ 的城堡,有西拉住的地方,船隻到那裡會沈沒。遠遠的,西西里的艾蒂納⑭ 露出了海面,還聽見遠處有強大的海浪撞擊岩石的聲音,沿住海岸傳來一陣一陣訇隆的海濤。海水從深處噴出,滾沸翻花,捲起了泥沙。我父親安契西斯喊道:『這定然就是那可怕的克瑞比迪了;那邊廂那些可怖的巉崖正是赫勒納斯警告過我們的。逃命吧,大家一齊行動呀!』眾夥伴遵從我父親的命令行事。派利努魯斯首先把船頭向左掉轉,眾人搖槳轉帆跟在他後面。我們被一個翻花推向天空,浪頭旋又陷下去,我們立刻向地獄沉沒。巉崖三次傳來海濤的回聲,我們在兩堵拱起的岩石間旋轉;三次望著海水迸起的泡沫,透過一層水花看見天空。移時風息了,太陽也落了。我們筋疲力竭,迷失了方向,慢慢漂到了獨目巨人的岸邊。

「那裡的港面寬闊平靜,是風颺不到的去處;可是附近的艾蒂納火山發出雷鳴,落下陣陣可怕的東西。有時一陣墨烟沖天,繚繞的烟柱裡燃燒著白熱的熔岩,伸出火舌上燎星體。有時這火山向空噴出它腹內的岩石。每次它的深處沸騰,向空拋出熔岩時,都發出高的吼聲。據說巨大的恩塞萊達斯⑮ 遭霹靂炸焦後,被砸在艾蒂納山下,大火山壓在他身上,從它的熔爐裡吐出火焰;每次恩塞萊達斯疲倦翻身,全西西里都震動咆哮,噴出遮天蔽日的濃烟。那夜我們藏在樹林裡,有些怪異的經歷,

但不知道那是什麼聲音。霄漢星斗無光，滿天迷霧瀰漫，月亮隱在深夜的黑暗裡。

「東方乍見晨曦，旭日已驅散天上潮溼的陰影，突然從樹林裡出現一個怪人，邋邋遢遢，形容憔悴。他在岸上伸出雙手向我們乞求，我們以好奇的眼光看著他。他髒得可怕，鬍鬚不修，衣服是用刺綴結起來的。可是從其他一切方面看，他是一個希臘人，曾穿著他父親的甲冑去遠征特洛伊。他看見面前的達丹衣著和特洛伊武器，就停止前進，站在那兒有一會兒工夫驚恐萬狀，旋即疾步向前爬在沙灘上哭著向我們哀求：『求求你們，特洛伊人，我指著天上的星體和神祇、和我們所呼吸的光亮的空氣，向你們求情，我所求於你們要的只是帶我離開這裡，帶到你們要我去到的地方。我知道我是希臘遠征軍的一員，承認曾加害於特洛伊人的家室。倘使我的罪過造成的可怕傷害應受懲罰的話，請把我的粉碎了的屍首撒在浪波上，沉在海裡。倘使我必須死，我情願死在人的手裡。』

「這樣哭求著，他匍匐在地，緊緊抱住我的雙膝。我們鼓勵他告訴我們他是誰，是哪一族的人，說說他的遭遇。停了一會兒，我父親安契西斯用手拉起這年輕的陌生人，這善意的姿態增加了他的信心，最後，他不再害怕，講說起來：

「『我家住在伊薩卡；我是不幸的尤里西斯的夥伴，名叫阿該蒙尼德斯，我父親叫阿達馬斯塔斯。他是個窮人，我真想當初能在家安分守己！可是我離開了他，乘船去到特洛伊。我的夥伴們撇下我在獨目巨人可怕的洞裡，他們倉卒逃出那駭人的洞口時忘掉了我。洞的內部寬闊黑暗，由於那些血食而骯髒

不堪。獨目巨人個子高大,可以頭頂住天;噢,眾位神靈,請把這些巨怪隔得離人世遠遠的!他看著真駭人,任何人跟他講話都說不通。他生啖被害者的內臟,飲他們的殷血。我親眼看見他躺在洞的中心,用巨掌抓住我們兩個人,摔在石頭上,摔得滿地鮮血淋漓。我看見他咬他們的肢體,當他合起嘴的時候,它們的骨節在顫動,仍然溫暖,紫黑的血滴流著。尤里西斯不能饒過這樣野蠻行徑,在這個嚴酷關頭,我們這位伊薩卡人毫不含糊。等獨目巨人吃喝夠了,醉醺醺地睡下,他的巨體伸展在洞裡,睡的時候彎著頸子,嘴裡吐出一口一口食物、濃酒、血和其他穢物,那時我們向天上的神靈祈禱,抽籤決定誰去從事任務。我們一齊跑到他周圍,用一根尖東西插進他那醜惡額頭下的巨大獨眼裡,那隻眼大得像阿果斯人的盾牌或阿波羅的太陽一般,痛痛快快替我們的亡友報了仇。可是你們這些可憐的陌生人,得趕快逃啊,快些拔起錨來,這裡有成百可怕的獨目巨人,正像這個在寬敞的岩洞裡養羊和擠奶的波律菲馬斯⑭一樣,跟他同樣高大,他們住在這彎曲的岸邊,到處都是,有的還到高山上去,我在這兒已三見月圓,在只有野獸出沒的樹林和荒野挨著度日,從一堆岩石上觀察這些可怖的獨目巨人,常在那裡聽見他們的腳步聲和說話聲就戰慄不已。我只靠樹上的粗劣東西果腹;硬核的山茱萸果和連根的草都是我的食物。雖然我時時刻刻在瞭望,可是從來沒有看見船駛向這裡。當看見你們的船的時候,我決定把我自己完全交給它們,不管它們是什麼船,因為只要我能逃脫這些可怕的獨目巨人,其他都沒有關係,我寧願聽憑你們或殺或刮,也不要落在他們手裡。』

「他剛說完，我們看見波律菲馬斯自己，龐大畸怪，從山上趕著一群羊下來；他是一個巨大的惡魔，只有一隻瞎了的眼睛，像平常一樣領著羊群來到海邊。他拿著一根截短了的松樹樹幹，以引導他的手並穩定他的腳步；那群長毛羊是他惟一喜愛的東西，現在成了他惟一的安慰。接著他走到海裡，直到深處。哼嚀著並咬牙切齒，洗去被挖的眼窩裡流出的血。他已走得離岸相當遠，可是海波還沒有溼到他那高高的大腿上。我們在驚恐之下，把這位求救的人拉到船上，他是值得援救的；隨即靜悄悄地解纜，急忙逃出獨目巨人能及的距離。我們彎著腰，向前競相用槳撥水。獨目巨人有所猜疑，轉面向有聲音的方向走。可是因為他無法碰到我們，而且即使要追，他也高得不夠徒涉艾奧尼亞海，所以他大喊了一聲。那一喊掀動了海的浪波，震驚了義大利內陸，甚至艾蒂納也從它那曲折的地下岩洞發出咆哮。這時獨目巨人的整個部族都被驚起來了，他們從林中和山頂急忙跑來聚在海邊。我們看見他們站在那兒，像艾蒂納的兄弟般，雖然眼睛冷酷，頭昂然伸到天空，卻莫可奈何；他們是令人毛骨悚然的一群，像許多生在高山頂上朱庇特的聖林裡的橡樹，頭頂插入雲霄；或像狄安娜的壯闊林中的一片柏樹。我們的深切恐懼促使我們迅速張帆，不擇方向，乘風逃去。可是赫勒納斯對我們說的跟這大不相同，他教我們不要行駛於西拉與克瑞比迪中間，因為二者間的航道兩邊都臨近災禍。所以我們決定轉帆折回。那時北風驟起，把我們吹過佩洛魯斯岬角。我們小心謹慎駛過潘塔佳斯河⑦ 的天然岩石形成的港口，經過麥加拉灣，和低平的塞普薩斯。阿該蒙尼德斯告訴我這些地方

的情形，倒述他作為不幸的尤里西斯的船員漂流時經過的那些海岸。

「為浪波沖擊的普勒姆瑞姆，古稱奧推吉亞[48]，伸展在西坎尼灣前。相傳埃利斯的阿爾弗斯河[49]曾流入地下，通過海底，在阿瑞秀莎河口跟西西里的水匯合。我們在那裡遵命向天上的神祇致敬。接著我們越過那座土地肥沃的低窪城池赫洛拉斯[50]；在那以後，駛經帕奇納斯岬角和礁岩；繼而望見克瑪瑞納[51]城，據神諭說它是『永遠不會移動的』；過此就是格拉平原[52]和格拉城，一座殘忍的城池，因一條急流的河川而得名。其次，陡峻的阿克拉加斯[53]的雄壯城垣展現在我們眼前，從前這裡是生產良馬的地方。順風送我離開塞利納斯，我取道利津拜阿姆，駛過有暗礁的困難淺灘。最後，到了德雷帕納姆海港[54]，可是在那裡我沒有快樂；因為經過海上風暴的千辛萬苦後，唉呀天，我喪失了我的父親阿契西斯，我的一切苦難中的安慰。是的，當我在患難中，你在這裡棄我而去，你是父親中最好的，我帶你到這麼遠，經過這麼多災難，只落得一場空。甚至先知赫勒納斯在他的許多可怕警告中，也沒有預言這項哀喪。汙穢的塞勒諾也沒有說及。這次打擊是我最後的憂傷。因為我已到了航程的終點；在我駛離西西里的時候，上天把我驅到妳的岸上。」

特洛伊首領伊尼亞斯追述聖神給他的命運，描繪他的航程，個個人都凝目注視著他。最後他停住了，緘默不語，他的故事結束了。

譯　註

①安坦助斯（Antandros）：特洛伊附近一城。

②瑪爾斯（Mars）：戰神，朱庇特與朱諾的兒子，即希臘的阿瑞斯（Ares）。

③利克加斯（Lycurgus）：有好幾個，此處所提這個，因為反對酒神巴克斯（即戴奧尼索斯），下場悽慘。

④波律多拉斯（Polydorus）：普利安的兒子，為色雷斯王所殺。按此人在《伊利亞圍城記》第二十章裡已為阿基里斯所殺。

⑤奈瑞艾茲（Nereids）：海居寧芙。海神奈魯斯（Nereus）與繞地河（Ocean）神之女多瑞斯（Doris）的女兒，為數在五十或一百之譜。阿基里斯的母親塞蒂斯即其中之一。

⑥邁科諾斯（Myconos）：愛琴海中小島。味吉爾說它是德洛斯浮島的系柱之一。古阿洛斯（Gyaros）：愛琴海一小島。

⑦朱夫（Jove）：即朱庇特。

⑧訐柏勒（Cybele）：⑴又名雷亞（Rhea），撒騰的姊妹兼妻子，眾神的母親。相傳對這位女神的崇拜係自克里特傳到特洛伊。她通常坐在獅子拉的車上；她的祭司是一群稱為科瑞班蒂斯（Corybantes）的閹人。他們的祭祀儀式放蕩不羈，撞鐃鈸，狂舞狂歡。⑵弗呂吉亞一山，訐柏勒的聖山。

⑨克諾薩斯（Cnossus）：克里特王米諾斯（Minos）的京城，迷宮所在地。

⑩愛多麥紐斯（Idomeneus）：克里特王，特洛伊戰時希臘軍的大英雄。他向神靈許願說，戰罷歸家，他將殺死他看見的第一個有生命者以祭神。後來他看見的第一個有生命者是他的兒子，他仍然殺他為祭，以踐諾言。神因而發怒，降瘟疫於他的人民；人民起而反抗，把他驅逐出境。

⑪納克索斯（Naxos）：愛琴海中一島，席克勒底斯群島（Cyclades）

中最大者,以祭祀酒神巴克斯著稱。

⑫帕羅斯(Paros):愛琴海南部一島,以產白大理石著名。

⑬派加米亞(Pergamea):又稱Pergamum。

⑭奧諾曲亞(Oenotria):義大利南部古名稱。

⑮伊阿西阿斯(Iasius):朱庇特與頂天神阿特拉斯之女伊萊克屈阿的兒子,達丹納斯的兄弟。

⑯科瑞薩斯(Corythus):義大利城市,可能在當今的Arezzo附近。達丹納斯前往小亞細亞以前,據說住在這裡。在另一種傳說裡,科瑞薩斯是達丹納斯父親的名字。

⑰狄克推(Dicte):克里特的山。朱庇特為嬰兒時藏在這裡,免被他父親吞食。

⑱派利努魯斯(Palinurus):伊尼亞斯的舵手;今日義大利南部西岸的派利努洛角(Cape Palinuro)即以他為名。

⑲佩斯魯斯(Pelorus):西西里東北端的岬角。馬勒亞(Malea):希臘東南端,培洛奔尼撒最南端的岬角,船行到此非常危險。

⑳斯楚菲德斯(Strophades):艾奧尼亞海的島群,相傳是哈培鳥住的地方。

㉑哈培(Harpy):女面鳥身怪物;鳥女。塞勒諾(Celaeno)是其首領。

㉒菲伊斯(Phineus):色雷斯君王。誤聽後妻之言,弄瞎前妻的兩個兒子;朱庇特也弄瞎他的眼睛,並派哈培鳥折磨他。

㉓米塞納斯(Misenus):特洛伊人的號手。

㉔洛麥敦(Laomedon):特洛伊王,普利安的父親,為人奸詐。奈普頓和阿波羅為他築城,事成,他拒絕付給約定的工資。他們縱屬疫與海怪肆虐其境,除非他以女兒林希昂妮(Hesione)為犧牲。宙斯之子赫拉克力士(Heracles,羅馬人稱赫求力士)當時正在特洛伊,與洛麥敦取得了解,殺海獸、救少女,洛麥敦將以其天馬賜他。事成,洛麥敦也毀約,赫拉克力士率兵攻占特洛伊,俘洛麥敦,盡殺其兒子,只餘普利安。

㉕澤辛莎斯(Zacynthus):艾奧尼亞海一島,近伊薩卡。道里強

（Dulichium）：伊薩卡附近一島。薩麥（Same）：伊薩卡附近一島。奈瑞托斯（Neritas）：愛奧尼亞海一島，近伊薩卡。

㉖拉厄特斯（Laertes）：尤里西斯（奧德修斯）的父親。

㉗柳卡塔（Leucata）：柳卡斯（Leucas）是希臘西岸愛奧尼亞海中的石灰岩島，多危崖險岬。柳卡塔岬在島西南端，阿波羅廟遺迹至今尚存。

㉘阿克坦（Actium）：希臘西北海岸一岬角，上有阿波羅廟宇。正史上的公元前三十一年，屋大維在此大敗安東尼與埃及聯軍，從此稱霸希臘。

㉙腓埃基亞（Phaeacia）：一個神秘的民族，住在希臘西岸的埃匹拉斯（Epirus）外海，在《奧德修斯返國記》裡稱為希瑞亞（Scheria），也許就是現在的科府（Corfu）。這個民族慷慨樂施，尤長於航海術，曾招待奧德修斯，並以快船送他回伊薩卡。

㉚埃匹拉斯：希臘西北部濱海區，與阿爾巴尼亞南部，主要地質為石灰岩。卡奧尼亞（Chaonia）：在埃皮拉斯西北。布斯魯坦（Bu-throtum）：該區一城市。

㉛赫勒納斯（Helenus）：普利安的兒子，預言者。特洛城陷，阿基里斯的兒子派拉斯收他為奴，把他帶回埃匹拉斯。派拉斯被謀殺後，赫勒納斯娶赫克特的遺孀安助瑪琪為妻，繼承王位。

㉜赫米昂內（Hermione）：米奈勞斯與海倫的女兒。

㉝奧雷斯特斯（Orestes）：阿格曼農與克里退奈斯屈阿的兒子。克里退奈斯屈阿與情夫艾吉斯修斯（Aegisthus）謀害阿格曼農（一說克里退奈斯屈阿獨行其事）。奧雷斯特斯尊阿波羅之諭，殺其母與艾吉斯修斯，而雪父仇，但亦因違背天倫而遭復仇女神（Furies）追逐索命，後來經密涅瓦（雅典娜）調解了結，是希臘悲劇的著名題材。

㉞撒騰尼亞（Saturnia）：⑴撒騰所建的城。⑵朱諾的別名。

㉟塞西（Circe）：居於艾艾伊島（Aeaea）的魔女。尤里西斯漂流到此，手下被她變成豬。希臘羅馬的傳統或認艾艾伊島接近義大利，或認為那是義大利拉丁阿姆區（Latium）岸上伸入第勒尼安海

（Tyrrhenian Sea）的那隻孤岬，塞西歐山（Mount Circeo）。

㊱洛克里斯人（Locrians）：希臘北部居民，其中有些遷居於長靴狀的義大利半島的足趾上，建納瑞克斯城。小埃傑克斯曾為其統治者。該地人民即稱為納瑞克斯人（Narycian）。

㊲薩倫蒂尼（Sallentini）：義大利南部卡拉布瑞亞（Calabria）半島邊一族居民。

㊳佩特利亞（Petelia）：在義大利南部盧坎尼亞（Lucania）區。出身提沙里（Thessaly）麥利博亞（Meliboea）的希臘領袖菲洛克特蒂斯（Philoctetes）在特洛伊戰後建城於此。

㊴帕奇納斯（Pachynus）：在西西里南部。

㊵庫麥（Cumae）：在那不勒斯附近，可能是希臘人在義大利本土的最古老殖民地。女先知西布爾（Sibyl）的家，其洞穴至今猶存。

㊶塔倫坦（Tarentum）：義大利南部著名港埠，今名塔倫圖（Taranto）。

㊷拉西尼阿姆（Lacinium）：義大利南部一峽角，上有朱諾寺。

㊸考倫尼亞（Caulonia）：義大利南部的希臘古城，是希臘人在義大利半島建立的最南部殖民地。

㊹艾蒂納（Aetna）：在西西里東岸，歐洲最高的活火山。

㊺恩塞萊達斯（Enceladus）：大地（Earth）的兒子巨靈泰坦（Titan）之一。反抗朱庇特失敗，被壓在艾蒂納山下。

㊻波律菲馬斯（Polyphemus）：獨目巨人，尤里西斯用計弄瞎他的眼睛。

㊼潘塔加斯（Pantagia）：西西里的沙流。麥加拉（Megara）在西西里東部。塞普薩斯（Thapsus）在突尼西亞東岸。

㊽奧推吉亞（Ortygia）：⑴德洛斯島（Delos）的古名；⑵在西西里的訐拉丘斯（Syracuse）區，意為「鵪鶉的家」。西坎尼在西西里西部，可能是如今的Siculi。

㊾埃利斯（Elis）：培洛奔尼撒斯的西北角地區。阿爾弗斯河（Alpheus）是培洛奔尼撒半島最長的河流，發源於半島中部，往西北注入艾奧尼亞海。希臘神話裡，水中寧芙阿瑞秀莎（Arethusa，是埃利斯某泉之名）在河中沐浴，河神阿爾弗斯悅而愛之，她懼而逃往訐拉丘

斯附近的奧推吉亞島，她的保護神狄安娜將她化成島上之泉，泉亦名為阿瑞秀莎。阿爾弗斯不捨，穿過愛奧尼亞海底，在島上與此泉流相會。按，培洛奔尼撒多石灰岩，阿爾弗斯流過，常入地而成伏流，再露出地面，與神話之說相合。

(50)赫洛拉斯（Helorus）：西西里東南部河流。

(51)克瑪瑞納（Camerina）：西西里南部濱海一城及其沼澤。有一神諭說，「勿竭克瑪瑞納沼澤」，居民不聽，排出沼澤的水，敵人遂陷其城。

(52)格拉（Gela）：西西里南部濱海城池，位於格拉灣畔。

(53)阿克拉加斯（Acragas）：西西里西南濱海一城的希臘名稱，其拉丁名稱為阿格瑞根坦，現稱阿格瑞根托。

(54)塞利納斯（Selinus）：西西里南部濱海城鎮。利律拜阿姆（Lilybaeum）：西西里西端的峽角。德雷帕納姆（Drepanum）：西西里西北岸一城，現稱特拉帕尼（Trapani）。

四、戴朵的悲劇

　　這時女王戴朵由於看不見的愛火中焚，早已在忍受流淌著
她生命之血的重創。她不禁一再思量她的這位英雄的勇武精神
和高貴門第，他的音容笑貌深深印在她心裡，苦惱使她不得平
安和寧靜。翌日黎明，阿波羅的光明廓清了宇內，驅散了高空
的濕陰，戴朵意馬心猿，跟她的知心妹妹說道：「安娜，安娜
妹妹，我何以心驚膽怕睡一陣醒一陣呢？妳覺得我們家新來的
這位客人人品如何？他是個出眾的人物，身和心著實英勇。我
可以相信，也有權相信，他父母是神聖的。一個卑賤的人，總
可從他的懼怕看出來。可是從他的故事裡可知他始終忍受的是
何等命運的折磨和戰爭的恐怖啊！假如不是因為死騙去了我的
初戀，使我痛下決心永不再嫁，假如我不絕對厭惡婚嫁的念頭，
今番我可能抵不住誘惑。是的，安娜，我要告訴妳我的祕密。
自從我自己的哥哥殺死我丈夫西該阿斯、褻瀆我們的家以來，
除了這位客人外，沒有任何人在我心裡留下印象，或打動過我
的心。我現在能感覺到往日的火焰將復燃起來。但是我寧願大
地張口吞我，或萬能之父用霹靂把我打入陰曹地府，打入地獄

又深又黑暗之處，也不要失掉我的榮譽或破壞它的戒律。因為我初嫁的人已取得我終身的愛，所以應該是他溫存它，甚至在墳墓裡也護持它。」她說了她的心事，眼淚湧出，濕了她用以拭眼的衣襟。

安娜答道：「姐姐呀，我愛妳甚於我的生命。妳要孤苦伶仃愁度青春，永遠不知道兒女的恩愛和維娜斯所能給的一切嗎？妳真的相信死者的骨灰墳墓裡的鬼魂，會在意這個嗎？我承認，過去任何阿非利加男子，或在我們來此以前任何泰爾求情者，都不能令妳忘卻哀戚，因為妳堅拒了伊阿巴斯① 和其他首領，他們都是這個聲名顯赫的地域的人物；可是因此妳也必須拒絕一個為妳所愛的人嗎？再說，妳得記住妳居留的這片土地係為何人所有。妳的一邊有不可征服的蓋圖利亞人和桀傲不馴的努米狄亞人② 的城鎮，和一些人跡不能到的浮沙地區；另一邊是一片無水的沙漠和巴卡③ 的強盜。我不用說還有從泰爾來的戰爭危險，妳的哥哥繼續在威脅。現在我相信當這些特洛伊船乘風駛來迦太基時，神們曾經予以允許，朱諾自己也曾給以支持。還有一層，戴朵，試想想，假如妳跟他締結良緣，那我們的城池和國家該有一個多麼好的前途啊！妳只需求神降福，以供品保證他們的恩惠，同時大方方款待妳的客人，編織些留他住下的口實。他的船尚未修復，寒冬和攜雨而來的奧利昂在可怕的天空下掀起海面的巨波大浪。」

安娜這樣說著，扇活戴朵芳心裡已經點燃的愛火，新的希望誘惑她已經動搖了的意志，破除她的顧慮。她們的第一項舉動是到各廟的祭壇祈求神的恩惠，選出上好的羔羊祭祀豐產女

神色列斯、菲巴斯④、給予自由者巴克斯，最重要的是祭祀朱
諾，她是主管婚姻的。美麗的戴朵親自右手端碗，將酒澆在一
頭純白母牛的兩角中間，加入神像前香煙氤氳的祭壇旁的祀神
舞。她獻上更多的犧牲，重新舉行當日的祭儀；輕啟朱唇，窺
視被破開的肚腹，看那仍在活動的臟腑顯示甚樣信息。可是先
知者的先見是多麼無用喲！對癡狂迷戀的她，神廟或祈禱沒有
助益，因為慾火一直在囓著她已在溶化中的骨髓，在她心的深
處，那愛創已在默默流著血。戴朵愛火燒身，心神錯亂在城裡
到處徘徊；像一隻母鹿冷不防為牧者的箭所傷，牧者在克里特
林中自遠處追她，飛箭已射傷她，而她自己尚不知道；因此她
身負重創在狄克推穿林越嶺飛逃。有時，戴朵都帶伊尼亞斯到
正在建築城牆的地方，讓他看看腓尼基的龐大資源和她的建城
工程已進行到如何程度。她很想向他吐露情意，但總是話到嘴
邊又縮了回去。日暮的時候，她重排筵席，無理由地要求他再
講一次特洛伊的痛苦故事，盯著聽他每一句話。後來他們分手
了，月光黯淡，到了眾星示意應該睡眠的時刻，戴朵獨自在空
寂的宴會廳裡哭泣，倒在他剛坐過的長椅上。這時他已離去，
看不見也聽不到，可是她仍能看見他和聽到他的聲音。有時她
摟住阿斯堪尼斯，恍惚間把他當作他父親，竭力想擺脫她的不
敢告人的愛情。同時，建造了一半的城堡不再上升了；青年兵
士不再操練了。港口和堅固雉堞的建築工程陷於停頓，高大巍
峨的城垣無人施工，高入雲際的起重機在靜止著。

　　撒騰的女兒，朱庇特的愛妻，一見戴朵深深陷入痛苦中，
貞節的美名已不足以抵禦熱情，便去向維娜斯建議道：「妳跟

妳那個兒子真可以眩耀勝利的果實，妳們贏得了偉大的光榮。妳們的成就很大，值得稱讚，因為妳們兩位神設計陷害了一個女人。同時我並非不知道，妳所以猜忌高大迦太基的和平家室，是因為妳害怕我的城池的防禦力量。只是妳要到什麼地步才止呢？我們何以需要繼續這樣激烈競爭呢？倒不如我們二者合作，以奠定永久和平，締結一段良緣。那時妳達到了妳一心要達到的目的。戴朵已喝了那進入她的骨髓中，令她發狂的毒液，渾身燃燒著愛火。讓我們共同治理這個國家，妳我對它的政府享有平等權力。讓戴朵甘願侍奉一個弗呂吉亞人，把她的泰爾人作為妝奩交到妳手裡。」

維娜斯知道朱諾的話並不代表她的真意，她的真正目的是要把那些命運注定將統治義大利的人留在阿非利加。所以她這樣答道：「哎呀，誰能發這樣大瘋，竟拒絕這樣一個建議，和妳作對呢？當然，假定妳所說的計畫實行起來果然成功。只是我是受命運之神支配的，她們的計畫我還不明白。不知朱庇特是不是要泰爾人跟這些從特洛伊來的人共同擁有一座城池，是不是贊成他們二者締一條約，或兩族人混合起來呢？妳是他妻子，要是妳去直接問問他的意願，並沒有不對的地方。所以，請先去，我隨後就來。」

有皇后風度的朱諾答道：「那椿事是我的責任。現在我可以向妳簡略解說一下我們將如何實現當前的目的。聽我說，明天早晨旭日初升，陽光普照大地的時候，伊尼亞斯跟不幸的戴朵將相偕到林中行獵。正當他們忙著在山上佈圍時，我將在他們上空興起烏雲，夾雨夾雹，淋在這對皇子皇女頭上，滿天響

徹雷聲。他們的隨從將四散奔逃，消逝在夜晚一般的黑暗中，
戴朵和特洛伊的首領將共同躲在一個山洞裡。那時我也在那兒，
倘蒙妳同意，我將把她配給他，使二人結為夫妻。這將是他們
的合法婚姻。」西瑟拉的女神對這提案未表反對。她點頭應允，
對這個巧妙騙局莞爾而笑。

這時黎明女神奧羅拉⑤已離海升起。她的光線出現的時候，
一隊上流人湧出城門，帶著大小網罟和闊刃獵槍，一隊馬許利
安⑥騎士和一群嗅覺敏銳的獵犬衝出城來。女王仍滯留在她的
房裡，一班迦太基貴胄在門外等她。她那精神飽滿的馬，渾身
輝煌的紫衣金飾，一足扒地，嘴裡咬著出沫的嚼鐵。最後一群
扈從簇擁著她走了出來，她身穿一件繡花緣邊的西頓披風。她
的箭壺、髮夾，和在她頷下扣住紫色上裝的胸針都是金的。一
隊特洛伊人也出來了，其中包括滿心歡喜的尤拉斯。兩隊人馬
相遇時，伊尼亞斯去到戴朵身邊，他的美貌超出眾人很多。他
像阿波羅一樣，當這位神在冬天離開律西亞和贊薩斯河，到他
母親的德洛斯島上重開舞會，同時克里特人，助埃奧品人、和
紋身的阿加塞西人⑦圍住他的祭壇熙攘作樂。他自己則在辛莎
斯山坡踱著，肩掛吱吱作響的弓箭，一個柔軟的葉圈把他的飄
拂的頭髮壓得整整齊齊，一條金帶縮住髮辮。伊尼亞斯像他那
樣高華靈捷地走著，優雅的面龐放射著阿波羅樣的光彩。

這群獵人到了高山頂上一片沒有路徑的地方，驚起一群野
山羊在他們面前從一岩頂順著山坡往下奔馳；遠處有一群鹿集
合起來在一團塵烟裡飛逃，離開山地，跑到曠野裡。下面的深
谷裡，青年的阿斯堪尼斯賞心樂意地騎著一匹精神飽滿的馬，

那馬四蹄飛揚，一會兒超過這些人，一會兒超過那些人；可是他多麼希望在這些無害的動物中出現一頭口流涎沫的野豬或一個從山上下來覓食的金褐雄獅啊！

不一時，天空響了一陣混亂的隆隆聲；接著起了雨雲，降下夾有冰雹的陣雨。那些行獵的人，泰爾人的扈從，青年的特洛伊隊，和那位達丹少年，維娜斯的孫子，驚得四散奔逃，各自去找避身的地方。傾盆大雨從山上往下注。戴朵和特洛伊首領躲在同一個岩洞裡。大地和婚姻女神朱諾顯示信號，天空默許他們的結合，電光閃閃，眾寧芙在山頂高聲歡呼禮讚。就在那一天，播下了痛苦和死的種子。從那天起，戴朵不再顧惜面子或她的美名，不再保守她的愛的秘密。她稱那是婚姻，用那個名字掩飾她的罪過。

立時蜚語流言，傳遍了阿非利加各大城市。流言是一切疾疫中傳布最快的。她之所以能自由流傳，是因為她有力量，在傳布過程中更生出新的力量。一開始她只是一個微小膽怯的動物；可是她漸漸長得非常高大，雖然還在地上行走，頭卻高聳入雲。人們說，大地，一切東西的母親，因生神們的氣而生了她；她是大地最後一個孩子，是庫斯⑧和恩塞萊達斯的妹妹。流言腳下很快，飛的也很迅速；她是一個龐大可怕的怪物，身上的每根羽毛下面很奇怪地生了一隻經常注視的眼睛，一張嘴和一個會高聲說話的舌頭，還有一隻時時刻刻警覺的耳朵。夜間她嘶嘶地飛行於天和地中間的黑暗空間裡，安眠的時候眼皮也不下垂。日間她留心注視一切，有時候在一家房頂上，有時落在一座宮殿的高樓上。她使各大都市恐懼擔心，因為她的消

息中有虛假的和邪惡的，也有確實可靠的。

現在她高高興興在阿非利加人中間散布各種說法，有的是事實，有的是虛構。她說有個名叫伊尼亞斯的來了，他是特洛伊血統的人；美麗的戴朵已屈身就他；二人正一起在舒適與放縱中度這漫漫長冬，沈湎於可恥的情慾，全不想一想他們身為人主的責任。這位可惡的女神到處把這樣的話夾雜在人們的談話中。接著，她急忙去到伊阿巴斯王那裡，告訴他，使他生氣、冒火，同時她在火上加油。

朱庇特阿芒⑨曾姦汙一位阿非利加寧芙，伊阿巴斯就是她生的兒子。他在他的領域裡給朱庇特建了一百座宏偉廟宇和一百個祭壇，並在廟裡點長命燈火，派祭司日夜輪流守護。廟裡經常有犧牲供品的血腥氣味，廟門上點綴著五顏六色的花朵。據說伊阿巴斯聽見了這些流言後，非常惱怒，狂亂不能自已，站在祭壇前眾神靈中間舉手祈求，向朱庇特作長篇禱告：「哦，萬能的朱庇特，坐在顏色鮮豔的沙發椅上飲宴的摩爾人現在向你奠酒致祭，你看見了已經發生的事情沒有？或者說，父啊，當你擲出旋轉的霹靂時，我們的懼怕是無所為的嗎？那些在雲裡驚嚇我們的火焰並沒有目的，它們的怒吼咆哮並沒有什麼意義嗎？有一個無家可歸的女人在我的領域內建一小城，租了我海濱的一條地，並在我規定的條件下從事種植；可是她竟拒絕我的求婚，而接受了伊尼亞斯為她的丈夫和共主。因此現在這位巴黎第二頭戴一頂扣在頷下蓋住油髮的弗呂吉亞帽子，有一群女男人扈隨著，他將擁有他所偷來的東西，而我卻在這裡將供品獻給我以為原是你的廟宇，我這行動所根據的分明是錯誤

的信仰。」

　　他就這樣祈禱著，一面祈禱，一面摸著祭壇。萬能之神聽見了他；他望著女王的城池，見這對愛人已忘掉了他們更高尚的聲譽。他派給墨丘利⑩ 一項任務，跟他說：「兒啊，起來，上路去，喚西風來，振翼飛去吧！去見達丹皇子，他正在泰爾的迦太基蹉跎歲月，不再想命運注定為他所有的其他城池。快些乘虛御風把我的話告訴他。他的母親，最美的女神，兩次從希臘仇人手裡救他出來，可不是為了這個。這不是她使我們相信他將成為的人。他將指導義大利，使它成為一個生育領袖人物和戰功彪炳的地方，他將延續自豪的圖瑟的宗祧，把全世界置於法令之下。倘使他那偉大命運的光榮不足以鼓動他的熱忱，倘使他不肯努力為自己贏得聲譽，難道他竟肯不讓他兒子阿斯堪尼斯得到羅馬的城堡嗎？他的意思是要作什麼？現在他在一族仇視他的人中間蹉跎歲月，而不顧念他自己的後代子孫，即未來的義大利人，不顧念那個將以拉維尼亞⑪ 為名的地方，將來他能何所獲呢？他必須開船離去。這是我要告訴他話，我要你帶的信。」

　　他說完了，墨丘利準備服從他的尊貴父親的命令。首先他把那雙有翅的金帶履綁在腳上，它們帶他到高空以疾風的速度掠過海洋與陸地。其次他拿起他的魔棒；用這根棒，他可從陰曹地府召來面色蒼白的鬼魂，或把別的亡魂送往殘酷可怕的塔塔拉斯⑫，他可使醒者入睡，把睡者喚醒，並使死人睜開眼睛。他就這樣以棒驅風，飄游於雲的陰暗中。飛行的時候，他看見不朽的阿特拉斯山⑬ 的尖峰和高陡的側面，把天頂在頭上，頭

頂上的松冠永久籠罩在烏黑的雲霧裡，受著雨打風吹，肩上披一件雪氅，古老的顎下水流成瀑，他那未加修飾的長鬚凍結成硬冰。西里尼⑭的墨丘利在這裡，初次停止前進，翅膀持平。從這裡，他向著波浪飛撲下去。像水鳥般在接近海面的空中沿著有魚的岸邊和岩石飛行。這位錫里尼神就這樣在天與地間，穿進他的外祖父阿特拉斯山⑮上的風，飛到阿非利加的沙岸上。

他有翅膀的腳帶他到阿非利加的棚屋村落，他看見伊尼亞斯正在構築城基，建造新的房屋。他有一柄嵌黃玉的寶劍，披著富有的戴朵送給他的一件光輝燦爛的泰爾紫色外氅，那是她親自用金線織成的。墨丘利立即傳遞他的信息：「怎麼，你是在給迦太基的高牆偉城構築基礎，在這裡建立一座堂皇的城池嗎？真是個標準丈夫！也真可恥啊！你忘了自己的命運和你的另一個王國。那位君臨眾神的神，那位以其意志支配天與地的神，親自差我從光輝的奧林匹斯來到這裡；命我迅速飛越天空給你送這個信。你的意思是要作什麼？你住在阿非利加蹉跎歲月，將來能何所獲呢？倘使你那偉大命運的光榮不足以鼓動你的熱忱，倘使你不肯努力為自己贏得榮譽，至少也想一想阿斯堪尼斯，他已長大成人，具有你希望作你的繼承人的一切品質，命運注定他將統治義大利，羅馬的義大利。」墨丘利這樣訓斥一番後，甚至話未說完，便消逝於空氣中，肉眼看不見了。

伊尼亞斯為他所看見的景象嚇得目瞪口呆，頭髮直豎，不知所措，喉嚨哽塞，說不出話來。神的這項絕對警告，對他發生強烈衝擊，他已熱切希望逃離這塊為他所愛的地方，到別處去。可是他能如何呢？他怎敢向這位神魂顛倒的女王開口，贏

100 • 伊尼亞斯逃亡記

得她的同意呢？他有什麼好辦法呢？他在心裡迅速思量，一會兒這樣，一會兒那樣，匆匆考慮一切方面和一切可能。在斟酌的時候，有一個策略似乎較其他任何辦法可取。他喚來姆奈修斯、塞解斯塔斯、和英勇的塞雷斯塔斯；教他們整飭艦隊，備妥一切索具，喊他們的夥伴齊集岸邊，但不要解說什麼，要隱瞞著改變計畫的原因。同時，他將去見戴朵；因為她懵然無覺，又心地善良，萬想不到這樣深的情愛會有破裂的可能。所以他要找一個合適途徑，最不使她痛苦的時刻，去跟她說；找一個得體的解決這項困難的方法。

他的人欣然從命，迅即開始執行他交下來的任務。可是誰瞞得了一個戀愛中的女人？女王對這項欺騙的行徑很快就有所覺。在尚無人告訴她的時候，她的直覺已察出行將發生什麼事；她對一切可能的危險，無論真假，都很害怕。在這樣神經兮兮的心情下，她聽見了風聲，又是邪惡的流言傳來的，說艦隊正在裝配，準備啟航。她怒不遏，不知所措，在迦太基到處狂奔，像酒神的女信徒，當每隔一年，酒神節的狂熱激動了她，西塞朗山⑯ 在夜間高聲喚她、巴克斯的標記在搖幌，人們喊他的名字、促她發癡發狂的時候。最後，戴朵先向伊尼亞斯搭腔，斥責他道：

「忘恩負義的，你真相信你能掩住這樣的惡行、不聲不響離開我的國土嗎？難道我們的愛情、我們的海誓山盟、甚至你的戴朵的不能避免的慘死，都留不住你嗎？你就這樣狠心，竟在嚴冬天氣，不顧北風刺骨，急著開船嗎？怎麼，倘使你不是在尋見一個你沒有見過的異鄉的家，倘使古老的特洛伊仍然屹

立在那裡，你會不顧這樣狂風巨浪的海洋而開船去嗎？你是要避開我嗎？噢，看在我眼淚的分上，看在我們山盟海誓的分上，因為我這個可憐的傻瓜現在已沒有吸引力了，看在我們的結合，我們這應該是真正姻緣的分上，倘使我對你好過，使你快樂過，我求求你，如果還不太晚，可憐一個就要這樣破壞了的家，改變你的主意吧。為了你，我惹起阿非利加的部落和努米狄安人首領的仇恨，也惹起我自己的泰爾人的敵視；為了你，我拋卻了榮譽，我一向享有的美名，和我對永生的惟一希望。你是把我留在誰的手裡等死呢，我的——客人呀？我常稱你是丈夫，可是現在你變成了客人。我的前途將如何？是我的哥哥皮格馬利翁來毀壞我的圍牆呢，還是被蓋圖利亞人伊阿巴斯搶去成親呢？倘使在你走前我肚裡懷有一個兒子，那麼有個小伊尼亞斯在殿廳玩耍，使我想起你的相貌，那我也不至於絕對孤苦無告啊！」

　　她說完了。他因為牢記朱比特的警告，目不轉睛，竭力忍住內心的痛苦。最後他簡短說道：「女王陛下，我永遠不能否認我虧欠妳的許多盛意和恩情。只要我一息尚存，還有知覺，我永遠不會忘記妳，伊里莎⑰。現在我可以簡略地向妳說一說真相。我無意騙妳，偷偷離去，請不要那樣想。我也從未自認結了婚，因為我跟妳不曾明訂婚約。倘使命運准許我按照自己的意願過我的生活，按照自己的喜悅解決我的問題，那麼我首先關心的是特洛伊城及我對我自己族人的親愛回憶；我會讓普利安的崇高城堡仍舊站立著，把戰敗後的特洛伊堡壘建成金城湯池。可是事實上格瑞尼阿姆⑱的阿波羅，那位在律西亞發佈

神諭的神，堅持命我往義大利的**寶貴地方**去。現在義大利必須
是我的愛和我的家鄉。妳是腓尼基人，倘使妳忠於這裡的迦太
基城堡，除了阿非利加的這個偏僻城池外，不去一顧其他城池，
那麼妳何以反對特洛伊人去義大利定居呢？假如我們像妳一樣，
想在外邦建一王國，那不是什麼罪惡啊。每當陰濕的夜幕籠罩
大地，每當明亮的星星升起，我父安契西斯的急切亡魂便出現
在我夢裡，我很害怕。我的兒子阿斯堪尼斯也是對我的一個警
告；我想著他，覺得對不起他，我騙掉了他的義大利王國，那
是命運之神給他的國土。現在朱夫親自派眾神的發言者來，——
這一點我可以指著我兒子的性命和我父親向妳起誓——他疾速
飛行於空中，向我傳達命令。我親眼看見這位神的使者清清楚
楚進入城門，親自聽見他說話的聲音。所以請妳不要再以這樣
抗言煩惱妳自己，並使我也不舒服。我往義大利去，並非出於
自願。」

　　他說著這些話的時候，戴朵一直站在那裡，扭轉身軀但回
頭瞪著伊尼亞斯，不吭聲，上下打量他。接著便破口怒罵：忘
恩負義的，你的母親不是什麼女神，你的始祖也不是達丹納斯。
不是的，你的父母是崎嶇堅石的高加索山，你是海坎尼亞⑲的
老虎養大的。……我現在還有什麼需要隱瞞的？我為什麼再忍
耐下去，好像將來還有比這更壞的事？……他可曾嘆過一聲氣，
或望過一眼，對我的哭泣略表關注，可曾對愛他的人有過一絲
溫情或一掬同情之淚？真是徹頭徹尾的忘恩負義！無論是至高
無上的朱諾，或撒騰的兒子，我們的父，都沒有以公正無私的
眼睛看現在發生的事情。這個廣大世界再沒有可以信任的人了。

我歡迎他，那時他是船破落難的乞丐，我像個傻瓜般讓他分享
我的王位。我拯救他的夥伴們於死難之中，還給他已喪失的艦
隊。……現在復仇女神捉住了我，她們用火燒我，驅趕我，……
他彷彿真的得到阿波羅的律西亞神諭處的諭言，後來甚至朱夫
自己也派神們的發言者越空而來傳遞同樣可怖的命令！這麼說
來，我竟得相信天上的神祇在考慮這事，為關注這事而心煩意
亂了！噢，我並不強留你。我並不懷疑你的話。去吧，趁風尋
找義大利去；乘船覓你的王國去。只是我仍然相信，倘使天上
有主持公道的力量，你將在海裡的岩礁中受盡懲罰，在痛苦中
你將連呼戴朵的名字。那時我離你雖遠猶近，將用最黑的火焰
纏你。死的冰冷停止我身體的呼吸後，無論你到哪裡，我的鬼
魂也在那裡。你將受到你應得的懲罰，你這個沒良心的。我將
聽見你受罰的消息，那消息將傳到陰間去。」她沒有說完，但
說到這裡忽然停住了。她痛苦地匆匆跑去躲藏起來，剩下伊尼
亞斯焦急、躊躇，還有許多話想跟她說。戴朵暈過去；侍女們
扶起她來，抬她到大理石臥室，放在床上。

　　這時誠實的伊尼亞斯很想說些溫存話舒減她的悲傷和痛苦。
可是他仍然服從神的命令，連聲嘆氣回到船上去，因為他的愛
的力量徹頭徹尾撼動了他。特洛伊人奮力工作著；不久就把他
們的高船推下水去，排列在岸邊，那些新油漆過的船又浮在水
上。眾人抱著上面尚有樹葉的粗糙木槳，從樹林裡運來的堅硬
木材尚未經過加工製造，他們就是這樣急著離去。人們可以看
見他們在城裡匆匆忙忙到處走動，像螞蟻一般，當它們為即將
來到的寒冬打算，把大堆大麥搬到家裡貯藏起來，成群結隊形

成一條黑線越過平地前進，在草地上的一條窄路裡運輸它們的掠奪物；有的用肩膀推一大粒玉米往前滾；有的在後監督，懲處掉隊的；整隊裡充滿熙熙攘攘的行動。戴朵看見這一切活動時，必曾作何感想？在她的城堡裡居高臨下往下望，看見沿岸人來人往，海上一片紛亂和嘈雜聲音，她必定曾經多麼痛苦地嘆著氣！唉，無情的愛，有什麼事你不能迫使一個愛人作出來呢？因為愛現在迫使戴朵再去哭訴，再去看看哀求能否生效，讓自尊心屈就愛情，作最後訴請，也許她尚有未經探究過的管道，不必枉然尋死。

「安娜，」她說，「妳看見海灘上人亂烘烘的，他們從四面八方聚到那裡。船帆已在招風，水手們正高高興興把花冠掛在船尾。如果我早日看見這場可怕的悲傷，安娜，也許會有力氣忍受下去。但無論如何，請妳替妳可憐的姐姐作一件事。因為那個忘恩負義的誰的話都沒聽過，他只聽妳的話；只有妳得到了他的完全信任；只有妳知道如何和何時得體地接近這個硬心腸的人。所以，好妹妹，現在請妳去低心下意向我們這位高傲的讎敵說個情。我可沒有到奧利斯⑳串通希臘人消滅特洛伊人——我沒有派艦隊去攻打特洛伊城堡——也從未掘開安契西斯的墳墓，打擾他的骨灰和幽靈。所以，他那無情的耳朵何以不理我的祈求呢？他這樣匆匆忙忙是要往哪裡去啊？作為對他這不幸的愛人的最後禮物，他至少可以等到順風的時候，行程容易些。現在我不求他恢復他變心之前我們的光榮婚姻，也不要他放棄希望統轄的壯麗拉丁阿姆。我只請他暫時不要行動，使我消消氣安靜一下，等我學會了忍辱負氣的時候再說。這是

我對妳的最後要求。可憐可憐姐姐。等他答應我以後，我將在陰世還妳的債，外加利息。」

　這就是戴朵的央求；她可憐的、不幸的妹妹也三番兩次含淚為她帶話給他。可是這些央求都沒有動搖伊尼亞斯的心。他對一切訴請概不置理，因為命運和神力使他不能欣然傾聽。他屹立不移，像一棵被歲月堅韌了的橡樹，當阿爾卑斯山吹來的陣陣北風競相把它連根拔起，一陣從這邊吹來，一陣從那邊吹來，樹幹搖晃著，樹葉從高處散落在地上；可是樹本身在地下的岩石中間生得牢牢的，因為它的根伸入地下之深，像它的梢聳入空中之高。這位英雄就像那棵樹一般，他們堅持央求他，一會兒這樣說，一會兒那樣說，深深地傷害他那勇敢的心。但是他的意志沒有動搖。淚珠滾滾，但沒有用。

　事情定局了，戴朵沒有了指望；驚恐之下，她看見命運在正視著她。這時她惟一的祈求就是死。看到蒼穹她只有煩惱厭倦。彷彿是為了堅定她尋死的意志，當她把祭品放在香煙繚繞的祭壇上的時候，她看見一個可怕的景象；聖水變成了黑色，傾出的酒由於某種邪惡的緣故，變成了血。她沒有把所見的這些告訴任何人，也沒告訴她妹妹。還有一件，她的王宮裡有一座大理石禮拜堂，是為紀念她的亡夫的，她對它極盡崇愛，常用雪白的羊毛和喜慶的綠葉裝飾它。這時，當夜幕籠罩全世的時候，她覺得清清楚楚聽見從這禮拜堂裡傳出哭聲，彷彿是她丈夫在喊她似的。屋頂上常有一隻孤獨的貓頭鷹哀鳴，泣聲拉得長長的，繼而古昔先知的預言裡可怕的警告把她嚇得發慌。她做些噩夢，夢見狂怒的伊尼亞斯追她，迫得她驚恐萬狀；一

個人孤伶伶地行走於一條漫長的路上，在一片無人煙的地方尋找泰爾友人。她的心理狀態像潘修斯㉑一樣，當他瘋狂的時候，他看見復仇三女神結隊而來，看見天上有兩個太陽，地上有兩座底比斯城；或像阿加米農受苦的兒子奧雷斯特斯在舞台上那樣，竭力避開一個手持火把與黑蛇的母親，同時復仇三女神在門口等他。

　　戴朵痛苦難禁，神志狂亂。她決定要死。她首先獨自計畫尋死的時間和方法。繼而以安詳和有希望的表情掩蓋她的計畫，招呼她的傷心妹妹，跟她說道：「好妹妹，安娜，請妳恭喜我！我已有個辦法，可以把他還給我，或停止我對他的愛。靠近洋川之涯和日落的地方，有一塊土地在世界邊緣上，叫衣索比亞，巨靈阿特拉斯在那裡用肩扛著並轉動著擎天柱，支撐著滿布火紅明星的天。聽說有一位馬訐利安女祭司住在那兒，看守赫斯派瑞德斯㉒的廟宇，就是她在餵一條龍、撒蜜珠和罌粟子使人入睡，她也在看守樹上的神枝。她自稱能用符咒解放任何女人的心，也可給其他女人以極端痛苦。她能阻止河裡的流水，逆轉星體的運行。她能在夜間召來幽靈；是的，妳可以看見，她能使腳下的大地吼鳴，使山梨樹林順山坡往下移動。親愛的安娜，我指著眾神向妳起誓，指著妳和妳的甜蜜生命起誓，我藉助於魔術，並非出於自願。現在請妳給我造一個高高的火葬堆，造在我們家宅中央，露天但不為人見的地方。把那個無信無義的人掛在我臥室牆上的武器和他穿過的衣服，統統放在柴堆上；妳還須將那使我罹此憂苦的喜床也放在上面。我要毀掉凡是可以令我想起那個不可再提其名字者的東西。再說，這就是那位

女祭司的指教。」說完這些話後，她不再說了，面色立時變得蒼白。安娜萬沒有料到她姐姐是在用這個奇異儀式遮掩她即將來到的死。她自己不能想像一種這樣激烈的熱情，沒有害怕現在會發生比西該阿斯死時所發生的更壞的事情。因此她遵照戴朵的吩咐作好了一切準備。

火葬堆立時用冬青櫟和松木造成了。那是個又高又大的堆，站在庭院中央。女王將殿廳飾以花綵，柴堆周圍飾以象徵死的綠枝。一張床擺在柴堆上，她把伊尼亞斯留下的一把劍、他穿過的衣服、和他的一幅肖像都放在床上，時時刻刻知道行將發生的事情。柴堆周圍設有祭壇，女祭司披頭散髮，以雷鳴似的聲音呼喊三百神祇的名字，厄瑞巴斯㉓、空虛，三面海克提，她就是三面處女神黛安娜。她洒了被認為是取自阿芬納斯㉔泉的水。月夜以青銅鐮刀刈下並冒出黑色毒液的藥草堆在那裡，跟這些放在一起的還有一種珍奇媚藥，是從一個初生的馬駒額上摘下來的，當牠母親尚未去掉它的時候。戴朵站在高高的祭壇旁，捧著供神的米穀，一雙純潔的手高高舉起，衣服束在身後，赤著一隻腳。不久就要死了，她籲請稔知命運之祕的神祇和星宿聽她說話，還向不論什麼神力、某種注視人世、居心公正並顧念失戀者的神力，禱告一番。

那是夜裡，全世界疲倦了的動物都在享受甜蜜的睡眠。天上的星宿正在午夜運行的時候，樹林和兇險的海俱是一片平靜。每片田野，所有農田裡的牲畜和色彩鮮明的鳥兒一概寂然無聲，所有住在數哩明澈如鏡的湖裡和鄉野叢林裡的動物，都躺在靜謐的夜裡進入睡鄉，睡眠平撫心裡的每種顧慮，忘掉生命的勞

疲。可是這位腓尼基女王不是這樣。她不能鬆弛緊張的心神安然入睡，也不能歡迎黑暗進入眼簾或腦海。不特如此，她還加倍痛苦；愛思柔情一再湧上心頭，激起海浪般的怒潮。她開始再次尋思，心裡自言自語道：「哎呀！我怎麼辦呢？不顧人們恥笑，回到從前追求我的人們那裡，試探他們的感情，卑躬折節求某位努米狄安人娶我嗎，雖然我曾一再拒絕接受他們中間任何人為我的丈夫？或者我應跟特洛伊艦隊同去，服從特洛伊的無論如何嚴厲的命令嗎？我這麼有把握他們歡喜我給他們的協助和救濟，還記得，還感謝我那時的見義勇為嗎？而且就算我願去，他們讓我去，歡迎我上他們的船嗎？他們傲慢自大，還恨我。啊，迷途的傻瓜，還看不出嗎？時至今日，妳還不知道洛麥敦的族人能多麼奸險嗎？再者，倘使我跟這些航海者同去，看他們現在臨行時如此趾高氣揚，我是一個人去呢，還是帶著所有的泰爾朋友，讓他們簇擁著我去會合特洛伊人呢？倘使如此，我怎能命他們張帆迎風，迫他們再航行於海上？上次我已使他們放棄自己的城池西當，這回可不能再如此了。不能，妳應當死，也必須死。只有利刃能解除妳的痛苦。……噢安娜，我已經瘋了；可是當初是妳把這副受苦的擔子放在我肩上，因為妳不忍見我垂淚，因此置我於仇人的掌握中。但願我能像野獸一樣，不受責難，過自己的生活，不結婚，沒有現在這樣的痛苦煩惱。……而且我對西該阿斯亡魂的誓約也破壞了。」由戴朵心裡迸出了這些可怕的傷心話。

　　這時伊尼亞斯已決定了航行計畫，完成了準備工作，正躺在船尾睡覺。睡著後又夢見一位神，形貌像上次那位一樣，聲

音、面容、黃髮、洋溢著青春氣質的肢體,樣樣都像墨丘利。伊尼亞斯望著他,墨丘利又警告他說:「女神的兒子,現在大禍即將發生,你還睡著不動,看不見危險就要臨頭嗎?傻子!你沒有聽見順利的西風已颳起來了嗎?她心裡正在籌思一項可怕的險計。一陣一陣怒火衝上她心頭,她決定要死。趁著現在還走得及,你還不快走嗎?倘使黎明時你仍在這裡,你就會看見海上一片破船殘骸,火光熊熊,滿岸燒得通紅。好,去吧,別再耽誤啦!女人的心是善變的。」這樣說著,一時又消逝在黑暗裡。

神的突然出現,使伊尼亞斯著實吃了一驚。他跳起身來警告他的夥伴們道:「快些呀,諸位!醒醒!各就槳位。快些扯起帆篷!因為看呀!又有一位神從天上下來,催促我們速行。我們必須斬開纏結的纜索逃啊。我們跟你走,神啊,不管你是誰;像從前一樣,我們歡歡喜喜服從你的命令。求你跟我們同在,慈悲地幫助我們。請從天上的星座給我們恩惠。」說著他迅即抽出寶劍,用明晃晃的劍刃斬斷纜索。個個人都上了船,船隊遮遍近岸的水面,他們彎腰搖槳,翻起白沫,划向外海。

這時初升的奧羅拉已離開泰梭諾斯㉖的橘黃色床,將新的光明散播於世上。女王從她的瞭望塔上看見黎明的白光,也看見艦隊乘風前進。她知道海岸和港內已空無一人。見了這景象,她搥著美好的胸脯,三遍,四遍,抓散她的金髮,高聲喊道:「啊,朱庇特!你讓這個陌生人到我這裡奚落一陣後安然離去嗎?拿起武器呀!來呀!迦太基個個人都去追呀!你們那裡的人,快到船塢裡把船推下水去!快些呀!拿出火把來,分散槍

矛呀！搖起槳來呀！……哦，我在說些什麼啊？我在哪兒？哦，
可憐、可憐的戴朵，甚麼樣的癡想迷了妳的心竅？現在你才領
悟到他的邪惡嗎？在把王權讓給他之前，妳為什麼不想想呢？
看他對自己的誓約多麼不忠實啊！可是人們說他隨身帶著祖先
的神祇，並彎腰背起年邁衰弱的父親！我不是能抓住他把他的
四肢一件一件撕下來扔在海上嗎？還把他的夥伴們一齊殺死——
是的，也殺死阿斯堪尼斯，烹給他父親吃嗎？啊，這樣一場鬥
爭，結果是說不定的。就說不定好了。我還怕誰，反正是要死
的？我可能拿火把到他們營地把他們的船統統燒掉，把兒子、
父親，和他們全族人殺光，然後自己也死在那裡。太陽呀，你
的淨化的光線洞察世上的一切！朱諾呀，妳深知我的痛苦，能
講出真相！海克提呀，妳是每天夜裡可在每個城池的十字路口
高叫三聲喚來的！可怖的復仇三女神！等待著伊里莎的死神！
你們現在聽我說。你們的神力該注意一下這裡的邪惡，請聽我
祈禱。倘使那惡人必須安然進港登陸，因為是朱庇特親自注定
了的，那麼讓他將來在強敵手中受戰爭的苦楚，讓他被流放於
他自己的領土之外，被從尤拉斯懷抱中攫走，讓他眼看著無辜
朋友們死亡而乞求援助，等他接受屈辱的和平後，讓他不得在
快樂日子裡享受他的王國；讓他不得壽終，陳屍在荒涼的水邊
未得葬埋。這是我的祈禱，我的最後呼號，出自我的生命的血
液。從那時起，我的腓尼基族人們啊，你們要以堅決的仇恨苦
害他的每個後代子孫。這樣就算是你們對我的亡魂的祭禮。兩
國之間沒有友愛，也沒有契約。希望能從我的枯骨裡生出一個
復仇者，不拘早晚，只等有了力量，即以烈火寶劍迫害從特洛

伊來的定居者！讓你們的海岸對抗他們的海岸，你們的波浪對抗他們的波浪，你們的武器對抗他們的武器。這便是我的詛咒。讓他們和他們的子子孫孫永遠爭戰不息！」

這是她的咒詛。她立時轉而考慮每條行動途徑，因為她想盡速離開這可恨的陽世。她跟巴塞說了幾句話，她是西該阿斯的老乳母，她自己的乳母骨灰已黑，埋在老家。「親愛的乳母，去喊我妹妹安娜來。告訴她快去以河水淨身，拿來為贖罪所需的祭品和其他一切，這是眾神命我舉行的儀式。叫她照我說的準備好了來；妳自己額頭上也勒一條虔心帶。我打算完成已正式開始了的某種對朱庇特的祭儀，將這個握有那特洛伊人生命的木柴堆付諸一炬，了結我的痛苦。」她這樣說了，巴塞懷著一位老嫗的心腸，快步走去。

可是戴朵已決定了尋死的計畫，慌忙衝出門到庭院裡。她滾動著泛紅的眼睛，臉上的肌肉在顫動，面色呈現將死者的蒼白。她瘋狂地猛衝過去爬到火葬堆頂上，抽出那把特洛伊寶劍，一個並非為此而用的禮物。她凝視著從特洛伊來的衣服，和那張引起諸多記憶的床。停了一會兒，流著眼淚，一面思想；她倒在床上，說出了最後的話：「甜蜜的遺物，只有在上帝和命運允許的時間內是甜蜜的，現在請接受我生命的氣息，開脫我的痛苦。我已經活了一生，走盡了命運派給我的生命路程。我的靈魂將堂堂正正進入陰府。我建了一座堂皇的城池，親眼看見自己的城垣築起。我為我丈夫報了仇，懲治了我的哥哥，我們的共同敵人。要是達丹艦隊沒有來到我的岸邊，我本該非常，非常幸福！」哭著，她把頭栽在床上，繼而又說道：「我死得

仇未解恨未消，但總是一死。是的，是的；我願這樣去到陰世。願那個遠在海上的無心肝的特洛伊人癡醉於我的火光，帶去我的死給他的惡兆。」

　　說到這裡，她停住了。甚至當她還在說著的時候，她曲身倒在劍鋒上。侍從們立時看見鮮血順劍冒出，沾在她手上。王宮裡一片哭叫聲。整個迦太基為之震驚，傳言滿城飛。家家有哭聲、泣聲，和女人們的嚎啕聲，上天回應著高聲哀號；彷彿敵人已攻了進來，全迦太基或古老的泰爾已經陷落，滾滾烈焰已在焚煅神和人的住處。她妹妹聽見，登時停止了呼吸。她以指甲抓破臉皮，用拳頭捶傷胸脯，急忙驚慌地穿過人叢去，看見戴朵已命在頃刻，她向她哭道：「哦，姐姐呀，原來是這樣啊？妳是在打算哄騙我啊！妳的這個火堆、祭壇和火就是為了這個嗎？我將怎樣責備妳不該棄我而去呢？妳貌視自己的親妹妹，臨死時都不想要她在妳身邊嗎？妳應當叫我分受妳的命運，那麼我們二人可同時伏劍，同歸於盡。試想想，是我親手搭起這個火葬堆，還向我們祖先的神祇哀求，結果只是教妳離我而慘死嗎？姐姐呀，妳以妳自己的生命毀了我的生命，還毀了我們全族人的生命和西當的高貴氣質及妳的整個城市。來，讓我看看妳的傷——我必須用水洗淨傷口，以我自己的嘴唇吸妳最後的氣息。」說著她爬到柴堆頂上，把她的仍有呼吸的姐姐抱在懷裡，愛撫她，一面哭著，一面試圖以她的衣服止住那股血。戴朵想睜開沈重的眼皮，但沒有成功；她胸間的深傷，就是寶劍刺進去的地方，出氣成聲。她三次要靠肘的支持坐起來，每次都又倒在床上。她眼珠滾滾，望著天空，要看見陽光，

看見後嘆息了一聲。

　　萬能的朱諾憐憫她難死難分的長時痛苦，派愛瑞斯[26] 從奧林匹斯下來釋放她的神魂，使它脫離那糾纏住了的肢體。因為她的死不是命中注定的，也不是應得的，而是在一陣熱情衝動中悲慘地早亡，普魯塞品[27] 還沒有剪下她頭上的一絡金髮，把她的性命交給陰間的奧卡斯[28] 。所以有橘黃翅膀的愛瑞斯，晶亮得像一滴露珠，映著日光顯出千道霞彩，這時飛越天空。她翱翔在戴朵上空，說道：「我奉命來取這絡頭髮獻給普路托；使妳的魂靈兒脫離軀殼。」說著她伸出手剪下頭髮。立時她渾身失去溫暖，生命消逝於流動的空氣中。

譯　註

①伊阿巴斯（Iarbas）：非洲一統治者，向戴朵求婚被拒。自稱是朱
　庇特的苗裔。

②蓋圖利亞（Gaetulia）：在非洲北部，其地有好戰部落。
　努米狄人（Numidian）：非洲北部一部落。

③巴卡人（Barcaean）：北非巴卡（Barca）地區的部落。

④菲巴斯（Phoebus）：阿波羅的形容稱謂，意為光明。

⑤奧羅拉（Aurora）：黎明女神。

⑥馬訏利安人（Massylians）：北非部落。

⑦助埃奧貝（Dryope）：一位山林女神。阿加塞西（Agathyrsi）：塞
　西亞（Scythia）地區一個紋身種族。

⑧庫斯（Coeus）：希臘神話裡，和恩塞萊達斯一樣，屬於天與地所
　生的巨靈族泰坦（Titan）。

⑨阿芒（Hommon）：埃及的神，相當於朱庇特。

⑩墨丘利（Mercury）：希臘神話的漢密斯（Hermes），神的信使。

⑪拉維尼亞（Lavinia）：事見第七章以後。

⑫塔塔拉斯（Tartarus）：陰間一區，據說在陰間底下，或謂就在地
　表之下。周圍有鐵柵鐵門。生前犯罪者死後在那裡受刑。

⑬阿特拉斯（Atlas）：一個泰坦，字義為「負載」，是頂天而使之與
　地分開的巨神；神話裡，他頂的山是非洲西北部的大阿特拉斯山脈
　（Grand Atlas Range）。

⑭西里尼（Cyllene）：山名，在希臘的阿卡迪亞（Arcadia），墨丘
　利出生之山。

⑮墨丘利之母是阿特拉斯之女。

⑯西塞朗（Cithaeron）：希臘東南部的山，為酒神巴克斯享祭狂歡儀
　式的處所。

⑰伊里莎（Elisa）：戴朵的別名。

⑱格瑞尼阿姆（Grynium）：小亞細亞一城，內有阿波羅廟宇及神諭所。

⑲海坎尼亞（Hyrcania）：地名，在裡海東南。

⑳奧利斯（Aulis）：港口，希臘聯軍艦隊在此誓師，統帥阿格曼農殺女兒祭神，求得風平浪靜，然後大軍開往特洛伊。

㉑潘修斯（Pentheus）：底比斯王。反對崇拜酒神巴克斯，因而發狂，為其母所殺。

㉒赫斯派瑞德斯（Hesperides）：希臘文意為「黃昏的女兒」，通常有三位。地（Gaea）以一株結金蘋果的樹送給孫女赫拉（即朱諾），作為她嫁給她兄弟宙斯的禮物，此樹即由赫斯派瑞德斯看守。

㉓厄瑞巴斯（Erebus）：塵世通往冥府的暗道。

海克提或曲維亞（Hecate or Trivia）：陰間的魔術女神。被視為叉路女神，故有Trivia之稱（Tri即「三」之意，「三路女神」。）羅馬人常將她視同狄安娜。

㉔阿芬納斯湖（Avernus）：在那不勒斯，希臘文意思為「無鳥」；湖面及附近樹林的毒烟瘴癘之氣，使鳥不敢飛過。味吉爾認為這裡是進入陰間的路。

㉕泰梭諾斯（Tithonus）：黎明女神奧羅拉（Aurora）的丈夫，她為他求長生，但忘了求不老。他後來老而不死，形容醜陋，苦甚，化為蟬。

㉖愛瑞斯（Iris）：彩虹女神，眾神的傳信者。

㉗普魯塞品（Proserpine）：即希臘的普西芬尼（Persephone），有人說是宙斯與穀物女神迪米特（Demeter，羅馬人稱為Ceres）之女。她被冥王劫到陰間做夫人，迪米特尋得她的踪跡，與冥王達成協議，只讓普塞品在陰間度過一年的三分之一。這三分之一時間，迪米特念女心切，無法善盡本職，因此地上一片荒寒，就是冬天廢耕之時。

㉘奧卡斯（Orcus）：即普路托，陰間的神，朱庇特的兄弟。

五、殯儀後的競技

　　伊尼亞斯和他的艦隊這時已離岸很遠。他決定了航行方向，衝破北風吹起的黑浪前進。航進的時候，他回頭望見有城牆的迦太基正冒出可憐的戴朵的火葬紅光。為什麼有這樣大火，他不明白。可是特洛伊人都知道當熱愛遭到踐辱，痛苦是多麼難堪；女人精神錯亂時會走甚樣極端；這知識在他們心頭浮起一陣憂鬱的預感。

　　當他們的船進入遠洋，四面都是水和天，看不見陸地時，這位皇子頭上興起一片黑雲，一時狂風驟雨隨黑夜而來，波浪在黑暗中抖動著。甚至他的舵手派利努魯斯在船尾的崗位上喊道：「為什麼這些濃雲遮蔽天空呢？啊，奈普頓父，你在打算怎麼樣啊？」說著，他教人放低帆篷，綁妥一切索具，使力搖起槳來；並使帆斜著吃風。接著他跟伊尼亞斯說道：「英雄心胸的伊尼亞斯，即使朱庇特親自答應和保證過，我想我們也沒法在這樣天空下到達義大利。風變了方向，正吹著我們的橫梁。它從黑暗的西方颳起；眼前只是一團濃密的黑雲；我們沒有抵抗這風的力氣，無論如何使勁，都沒有用。既然我們為命運所

支配，讓我們服從她，改變方向駛到她要我們去的地方吧。不管怎樣，倘使我一路觀察的星宿位置沒有錯誤，我依眾星方位定下的回程方向也正確，我想你的兄弟厄瑞克斯的海岸和西西里的港口離這裡已不遠了。」誠實的伊尼亞斯答道：「這一陣子我也覺察到風是要我們這樣的，我看見你逆風而行沒有用。收起你的帆篷，改變方向吧。要是想找一片陸地，和一個可作為我的疲憊艦隊避難的處所，我想任何地點都不如那裡，因為那裡是保護達丹的阿塞斯特斯的地方，也是我父安契西斯埋骨的所在。」這就是他的答話。他們向港口駛去，一陣順向的西風鼓起帆篷。艦隊在海上迅速前進，最後，他們歡歡喜喜駛向熟悉的海岸。

阿塞斯特斯在遠處山頂上眺望，驚見他們到來，認得這些是朋友們的船。他來迎接他們，身穿阿非利加熊皮，手持幾根標槍，看起來有些野獷。阿塞斯特斯是一位特洛伊婦女和她的丈夫河神克瑞尼薩斯① 所生。他沒有忘掉他的父母，這時顯然很高興看見這些特洛伊同胞回來了。他歡歡喜喜以鄉野佳品歡迎他們，殷勤款待一班疲憊的朋友。

當晨曦驅散了群星，伊尼亞斯召集海灘上所有的夥伴們開會。他在一個土堆上向他們說道：「達丹納斯的高尚子孫們，崇高的神們的後裔，自從我們埋葬了現已成為聖徒遺物的先父屍骨，並在祭壇上舉哀以來，時間已過了整整一年。實在的，倘使我記得不錯，因為這是神們的命令，現在已到了那個我最哀痛也最崇敬的日子。在這個日子裡，即使我被放逐於阿非利加的浮沙區，或在阿果斯海被敵人襲擊，或甚至被囚在邁錫尼

城，我仍要紀念這個周年忌辰，正式舉行祭儀，把適當供品擺在祭壇上。可是今天我們比較幸運，我們能站在我父親的骸骨旁邊。我們來此靠岸，進入這個友好的港口，我認為這是眾位神祇的意志。來，讓我們慶祝這項快樂的責任。讓我們祈禱順風。將來有一天我建築自己的城池蓋起廟宇時，願我父親樂見我每年向他提供這樣祭獻。阿塞斯特斯原是特洛伊人的兒子，他要給你們每隻船兩頭牛。讓我們邀請我們的家神，我們自己的神跟我們東主阿塞斯特斯所敬的神，都來赴宴。從那以後第九天，當黎明女神為世上萬物帶來她的賜予生命的白晝，把她的光明普照大地時，我將安排我的特洛伊人舉行船賽；其次，凡是跑得快的，或有力氣長於擲標槍或射箭的，或自信能戴牛皮手套作拳擊賽的，都請站出來；讓他們都準備拿他們贏得的獎品。大家頭戴葉冠，保持肅靜。」

伊尼亞斯說完後，把他母親的聖樹桃金娘葉環戴在額頭上。赫律馬斯②、年長的阿塞斯特斯、年幼的阿斯堪尼斯、和其餘的特洛伊成年人都照樣戴上。

伊尼亞斯離開會場，向墓地走去。數千人群眾跟隨著，他走在他們中間，舉行一項正式灌奠儀式，往地上倒兩碗醇酒，兩碗鮮乳和兩碗被視為神聖的血。然後向墳上撒些鮮豔的花朵，說道：

「父親啊，被封為神的父親啊，現在我又來祭拜您，您的骨灰，當初救您脫險，何圖今日只見一坏土。父親啊，現在我來祭拜你的亡魂，你的幽靈；嗚呼，哀哉，魂兮來享！不幸我不能有你在我身邊，伴我尋找命運注定給我們土地的義大利邊

疆，或奧索尼亞③的泰伯河，無論它在哪裡。」

他剛說完，只見一條巨蟒滑溜溜地從墳底爬出來，拖著七道大彎，拱來七個曲盤，和善地環繞著墳坵，滑行在祭壇中間。牠背上亮著藍紋，鱗甲閃著金光，像一道長虹映著太陽向雲端射出千餘霞彩；伊尼亞斯看見這景象，吃了一驚。那蛇拖著長長的身軀爬行在碗銀明亮的祭器中間。最後，牠品嘗祭品；安然回到墳坵下面。牠吃完祭壇上的供奉，然後去了。

伊尼亞斯這時更加熱心，他重新舉行他的盡孝儀式。他不知道這條蛇是當地的護神，還是他父親的神靈。他又正正經經獻上一對兩歲的綿羊，同樣數目的豬，和兩頭烏牛。他用酒澆奠，喚著為這儀式從阿契隆④放出來的偉大安契西斯的靈魂。他的夥伴們，各自量力，也都欣然拿出供奉，擺在祭壇上，並獻牛為祭。有的擺出一排大鍋，鐵籤放在火紅的炭上，斜倚在草地上烤肉。

期待的日子來到了。費桑⑤的天馬帶來了第九個黎明，這日天晴氣和。鄰近的居民聽見這個消息，加上阿塞斯特斯的聲望，所以都對這事發生很大興趣，歡歡喜喜擠滿了岸邊，都想一睹伊尼亞斯和他的人的風采，有的還準備參加競賽。各種獎品已陳列在會場中央，其中有祭神用的三腳鼎、綠葉冠、獎賞勝利者的棕櫚葉、武器、紫色衣裳，和許多泰倫⑥的金銀。接著山頂上響起號聲，比賽開始。

第一項是從艦隊裡挑出四隻船，人數相等，都用重槳。姆奈修斯指揮快船普瑞斯蒂斯號⑦，船上一隊精力充沛的水手；他將來成為義大利的姆奈修斯，麥米安斯⑧家就是因他而得名

的。古阿斯是大船奇邁拉號⑨的艦長，那船大得像一座城，達
丹壯年人分三層坐著用三層槳划她前進。塞解斯塔斯乘強大的
馬人號，塞吉家就是以他的名字為名；克盧安薩斯乘鮮藍的西
拉號，他就是羅馬的克律恩俠斯家的始祖。

　　離岸遙遠處有一座岩石，當冬天的西北風遮蔽星空、興起
海浪時，它有時沒在水裡。但遇到晴和的天氣，它便平安無事。
岩石上有一片平地，露在平靜的海面上；海鷗愛站在那裡曬太
陽。伊尼亞斯隊長在這塊石上立一冬青櫟標柱，作為各船水手
的指標，讓他們知道應從哪裡開始那段繞過岩石的漫長而彎曲
的航程。接著，船長們抽籤決定位置；他們各自站在後甲板上，
身上紫色和金色的光輝射到遠處。各船船員頭戴白楊葉冠，肩
上搽的油閃著亮光。他們各就橫板上的位置，兩臂向前握槳，
等候號令。由於神經緊張和急於贏得榮耀，他們的心跳得很快。
最後，號角清楚地響起了，立時各船從出發線的位置向前衝。
水手們抽回兩臂時發出的喊聲沖上雲霄，海水翻出泡沫。各船
都留下等齊的船迹；槳和三柱船首劃開了水面。任何參加競賽
的二馬戰車從起點向前衝馳，都沒有這樣急速。向來沒有一個
戰車御者像這樣用力抖動那飛馳的馬背上波浪般翻揚的皮韁，
或像這樣曲身向前抽鞭。觀看的人和為自己所愛的船喊加油的
人發出震撼整個樹林地帶的呼喝聲。叫喊聲碰到周圍的群山，
有回聲折轉來；那聲音在海灣的低平地區迴盪著。古阿斯在一
片擾攘聲中竄上前去，在平靜水面駛行。克盧安薩斯緊跟在他
後面。他的水手稍勝一籌，只是他的柏木船板又重又慢，拖他
落後一步。他們後面是普瑞斯蒂斯號和馬人號，二者落後的距

離相等，爭著搶先。有時普瑞斯蒂斯號在前，有時馬人號超過了她；一時又並駕齊驅，兩隻長船衝波破浪前進。

　　他們已接近岩石，正要到達轉向標柱，古阿斯在前半賽程領先，這時是勝利者，他喊舵手麥諾特斯道：「你太偏右了，要往哪裡去啊？直著這樣來，緊靠岩邊，讓左舷的槳尖輕擦岩石。深水留給別人走！」可是麥諾特斯怕有暗礁，把船首掉向開闊的海面去。古阿斯又高聲喊著叫他回來：「麥諾特斯！你離開正當航線，要往哪裡去？往岩石靠啊！」他往後望，看見克盧安薩斯在後急忙追趕，走的是內線。克盧安薩斯冒著撞古阿斯的左舷和擦觸海水衝擊的岩石的危險，超過了頭船衝上前去，竄過轉向標柱，在安全水面行駛。古阿斯見了怒從骨裡起，暴躁起來。他臉上流著眼淚，一時顧不得自己的榮譽和船員們的安全，把過於謹慎的麥諾特斯從舵樓甲板上推下海去，挪過去握住舵柄，要親自控制船行的方向。他鼓勵眾槳手，掉頭向岩石駛去。這時麥諾特斯在吃力掙扎，他已經不年輕了，渾身濕衣服墜著他，最後，他從深處掙扎到水面，爬上岩石，倒在乾地上。他栽到水裡和游水時特洛伊人笑他，他吐出胸中的鹹水時他們又笑他。

　　這時落後的兩個競賽者，塞解斯塔斯和姆奈修斯，高興地重新興起希望，由於古阿斯的耽誤，他們看見有超過他的可能。塞解斯塔斯領先姆奈修斯，從深水那面向岩石行駛；可是他沒有超過姆奈修斯整個船身，只超過一半，因為普瑞斯蒂斯號壓迫他，在他一旁緊跟不捨。這時姆奈修斯走到他的船員中間，鼓勵他們道：「用力搖啊！推！回！你們曾是赫克特的戰友呀！

你們是我在特洛伊破滅時帶出來的呀！現在讓我們看看你們在過去危難中表現的力氣和精神，像在阿非利加浮沙區，在艾奧尼亞海上，和馬勒亞的驚濤駭浪中那樣。我現在不是要得第一。我姆奈修斯不是要奪魁；可是，我希望……！奈普頓，無論你要誰贏，就讓他贏吧。只是我們想，倘使我們是最後回去的，那多麼丟臉啊！諸位，我們要竭力避免那樣的恥辱！」於是全班水手使出最大力氣。那青銅包皮的船在他們強力的划撥下搖動著。海水在船下往後溜。急劇的氣喘使他們四肢和乾渴的嘴顫動；個個身上汗水直流。

　　一件意外，給了這班勇敢水手他們所渴望的榮耀。因為過度興奮的塞解斯塔斯在姆奈修斯內側向岩石逼近，前面水面不夠寬，不幸觸礁擱淺。岩石顫動著。木槳碰住鋒利的岩邊，咔嚓咔嚓折斷了；船頭被推到岸上，懸在那裡。在這樣耽擱的時候，眾水手跳起來高叫。他們解下有鐵頭的長篙和鋒利的船鉤，用以撈回水上的斷槳。可是姆奈修斯這時大為歡喜，更加努力改善他的地位。他直向終點行駛，眾水手以很快的速率搖槳，背後還有一陣他所祈禱的順風；就這樣，他迅速駛行於海面，向陸地進發。他的歸航像從一個岩洞裡被突然驚起的一隻鵓鴿，牠的巢窩和親愛的幼雛隱藏在蜂房似的火岩石裡；因為在驚恐之下離家往草地上飛，翅膀閃得噼噼啪啪響；可是這時牠已滑翔於靜穆明亮的空中，健翮一動不動。姆奈修斯在普瑞斯蒂斯號上就是這樣行駛著，這隻飛速的船在競賽的最後一段航程乘勢破浪前進。他撇在後面的塞解斯塔斯，先在突出的岩石上掙扎，後來又在淺灘上折騰，一直在呼救，但沒有人應答，並在

試著怎樣用斷槳划船。接著他趕上了古阿斯和他的大船奇邁拉號，那船因沒有舵手，這時失掉了領先地位。

因此，只剩克盧安薩斯一人接近終點。姆奈修斯在後緊緊壓迫他，用盡他的每一兩力氣。這時呼喊聲自然加倍熱烈。極度興奮的觀眾催促追趕者加油，叫得震天價響。其中一個船的水手深恐不能保持優勢，失掉他們認為已經贏得的榮耀，情願捨掉性命去取得榮譽；另一船的水手因嘗過勝利的滋味而更加奮發，信心給他們強力。實在的，兩船本可同時到達終點，平分頭獎，要不是克盧安薩斯作了一個熱情的祈禱。他伸出兩個手掌向著海面，央求海居神祇聽他的誓言：「主管海洋的神祇，我在你們海面上航行，倘使你們應允我的祈求，我將把一頭潔白的公牛高高興興獻在這海岸的祭壇上為祭，我將把內臟奉獻給鹹波，並傾出清酒。」他這樣禱告，海水深處所有的弗卡斯⑩舞團，所有的奈瑞艾茲，和處女神潘諾佩亞⑪，都聽見了；老神波圖納斯⑫也親自用巨掌推助那前進中的船。就這樣，她向陸地飛駛，比南風還要快，比飛矢還要快，進了那寬闊的海港。

安契西斯的兒子依例召集眾人到一起。他嗓音嘹亮的宣報員宣布克盧安薩斯是勝利者，伊尼亞斯將一頂綠葉桂冠戴在他頭上，並拿出獎品給水手們自己分，每船三頭牛，還有酒和許多銀。給各船艦長也有特別賞賜。他給頭獎得主一件綉金披風，上有兩條麥利博亞⑬紫色邊緣；披風上織的圖案，畫出樹葉慈鬱的愛達山的青年皇子甘努麥德驚起了一隻捷足的鹿，他投擲標槍，看著好像他緊追不捨跑得喘不過氣來的樣子；一隻鳥的曲爪把他擭到空中，那鳥是朱比特的神鷹，從愛達山飛撲下來

捉住了他；圖案上還有老年的教師，無可奈何地向天上伸著雙手，還有狗在皇子後面叫，向空中狂吠。接著伊尼亞斯把一件光滑的三股金線連環胸甲送給有本領得第二獎的人。這胸甲是他在崇高的伊利亞城下和湍急的西莫伊斯河畔打死德莫勒奧斯時從他身上脫下來的，現在他把它送給一位戰士，作為他的光榮，並在戰時保護他。他的兩名扈從，菲吉斯和塞加瑞斯，雖用力氣也幾乎扛不起這件多股胸甲；從前德莫勒奧斯卻穿著它驅逐敗逃的特洛伊軍。作為第三獎，伊尼亞斯拿出一對青銅鍋和一對有浮彫花紋的大銀碗。

各人都得到贈物，額頭勒著紫帶，拿著豐厚的獎品，歡歡喜喜走開了，這時塞解斯塔斯挖空心思剛脫離了那堆岩石，在失掉若干槳，一整排槳手無事可作的情況下，把他的船弄回來了，沒有人喝采，只有人訕笑。他像常見的一條在路邊被青銅車輪輾過，或被行人狠命用石頭砸得半死不活的蛇，急著逃命但逃不掉，曲捲著一陣一陣抽搐，因為牠雖然一部分尚有生命，而其餘部分受了重傷，只能無能為力地拖著，將身軀捲成一盤，可是眼睛還閃著亮光，嘶嘶作聲的頭頸仍高高昂起。那船的划具就像這一般，它遲延了她的行動；可是她不顧一切，張帆趁風，駛入港口。伊尼亞斯很高興看見塞解斯塔斯救了他的船，帶回了他的船員，於是把他提供的獎品給了他；給他一名叫弗洛厄的克里特奴婢，她工於密涅瓦的技藝，懷抱兩個男嬰。

這項比賽結束後，誠實的伊尼亞斯急忙去到一個有平坦草地的地方，那裡周圍的起伏山坡上生有樹林，下面谷地形成一個賽跑的廣場。這位皇子率領幾千人來到這裡，自己坐在場中

心的高台上。從台上他邀請凡是有雄心並善跑者出來參加競賽，並提出獎品。有若干特洛伊人和西西里人從四面八方走出來。第一批人中包括尼薩斯和尤瑞雅拉斯；尤瑞雅拉斯年輕、活潑、非常漂亮。接著走出來的是迪奧瑞斯，顯赫的普利安一支的後裔，和一位阿卡尼亞人薩利阿斯，還有一位阿卡迪亞的特吉亞人帕楚昂。接著又走出來了兩個住在樹林中的西西里人赫律馬斯和潘諾佩斯，年老的阿塞斯特斯的青年戰友；此外還有許多人，只是後世已經記不起他們的名字了。伊尼亞斯站在他們中間向他們說道：「請注意聽我說，你們將喜歡我要說的話。你們中間每個人都將得到一件禮物。我將給你們每人兩個光亮的克里特鐵箭鏃和一柄銀紋雙刃斧，這是你們諸位都有分的。頭三名優勝者另外獲得橄欖冠和特別獎品。第一名得一匹馬和一套輝煌的鞍轡裝飾；第二名得一壺從亞馬遜女戰士手中得來的箭和全副斯拉塞箭鏃，一條寬闊的金帶，有一個光滑的玉鈎扣住披在肩上；第三名將會高興得到這頂阿果斯頭盔。」

說完了，那些賽跑者各就各位。信號一響他們就起步，離開起點努力向前；一路奔馳的時候，蹴起一片塵烟。個個人都凝視著終點。一開始尼薩斯迅速搶先，一閃跑在眾人前面，比風和霹靂的翅膀還要快。薩利阿斯在後追，但離得相當遠；又隔一段距離，是第三名尤瑞雅拉斯。尤瑞雅拉斯後面是赫律馬斯；迪奧瑞斯緊跟著赫律馬斯，總是一隻腳輕觸他的後跟，挺胸向他追趕。假使前面的賽程長些，他可能超過他，奪去他認為穩固了的勝利。這時他們已將到終點，接近了勝利標柱，就要筋疲力竭跑回來了，不幸運的尼薩斯踩在一攤滑溜的血泊上

滑了一跤，那血是在宰牛祭神時偶爾溢在地上沾溼了草地的。
這位青年跑者，已在慶幸勝利在握，一腳踏在這個不可靠的地
方，腳下一滑，站不住身，跟跟蹌蹌臉朝下倒在攙泥的血泊中。

可是即使在這樣一個時刻，尼薩斯沒有忘掉尤瑞雅拉斯和
二人之間的友誼。他在薩利阿斯來路上的一片滑地使一個拱脊。
薩利阿斯栽一個觔斗倒在凝結成塊的沙地裡。尤瑞雅拉斯一閃
跑上前去。由於他的朋友的幫助，這時他是領先的，實在說就
是勝利者，因為他在眾人高聲喝采和仰慕中飛跑回來了。緊跟
在他後面回來的是赫律馬斯，迪奧瑞斯得了第三獎。薩利阿斯
向坐在前排的長老們高聲抗議，所有那些坐在那個廣大競技場
裡的人一致認為是由於一種不正當的手段剝奪了他的勝利，所
以必須還給他。可是由於人們同情尤瑞雅拉斯的惹人憐愛的眼
淚和他的年輕力壯兼一表人材，也都支持他的要求。迪奧瑞斯
也為他自己高聲提出要求。因為照當時的情況說，他是有資格
得獎的，可是假如頭獎給了薩利阿斯，他便失去了得末獎的資
格。因此身為運動會主席的伊尼亞斯對他們說道：「青年朋友
們，你們該得到的東西仍然是你們的，誰也不能擾亂得獎人的
次序。但是我可以表示我對一個無故受災的朋友的同情。」說
著，他給薩利阿斯一件寬大的阿非利加獅皮，那長毛和包金的
爪沈甸甸的。這時尼薩斯問道：「假如你對一個跌倒了的參跑
者這樣同情，假如你給一個不成功的參跑者這樣漂亮的獎品，
那麼你該給我什麼以表彰我的成績呢？因為以本領而論，我該
贏得了勝利者的榮冠，只是我也像薩利阿斯那樣倒楣罷了。」
說著他向他們指出他臉上、腿上、胳膊上的泥汙。他們的善良、

仁慈的隊長向他笑了一下，著人去取一面狄德默昂⑮製造的盾牌，那是希臘人從前從奈普頓神廟的門楣上摘下來的。他把這件精緻禮物送給這位高尚的青年運動員。

賽跑完畢，獎品分發後，伊尼亞斯說道：「凡是有勇氣和有機智的請出來，準備戴皮手套作拳擊賽。」說著他擺出兩種拳擊賽獎品！勝利者得一頭公牛，牛頭上飾有頭帶，角上裹著金箔；一柄寶劍和一頂輝煌頭盔，作為失敗者的安慰獎。霎時間，非常強壯的達雷斯在一片竊竊私語聲中昂首立起。達雷斯，也只有達雷斯一人，總是敢跟巴黎門；在無匹的赫克特的墓旁，他打垮了勝利的巨人布特斯，那自稱是貝布瑞西亞⑯的人，躺在黃沙上，奄奄一息。就是這位達雷斯，這時昂起高大的頭出場，亮出寬闊的肩膀，向空左擊右擊。現在所差的就是一個對手。在那一大群人中沒有一個敢戴上拳擊皮手套到達雷斯跟前。達雷斯認為已無人來奪獎，洋洋得意走到伊尼亞斯那裡，站在台前，直截了當左手握住牛角，說道：「女神的兒子，既然沒有人敢來參戰，我得在這裡站多久啊？我應當等好久才行？就請告訴我說這獎品是我的吧。」全體達丹人立時發出呼喊，說這個獎品應屬於他。這時嚴肅的阿塞斯特斯以責備口吻向坐在他身旁一片綠茵上的恩特拉斯說：「恩特拉斯，你曾是最勇敢的英雄，現在就完了嗎？你能忍見這個輝煌獎品被人奪去而不出擊嗎？厄瑞克斯怎麼樣了？還有人相信我們的大言，說他是我們的神聖教師嗎？你的傳遍西西里的聲名怎麼樣了？掛在你房子裡的獎品怎麼了？」恩特拉斯立即答道：「我對榮譽的愛好和我的名譽都沒有減損；恐懼沒有摧毀我的自尊。理由是我

的年紀。年紀使我動作遲緩，血液裡沒有火力，使我的體力衰竭冰冷。倘使我有當年的壯健，像那個無恥的吹牛傢伙大言不慚自誇的那樣，我不需要這頭雄壯公牛的賄賂引誘，就會走上前去；不，我不在乎獎品。」這樣解說了，他立即將一雙重而大的拳擊皮手套扔在地上，這是厄瑞克斯常用的手套，當他準備作拳擊賽的時候，就把它們的堅韌皮條綁在臂上。

　　大家都很驚愕，看見這樣一副巨大，裡面縫有鉛和鐵的硬繃繃七層。達雷斯自己受驚最甚。他站在那裡發呆，一會兒便縮回去，拒絕應戰。安契西斯的英雄心腸的兒子用手掂掂這副手套，翻來覆去檢視那無盡頭的皮條。這時那位年高的鬥士很興奮地跟伊尼亞斯說：「啊，你可以想見赫求力士戴的皮手套，他就在這片海岸上打了一場殘酷的仗！你自己的同胞兄弟厄瑞克斯從前就戴著這副手套，就是你面前的這副，上面尚有血跡和腦漿斑點。厄瑞克斯用它們與強大的阿爾塞德斯⑰對抗；只要我血氣旺盛，年富力強，只要衰老年紀尚未嫉妒地在我兩鬢撒下白霜，我就經常用它們。可是你，特洛伊的達雷斯，假如不能應付我的這副武器，假如虔誠的伊尼亞斯商同我的支持者阿塞斯特斯，這樣決定下來，我們可在平等基礎上比賽。你無需應付厄瑞克斯用過的手套。所以你不要害怕；你也得脫掉你的特洛伊皮手套。」

　　說著他甩掉肩上的雙層披風，露出他那強壯關節和碩大骨骼的腿和臂。巍巍乎，他站在賽場中央。安契西斯的兒子，那主持比賽的，高高舉起兩副相等的拳擊皮手套，把這兩副等重的武器綁在兩個比賽者的手上。兩人立即紮起架勢，聚精會神，

興奮地踮起腳後跟，毫不畏懼，雙臂伸向空中。他們的頭高高
抬起，遠在對方拳擊不到的地方，開始相互以拳頭碰拳頭，慢
慢地認真打起來。達雷斯仗恃他年富少壯，腳下比較敏捷。恩
特拉斯塊頭大，四肢有力，只是膝部遲緩、不穩；他搖晃不定，
一種疼痛的喘吁撼動他龐大的軀體。雙方常互有險象，但都沒
有擊中；時常有勢將擊中對方脇下或胸腔的模樣。手在耳邊和
額前迅速閃動。噼啪一聲！嘴巴上挨了一記猛擊。恩特拉斯穩
定地站在那裡，把體重擺在一個固定地點，永不移動位置，只
搖擺上身，或以注視的眼睛閃避敵拳。達雷斯像一位將軍，在
用雲梯攻一堵高高的城垣，或圍攻一座山城，試試這樣，試試
那樣，老練地探究全部情勢，緊緊逼迫，總是變動攻擊方法，
但都沒有用。

　　恩特拉斯挺起身來，高舉右臂打了出去。達雷斯動作靈敏，
看見從上面打了下來，急忙躲閃，輕輕向旁避開。恩特拉斯的
力氣撲了個空，沒有挨打，就倒在地上，一個龐大的人被自身
的重量壓倒下去，像有時厄瑞曼薩斯山⑱或雄偉的愛達山上一
棵空心的松樹連根拔起倒下去那樣。特洛伊人跟西西里的年輕
人都興奮地跳起來，他們的呼聲震天價響。阿塞斯特斯是第一
個有行動的。他急忙站起，不顧自己的年紀，把他的可憐朋友
從地上拉起來。英勇的恩特拉斯雖然跌了一跤，仍然活躍，沒
有畏懼，更兇猛地繼續打鬥，憤怒燃起了新的力氣。他的羞愧，
加上他對自己的勇武精神的信心，使他的力氣火爆起來。這位
巨人怒火中焚，趕得達雷斯滿場跑，一會兒用右手，一會兒用
左手，奮力擊出，沒有停止，也沒有鬆懈。英勇的恩特拉斯打

得達雷斯團團轉。他雙手連珠炮似的打，密得像雨天的冰雹落在屋頂上那樣。後來他們的隊長伊尼亞斯止住了他的怒忿。他決定恩特拉斯必須停止他的報復性野蠻打法，止住了比賽，救下筋疲力竭的達雷斯，好言安慰他道：「可憐的達雷斯，為什麼發這樣瘋呢？你不明白這是另一種力量，是神力在跟你作對嗎？你必須服從神意。」這樣說著，他命令雙方分開。達雷斯的忠實朋友把他引到船上，拖著疼痛的軀體，他的頭兩邊搭拉著，嘴裡不斷吐出和著牙的濃血。另外有幾位朋友被叫來，替他接受頭盔和寶劍，把棕葉冠和公牛留給恩特拉斯。

這時勝利者得意揚揚，誇口說道：「女神的兒子，你現在一定知道我年輕時候力氣有多大，和現在你救得一命的達雷斯會怎麼個死法。」說著他站在公牛面前，牠正在旁邊等著作為獎品給拳擊賽的勝利者。他揚起右臂，挺起身用那硬繃繃的拳擊皮手套照定兩角中間猛力一擊。皮手套搗進牛的腦殼，打得腦漿迸流。牛倒在地上，雖在顫動但沒了生命。恩特拉斯流利地衷心祈禱道：「厄瑞克斯，我向你獻上比達雷斯的生命更好的犧牲。這次勝利後，我放下皮手套和我的技能。」

伊尼亞斯立即請人出來比賽箭法。他指定獎品後，用他那有力的手豎起從塞雷斯塔斯的船上借來的一根桅桿，用繩子把一隻拍翅的鵓鴿綁在桅桿頭上，作為箭垛。參加比賽者聚在一起，把他們的名籤丟在一個準備好的青銅盔內。第一個跳出來的是海塔卡斯的兒子希波孔，眾人歡呼贊成。下一個是姆奈修斯，他剛贏得船賽獎，額頭上仍然戴著青綠的橄欖冠。第三個是歐呂森，他是傑出的潘達拉斯[19]的弟弟，許多年前潘達拉斯

受命破壞著名的停戰，首先向希臘人密集隊中射了一箭。最後出來的是阿塞斯特斯，他的名籤躺在盔底，他也要毅然一試這項比較適合於年輕人的比賽。這時比賽者個個從箭壺抽出箭來，使盡力氣把弓拉成弧形。年輕的希波孔邦地一聲首先射出，一枝箭迅速破空而去，劃過天空，那箭射中桅桿，釘在那木頭上面。桅桿搖動一下，嚇得鵓鴿猛拍翅膀；各方觀眾高聲喝采。希波孔射畢，姆奈修斯急忙繼射，向上瞄視並拉弓，眼跟箭桿順在一條線上。不幸他的鐵箭鏃沒有射中鳥身，而斬斷了那根把鳥腳綁在桅桿上的布條，她急忙向南飛入黑雲裡去了。這時歐呂森久已站在那兒，持弓搭箭，準備停當，祈禱他哥哥能聽見他；一閃之間他對準那正在天空快活振翼飛翔的鵓鴿射出一箭，在黑雲下洞穿鳥身。她墜地死亡，把性命留在上空眾星中間，掉下來時把那洞穿她身體的箭帶了回來。

現在只剩阿塞斯特斯一人了，他已失去了棕葉冠。可是他仍然向高空射了一箭，證明一個老者仍有技能，能挽強弓。忽然間一個奇蹟出現在人們眼前，預示一個可怕的前兆；這事後來才顯出重要的結果，惟預言者給這個現象以驚人的解釋時，他們的警告來得太遲了。因為當阿塞斯特斯的箭桿飛入浮雲中時，忽然著了火；它拖著一道紅光，燒得乾乾淨淨，消逝於空中，像一顆常常劃過天空的流星，後面拖一條長光。西西里人和特洛伊人驚得目瞪口呆，站在那裡動彈不得，望著神祇禱告，可是他們的得意皇子伊尼亞斯接受這個預兆。他擁抱也喜見這個吉兆的阿塞斯特斯，給他些佳美的獎品，說道：「拿這些去，老爹。因為當奧林匹斯的最高神祇降下這個重要朕兆時，他一

定決定要給你以殊榮。這裡有一件獎品給你，它原是屬於老年的安契西斯的。這是一只調和碗，上面刻有人物，很久以前色雷斯的西修斯⑳給我父親這件慷慨禮物，教他帶回家去，以紀念他，並表示他的友誼，」說著他把一頂青綠桂冠戴在阿塞斯特斯額頭，聲稱他是第一獎得主，駕於諸人之上，好心腸的歐呂森雖是惟一射中鵓鴿由空中落地的人，可是他一點也不嫉妒給予別人的榮崇。下一個前來領獎的人是那個射斷繩子的，最後是那個射中桅桿的人。

比賽完畢散會以前，競賽會主席伊尼亞斯把埃普特狄斯㉑叫到他跟前。埃普特狄斯是尤拉斯的教師，也是他的密友。伊尼亞斯在他耳邊低聲說道：「請去看看阿斯坎尼斯的童子騎兵隊準備停當沒有，教他帶領全隊人馬，全副武裝，在我們面前列隊進行，以示敬於他祖父。」

伊尼亞斯繼而教擠在競技場裡的觀眾都退到場外去，他說整個會場都要空出來。接著童子隊以整齊隊形出現在父老眼前，騎著飾有鮮明彎頭的馬匹行進；他們經過的時候，西西里和特洛伊的成年人向他們高聲歡呼喝采。所有男孩子都按傳統方式以花冠束髮。每人持兩根有鐵矛的茱莫木槍，有些肩披光亮的箭壺。他們領子上戴著柔軟的扭金項鍊，垂到胸前。這項演習中有三隊騎士和三個領袖；每個領袖率領兩小隊，每小隊有六名男孩子，是以整隊分成兩個部分，全都甲冑鮮明。有一隊青年騎士由少小的普利安率領著傲岸行進，他是波來特斯的傑出兒子，跟他祖父同名，他將給義大利人以新的力量。他騎一匹色雷斯花斑馬，走起來的時候可以看見牠前蹄全白，牠的高高

昂起的頭顯出白色頂門。第二個領袖是阿泰斯[22]，未來的拉丁
阿泰族人就是他的後裔，他是一個小孩子，是尤拉斯的要好朋
友。最後出來的是尤拉斯自己，漂亮出眾，騎一匹西當馬，甜
蜜純潔的戴朵送給他這匹馬作為紀念，並表示她的愛。其他青
年騎士的都是他們的高年朋友西西里的阿塞斯特斯所有的西西
里馬。特洛伊人鼓掌歡迎這些緊張不安的孩子們，以極大樂趣
注視他們，從他們臉上見到他們祖先的面貌。

　　這隊騎士歡歡喜喜列隊走過全部坐在那裡可以完全看見他
們的觀眾。接著，埃普特狄斯高聲向遊行者喊出長串命令，抽
了一聲響鞭。他們都準備行動，首先他們分成相等的兩隊向相
反的方向疾走，繼而三隊各分成兩小隊，像跳舞一般部署著；
接著一聲號令，他們轉過面來挺槍相向。隨後他們形成其他隊
形，正而復反，兩隊隔著空間相向；分向左右繞圈兒騎；他們
開始作武裝模擬戰，時而敗逃，背後沒有保護，時而轉身挺槍
攻擊，最後和平相對，並轡前進。據說，從前多山的克里特的
迷宮裡有一條路，兩邊曲曲折折有兩堵牆，路上的人看不出去；
那路千轉萬拐，令人迷惘，所以沒有人能有把握向前或退後；
它的令人困惑的計畫使人不能成功地通過。特洛伊人的子弟們
就用這樣方法自設障礙，把敗逃和進攻編織在他們的遊戲裡，
像在海裡游泳的海豚，穿過卡帕西安[23]或阿非利加海峽，游著玩
著。後來阿斯堪尼斯防衛阿爾巴·朗卡城垣，就採用這種特洛
伊模擬戰隊形，教早期的拉丁人操演，像他年幼時跟其他特洛
伊童軍隊一起操演的那樣。阿爾巴人又教給他們的子弟，從他
們起，一代一代傳下來，興盛的羅馬承襲並保存了這項古老陣

法。直到今日，我們的男孩子被稱为「特洛伊」，他們的隊伍被稱為「特洛伊隊」。

紀念伊尼亞斯的聖徒父親的競技到此為止。

正在這個時候，特洛伊人的運氣開始轉變，變成厄運當頭。正當他們舉行各種競技向墳墓致祭的時候，撒騰的女兒朱諾派愛瑞斯從天上到特洛伊艦隊那裡去，給她一陣順風，幫助她的行程；因為她的舊恨還沒有消，她心裡有許多種計畫。愛瑞斯女郎急忙駕著她的千色彩虹飛行，迅速前進，沒有人看見她。她看見岸邊有一大群人，聚在那兒，港內空無一人，艦隊沒有人看守。但是在相距不遠的一片空寂海灘上，有些特洛伊婦女分散著坐在那裡，哭著死去的安契西斯，她們的淚眼望著汪洋大海。她們是多麼厭倦啊！想著將來還要乘船渡過這片海洋，心裡只是悲哀。她們都倦於忍受海上的辛苦，一致希望有一個屬於她們自己的城池。愛瑞斯原是個淘氣精，她一閃進入她們當中，改變女神的形貌，去掉女神的衣裳，變做了特馬拉斯山㉔的多瑞克拉斯的老妻貝羅，一個有名人家的婦人，她從前有幾個兒子，自己也很有名望。愛瑞斯以這人的模樣向那群特洛伊母親說道：「希臘人在妳們故國城下的戰爭中沒有把妳們拖下去殺死，真是可惜！妳們的是一個處處不幸的國家！不知道命運最後將怎樣毀滅妳們。特洛伊破滅已將近七個年頭，在這七年中，我們總是在長途跋涉，在海上航行見過許多陸地，經過許多危險岩石，許多次駛行於星空之下，被無情的波浪顛簸撞擊，要找一個永遠尋不到的義大利。可是在這裡，我們有厄瑞克斯的土地，這也是我們兄弟的土地，阿塞斯特斯是我們的

東主。為什麼不在這裡奠下城基，讓渴望已久的人有自己的城池呢？哦，祖國啊，從敵人手中救出來的家神是白救了嗎？『特洛伊城』從今以後不再有了嗎？我永遠不會在任何地方再看見贊薩斯河和西莫伊斯河，使我想起赫克特嗎？別落到那種地步，來！幫助我燒掉這些使我們倒楣的船。我做了一個夢，夢見卡珊德拉的亡魂給我一把熊熊的火炬，說道：『妳的特洛伊就在這裡，這裡就是妳的家。』現在是行動的時候，這樣重要的預言是不能違背的。看呀！那裡是奈普頓的四個祭壇！奈普頓自己給我們火炬，還給我們勇氣。」說著她帶頭狠狠地抓住一枝可怕的火把，右手高高舉起，在頭上一旋，扔了出去。

那群伊利亞婦人驚得目瞪口呆，不知所措。但是她們中間有一年長的，名叫派古，她原是普利安的眾多兒子的乳母，當時她高聲叫道：「眾位母親，這裡沒有貝羅，沒有魯蒂阿姆㉕的女士，沒有多瑞克拉斯的寡妻。看她那些聖美的特徵，那雙焖焖發光的眼睛；她那瀟洒自如的風采，她的面容，她的步態，她說話的語調！只是不久以前我還看見貝羅；我離開她的時候她在生病，怨恨只有她一人將錯過這次富麗堂皇的祭儀；不能跟大家一起祭拜安契西斯。」派古這樣說了。起初人們還不大相信；她們以懷疑的眼光看著那些船，心裡搖擺不定，一方面想長久待在她們所在的陸地上，另一方面也想著那個關於未來帝國的號召，正在猶豫不決的時候，那位女神展翅聳入天空，順著雲邊飛馳時劃了一道長虹。她的飛去加劇了這個神祕現象已經產生的震驚；人們發了瘋。她們尖聲喊叫著，從室內火爐裡抓來火，有些人搶來祭壇上的火，將落葉、枯木、和火把扔

在船上，火勢一發不可收拾，延及長凳，木槳，和船尾油漆的
樅木。

　　是歐麥拉斯㉖把船上著火的消息帶到觀眾成排而坐的安契
西斯墳墓和競技場那裡。即使在那裡，他們也能看見冒起的黑
烟。阿斯堪尼斯原在快樂地領導他那行進的騎兵隊，這時不給
他提心吊膽的監護人一個約束他的機會，急急忙忙策馬奔到停
船的地方，那裡已是一片混亂，他高聲喊道：「哦，為什麼突
然發這陣瘋？妳們可憐的特洛伊婦女，這是什麼意思？妳們燒
的不是希臘人的船，而是妳們未來的希望啊。妳們看，是我，
妳們的阿斯堪尼斯啊！」他把他的空盔扔在腳前——就是他在
作模擬戰時戴的那頂頭盔。這時伊尼亞斯也匆匆忙忙趕來了，
他的特洛伊人跟他一起。那些女人害怕起來，在海邊四散奔逃，
鬼鬼祟祟鑽到樹林裡和她們所能找到的岩洞裡。她們對自己的
作為已覺悔恨，沒有面目在光天化日之下被人看見。她們已經
恢復正常，知道誰是她們真正的朋友，因為朱諾的力量已從她
們心裡排除了。

　　但這並不稍減這場大火的兇焰，因為在那些濕潤的船板間
填塞縫隙的麻絲已經燒著了，吐出了濃烟；火慢慢吞噬了龍骨，
逐漸延及船身；所有人的奮力搶救，和澆在火上的大量的水，
都沒有發生作用。這時誠實的伊尼亞斯脫衣祖臂，伸出手掌，
向神們求助道：「萬能的朱庇特，倘若你還不憎恨每個特洛伊
人，倘使你昔日表現的慈悲使你仍能看見人間的苦難，請你准
許我的艦隊即使在現在仍能逃脫這場火災；哦，父啊，請保持
特洛伊免於死難的一線希望！否則假如我該死的話，請用你那

憤怒的霹靂擊斃我們這些剩下的人，我願你就在此地親手處死我。」他剛祈禱完畢，就下起雨來；遮天蔽日的暴風雨瘋狂下著；在雷聲隆隆之下，大地的高丘和平原開始震動。那雨從整個天空傾盆而下，南風驅逐著黑而密的水氣。所有船隻立即充滿了從天上下來的水，燒焦了的船板浸在水裡，直到火完全熄滅。除了損失四隻外，其他的船都救下來了。

這時的伊尼亞斯，特洛伊的首領，在這次慘痛打擊下戰慄著，他在心裡考慮他的沈重責任，思考各種可以採取的途徑，並從各種觀點看待它們；他不知道是否應該放棄他的命運，就定居在西西里地面，或仍去找義大利海岸。正在這個時候，年老的諾特斯㉗給他講了一片使他安心的話。只諾特斯一人曾跟屈托尼亞的帕拉斯學過預言術；她使他因這項偉大技能而出了名，因為每次遇到天怒現象出現的時候，他總是立刻有一個解釋，他能說出某種現象兆示什麼，命運注定將來要發生什麼事。諾特斯這時跟伊尼亞斯說：「女神的兒子，無論前進與否，我們應當接受命運的領導，按照命運的指示選擇我們的途徑。你有阿塞斯特斯，一個達丹人，也是神的後裔。把你的心事告訴他，讓他和你一起定你的計畫，他自己也願意這樣。把我們中間那些喪失了船的，那些由於從事我們的偉大事業和由於你的使命給他們的勞碌，而筋疲力盡不能恢復的，委託給他照顧。挑出那些年老的，那些有孩子的並疲於航行的，我們中間無論誰凡是脆弱和害怕危險的。讓那些疲累的人就在西西里這裡建築他們自己的城池，假如阿塞斯特斯允許借用他的名字，這個城池可叫阿塞斯塔。」

　　這就是他的年長朋友的忠告。這些提議使他憂心如焚，他
向來沒有這樣心煩意亂過。這時夜神駕著她的馬車已進入蒼穹，
占據了天空。突然伊尼亞斯的父親安契西斯一直從天上下來，
出現在他面前並向他說道：「兒啊，當我活著的時候，你對我
比生命還重要，現在你負擔著特洛伊命運的重任；兒啊，我是
奉朱庇特之命來的，他從天上熄滅了船上的火，最後對你起了
惻隱之心。你要聽從老諾特斯適才向你提的上好意見，那是一
個高貴的作法。帶一班能幹的人，你的壯年隊伍中最勇敢的，
到義大利去。到了拉丁阿姆後，你得打敗一個強悍野蠻的民族。
在那以前，你必須經過阿芬納斯去到普路托的陰間，兒啊，在
那裡見我。我不是被關在殘酷的地獄裡，不是在幽暗的地方，
而是跟那些快樂的誠實人一起住在福田。在你殺幾頭黑色牲畜
獻祭後，一位聖潔的西布爾㉘將引你到那兒；那時你可以知道
你的未來子孫是些甚樣人，跟你將有個甚樣的城池。現在我要
去了。濕而朦朧的夜神已走了一半以上的路程；太陽已在升起，
我能感覺到他的吁喘馬匹的熾熱氣息。」說完他飛去了，像輕
烟消逝於空中。伊尼亞斯喊道！「你這樣匆匆忙忙往哪裡去啊？
何以這樣快就去呢？你是要逃避誰啊？是誰不讓你被我擁抱一
下呢？」說著他撥弄已熄火的灰燼使它冒出火苗，向特洛伊城
的家神和白髮的維斯塔灶神祈禱致敬，獻上鹹穀祭品和滿滿一
爐香。

　　接著他立即召集他的夥伴，首先召來阿塞斯特斯。他向他
們解說朱庇特的命令，他的親愛父親的指示，和他自己在心裡
已作成的決定。沒有人反對這個計畫，阿塞斯特斯接受伊尼亞

斯給他的吩咐。他們教年老的婦女到新城裡，他們中間凡願意的，凡無意於顯赫聲望的，都住在那裡。剩下的人修理槳凳，把艙裡燒焦了的木板換上新的，重整木槳索具；他們為數不多，但都是精力充沛的能戰之士。同時伊尼亞斯畫一條線以標示城池的輪廓，在城裡分出住宅；指定城裡某一處應為「伊利亞」，另一處應為「特洛伊」。歡迎建立這個王國的特洛伊阿塞斯特斯指定一個地方為議會，分派議員，並制定法典。接著在厄瑞克斯山絕頂伸向星空的地方，他們為愛達利阿姆的維娜斯建一座廟宇，毗連廟宇闢一片樹林，設一祭司看守安契西斯的墳墓。

雙方人眾在一起飲宴九日，並在各祭壇祭祀已畢，這時惠風徐來，水波不興，開始颳起南風，令人興起再去航行於海上的念頭。沿著曲折的海岸，響起人們的笑聲；整天整夜他們聚在一起，互相擁抱著戀戀不捨；甚至在不久以前還認為海上太洶湧可怕的人，這時也想同去忍受流亡生活的一切最艱苦的遭遇。伊尼亞斯溫言撫慰，含著眼淚將他們交給他們的族人阿塞斯特斯。接著他命人獻上三頭牛犢祭祀厄瑞克斯山，一隻羊祭祀風雨之神；這時啟程的時刻已到，他下令啟碇開船。他站在船尾上眾人面前，頭戴橄欖葉冠，手持祭神的酒碗；把肉扔在海浪裡，傾出透明的酒。船尾後興起順風，他的夥伴們搖槳撥水，競相鼓櫂前進。

同時心中焦慮的維娜斯正在跟奈普頓講話，直接從她心裡向他傾出一陣抱怨：「哦，奈普頓，朱諾的逼人的怒忿和她的頑強的意志，迫得我用一切方法，不惜卑躬折節提出懇求。不論時間過去了多久，不論如何給她以尊崇，都不能緩和她的氣。

無論是命運之神或朱庇特自己的命令，都不能破除她的反對。
她是決不罷休的。她已經以她那邪惡怒忿吞噬了弗呂吉亞心臟
地帶的特洛伊，在那以後並繼續給她以各種懲罰，這樣，她還
以為不足。因為她甚至迫害著特洛伊的子遺——特洛伊的骨灰。
只有她知道她的憤怒何以如此瘋狂；你曾親眼看見適才她在阿
非利加波浪中掀起的狂暴力量。她把所有海水和整個天空攪得
惶惑混亂，竟敢干預到你的領域內，雖然她所依賴的艾奧拉斯
的風沒有奏效。她甚至唆使我們的特洛伊母親們走上犯罪的途
徑，卑鄙地焚毀我們的船隻，因而我們不得不把那些喪失了船
的夥伴留在異鄉。現在我求你，倘使我所求的不算過分，倘使
命運之神肯給我們一座有牆的城池，求你准許我們剩下的人在
你的波浪上平平安安走完剩餘的航程，到達勞倫塔姆[29]的泰伯。」

　　撒騰的兒子，海水之主，答她道：「西瑟拉之女，妳應該
相信我的海域，妳本身也是源於海上的。再說我自己也曾贏得
妳的信任，因為我時常鎮壓那些從海上和天上來的瘋狂襲擊。
我在陸地上對妳的伊尼亞斯的照顧也不見少。贊薩斯和西莫伊
斯可以為我作證。從前阿基里斯追趕喘不過氣來的特洛伊隊伍，
把他們逼到自己城邊，殺死成千上萬，致使河水壅塞哼嚀、贊
薩斯不能流到海裡去的時候，我曾救下伊尼亞斯的性命，那時
他在對抗帕柳斯的勇敢兒子，但是他的力氣和神們對他的幫助
都不如他，我把他包在一團霧裡；我救下他，即使那時特洛伊
已是一個背誓的城池，我自己深願親自摧毀她的城牆，雖然那
是我親手從根基築起來的。直到今日，我的心腸並未改變，所
以妳不要害怕。伊尼亞斯將到達阿芬納斯，那是妳選給他的目

的地,在海上僅有一個特洛伊人喪命,一個人代替眾人淹死。」
他用這樣安心的話撫慰了女神的愛思,給她以快樂。接著奈普
頓父把他的烈馬套上金彎,把嚼鐵放在冒沫的馬嘴裡,放鬆了
韁繩。海浪平靜了,廣大無垠的海水在隆隆的車軸下平躺著,
雨雲逃離了茫茫蒼穹。他的光怪陸離的扈從都在那裡,可怕的
海獸,格勞卡斯[30]的老年隊伍,帕萊芒[31]、伊諾的兒子,捷足
的屈頓和成群的弗卡斯,左邊有塞蒂斯[32]和麥利特[33],處女潘
諾佩亞,奈塞亞[34],斯皮歐,塞利亞和居莫多塞。

立時伊尼亞斯隊長心裡充滿了甜蜜的喜悅。他命人們疾速
豎起所有桅桿,張起帆篷,人們同時操作,綁緊帆索,張起左
帆,又張起右帆;他們同心協力把左擺右擺的帆桁拉得高高的。
完全合乎他們需要的風驅促他們的艦隊前進。

派利努魯斯一船當先,率領著密集的艦隊,給它以方向,
因為其餘的船隻受命在後相隨。這時攜著潮濕空氣的黑夜在天
空幾已行至中途,眾船員躺在木槳下的硬座上,正在甜蜜的睡
眠中休息,睡神[35]悄悄從天上的星群中下來,他分開朦朧的黑
暗,驅散陰影。派利努魯斯,他在向你那裡走去,雖然你是無
辜的,他給你帶來陰沉的睡眠。他裝作弗巴斯的模樣,坐在船
尾高處,輕輕說道:「伊阿薩斯的兒子,派利努魯斯,海水不
要你的幫助就載著艦隊前進,此刻風颳得很好,你的休息時刻
到了。現在你可以躺下去,休息一下你那困倦的眼睛。讓我來
替你操作一會兒。」派利努魯斯幾乎沒有抬起眼睛,答道:「你
是要我相信平靜的海面和沒有興起的波浪嗎?你要我信任這樣
一個惡魔嗎?你看,我這麼多次受騙於朗朗青天的奸詐,我會

把伊尼亞斯託付給充滿欺騙的風嗎？」說著他緊握舵柄，沒有一個時刻鬆手，一面注視著天上的星宿。這位神忽然拿起一個滴著忘川㊱水珠的樹枝，那死河的水有令人困盹的力量。他把這樹枝在派利努魯斯的兩鬢上抖動一下，雖然他掙扎反抗，還是闔上了他那眩暈的眼睛。不想要的睡眠剛開始鬆弛他的四肢，睡神便彎腰把他扔下船去，掉在明澈的海波裡，手裡仍然握著舵柄和他扳掉的一塊船尾；栽下去時一再喊他的朋友們，但沒人聽見。睡神輕輕鼓翼飛入空中。艦隊像前一樣平安無懼向前行進，因為這是奈普頓父答應過的。不久它便駛近了塞壬㊲岩，那裡從前很難通過，岩上暴露著許多人的白骨。再往前去便聽見石頭的吼聲，海浪不斷拍擊著。隊長在這裡發現他的船在打轉，因為沒有了舵手。因而他嘆息著親自導船衝破午夜的波浪，深深震駭於他朋友的不幸命運：「啊，派利努魯斯，你太相信天空和海面的平靜了，落得暴屍於一個不知名的異域。」

譯　註

①克瑞尼薩斯（Crinisus）：西西里河神。

②赫律馬斯（Helymus）：阿塞斯特斯的廷臣。

③奧索尼亞（Ausonia）：味吉爾常如此稱呼義大利。

④阿契隆（Acheron）：陰間之水，意為「愁河」。

⑤費桑（Phaethon）：太陽神黑利歐斯（Helios）的兒子。父親為了證明自己是親父，讓他開太陽車行馳於天空。由於無力駕馭，火熱的車向地上俯衝，有灼焦地上萬物之勢，朱庇特以霹靂擊斃費桑，他下墜於後世所稱的波河（Po）河口。

⑥泰倫（Talent）：古希臘與希伯來的重量與貨幣單位。

⑦普瑞斯蒂斯（Pristis）：意為鯨魚或沙魚。

⑧麥米安斯（Memmius）：羅馬貴族家族。

⑨奇邁拉（Chimaera）：⑴船名；⑵獅頭羊身蛇尾的吐火怪獸，見第六與七章。

⑩弗卡斯（Phorcus）：一個海神。

⑪潘諾佩亞（Panopea）：海神奈魯斯的女兒之一。

⑫波圖納斯（Portunus）：海港神。

⑬麥利博亞（Meliboea）：提沙里城鎮，在今希臘第三大港佛洛斯（Volos）之北。

⑭愛達山（Ida）：⑴小亞細亞西北部之山，近特洛伊城。巴黎為三女神選美做裁判，即在此山。宙斯遣巨鷹（或化為巨鷹）虜劫美少年甘努麥德，亦在此地。⑵克里特島最高的山，傳說宙斯幼時避難在此長大。

⑮狄德默昂（Didymaon）：鐵工浮彫藝術家。

⑯貝布瑞西亞（Bebrycia）：小亞細亞北部一區。

⑰阿爾塞德斯（Alcides）：赫求力士的別名。

⑱厄瑞曼薩斯（Erymanthus）：阿卡迪亞西北部的山，赫求力士為了

贖罪而做的十二件大差事,第四件就是殺死住在這山裡的大野豬。

⑲潘達拉斯(Pandarus):特洛伊城本領僅次於巴黎的射手。《伊利
亞圍城記》第四章,特洛伊與希臘聯軍雙方謀和,議論未定,潘達
拉斯受雅典娜慫恿,射傷米奈勞斯,打破和談局面;第五章裡,他
命喪米奈勞斯之手。

⑳西修斯(Cisseus):(1)色雷斯王,赫丘巴的父親;(2)麥蘭帕斯的兒
子,幫助特恩納斯。

㉑埃普特狄斯(Epytides):阿斯堪尼斯的監管人和伴侶。

㉒阿泰斯(Atys):尤拉斯的朋友。

㉓卡帕西安海(Carpathian):愛琴海自克里特至羅茨(Rhodes)間
的一段。

㉔特馬拉斯山(Tmarus):在埃匹拉斯(Epirus)。

㉕魯蒂阿姆(Rhoeteum):特洛伊附近海港,常引申為特洛伊。

㉖歐麥拉斯(Eumelus):特洛伊人。

㉗諾特斯(Nautes):伊尼亞斯的伴侶,先知,密涅瓦的弟子。

㉘西布爾(Sibyl):本是特洛伊附近一個由阿波羅啟靈,而有先知之
能的婦女,名叫西布拉(Sibylla),後來成為一切女先知的代稱。
最有名的西布爾,就是庫麥那位為伊尼亞斯預言並引他走訪陰世的
女先知。她的預言作法,已見本書第三章註㊿附近之內文。

㉙勞倫塔姆(Laurentum):拉丁阿姆的城。源於laurus(月桂樹),
事見第七章。

㉚格勞卡斯(Glaucus):(1)次要海神,水手的保護神;(2)西布爾的
父親;(3)特洛伊戰將,伊尼亞斯在陰間遇見他的亡魂。

㉛帕萊芒(Palaemon):原名Melicertes,次要海神,常協助水手。
伊諾(Ino)為其母親,也是次要海神,常協助遇困的航海人,最
著名的一次是在《奧德修斯返國記》裡救奧德修斯出險。

㉜塞蒂斯(Thetis):海居女神,奈魯斯的女兒,佩柳斯的妻子,阿
基里斯的母親。她與佩柳斯的婚禮,廣邀眾神,獨漏伊瑞絲(Eris,
糾紛之意),伊瑞斯忿而在喜宴上丟一金蘋果,上刻「給最美的」,

成為特洛伊戰爭的遠因。

㉝麥利特（Melite）：海居女神，奈魯斯的女兒之一。

㉞奈塞亞（Nesaea）、斯皮歐（Spio）、塞利亞（Thalia）、居莫多塞（Cymodoce）：都是奈魯斯的女兒。

㉟睡神（God of Sleep）：即Somnus，希臘之Hypnos，夜（Nyx）與死（Death）之子。

㊱忘川（Lethe）：陰間的河。字義為「遺忘」；死者進入陰間，飲此河之水，忘掉前生。

㊲塞壬（Sirens）：人頭鳥身的海上女妖。常以美妙歌聲誘惑過往船員，使他們守在她們跟前不去，以至餓死。詳見《奧德修斯返國記》十二章。

六、陰間

　　伊尼亞斯邊說邊哭。接著他讓艦隊自由航行，最後順利到達歐畢爾的庫麥① 海岸。他們使船首面向海水；立即拋錨，錨齒把船繫牢，船尾排列在沙岸邊。一隊特洛伊青年急忙跳在這西方土地上。有些去尋找蘊藏在燧石裡的火種。有些深入樹林，侵擾野獸的纏結的巢穴，找到溪流就發出信號。誠實的伊尼亞斯則去到高處阿波羅廟宇所在的地方，和過此一個寬大的岩洞裡，那是可怕的西布爾隱居之處，能預言的德洛斯神② 給他以先見的能力，使她能說出未來將發生的事情。他們已行近狄安娜的聖林和那兒的金廟。

　　相傳，達德勒斯③ 逃避米諾斯暴君的時候，冒生命危險鼓翼飛向天空，沿著陌生路線向寒冷的北方飛翔。最後他輕輕飛到這個歐畢亞根據地上空，在這裡初次找到避難所，立即把他的翅膀奉獻給菲巴斯阿波羅，並為他建造一座宏偉的廟宇。在一扇廟門上他雕繪著安助吉奧④ 的死狀，在那下面繪出雅典人服從那可怕的命令，每年獻出七個偉岸的青年贖罪；那裡還有那個剛用以拈鬮的缸。另一扇門上雕繪著克諾薩斯⑤ 的島高高

露出海面，還繪著那公牛的熱情和帕西斐跟牠的幽會；在他們中間，作為對那邪惡愛情的一種警告，是他們二者的雜種兒子米諾托。這裡繪有克里特那座建築⑥的詳細情形，其迷亂的道路是不可能弄分明的。達德勒斯鑒於阿里亞妮⑦公主愛心熾熱，可憐她，用一條線引導那盲目的腳步，因而揭露了迷宮的神祕曲折的路徑。噢，伊卡拉斯！要不是你父親過於傷感，你也會在這輝煌的雕刻裡占一顯著地位。達德勒斯曾兩次要把你的命運表現在這項金質作品裡，兩次他那為父的手都失敗了。這些特洛伊人必然會繼續讀下去，細究其中每一旨意，要不是先前派出去的阿克特斯這時回來了，並帶來了格勞卡斯的女兒德弗貝⑧，菲巴斯和狄安娜的女祭司。德弗貝跟皇子說：「現在不是觀光的時候。最好立刻就獻上七頭未曾負軛的公牛和七隻正當的兩歲羊為祭。」她這樣向伊尼亞斯說了。特洛伊人立即獻上了這些祭品。作為女祭司的西布爾隨即邀請他們到高處的廟裡。

歐畢爾岩側面有一缺口，形成一個寬大岩洞。洞門有百孔百口通入洞內，西布爾的答話通過這些孔口衝出百條聲音。他們走到洞門的時候，那女郎說道：「現在是請問你的命運休咎的時刻了。看呀，神！神已在這裡了！」她說著這些話的時候，就在那雙門前面，忽然間她面色變了，頭髮披散著，胸口鼓脹，心跳得厲害；她看著比較高些，說話不像平常人的聲音，因為神已接近她，借她的口說話。「伊尼亞斯，哦特洛伊人，」她叫道，「你仍然不肯發誓和祈禱嗎？要是你不祈禱，這岩洞的重門就永遠不會震撼敞開。」說了後，她便寂然無聲。特洛伊人感覺一股冰冷順著脊背往下淌。他們的王子熱誠地從心裡祈

禱道：「菲巴斯，在特洛伊困苦的時候你總是憐憫她。是你在引導巴黎的手，當他瞄準他的達丹箭射擊艾卡斯人阿基里斯的時候。是你引導我航行於那些圍繞諸大洲的海洋，並強行經過遼遠的馬訐利安人的國家和為浮沙屏蔽的土地。最後，我們已在義大利的難以找到的海岸得到一個立足之地。從今以後，讓特洛伊舊日的厄運不要再追蹤我們了。你們諸位男神女神，過去對伊利亞和我們達丹國的輝煌偉大心存嫉妒的，現在也請在不違背神聖的正義規律之下，饒恕我們這個曾據有特洛伊城堡的民族。還有妳，最神聖的能知未來的女先知，我不奢求非我命運應有的帝國，但求允許我的特洛伊人和他們的流浪神祇，曾和我們一起經過驚濤駭浪的特洛伊護神，在拉丁阿姆找到一個家。我將在那裡為阿波羅和曲維亞建一全大理石廟宇，其節日即稱為阿波羅日。仁慈的女郎，我也將在我的國裡為妳建一堂皇廟宇，在廟裡貯藏妳的諭言，妳所告訴我的人民的先知祕密；我將指派祭司服侍妳。只是請妳不要把妳的預言寫在樹葉上，因為疾風會把它們吹得凌亂不堪；我求妳用自己的話唱出來。」他的祈禱到此為止。

這時那女先知尚未為阿波羅所收服，她在洞裡瘋狂地跑著，像是要拒神力於她的腦海之外似的。可是神愈加折磨她瘋狂的面孔，壓制她狂妄的思想，使她完全服從他的意志。因此最後那神殿的百個大孔自動敞開，女先知的答言就從孔裡透出：「你們曾平安渡過海上的一切危險，可是還要在陸地上遭遇嚴重危機。你們達丹人將進入拉維尼阿姆的領域，這是你們毋庸害怕的，可是你們來了是會後悔的。我看見將來有戰爭和戰爭的一

切恐怖景象。我看見泰伯河挾血而下，並凝成浮沫。你將發現那裡有西莫伊斯河和贊薩斯河，並有希臘營地；一位新的阿基里斯，也是一位女神的兒子，已經在拉丁阿姆出世了；折磨特洛伊人的朱諾是永遠不會太遠的；同時無依無靠的你將卑躬折節向義大利的每個民族和每個城池求助。這次又像從前一樣，特洛伊人遭難的原因是與東主家的一個女人成婚⑨。可是你們決不可向困難屈服，應該正視困難，更大膽地順應命運允許你們的道路前進。在你們開始之前，第一條得救之道就會在一個你們決想不到的地方——一個希臘城池——展開。」

庫麥的西布耳從她的聖殿說出了這樣神祕和可怕的話；她說著這些隱語的時候，岩洞使她的聲音成為吼聲。阿波羅就這樣控制她，擺動韁繩使她咆哮，擰轉施於她鬢邊的刺棒。一旦她那一陣瘋狂過去，嘴裡不再說話了，伊尼亞斯勇敢地說道：「女郎，任何樣的苦難對我都不新奇，都不是我所未預見的，因為我在心裡已經想到了一切可能發生的事情。可是我只求妳一樣。據說地獄的入口就在這裡，阿契隆河在這裡的陰暗沼澤附近轉彎，我可否請求准我去跟我親愛的父親見面；妳可否敞開那神聖的門，向我指出道路。我曾背他在肩膀上，穿過火光和成千相追的標槍，從敵人叢裡救他出來。他跟我一起航行於世上的許多海洋，跟我一起忍受了海和天的各種威脅，這是他那衰弱之身所經不起的，不適宜於一個垂暮的人。就是他命我和求我來見妳，乞求於妳的門前。仁慈的女郎，我求妳見憐於我們父子；因為一切事都在妳能力之內，海克提派妳掌管這阿芬納斯林不是沒有理由的。倘使奧菲斯⑩能以他那色雷斯琴贏

回他亡妻的生魂，倘使波拉斯⑪能隔日輪死以贖回他的兄弟，因而來往於死的路上，倘使偉大的西修斯，還有赫求力士——可是何需說起他們呢？我也是至高無上的朱夫的後裔。」

他就這樣祈禱了，手放在祭壇上；他仍在祈禱的時候，那女先知開始說道：「神血的種子，特洛伊人，安契西斯的兒子，下阿芬納斯的路並不難。每天每夜黑普路托的門戶都開著。可是從原路回到陽世的時候就困難了。有少數人，神們的兒子，被賜予這種能力，那或者是因為他們受寵於朱庇特，或者因為他們自己勛業彪炳，超乎世人之上。那裡一路上有一叢一叢的樹林，漆黑的泣河⑫蜿蜒流在它的周遭。可是倘若你堅欲兩次漂渡冥河⑬，兩度拜望地獄的黑暗，倘若你甘願捨身於此項瘋狂的冒險，那麼請聽你首先必須作的事。有一個樹枝藏在一棵樹的濃蔭之中，它是金的，樹葉和柔枝都是金的。這是陰間的朱諾的聖枝。全樹林都在保護它，它被包圍在一片沒有陽光的谷地的陰暗中。向來無人未先取得此樹的金枝就被允許進入地下的黑暗世界，因為美麗的普魯塞品指定必須把這給她作為特殊奉獻。每次這個樹枝被折掉，另一個一定生出來，像前一個同樣是金的，它的柔枝上也生出金葉。所以你必須放眼尋找這個樹枝，找到了就大膽折掉它，那是你應該作的。倘使真的是命運要你如此，它將很容易被折掉；否則無論你用多大力氣，甚至用刀斧也砍不下來。還有一件，你在我門前乞求神諭的時候，你朋友的屍體——哎呀！你還不知道呢——正躺在那裡沒有生氣，全艦隊的人都能聞見那死的惡臭。首先把他移到他應有的安息所，葬他在一個墳墓裡。牽來黑羊作為你的第一次贖

罪奉獻。惟有如此，你才能看見冥河的樹林，在那裡面，活人是無路可行的。」說完，她閉嘴緘默。

伊尼亞斯離開那岩洞，面現戚容，低著頭走，心裡想著未來的不可知之數。永遠忠實的阿克特斯以同等步伐在他身邊走，心裡也很焦慮。他們一起談著，交換想法，揣測那女先知所說的那個死了的，和他們將埋葬的朋友到底是誰。忽然間，他們到了那個地點，在乾沙灘上看見艾奧利德米塞納斯躺在那裡，不幸早死了。他是一個優良的號角手，能以銅號鼓動人心，以他的音樂燃起戰火，在這方面誰也不及他。他過去曾是傑出的赫克特的戰友，跟赫克特並肩作戰，他的號角和長槍，到處都受人稱讚。阿基里斯奪去了赫克特的生命以後，這位勇敢的英雄來到達丹人伊尼亞斯身邊，作他的戰友，致力於一個同樣高尚的目的。可是那天他作了一件極愚蠢的事，他吹一個空螺，吹得波浪起了共鳴，並向神們挑戰，要跟他們比賽音樂。屈頓心懷妒怒，引誘這個向他挑戰的人在亂石中有泡沫之處入水，把他淹死了——假如你能相信這樣的事。

所有特洛伊人集合起來，大聲哭著，誠實的伊尼亞斯的哭聲高於一切。立時，他們一面哭，一面急忙做西布爾要他們做的事。他們的責任是把樹幹堆起來，造成一個高高的火葬堆。他們深入一個有高樹的古林裡，只有野獸住在那兒。不久檜樹倒了，冬青櫟響著斧聲錚錚，梣樹和堅硬的橡樹解開了，他們把高大的山梨樹滾下山坡。

伊尼亞斯像其餘人樹一樣，拿著工具，從事所有這些工作，領頭鼓勵他的夥伴們努力。可是他不斷仰面遙望這無盡的樹林，

私自考慮他的問題，在他那沮喪的心裡盤算；正盤算的時候，他偶爾祈禱道：「但願那個『金枝』在這大樹林裡某個地方向我顯現出來！因為那女先知所說的關於你的話，可憐的米塞納斯，已經應驗了，她說的分毫不爽。」剛說到這裡，碰巧有一對鵓鴿從天空直向他眼前飛來，落在青草地上。大英雄伊尼亞斯認得這是他母親的神鳥，高興地祈禱道：「哦你們倆，倘使有路的話，請引我去！你們在天空飛，飛到那幸福的樹枝蔭蔽下面沃土的地方。神聖的母親呀，在這個重要關頭，不要棄我不顧！」說著他停住腳步，看那兩個鳥帶來什麼信息，並決定往哪裡去。那兩隻鵓鴿吃一陣，飛一陣，飛得跟隨牠們的人眼睛所能看見牠們的那樣遠。牠們飛到有刺鼻氣味的阿芬納斯的入口處。到了這裡，牠們迅速高聳，掠過清澈的空中，找到牠們願意棲息的地方，落在兩個相鄰的樹巔上；在那裡，透過綠色的枝葉，有金光射出來。像棵櫟寄生苗，雖然不是出於它所寄生的樹的種子，但它的番紅果纏繞著樹身，甚至在嚴冬，牠也有青綠嫩葉，那幽暗的冬青櫟中的金枝看著正是這樣，它的金葉在微風中玎玲玎玲響著。伊尼亞斯立即抓住它。它起初尚頑強，他用力折斷，拿它到女先知西布爾家裡。

這時特洛伊人正在海岸哭米塞納斯，哭得很哀慟，他們是在對他的遺體致最後敬意，只是他這時無力答謝他們了。首先他們用鋸開的木料造一個大火葬堆，加些松木使它燃燒。接著他們把火葬堆兩旁飾以深綠枝葉，把堆前飾以陰森的綠柏。火葬堆上放著明晃晃的武器，看著輝煌奪目。有一夥人燒滾一鍋水，以洗淨他們朋友的冰冷身體，並給他搽油。接著哭聲起來

了。哭夠了，他們把屍體放在靈床上，用鮮豔顏色的衣服，他生前最喜愛的，蓋在他身上。一些特洛伊人然後彎腰，舉行抬靈的莊穆儀式時。接著他們各依自己祖上的禮儀，背過臉，伸手用火把點燃火葬堆的基層。堆上的東西連香料、食物，和調和碗裡的橄欖油，都燃燒起來，……最後，柴盡火熄，他們用酒澆滅骨灰餘燼。科瑞奈阿斯⑭收集骨灰裝在一個銅甕裡；接著他淨化他的朋友們，端著淨水繞他們三周，用一個結實的橄欖樹枝灑水在他們身上，最後說了訣別的話。誠實的伊尼亞斯就在火葬的地方，造了一個大塚，把米塞納斯用過的東西，他的木槳和號角，放在塚上。那墳塚建在一個高山的山腳下，那山迄今仍以他的名為名，世世代代保持米塞納斯的名字。

這事完了後，伊尼亞斯急忙按照西布爾的命令行事。那裡有一個深而崎嶇的岩洞，洞內寬闊，洞口大張，有一口黑水湖和一片陰森的樹林保護著它。一種惡毒的水氣從黑水湖騰入天空，沒有禽鳥能飛過它上空而不受傷害的。因此希臘人稱這個地方為「無鳥湖」。女祭司把四頭烏牛放在這裡，這是她的第一步。其次她把酒澆在牛的額頭上，剪去其兩角間的毛，把牠們放倒在祭火上，作為頭項供品；這樣做著的時候，她高呼海克提，這位天上和陰間的強大神祇。另外，有人割斷牛的喉管，用碗接住熱血。伊尼亞斯用劍宰殺一隻黑羊，以祭復仇三女神的母親和她的偉大姊妹大地，並把一頭未曾生育的母牛獻給普魯塞品。這時他開始向冥王舉行夜祭。他把全牛屍體放在火上，用香醇的橄欖油澆那光亮的內臟。看呀，立刻，在曙光露出以前，大地在他們腳下咆哮，樹林覆蓋的山坡開始動搖，同時，

透過幽暗，顯現出一個像獵狗模樣的形狀，狂吠著；女神來了，已離得很近。「走開！」女祭司喊道，「你們不潔淨的都走開！離開這樹林。你，伊尼亞斯，拔劍出鞘，走上前來。現在是你需要勇氣和膽量的時候。」說完了，她瘋狂似的投入那敞開的岩洞，大踏步前進。伊尼亞斯以無畏的步伐在後相隨。

統轄靈魂的神祇，沒有聲音的幽靈，混沌太虛，還有你，火焰河，和你，夜間無聲息的遼闊空間，我這樣據聞而書，但願能免於罪愆；請給我你們神聖的同意，透露地下陰暗深處的真相。

他們在黑暗中行走，周圍是陰影，頭上是夜的空寂，進入普路托的無實質的帝國，經過他的沒有生命的家；像人們行走於只有斷續月光的樹林，當朱比特以陰幕遮蔽天空，黑夜盜去了世上的顏色。在門廳前面，冥界的入口，憂傷和憤慨的顧慮鋪了床位。各種猙獰可怕的形象住在那兒：蒼白的疾病，絕望的老年，恐懼、飢餓、罪惡的參事，醜陋的貧窮，死亡和疼痛。其次是死亡的近親，也就睡眠，犯罪的喜悅。門限前面，是死亡的前驅，戰爭。復仇女神的鐵室在那兒，還有瘋狂糾紛，用血汙的飾帶勒住她的蛇髮。

正中間有一棵高大而有濃蔭的榆樹，伸展著古老的枝幹，像胳臂一般。假夢，像人們常說的那樣，以這棵樹為家，到處粘在它的葉下。此外還有許多種畸形可怕的混血獸，門旁廄裡的馬人，半人的西拉，百臂巨靈布賴魯斯⑮，嘶聲可怕的列納獸⑯，以火為武器的奇邁拉；其次是戈兒岡三女怪，妖鳥哈培，和三身怪格瑞昂⑰的幽暗形狀。伊尼亞斯看見它們，猛吃一驚，

拔劍相向,準備抵禦可能來攻的動物。要不是他那知道真相的同伴警告他說它們沒有實體,只是忽來忽去的空幻形相,他會攻上去,徒然劍刺陰影。

通往塔塔拉斯的愁河阿契隆的道路就從這裡開始。這兒渾水沸騰的深淵,廣大旋捲,把所有泥沙塞入泣河克賽特斯裡。此處有一渡河監督,監視著河水。他是可怕的柴隆,衣服襤褸,骯髒可厭,頷下生有旺盛雜亂的白鬚,兩眼射出火光,汙穢的衣裳打一結,掛在肩上。柴隆以篙撐船,整理帆篷,用他的小黑舟渡每個亡魂;雖然年邁,可是他是神,神的老年是艱苦但強壯的。所有亡魂都匆匆忙忙聚集在這裡,有母親和強健的男子,有完成了畢生使命的勇敢英雄,有男孩子,未婚女孩子,有被放在父母面前的火葬堆上的年幼兒童。他們多得像秋季的初寒中紛紛飄下的林中樹葉,或像海上的鳥群聚在岸邊,寒冷的天氣使牠們成群結隊渡海越洋,飛往有陽光的地方。眾亡魂站在那兒懇求先渡,伸出胳臂渴望到彼岸去,可是那倔強的梢公有時教這些人上船,有時教那些人上船,而斥退其他的人,不讓他們臨近河邊。

伊尼亞斯為這片騷亂景象所苦惱,著實惶惑迷惘。「告訴我,女郎,」他說,「河邊這夥人是幹什麼的?這些亡魂想要什麼?怎樣決定誰應離開河岸,誰該登舟搖槳渡過這黑水?」長命的女祭司旋即答道:「安契西斯和女神的兒子,你看見你面前有克賽特斯斯的深潭和冥河的沼澤,冥河的可怕力量迫使神們信守他們的誓言,不敢有所違背。你現在看見的是一群無助的亡魂,他們是未經安葬入土的。那廂的監督者是柴隆,能

乘船渡河的是經過安葬的。死者的屍體未在正當埋葬中入土安息，亡魂便不得邁過這可怕的河岸航渡咆哮的河水；他們須在河畔漂蕩一百年，然後才能到得他們現在嚮往的水上。」安契西斯的兒子停住腳步，深深地盤算著，心裡可憐他們的不幸境遇。他看見他們中間有柳卡斯皮斯⑱和他的律西亞艦隊隊長奧朗特斯，兩人都是淚汪汪的，因為他們的遺體都未經過正式埋殯；他們跟伊尼亞斯一起離開特洛伊地面航行於暴雨風的海上時，南風吹翻了他們的船，船和水手們都沒入水裡。

舵手派利努魯斯也在那裡飄蕩著，不久以前，在離開阿非利加的航程中，他注視天上的星宿，掉下船栽到水裡去。他形狀幽暗，最初伊尼亞斯沒有認出他那悽楚的形影，後來知道是他，便對他說道：「派利努魯斯，是哪位神偷了你去，把你淹死在海裡？告我說，阿波羅向來沒有騙過我，可是這次他的神諭卻哄了我。他預言你將安全渡海，到達義大利邊境。可是，他就這樣實踐他的諾言嗎？」派利努魯斯答道：「安契西斯的兒子，哦，我的隊長，阿波羅廟裡的神諭沒有欺騙你，也不是任何神淹死我的。我緊握的舵柄，靠它來掌握航行方向的，偶然斷掉了，我拉住它一頭栽下水去。我指住那洶湧的海水起誓，為我自己，我並不怎樣害怕，我怕的是你的船沒有舵也沒有舵手，可能會沉沒，水浪掀得很高的。南風吹我三夜，我在無垠的海上被波浪瘋狂地抽打著。第四天，海浪輕輕把我推到浪背上，我已能看見義大利，並開始慢慢向岸邊泳，我已將到岸邊，身上的濕衣服仍然墜著我，正企圖彎著指頭抓住一塊巉巖，哎呀，有幾個野蠻土人誤以為我有些油水，用刀殺了我。那時我

便是屬於波浪的了，風吹我沿住岸邊漂來漂去。所以我求你，常勝的人，看在上天快樂的光和你呼吸的空氣的分上，看在你父親和你對正在長大成人的尤拉斯的希望的分上，救我脫離這苦境吧。你可以親自用土掩埋我，這是可以的，假如你回到維利亞港⑲；不然的話，假如有什麼辦法，假如你的女神母親能指給你辦法，因為我知道，你現在準備渡過這條大河並漂浮於冥河的沼澤之上，並非沒有神的准許，那末請你提攜一下你這個可憐的朋友，帶我過河去，讓我在死後至少有個安息的地方。」他說完了，那位女先知開始答道：「派利努魯斯，你怎敢生這樣妄想？你沒有得到安葬，就要望見復仇三女神的無情河——冥河的水嗎？你時候未到，就想來到河岸嗎？不要以為祈禱可以改變神的命令。可是聽我說，記住我的話，它可給你的苦況以安慰。上天將現奇象，迫使遠近城池的居民來安慰你的遺骨。他們將為你造一墓坵，每年到墓上獻祭；那個地方永遠以派利努魯斯的名字為名。」她的話釋去了他的憂戚，頃刻間痛苦也被逐出他那悲傷的心。想著那個地方將以他的名字為名，他心生喜悅。

他們仍舊往前走著，快到河邊的時候，正在冥河上漂浮的梢公已看見他們從遠處穿過寂靜的樹林，向河岸走來，便首先以責備的語氣向他們說道：「帶甲來到我這河邊的人，無論你是誰，請說你是來幹什麼的？請即止步；就站在那裡講。這裡是陰間，是睡覺和困盹黑夜的地方。以冥河的船載運生人是罪過。我甚至後悔當初不該讓赫求力士⑳登船到湖上去，當他來到這裡的時候；還有西修斯和皮瑞索斯，雖然他們是神的兒子，

並且有無比的力氣。赫求力士來從冥王的寶座下捉住地獄的看家狗，用鐵鏈鎖住拉了去，牠還在打哆嗦呢。西修斯和皮瑞索斯想從普路托的洞房裡拐去他的新婦。」阿波羅的女祭司簡短地答道：「我們並沒有這樣奸險的目的。這些武器不是為強暴用的。請不要害怕。你門口那隻可怕的守護犬可以永遠在牠的窩裡狂吠，把亡魂嚇得面色變白。普魯塞品可以在她叔父㉑門後保有為人妻子的節操。特洛伊的伊尼亞斯正義凜然，戰功彪炳，他來是為到厄瑞巴斯的幽暗處找他父親的。倘使這樣堅定的孝心不能感動你，你當認識這樹枝吧。」她把暗藏在衣內的樹枝給他看。柴隆心裡立即消了怒氣，不再說什麼。他看著這神聖的供奉，這根命運的魔棒，面現敬畏，已有很久沒有看見它了。他把藍色船尾朝向他們，撐到岸邊。接著把在長凳上並坐的亡魂趕開，打開舷門，讓身軀巨大的伊尼亞斯立即進入船艙。那縫起來的小皮船在重壓下發出格吱格吱的響聲，沼澤的水由縫隙滲入船內。他們渡過了河。最後，柴隆把女祭司和英雄平安放在灰蘆葦叢內一片討厭的爛泥灘裡。

　　龐大的塞伯拉斯以三個喉嚨發出的吠聲響徹王國的那一部分。那怪物臥在他們前面路上的岩洞裡。女先知看見牠頸上的蛇毛開始豎起，扔一塊食物在牠面前，裡面攙有令牠困盹的蜂蜜和有麻醉力的玉米。那狗餓得要命，張開喉嚨吃那食物；牠四肢伸開爬在洞裡的地上，舒展那碩大的身軀。這時看門狗失了知覺，伊尼亞斯連忙進入洞口，迅即離開河畔和靈魂一過就不准返回的水波。

　　立刻他們聽見了哭聲。這些是嬰兒的亡魂在入口處高聲啼

哭；他們未得享受生命的甜蜜，因為黑暗的日子從他們母親懷裡偷了他們去，使他們夭折了。鄰近他們的是那些因誣告而判死刑的人。可是他們的地位總是由一個抽籤選定的陪審團公正決定的。法庭主席米諾斯㉒搖動一個罐兒，召集不言語的陪審員聽取被告的生前事迹和被控罪行。過了這些，就到了悔恨亡魂的地方，他們生前雖無罪愆，但自戕而死，因厭世而拋棄生命。可是他們現在多麼想在陽世明媚的空氣裡忍受貧窮和一切苦難啊！只是神的律例不准他們返回去，無情的沼澤以陰慘的水阻住他們，冥河的九曲河水圍住他們。過此不遠，是被稱為哀田的，它向四面八方伸展。這裡有些幽僻小徑和周圍的桃金孃樹林，隱藏著那些在愛情的慘酷折磨下憔悴以亡的。甚至在死後，他們的痛苦仍未停止。伊尼亞斯在這一地帶看見費得拉㉓和普羅克瑞斯㉔；還有厄瑞菲里㉕，露示著她的殘忍兒子給她的創傷，和伊維妮㉖與帕西斐；跟他們一起的有勞德米亞㉗和克紐斯㉘，後者年幼時是男的，這時是女的，因為命運注定她恢復原有的性別。

迦太基的戴朵也在她們中間，她在一片廣大樹林裡徘徊，傷口仍然顯明。特洛伊的英雄察覺他離她很近，他在幽暗中模糊地認出了她，像一個人在月初看見，或以為看見，雲霧中升起的新月，他立即兩眼落淚，並以最甜蜜的溫柔言語向她說道：「哦戴朵，不幸的戴朵，我聽見的消息是真的了嗎，聽說妳已亡故，是用劍自戕的？哎呀，我能是妳尋死的原因嗎？我指著星宿和諸位神祇起誓，我指著這地下深處任何可有的真實起誓，我離開妳的海岸，陛下，不是出於本意，而是受迫於神的指示，

就是這項神的指示現在又令我深夜穿行於這個腐爛世界的黑暗
裡；再說，我也不知道離開會使妳感到這樣可怕的悲傷。啊請
妳留步，不要離開我。妳是要躲避誰呢？我在跟妳說話，這是
命運所能給我的最後機會了。」伊尼亞斯這些話意在軟化她的
心腸，他淚珠盈眶。可是她心裡還燒著怒火，眼神冷酷，轉移
目光凝視地上。她不為伊尼亞斯的言語所動，像堅硬的火石或
一塊帕羅斯㉙大理石。最後，她憤然而去，兀自懷著仇恨，逃
回樹林的幽暗中，在那裡，她的前夫西該阿斯同情她的痛苦，
並且沒有辜負她的愛。伊尼亞斯為她的不平命運所激動，她去
的時候，他從後面以淚眼相望，心裡懷著對她的憐愛。

　　在這以後，他集中精力從事派給他的旅程。他們正行近那
些有顯赫戰功者聚居的最邈遠偏僻的地區。在這裡，泰杜斯，
甲冑輝煌的帕塞諾派阿斯㉚，和面色蒼白的阿椎斯塔斯都看見
了他；還有達丹納斯㉛，他死於戰爭，在陽世為人所痛切哀悼。
他看著他們長長的行列，心裡很悲傷：格勞卡斯㉜，麥當㉝，
塞西洛卡斯，安蒂諾㉞的三個兒子，色列斯的祭司波律博蒂斯
㉟，還有愛德阿斯㊱，仍然握著他的戰車和武器。這些亡魂擠
在伊尼亞斯左右。他們不以一見為滿足，還想跟他談話，跟在
他身邊走，聽他說他為什麼來到這裡。可是那些希臘領袖，阿
加米農所領導的一夥，一看見他們的敵人渾身甲冑在黑暗中閃
著亮光，都戰戰兢兢，直打哆嗦。有些拔腿就跑，像從前向船
上敗逃那樣，有些則竊竊私語；他們想吶喊，但只張著嘴，喊
不出聲音。

　　這時伊尼亞斯看見普利安的兒子德弗巴斯㊲，遍體創傷。

他的臉和兩隻手被砍得稀爛，頭兩邊都有傷，兩耳被削去了，鼻子上斬了一刀。最初伊尼亞斯認不得他，因為他退縮著打算遮蓋那可怕的傷勢，後來伊尼亞斯以德弗巴斯熟悉的聲音向他說道：「有膂力過人的德弗巴斯，圖瑟的顯赫祖先的後裔，是誰竟然這樣野蠻地向你報復？誰有這樣大力氣？聽說最後那夜你倒在一堆死者身上，因為你殺希臘人殺得筋疲力竭了。我在魯蒂阿姆岸上給你立了一個紀念碑，並且向你的亡魂呼了三聲。你的碑上有你的名字和你的武器，可是我的朋友，我找不到你，臨行時未能把你安葬在地下。」

普利安的兒子答道：「朋友，你已經做得很周全；你已經向德弗巴斯自己，甚至向他的亡魂，做了你應做的事。是我自己的命運和斯巴達海倫的惡行使我淪於這樣苦難的境地；是她在我身上留下這些傷痕作為她的紀念。你知道，我們懷著虛妄的喜悅度過最後那夜；我們一定都記得很清楚。那腹內滿藏武裝兵士的要命的木馬跳過我們的崇高城堡的防線後，她領著一群特洛伊女人，假裝那是一種儀節舞，狂呼巴克斯從事慶祝，她在她們中間高高擎起一個大火炬，就那樣從我們自己的城堡頂上給希臘人送信號。那時我正在我那不幸婚姻的臥房裡，因為鎮日勞累而精疲力竭，躺下酣睡；沉入甜蜜深沉的休息，很像平靜的死去那樣。這時我那位好妻子挪開我家所有武器，甚至先已從我枕下偷去了我自己的忠實寶劍。接著她敞開門引米奈勞斯入室。自然，她想她是在給她的舊情人做好事，那樣可能抵消她過去的罪過。可是，何不長話短說呢？他們突入我們的新房，尤列西斯跟他們一起，那個永遠準備做惡的人。哦，

諸位神祇，倘使我這祈求復仇的嘴是無罪的，請對希臘人施以同樣的恐怖！可是現在請告訴我，你仍活在陽世，怎麼會來到這個地方。是在海上迷了方向被迫來到這裡呢，還是神指示你來的？假如都不是，那麼什麼事迫你來到這暗無天日的黑暗地獄裡？」

他們這樣交談的時候，玫瑰車裡的奧羅拉已過了她的橫越天空行程的頂點；他們可能把允許他們的時間都用在這樣談話上，要不是仍然在他身邊的西布耳簡短地警告伊尼亞斯說：「夜來了，伊尼亞斯，可是我們在哭；耽誤時間。從這裡起，路分兩叉；右邊一條直通偉大的普路托的城堡，經過那裡可去伊利斜姆㊳；左邊那條把惡人帶到邪惡的塔塔拉斯，不停地懲罰他們。」德弗巴斯答道：「可敬的女先知，請不要生氣。我現在就去，去同那些亡魂為伍，又回到黑暗中。去吧，你，我們特洛伊的光榮，去迎接一個比我的好的命運吧！」他不再說話，只是說著回頭走去。

伊尼亞斯四下一望，忽然看見左邊一堵岩壁腳下有廣大的建築物，它有三道圍牆，還有一條白熱的火焰急流和巨石旋轉的河圍著它；這便是弗來及桑㊴，地獄裡的火焰河。對過是一個有堅實柱子的大門，柱子堅硬得非人力所能拔起，甚至天上的戰神也不能拔起。還有一座鐵塔聳入空中；蒂西豐㊵就坐在那裡，束著血汗的衣衫，無間無間，永不睡眠看管門戶。裡面的呻吟聲清晰可聞。有殘酷的鞭打聲和鐵鏈的拖拉聲。伊尼亞斯停住腳步，驚煌失色地聽著那聲音和叫聲。「女郎，請直言相告，這裡是甚樣罪行？這些罪人受的是甚樣刑罰？為什麼那

哭聲如此可怕？」

那女先知開始說道：「聞名的特洛伊領袖，心底純潔的人是不准涉足於罪惡之門的。可是海克提教我管理阿芬納斯林的時候，她帶我走遍地獄，向我解釋神的各種刑罰。克諾薩斯的拉達曼薩斯⑪是這裡的統治者，他的統治極其殘酷無情。他審問一切欺騙案件，懲處每個有過的人。他迫使每個罪人承認他在陽世時每次應該贖而未贖的罪，以為他能隱藏而自喜，直到死的時候，為時太晚了。那時復仇女神蒂西豐手執鞭子立刻當面抽打有罪者。她左手高舉可怕的蛇，在他們頭上威嚇，同時叫她的兇惡的姊妹們都來。看呀，那神聖的門最後敞開了，門的樞紐吱嚀響，響聲中含有恐怖。現在你可以看見坐在門口的監守者是什麼樣子，有多麼難看吧？裡面還有更兇的，一個可怕的海達拉⑫坐在那兒，五十個黑喉嚨大張著。最後還有塔塔拉斯，它往下陷入黑暗之深，二倍於我們仰視天堂裡的奧林匹斯之高。大地的古老兒子，健壯的泰坦族神，被霹靂打下去的，在那兒的最深處折騰受苦。我看見阿洛尤斯⑬的兩個兒子在那兒，身軀高大，他們曾攻擊廣闊的天堂，企圖親手撕下它來，並將朱庇特逐出他天上的帝國。在那裡，我還看見薩爾芒紐斯⑭，他曾模仿朱庇特從奧林匹斯投下的猛烈火焰，現在正受著殘酷的懲罰。他趕著四匹馬，手揮火炬，得意揚揚穿過希臘人的國家和埃利斯城中心，要求惟有神才可要求的榮耀。他是個發了瘋的傻瓜，竟想用銅的撞擊聲和馬蹄聲模仿雨雲和誰也不能模做的霹靂！那時萬能的天父從密雲裡擲下他自己的霹靂，那可不祇是火把和一捆松木燒成的烟火，以疾風萬鈞之勢把薩

爾芒紐斯頭朝下擲了下去。不錯，我還看見泰徒阿斯[45]。他是
萬靈之母大地的義子；他的軀體躺在那裡，占地九整畝，一個
巨大的兀鷹以鉤嘴撕吃他那永不死去的肝臟，撕吃他內臟給他
以無窮疼痛，牠往裡面搜索食物，永不離開胸中的深傷；吃過
的肉再生出來，生出來又吃掉，沒有休止。關於拉皮茨[46]、艾
克塞昂[47]和皮瑞索斯，還用得著說嗎？還用得說弗勒古阿斯[48]
嗎？一塊黑火石懸在他頭上，時時有掉下來的模樣，好像已經
開始掉下來了，坦塔拉斯坐在閃著金光的高餐椅上，面前陳列
著豪奢盛筵；可是旁邊蹲縮著一位最可怕的復仇女神，他如用
手去取用食物，她便跳起來，高舉火炬，發出雷鳴樣的叫喊。
這裡還住著那些在世時恨同胞打父母的人，或欺騙受他們扶養
的人，或發了財只自己守著不肯分給親友的人，這種人實在很
多；還有些因姦情而被殺，或者參加不義之戰，或無恥地賣主
求榮的人；這些人都囚在裡面，等候受刑。不要問他們受的是
什麼刑罰，也不要問他們陷入了甚樣的苦難境遇。有的滾一個
大圓石。有的四肢綁在一個輪子的輻條上，西修斯無望地坐在
那裡，將永遠坐在那裡。弗勒古阿斯在極端痛苦中從黑暗裡高
聲向全人類警告說：『要扶持正義，勿誣衊神明。』這裡有人
以他的國家換取金錢，把國家賣給了專制魔王；還有人受賄後
制訂新法律，後來又廢除那法律；還有人闖進他自己女兒的臥
室，逼成不正當的婚媾。所有這些人都膽敢妄試可怕的惡行，
而遂其罪孽。我縱有百舌百口，和一個鐵嗓子，也講不完這裡
的每種罪惡和每種刑罰的名稱。」

　　阿波羅的年老女先知說完後又說道：「現在該加速步伐去

完成你自己選定的使命,我們走快些吧。我已看見巨靈構築的
城垣和我們對面的拱道裡的門,他們命令把我們的供奉就獻在
那裡。」說完,他們在那暗淡的路上並肩前進,迅即越過中間
的空間,來到門前。伊尼亞斯很快走進門,以清水洒身,把金
枝豎在面前的門限上。

　　做了這件事,他們對女神的義務已完全盡到。這時他們到
了快樂鄉,幸福林裡的舒適可愛的綠野,有福者的家就在那裡。
這裡空氣充足,亮光普照平原,他們總是看見只他們有緣享受
的太陽和星辰。這些漂亮的靈魂,有的在草場上遊戲鍛鍊,或
在黃沙上角力比賽。有的跳著有節奏的舞,載舞載歌。色雷斯
的祭司奧菲斯也在那裡,他穿著拖地長服,以七音琴伴奏,有
時以手指彈出和諧的調子,有時以象牙翮撥弦。此地有圖瑟的
古王朝,那個有高尚之美的家族,那些誕生於快樂時代的偉大
英雄,伊拉斯⁴⁹,阿薩拉卡斯⁵⁰和特洛伊的始祖達丹納斯。伊
尼亞斯驚奇地看著他們的武器和戰車安放在他們面前,長槍插
在地上,戰馬自由自在地在平地上吃草。他們生前對戰車和武
器的愛好,對養護光滑馬匹的興趣,在他們被埋葬在地下以後
仍然存在。伊尼亞斯看見他左右兩邊的草地上有人在飲宴,大
家歡樂地合唱讚美詩。他們在一個有月桂香氣的樹林裡,厄瑞
達納斯⁵¹的河水從這裡流經林地到陽世上。住在這裡的人,有
的為保衛祖國而受了傷;有的活著的時候是無罪的祭司,或是
忠實的先知,他們的預言向來沒有玷辱過阿波羅;有的以發明
的才能給人生增加福惠,有的因他們自己的寬厚仁慈使他人感
念不忘。所有這些人都有一條白帶勒在額頭。他們聚攏在一起,

西布爾跟他們講話，特別跟穆塞阿斯㉒講，他站在這一大夥人中間，頭跟肩膀高出眾人之上，個個人都仰望他：「告訴我，幸福的靈魂，特別是你，最文雅的詩人，安契西斯在哪一區，在哪裡可找到他？我們度過偉大的厄瑞巴斯河來到這裡，就是為了找他。」那英雄很快地簡短答道：「這裡的人都沒有固定的家。我們住在樹陰裡，或躺在這裡的柔軟河畔，或住在這些溪水所滋潤的草地上。可是倘使你心裡願意，可以爬上這個坡去，我將指給妳容易的路。」說著他在前領路，在他們站立的高地上指給他看下面閃爍發光的地方。因此他們從高處走下來。

安契西斯這時正在沈思默慮一群靈魂，它們那時圈在一個綠谷深處，但注定是要升到陽世去的。因為他恰好正在檢閱他的後代子孫，檢閱他們的命運和福分，性格和事功。看見伊尼亞斯在草地上向他疾步走來，他很高興地向他伸出雙手。眼淚順兩頰往下流；不禁哭道：「你可來啦！為父知道你會誠實。所以，是你的忠實克服了那艱苦的海程吧？兒啊，我可以真的看見你的面貌、聽見我所熟知的聲音，跟你談話嗎？事實上，按我的估算，該是如此的，因為我在估計所需的時間。我的計算沒有騙我。可是想想看，你跋涉了這許多陸地、航行廣闊的海洋、飽受風險，我才看見你，我也多麼害怕阿非利加的皇權會傷害你！」伊尼亞斯答道：「父啊，是你那時常悲哀地出現在我面前的形象，迫我走到這個世界的門檻。我的艦隊如今停泊在埃楚斯卡㉓海上。噢，父啊，讓我握住你的手！別讓我抱個空！」說著，他臉上流淚。他三次企圖摟他父親的脖子，三次都落了空，那幽靈滑脫了他的手，像一股悠忽的風，像一個

空茫的夢。

　　這時伊尼亞斯看見谷地的那一端，有一片單獨的灌木林，發出很高的枝葉摩擦的沙沙聲；還看見忘川的水流經「和平之家」的門前。無數部落和民族的亡魂在這河畔熙攘往來，像在一個晴朗的夏日，蜜蜂落在草地的每個花朵上，當到處百合花閃著白光，遍地充滿嗡嗡聲的時候。驟然看見這景象，伊尼亞斯吃了一驚；在惶惑中，他想聽見有人對他的迷惘提出解釋，以便知道面前的這條河是什麼河，這些擁擠在河畔的形形色色的人是些什麼人。他父親安契西斯答他道：「這些亡魂註定在軀體裡有第二次生命，他們飲了忘川的水，將忘卻憂慮，永遠忘卻過去的記憶。我早就想告訴你關於他們的事，親自指出他們給你看；我想把我的後代子孫一一告訴你，那麼，等你到達義大利，你將更加與我共同歡慶。」「父啊，你是要我相信這些亡魂中有些將升到我們的天空下，回到呆鈍的軀體內嗎？為什麼這些可憐的亡魂堅持要回到我們的世界呢？」「兒啊，我就要告訴你，我不會讓你蒙在鼓裡。」安契西斯開始講他的故事，把真相依序述說。

　　「首先，天空、陸地、和水域，月的明亮，偉大的太陽和星辰，都為精神和心靈所支持：精神在它們體內運行；心靈攪混於廣大的宇宙之內，滲入其每個部分，給整個大塊以活潑的生氣。由精神和心靈生出人類與禽獸，及明淨海面下繁殖的奇異族類，這一切都有生命。凡此萬物的種子的力量是火的力量，彼等的根源在天上，只要彼等不為肉體之惡所妨礙，只要彼等的知覺不為器官所迷亂，因為器官是塵世的，其各個部分是會

死的。肉體是恐懼、欲望、愁苦和歡樂的起因，因為它們被禁閉在那無窗牢獄的黑暗之內，不能睜眼看見自由的空氣。實在的，即使在生命之光最後消逝的時刻，並非所有邪惡都完全離開悲慘的靈魂，因為許多深染的惡習長久以來神祕地凝結於內，一定長成根深柢固的了。因此靈魂不斷為報應所改造，為舊日的罪愆受著懲罰。有些被伸展四肢空懸著聽任風吹。有的在廣大的深淵裡洗它們那深入的過惡，或在火裡燒掉那些罪惡。我們各自在死的世界裡找到適合自己過去的懲罰。後來我們被釋放了，可在廣大的伊利斜姆福田自由來去，少數人得到樂土，直到時間的循環圓滿，長久的日月除去了冷酷的惡性，只剩下純潔光明、毫無瑕疵的知覺，一星元火的火花。亡魂經歷了足足一千年的時間，上帝召喚它們排長隊來到忘川。他之所以如此，是因為當它們再度去到蒼穹之下，它們可忘掉過去的記憶，開始希望脫生為人。」

安契西斯講完了，便引領兒子和西布爾去到那一大群正在互相交談的亡魂中間。接著他走到一個高崗上，從那裡能看見一長串人向他們迎面走來，他看看每一個，認識個個的面孔。「來，現在我要跟你解說你的全部命運。我要向你說得明明白白，達丹納斯的子孫將來有甚樣榮耀，你的義大利後代是些甚樣人物。著名的偉人正在等著投生，他們將承繼我們的名字。你看那廂那個青年戰士，倚著一桿沒有矛頭的長槍，占一個最近光明的位置，他將是第一個出生的有義大利血液的人。他有一個阿爾巴名字叫西爾維阿斯⑭，是你的兒子，在你死後才出生；你的王后拉維尼亞將在樹林裡把他撫養成人，他自己將是

君王，也是王者之父，並是我們的朝代的創業主，從阿爾巴朗卡施行統治。離他最近的是普羅卡斯，他是特洛伊族的驕傲；其次是克普斯⑤，努米托⑤，和承用你自己名字的伊尼亞斯西爾維阿斯，假如他能承繼阿爾巴的王位，他將是一位既正義又勇武的君王，他們是甚樣的人啊！看！他們顯示多大力氣，額頭上怎樣戴著橡葉冠啊！他們將在高山上建築諾曼坦⑤，加比，菲丹內城和考拉舍堡，還有英納斯、博拉和庫拉的監守站波麥蒂，這些地方現在都還沒有名字，但將來有一天會出名。

「是的，戰神瑪爾斯的兒子羅穆拉斯將與他外祖父齊名。他將屬於阿薩拉卡斯⑧的血統，撫養他的母親將是伊利亞。你看見沒有，他頭上怎樣豎起兩個盔峰，他父親怎樣已以他自己的徽記標誌著他在塵世的彪炳勳業？兒啊，你看，他登基以後，羅馬才輝煌燦爛，權威遠播地角，精神可以上比奧林匹斯。她將建造一堵城垣以圍住七座山頭，將快樂地看著她的子孫昌盛，像貝瑞辛莎斯⑨的神母那樣，當她頭戴峨冠，驅車穿行弗呂吉亞城池，欣見她所養育的神聖家族，撫摸著她那成百的孫兒，他們都是天堂的居民，家在上界。現在，把你的兩個眼睛轉到這邊，看看你自己的羅馬家族。這裡有凱撒，和尤拉斯的全部支系，他們都注定要達到上比於天的輝煌。這裡還有一位你常聽見預言的人物，奧古斯都凱撒⑩，他是那位被封為神者的兒子，是在拉丁阿姆恢復黃金世紀的人，那裡正是撒騰統治過的地方。他將把我們的領域擴展到加拉曼特斯人⑪和印度人住處以外，擴展到星群以外，和歲月與太陽的軌道以外，伸入擎天神阿特拉斯將鑲有燦爛明星的轉動地球扛在肩上的地方⑫。甚

至現在，他還沒有去到他們那裡，克斯皮亞王國和麥奧蒂斯[63]
湖周圍的人聽說他要來，就嚇得戰戰兢兢，尼羅河的七個入海
口也驚恐惶惑。是的，甚至赫求力士也沒有走到過世上這樣多
地方，當他箭射銅腳鹿、把和平帶給厄瑞曼薩斯樹林、使列納
[64] 對其弓弩顫慄的時候，或當巴克斯自己從努莎[65] 的高峰勝利
地以葡萄枝作韁驅策他的虎隊的時候。此刻，我們還能遲疑，
不將我們的武勇付諸行動嗎？還能有何畏忌，不到義大利立足嗎？

「可是那個獨自一處、戴著橄欖枝標記、攜帶著祀神用具
的，是誰呢？從他的頭髮和下顎的白鬚看，我認得他是羅馬君
王努瑪[66]，他從小小的庫瑞斯及其貧瘠的土地被召到一個廣大
的領域來，將給我們的城池以其首創的法律基礎。繼他王位的
是圖拉斯[67]，他將粉碎其祖國的和平，使習於安定生活和不習
於勝利行軍的人又起而執戈從戎。緊隨在他後面的是安卡斯[68]，
他是個自專自是的人，太喜歡聽人奉承。你想不想也看看那兩
位名叫塔昆[69] 的君王和那位復仇者布魯特斯[70] 的自大的靈魂，
並看看權標又被奪了回來？布魯特斯將是羅馬第一位執政官和
持有斧頭權杖的人，他的親生兒子們掀起戰端，他也不惜假自
由之名將他們處死。可憐的人！無論後世怎樣評論他，他的愛
國熱忱和對名譽的熱愛，都會受稱道。不過，也看看遠處的德
西家[71] 和珠西家的人，再看看殘殺成性的陶夸塔斯[72] 和奪回羅
馬軍旗的卡米拉斯。

「你看見那廂還有兩個陰魂，穿著同樣明晃晃的盔甲；他
們此刻和諧相處，只要黑暗把他們壓在那裡，他們總是和諧的，
可是一旦去到人世，他們將互相殺伐，哦，掀起多麼可怕的戰

爭和仇恨！一個是凱撒[73]，新婦的父親，帶領軍隊從莫諾卡斯的城堡直下，越過阿爾卑斯山而來，新婦的丈夫龐培則率領東方的軍隊與他對抗。啊，孩子們呀，不要從事這樣邪惡的戰爭；不要以自己的強力戕喪自己祖國的命根！至於你，你是我的親骨肉，是奧林比斯神的後裔[74]，你應當領頭以仁慈為懷，率先扔掉你手上的武器！

「那廂是馬米阿斯[75]，他將打敗科林斯，殺戮希臘人，光榮勝利地驅戰車前往巍峨的克匹托。那裡還有一個艾米利阿斯·保拉斯[76]，他將鏟平阿果斯和阿加米農自己的城池邁錫尼，並殺死柏修斯王，善戰的阿基里斯的後代，這樣就為他的特洛伊先人和被褻瀆的密涅瓦廟堂報了仇。誰能忘卻你而不一提呢，偉大的凱圖[77]？或者你，科薩斯[78]？或者葛拉克斯[79]家人？或者兩支西庇奧[80]家人，兩位毀滅阿非利加的霹靂火將軍？或法布瑞俠斯[81]，雖窮而有力？或者你，把種籽種在田裡的雷古拉斯·塞拉納斯[82]？我已經困眈了，你要催我到哪裡去啊，你費比[83]家的人？是的，你是你家最偉大的，馬克西馬斯，你是惟一能不戰而老敵師的羅馬人。我確切相信，別的民族可以造成一尊維妙維肖的銅像，雕刻一具栩栩如生的大理石像，有更生動的辯才，能以儀器測定天體的運行和星宿的升起。可是你，羅馬人，你得記住，你必須用你的權威指導萬國，因為你的長技在於綏靖天下，對戰敗者慈悲，把高傲者打擊得低頭。」

安契西斯父這樣說了。他們仍在驚愕的時候，他又說道：「看看馬塞拉斯，穿著榮譽勝利品，昂首闊步，一位出人頭地的戰勝者！他敉平羅馬大動亂，恢復羅馬的國力，用騎兵擊敗

迦太基人和重啟戰端的高盧人，三次將鹵獲的武器獻給克瑞納斯神。」

　　這時伊尼亞斯看見有一個青年跟那陰魂並肩而行，他一表人才，身穿明晃晃的盔甲，但是臉和眼睛往下低著，眉宇間沒有喜容，他問道：「父啊，那個跟馬塞拉斯同行的是誰？是他的兒子呢，還是他的後代子孫？看他的舉止多麼高貴大方，他的扈從們的歡呼聲多麼高！只是黑夜陰蔽著他的頭，使他蒙著憂鬱之色。」伊尼亞斯的父親安契西斯噙著眼淚答他道：「哦，兒啊，不要逼著要知道你家的傷心事。命運讓世人對他只能一瞥，如此而已，一瞥後就不讓他再活在世上了。天上的神啊，你認為假如讓羅馬人保住你給他們的授與，他們就太強大了吧。勇敢的人從他們自己的輝煌城池前的戰場上發出的嚎啕，是辛酸的。泰伯河，當你流經一個新墓塚時，你將看見一個甚樣的送殯行列啊！我們伊利亞族裡將沒有任何孩子能像他這樣引起他的拉丁先人如此高的希望，羅穆勒斯的未來土地將不會對它的任何子孫懷著這樣的自傲。哦，他的正義，他饒富古風的忠信，他在戰爭中不可征服的手！任何人與他交手，無論是徒步相值，或騎在馬上以馬刺刺激馬腹，沒有能安全逃脫的。可憐的孩子，倘使你能突破你那苛苦的命運，你將也是一個馬塞拉斯……給我一束盈握的百合吧，我也要撒些紅花，這樣，至少用這些花朵，可對我孫兒的陰魂聊示慷慨，盡一種無益的責任。」

　　他們就這樣在那裡到處走著，在那寬廣平原的朦朧中視察所有事物。這時安契西斯已領他兒子看過樣樣景觀，點燃他對未來光榮的熱情想像。他進而告訴他，他在最近的未來必須從

事的戰爭，並向他講述勞倫塔姆民族和拉丁納斯城的情形，教他如何躲避或忍受每次災難。

　　睡神有兩道門，一道是角質的，讓真的鬼魂很容易由此過去。另一道是起明發亮的白象牙的，製得很完美；陰魂們把假夢由此送到陽世去。安契西斯說完了話，便送他兒子和西布爾上路，教他們出象牙門離去。伊尼亞斯順著海岸一直走到他的船上，會合他的同伴們。接著，他駛到克伊塔港⑭。船首拋下錨來，船尾擺在沙灘上。

譯　註

①歐畢爾（Euboea）：在愛琴海，希臘第二大島。庫麥在那不勒斯東
　方附近，可能是希臘在義大利的最老殖民地。來此者絕大多數是歐
　畢爾島的居民。

②阿波羅生於德洛斯島。

③達德勒斯（Daedalus）：傳說中的靈工巧匠，為克里特國王米諾斯
　（Minos）造迷宮（Labyrinth）以囚禁人身牛頭怪物米諾托（Mino-
　taur）。達德勒斯後來自己因故被米諾斯囚禁於此迷宮。他用蠟黏
　羽毛造成兩對羽翼，和兒子伊卡拉斯（Icarus）各用一對騰空飛去。
　飛過愛琴海時，伊卡拉斯忘記父親的警告，飛得太高，太陽融化了
　蠟，他掉在海裡淹死。

④安助吉奧（Androgeos），米諾斯之子，一說死於與牛相鬥，一說
　死於埋伏。米諾斯查出他死於埋伏，令雅典人定期獻上七對少年男
　女為米諾托之食物。米諾托為米諾斯之妻帕西斐（Pasiphae）與俊
　美公牛所生的牛首人身怪物。米諾斯令達德勒斯建造迷宮，目的即
　在囚禁米諾托。

⑤克諾薩斯（Cnossos）：克里特王國首都。

⑥即達德勒斯建造的迷宮。

⑦阿里亞妮（Ariadne）：米諾斯的女兒。希臘英雄西修斯（Theseus）
　自願做為獻給米諾托吃的七對少年男女之一。到克里特島之後，阿
　里亞妮愛上他。她問計於達德勒斯，達德勒斯給西修斯一大線團，
　一端繫於迷宮入口，一端隨身而進。西修斯到達迷宮中央，殺死米
　諾托，收線退出來。

⑧德弗貝（Deiphobe）：庫麥的西布爾。

⑨前次是巴黎與海倫。

⑩奧菲斯（Orpheus）：色雷斯的游唱詩人，寧芙尤呂迪絲（Eurydice）
　的丈夫，據云曾獲阿波羅教以琴藝。他彈琴歌唱，能使鳥獸迷醉，

令木石悅而跟隨他。妻子被蛇咬死，他到陰間去找，冥王夫婦為其音樂所動，准尤呂迪絲隨他還陽，惟路上他不可回頭看她。快到陽世時，奧菲斯念妻心切，忍不住回頭看了她一眼，她立即逝去，永不能再見。

⑪波拉斯（Pollux）：朱庇特與麗妲的兒子，他跟他的孿生兄弟克斯特並稱為宙斯的二子。克斯特死時，波拉斯要求與他偕亡。朱庇特憐其志，教他兄弟二人隔日輪流，一人在陰間，一人在陽世。後被封為雙子星座。

⑫泣河（Cocytus，音「克賽特斯」）：陰間河流，是冥河的支流。

⑬冥河（Styx）：陰間的主要河川，死者屍體如經正當埋殯，陰世梢公柴隆（Charon）即以渡船將其亡魂渡過此河至陰間定居，否則亡魂須在河畔漂泊百年。諸神要發最重的、不可背信的誓，就是對著冥河的水來發。

⑭科瑞奈阿斯（Corynaeus）：⑴特洛伊祭司；⑵另一特洛伊人。

⑮布賴魯斯（Briareus）：百臂巨靈，又名伊己昂（Aegaeon），天與地的子女之一，看守被宙斯打敗而囚在地獄裡的泰坦。

⑯列納（Lerna）：希臘的沼澤，在阿果斯南部，多頭怪獸海達拉（Hydra）的家。

⑰格瑞昂（Geryon）：三頭巨人，養大群牛羊，其狗也雙頭。赫求力士的第十件差事是偷他的牛羊。

⑱柳卡斯皮斯（Leucaspis）：特洛伊人。

⑲維利亞（Velia）：義大利海灣及濱海城鎮，在薩勒諾之南。

⑳西修斯與皮瑞索斯（Peirithous）成為好友。皮瑞索斯欲娶宙斯之女為妻，竟看中已被冥王普路托劫為妻子的普魯塞品。力大且多智的西修斯為踐約而陪同他進入冥世，向普路托開口要人。傳說普路托盛情招待，請兩人落座，但兩人然後起不來，因為被蛇纏住，或說他們的肉已與石座連在一起。有人（例如荷馬與味吉爾）說，兩人再沒脫身。有人則不然。赫求力士十二件大差事的最後一件，是帶走看守冥界門戶的三首蛇尾狗塞伯拉斯（Cerberus）。赫求力士進

入冥界，途遇二人，將西修斯拉離石椅，但拉皮瑞索斯時引起地震，只得放棄。赫求力士後來縛塞伯拉斯而歸，完成使命，再帶牠回原地。

㉑普魯塞品為宙斯女兒，而普路托與宙斯是兄弟。

㉒米諾斯治理克里特島，號為盛世。據說他治國的法律是宙斯授予的。死後，與其生前愛好正義的兄弟拉達曼薩斯（Rhadamanthus）同為冥間法官。

㉓費得拉（Phaedra）：米諾斯的女兒；西修斯的第二任妻子。她愛她丈夫的前妻之子，希波利塔斯（Hippolytus），他拒絕她的引誘，她向西修斯誣告他非禮，西修斯便放逐他，並請海神遣一公牛驚其馬車之馬，使他車毀人亡；費得拉隨後也自殺（一說她先自殺，遺書誣告希波利塔斯玷汙她）。

㉔普羅克瑞斯（Procris）：塞法拉斯（Cephalus）的妻子。她為證實他的忠貞，乘他出外行獵，暗地相隨。他聽見叢林密處的沙沙聲，以為有獵物藏在裡面，向那裡投了一槍，刺死了她。

㉕厄瑞菲里（Eriphyle）：阿果斯王安菲勞斯（Amphiaraus）的妻子，陷害丈夫，而為其子阿爾克美昂（Alcmaeon）所殺。

㉖伊維妮（Evadne）：攻底比斯的七雄之一卡潘紐斯（Capaneus）的妻子。她跳在丈夫的火葬堆上相隨。

㉗勞德米亞（Laodamia）：普羅特西勞斯（Protesilaus）的妻子。有個神諭說，希臘軍第一個踏上特洛伊土地的人會第一個喪命。她丈夫不顧神諭，勇敢為遠征軍犧牲。他喪生以後，她哀毀逾恆，神見憐，而准他回陽三小時。他再離去以後，她自殺身亡。

㉘克紐斯（Caeneus）：⑴本是山林女神克尼絲（Caenis），被海神奈普頓非禮，奈普頓要她許願，她願變成男性，以免舊事重演，奈普頓於是把她變成男性，而且刀槍不入。⑵一特洛伊人。

㉙帕羅斯（Paros）：見第三章註⑫。

㉚帕塞尼阿斯（Parthenius）：希臘神話「七雄攻底比斯」（Seven Against Thebes）的七雄之一。阿椎斯塔斯（Adrastus）：阿果斯王，七雄的唯一生還者。

㉛達丹納斯，見第一章註㉙。

㉜格勞卡斯（Glaucus）：特洛伊著名戰士，見《伊利亞圍城記》第六章。

㉝麥當（Medon）與塞西洛卡斯（Thersilochus）皆為特洛伊人。

㉞安蒂諾，見第一章註㊼。

㉟波律博蒂斯（Polyboetes）：色列斯在特洛伊的祭司。

㊱愛德阿斯（Idaeus）：⑴特洛伊軍人，普利安乘騾車密訪阿基里斯請還赫克特的屍體，即由他趕車。⑵與伊尼亞斯同行的另一特洛伊人。

㊲德弗巴斯，見第二章註⑶。

㊳福田（Elysium）：希臘文義為原、田、場。荷馬認為其在地球盡處，靠近環繞地球的洋川（Oceanus），其他人則說其屬於冥世但與普通死者隔開。不過，在希臘作家筆下，都是有德者的不朽靈魂安享清福的極樂地。

㊴弗來及桑（Phlegethon）：火焰河，冥世的界河之一。

㊵蒂西豐（Tisiphone）：復仇三女神之一。

㊶拉達曼薩斯（Rhadamanthus）：宙斯的兒子，米諾斯的兄弟，克里特的統治者，以公正著稱，死後為陰間的判官。

㊷海達拉（Hydra）：九頭水蛇。⑴塔塔拉斯裡有五十個頭的怪獸；⑵赫求力士殺死的七頭蛇，因為每斬去一頭，立即又生出一個，赫求力士後來斬去一頭時用烙鐵灼之，遂不復生。

㊸阿洛尤斯（Aloeus）：巨靈之一，他的兩個兒子奧塔斯（Otus）與伊斐爾蒂斯（Ephialtes）對神宣戰，戰敗被囚於塔塔拉斯。

㊹薩爾芒紐斯（Salmoeneus）：風神艾奧拉斯之子，沙摩尼亞（Salmonia）君主，性傲，自稱宙斯，馳車市中，以車輛的隆隆聲模仿宙斯的霹靂，以熊熊火炬模仿他的電光，宙斯以雷霆毀滅他和他整座城市。

㊺泰徒阿斯（Tityos）：巨靈之一，宙斯之子，曾由地母哺育。為阿波羅和狄安娜所殺，被打在塔塔拉斯永世受刑，因他企圖非禮他們的母親麗托（Leto）。

㊻拉皮笶（Lapithae）：提沙里的一個部族，在其首領皮瑞索斯婚宴

上，奮戰馬人，敗之。

㊼艾克塞昂（Ixion）：拉皮茨王，皮瑞索斯的父親。他娶黛兒（Dia）而未付聘金，邀黛兒之父伊奧努斯（Eioneus）來取，伊奧努斯依約前來，被他投入火坑。這謀殺親家之罪，沒有人或神能為他清洗。但宙斯愛上他妻子而善待他，他反而意圖染指宙斯的妻子赫拉（即朱諾）。宙斯把他綁在飛動的火輪上，在天空或地獄永世旋轉。皮瑞索斯（Pirithous）：艾克塞昂的兒子。他的罪過，見本章註⑳。

㊽弗勒古阿斯（Phlegyas）：拉皮茨王，戰神之子，艾克塞昂之父。因放火燒德爾菲的阿波羅廟，被打入塔塔拉斯受罪。

㊾伊拉斯（Ilus）：⑴阿斯堪尼斯幼時名字，後改為尤拉斯；⑵特洛斯（Tros，特洛伊的名祖）的兒子，洛麥敦（見第二章註㉔）的父親，特洛伊另一名稱。伊利亞（Ilium）因他而得名。⑶一特洛伊人。

㊿見第一章註(54)。

(51)厄瑞達納斯（Eridanus）：河名。神話裡據稱發源於陰間。後世有人認為是波河或萊茵河。

(52)穆塞阿斯（Musaeus）：傳說中的色雷斯詩人。奧菲斯的弟子。

(53)埃楚斯卡（Etruscan）：羅馬以北的沿海地區。

(54)西爾維阿斯（Silvius）：伊尼亞斯與拉維尼亞將有的兒子。

(55)克普斯，見第一章註㊱。

(56)努米托（Numitor）：⑴阿爾巴・朗卡的君王，羅馬名祖羅穆勒斯和雷穆斯的祖父，見第一章註(53)；⑵魯圖利人，幫助特恩納斯。

(57)諾曼坦（Nomentum）、加比（Gabii）、菲丹內（Fidenae）、考拉舍（Collatia）、英納斯（Inuus）、博拉（Bola）、庫拉（Cora），都離羅馬不遠。

(58)阿薩拉卡斯及其母，見第一章註(53)。

(59)貝瑞辛莎斯（Berecynthus）：在弗呂吉亞，為眾神之母訏柏勒的聖山。訏柏樂，見第三章註⑧。

(60)奧古斯都（Augustus）：即屋大維，朱利阿斯凱撒的義子，第一任羅馬皇帝（27-14 B. C.在位）。走筆至此，味吉爾已將正史寫入這

部史詩。當時內戰方過，屋大維一統羅馬，味吉爾對其和平盛世與帝國命運頗多寄望與勸誡。

⑥加拉曼特斯（Garamantes）：在非洲北部，羅馬人公元前十九年征服此地。

⑥阿特拉斯所頂之山，即以他的名字為名，在非洲西北角。

⑥克斯皮亞（Caspian），今之裏海一帶；麥奧蒂斯湖（Maeotis Lake），現在黑海邊的內陸湖亞速海（Sea of Azov）。這兩地一帶是歐洲的極東南端。

⑥列納（Lerna）：位於阿果斯南部，赫求力士在其沼澤地帶殺掉怪獸海達拉。

⑥努莎（Nysa）：酒神巴克斯由山林女神撫養長大之山，有人說在衣索匹亞，利比亞或印度。

⑥庫瑞斯（Cures）在羅馬東北。羅馬人與居住該地的塞班人（Sabines）先戰後和而共治。羅穆勒斯死後，塞班人努瑪（Numa Pompilius）被召為第二任君主（當時羅馬君位不以世襲），在位四十三年，為羅馬帶來和平、秩序與宗教規則。關於塞班人，詳見第七章註⑬。

⑥圖拉斯（Tullus Hostilius）：羅馬第三任君主，在位三十二年，性酷，好戰。

⑥安卡斯（Ancus Marcius）：努瑪之孫，羅馬第四位君主，於圖拉斯死後被推選上任。

⑥塔昆（Tarquin）：安卡斯之後，塔昆家族之普利斯克斯（Lucius Tarquinius Priscus）運用權謀獲選為第五任君主。其子「高傲的」塔昆✓或稱「暴君塔昆」（Lucius Tarquinius Superbus），謀害第六位君主而得位，後來為布魯特斯所逐，成為第七任，也是最後一任君主。

⑦布魯特斯（Lucius Junius Brutus）：可能是史實人物，公元前509年驅逐暴君塔昆，創建共和，並當選為第一位執政，此後，直到凱撒當政，羅馬都由元老院與選舉出來的官員治國。下句提到斧頭，因為一束棒子夾著斧頭在羅馬是權力的象徵，即後世「法西斯」（faces）

一詞的本義。

⑦德西（Decii）：羅馬重要家族，在公元前四世紀的對外戰爭中先後慷慨捐軀，為羅馬贏得勝利。珠西（Drusi）：亦為羅馬重要家族。

⑦陶夸塔斯（Torquatus）：羅馬著名將軍。卡米拉斯（Marcus Furius Camillus）：羅馬軍人與政治家，曾五次被指派為獨裁者。於羅馬被高盧人攻陷（公元前390年）後，收復該市，被譽為羅馬的第二位肇建者。

⑦凱撒與龐培（Pompey, 106-48 B.C.）及克拉蘇（Crassus, 115-53 B.C.）結成三頭政治，龐培娶凱撒的獨生女朱莉亞為妻（公元前59年），以增盟好。但雙方嫌隙日深，朱莉亞於54年去世，情誼隨絕。49年，凱撒出兵南下，內戰暴發。莫諾卡斯（Menoecus）在當今摩納哥的蒙地卡羅一帶。

⑦凱撒之姓Julius來自伊尼亞斯之子Ilus，而Ilus的祖母是維納斯。

⑦馬米阿斯（Lucius Mummius，公元前二世紀中期）：羅馬將軍，於公元前146年打破科林斯（Corinth），使希臘人的亞該聯盟（Achaean League）瓦解。

克匹托（Capitol）：拉丁文「頭」之意。古羅馬城建在七座山上，克匹托為七山之一，頂上有朱庇特神殿，為羅馬宗教中心。羅馬將軍出征凱歸，在市區接受歡呼之後，到此將戰利品上供謝神。

艾米利阿斯‧保拉斯（Aemilius Paulus）：羅馬將軍。

⑦保拉斯（Lucius Aemilius Paullus Macedonicus, 229-160 B.C.）：羅馬將軍、執政官。公元前168年大敗馬其頓最後一位國王柏修斯（212 - 155 B. C.），結束第三次馬其頓戰爭（Third Macedonian War, 171-168）。

⑦凱圖（Cato, 234 B.C.-149）：羅馬政治家兼軍事家，保守，道德觀念強；主張摧毀迦太基。

⑦科薩斯（Cossus）：羅馬將軍。

⑦葛拉克斯（Gracchus）：羅馬顯赫家族，最著名者為兩兄弟，泰伯瑞斯（Tiberius Sempronius Gracchus, 169或164-133 B.C.）和蓋斯

（Gaius Sempronius Gracchus, 160或153-121 B.C.），前者因提倡土地改革與修改憲法等事，死於元老院暴亂之中，後者因主張將公民權賦予羅馬以外的義大利人，被大軍鎮壓而自盡。

⑧西庇奧（Scipio）：羅馬望族，最出名者為老西庇奧（Publius Cornelius Scipio Africanus Major,即Scipio the Elder, 237-183 B.C.），打敗迦太基名將漢尼巴；其養孫小西庇奧（Publius Cornelius Scipio Aemilianus Africanus Minor, 185-129 B.C.），徹底征服迦太基。

⑧法布瑞俠斯（Fabricius）：公元前第三世紀初羅馬執政官兼將軍，以耿介清廉著名。

⑧雷古拉斯‧塞拉納斯（Regulus Serranus）：即羅馬執政官兼將軍馬可斯‧阿提流斯‧雷古拉斯（Marcus Atilius Regulus），腓尼基戰爭中在家耕作，被徵召為指揮官，公元前255年被迦太基人俘虜。其英雄事蹟多經渲染。

⑧費比爾斯家族（Fabii）：羅馬家族；最著名的一員是「拖延者」費比爾斯‧馬克西馬斯（Quintus Fabius Maximus Cunctator, 275-203 B.C.），羅馬將軍、政治家，在第二次腓尼基戰爭（218-201 B.C.）中以拖延與消耗戰術應付迦太基名將漢尼巴，不和他正面決戰，保全了實力。英國著名的社會主義社團費邊社（Fabian Society），社名即典出於此。

⑧克伊塔（Caieta）：義大利西海岸一岬角，現名Gaeta。

七、拉丁阿姆的戰爭

　　克伊塔，伊尼亞斯的年老乳母，妳的死以另一永不磨滅的
美名給義大利的海岸增輝。直到今天，我們猶以敬意對待妳的
安息所在，妳埋骨的地點以妳的名字標誌著我們這偉大的西方
世界，倘使其中有光榮可言的話。因此誠實的伊尼亞斯做到了
她的殯葬所需要的一切，結結實實給她造一墳塚。後來在海面
平靜的時候，他離開海港，穩定地向前航行。順風一直吹到夜
裡，一輪皓月照著他們的航程；海水在抖顫的月輝下閃著亮光。
他們下次近岸的時候是經過塞西住的地方。她是太陽的富有女
兒，她那幽僻的林間總是響著自己的歌聲，夜間，她在她那驕
傲的殿廳裡燃燒香氣氤氳的杉木照明，同時她那卡卡作響的織
梭來往穿過細緻的織幅，閃閃發光。可以清楚聽見殿廳裡有獅
子的怒號，牠們在禁錮下焦躁憤怒，對著黑夜吼鳴；還聽見一
些像羊群樣被關著的硬鬃野豬和熊的怒號，和像大狼模樣的東
西的號叫，這些原來都是人，被這位無情的女神以強烈的藥酒
變成了獸類，現在披著獸皮，但是奈普頓為使這班正直的特洛
伊人不駛入海港，免得遭受這項奇幻的改變，甚至不讓他們接

近那可怕的海岸，所以颳起順風，使他們駛過那沸騰的淺灘，迅速逃得性命。

這時陽光已開始映紅海水，黎明女神奧羅拉在她的玫瑰輦裡身著紅服，已自天庭發出亮光；風息了，突然間紋風不動，所以船槳得在光亮平靜的水上努力划行。正在這時，伊尼亞斯雖仍然離岸很遠，看見了一大片樹林，泰伯河從林中靈活地流出，急速的漩渦卷卷，挾著大量黃沙，直瀉入海，許多種禽鳥以河床或河岸為家，在林中飛翔，整個空中充滿牠們的鳴聲。伊尼亞斯發出信號，教他的夥伴們掉轉船頭，改向陸地行駛。他們快活地進入那林木掩映的河川。

伊拉圖①，現在請來光顧我，因為我將要披露古拉丁阿姆歷代君王的姓名，過去的各個階段，和這隊客軍的艦艇在義大利海岸登陸時該處的情況；我也將追憶戰爭是怎樣開始的。女神，請指示我，因為我是妳的詩人。我將講述一次可怕的戰爭和若干次對陣廝殺；我將講述若干皇子的高傲精神驅使他們殺身成仁，講述埃曲瑞亞②的一支軍隊和整個義大利都武裝起來。一串更重大的事件展現在我眼前，我開始一件更偉大的事功。

許多年來，拉丁納斯企③王平平安安統治著這裡的城市和田野，現在他垂垂老矣。我們知道他是弗納斯④和一位勞倫塔姆寧芙馬瑞卡的兒子。皮卡斯是弗納斯⑤的父親，他可稱撒騰為他祖父；因此撒騰是這一支的始祖。神命拉丁納斯不得有兒子為嗣，他的兒子在幼年間就被奪去了。他家裡只有一個女兒，他那輝煌宮殿的整個未來就要靠她了。她已長大成人，到了可以結婚嫁夫的年齡。全拉丁阿姆和整個義大利有許多人想求她

為妻；其中最漂亮的是特恩納斯⑥，他的希望最大，因為他的
祖先盛名赫赫，同時王后也鍾愛他，急欲看見他跟她女兒締結
良緣。但天意不悅，對此諸多阻撓。

在宮殿中央，高頂的內殿庭院內有一棵枝葉繁茂的月桂樹，
許多年來都被視為神聖不可侵犯。據說拉丁納斯酋長當初建造
他的城堡時發現這棵樹，把它獻給菲巴斯，其後稱他的人民為
勞倫塔姆人⑦。突然間，人們驚見一大群蜜蜂飛穿晴空，嗡嗡
落在這棵月桂的樹頂，牠們腳勾住腳，一大窩掛在一枝青幹上。
立即有一位預言者說道，「我看見有一位外來的戰士就要到了；
他的隊伍順著蜂群飛來的路線向這裡的宮殿挺進，將高據我們
城堡的高頂。」還有，拉維尼亞站在她父親身旁的時候，他正
在以無瑕的松木火炬點燃祭壇上的火，多可怕呀！人們看見她
的長髮著了火，她的漂亮裝飾統被噼噼啪啪的火燒著了。她那
華美的髮辮和輝煌鑲寶的皇冠著了火，渾身裹在熊熊的紅光中，
火花散落在宮殿各處。這個可怕的景象，當時確實被當作一個
肉眼可見的奇蹟。眾預言者說她將以榮耀的命運聞名，可是對
國家，這幕景象兆示著可怕的戰爭。

拉丁納斯為這些奇蹟所驚駭，去請教他父親弗納斯預言命
運的神諭。他去問阿爾布尼亞⑧泉下的樹林，這片樹林在一大
片樹木深處，回應那神泉的淙淙流聲，向樹蔭吐出含毒的硫黃
氣息。義大利各邦及整個奧諾曲亞⑨都來向這個神諭請示決疑，
在這裡，一位祭司先獻上他的供奉，然後將他宰殺的祭羊的皮
攤在寂靜的黑夜裡，自己躺下去求睡。在睡眠中，他看見許多
漂浮的神祕形象，聽見各種各樣的聲音；他跟諸神和深藏在阿

芬納斯裡的幽靈講話。拉丁納斯父現在親自到這裡求教神諭。
他安排宰了一百隻兩歲綿羊，他躺在羊皮堆上。突然間，林深
處一個高揚的聲音說道：「我的兒啊，不要把你的女兒嫁給一
個拉丁人。別相信眼下即可成就的婚姻。一夥異鄉人就要來到
這裡，通過婚姻，他們將成為我們的親戚；他們的血液和我們
的血液結合後，將把我們的名字捧到星空；他們的後代將看見
整個世界在他們足下，凡太陽運行時所見的東方和西方海洋，
都在他們統治之下。」拉丁納斯這時在寂靜的夜裡聽到他父親
弗納斯的回答和警告，他沒有把此事當成私守的祕密。當特洛
伊的戰士們把船停泊在青草河岸，謠言已將此事傳遍了義大利
各城。

　　伊尼亞斯跟他的主要軍官和他的漂亮兒子尤拉斯坐在一棵
高樹下。他們擺了一餐飯；天上的朱庇特給他們靈感，他們把
麵餅放在草地上盛放食物，以代替桌盤，就在穀物女神所供給
的這些盤上，他們擺些在當地採得的果實。吃完了盤上的食物，
他們仍然餓，可是沒有別的東西可吃，不得已，他們吃那些麵
餅，不客氣地用手撕著嚼著，毫不留情地咬著這些象徵命運的
圓餅。「喂，」尤拉斯開玩笑說道，「我們連我們的桌子都嚼
呢！」他只說了這麼一句。可是他的話一出口，就表示他們的
苦難已到了盡頭。他父親一聽見這句話，就止住他，領悉話中
的意義而心懷敬畏。他立即祈禱道：「命運為我們保留的土地
萬福！永遠沒有令我失望過的特洛伊家神萬福！你們的家現在
就在這裡，這裡就是你們的祖國。因為我現在想起來，我父親
曾告訴我這樣一個命運的祕密：『兒啊，你航行到一個不知名

的海岸後，食物罄盡了，飢餓迫你吃你的桌子，那時你得記住，不論多麼勞累，你最後找到了一個家。慎勿蹉跎時光，立即選定你第一批房屋的地點，開始構築房屋的防禦工事。』這一定就是他所說的飢餓，我們最後必須忍受的飢餓，這次飢餓也就是我們患難的終點。那麼，一俟太陽透出曙光，讓我們井井有序地探索這塊土地，探明這是什麼地方，這裡住的是什麼人，他們的設防城池在哪裡。我們必須分頭離港出發。現在我們可以先向朱庇特獻上祭酒，請你們在祈禱時祝告我父安契西斯，再多放些酒在桌上。」這樣說了，他把一個葉冠戴在頭上，依次禱告當地的神靈，眾神之首大地，寧芙和那些他們尚不認識的河川；繼而他祈求夜神，正在升起的夜的星辰，愛達的朱庇特，弗呂吉亞的女神訏伯勒，和他自己的父母，一個在天上，一個在陰間。萬能之父立刻在晴空響了三個霹靂，從高空展現一朵雲，親手抖顫著金光彩霞。這時傳言很快傳遍特洛伊人中間，都知道他們覓得神許給他們的城池的日子已經到了。他們爭相重開筵席；對這強大的朕兆滿心歡喜，斟滿調和碗，以花冠裝飾酒器。

次日早晨，黎明的炬光普照大地，特洛伊人四下出發，探索當地居民的城池、土地，和海濱地方；他們找到了努米斜斯河⑩、泰伯河，和勇敢的拉丁人民的住處。安契西斯的兒子從各等人中挑選百名使者，命他們頭戴密涅瓦的橄欖枝冠，去到國王的巍峨城寨，獻上贈品，請他對特洛伊人友好。他們接到命令後，立即遵命迅速出發。同時伊尼亞斯挖一條淺溝，標出城牆的輪廓，在牆內開始工作，把他們最初的家宅建在近海濱

的地方，造得像軍營的樣子，圍以土牆和柵欄。

這隊特洛伊青年完成了他們的旅程，抬頭望見崇高的城樓和拉丁人民的房舍。他們走到近城牆的地方。城前有孩童和青年正在學習騎馬，在滾滾塵烟中學著駕戰車，還有人在拉硬弓，擲出堅韌的標槍，或賽跑，或拳擊。這時，騎馬在前面走的一個報信者向老年國王報告說，來了一隊身材高大穿著奇裝異服的陌生人。國王下令把他們召到宮內。他坐在中央他祖先的寶座上。

勞倫塔姆的皮卡斯宮殿是一座雄偉建築，高高的屋頂下有百根支柱，位於城內最高的地方；周圍樹木掩映，富有傳統威嚴，啟人敬畏。每位國王，倘使想要他的統治興隆昌盛，即位時須在這裡接受王權，舉起束棒⑪。宮殿也是廟宇，拉丁人用它作議會；也是舉行神聖餐會的地方，按照慣例，長老們宰一公羊，依次挨桌入座。

近前院的地方，還立著歷代君王的杉木雕像：義大勒斯⑫，塞班納斯父⑬，種葡萄者，他的雕像手握彎彎的鐮刀，年老的撒騰，兩面神簡納斯⑭，和其他開國以來的歷代君王，還有些為保衛祖國在戰場上受傷的英雄。那裡的神聖柱子上還掛了許多武器，鹵獲的戰車，曲刃斧，盔纓，巨大的門閂，矛頭，盾牌，和從船首扭下來的撞角。馴馬者皮卡斯自己的是一坐像，穿著短禮袍，拿著克維瑞納斯⑮卜杖，左手持著神盾。金塞西曾嫁給他；她為熱情所驅，不自禁地用魔棒擊他，以藥酒把他變成一隻鳥，給他一雙彩色斑爛的翅膀。

這就是諸神的廟堂，拉丁納斯這時就在這裡坐在他祖先的

寶座上。他把特洛伊人召進他的殿堂，他們進去了；他首先開言，沈靜地向他們說道：

「達丹人，告訴我們你們的目的何在？在你們尚未掉頭將航行目標指向我們這裡以前，我們已經聽說過你們了，已經知道你們的城池和你們的國家。什麼理由或什麼需要使你們越過深藍的海水來到義大利海岸？無論你們是不是行錯了方向，或為暴風所驅——航海者在海上常遇到這種災難——才進入我們的河面，現在既已在我們港內，都請莫遲疑，接受我們的款待，並了解拉丁人是些甚樣的人；因為他們是撒騰的親戚，他們不需要法律的約束來使他們正直，他們的正直是出於自由意志，他們遵守古代神祇的規範。此外我還記得奧軟卡⑯的長老們常講一個故事，也許因為年陳月久，這故事現在已經模糊了，他們說達丹納斯自己原是從義大利海岸開始遠航，一直去到薩莫斯，即現在的薩莫色雷斯⑰，從他在埃楚斯卡的家科瑞薩斯，去到弗呂吉亞的愛達山下的城池。現在他安坐在繁星滿天的金宮的寶座裡，眾神的祭壇行列添加了他那一座。」

他說完，伊利昂紐斯接著答他道：「哦，吾王，弗納斯的無匹兒子，我們不是由於海浪或黑暗的暴風所驅才來到你們這裡。不是星辰和海岸線把我們送到一個錯誤的航線上來。我們這一夥人來到這個城池，是由於甘心情願，是計畫如此；我們是逃亡者，我們的帝國曾是太陽在從天邊開始的全部航程中所能看見的最強大的一個。朱庇特是我們世系的始祖，達丹人以這位祖先為榮。我們的王也是朱庇特的貴親，他是特洛伊的伊尼亞斯，就是他派我們來到你門前的。所有人都已經聽過，那

陣來自無情的邁錫尼，橫掃愛達平原的颶風是多麼可怕，和命運如何迫使歐羅巴與亞細亞兩洲兵戎相見，甚至那些住在世界盡頭，為洋川圍繞的地方離我們遙遠的人們，以及那些遠在無情的太陽下五帶之內居中一帶的人們也聽過。我們在那次大動亂後已渡過許多廣大無垠的海面，現在只求給我族的神祇一個適宜的家，給我們一條無害於任何人的濱海土地，和大家都能自由享用的空氣與水。我們將不致辱沒你的王國。實在說，你的拉丁人的聲譽將有增無已。我們對一種善舉的感謝之情將永不磨滅，義大利人將不會後悔開誠接待特洛伊人。我可以指著伊尼亞斯的命運和他的右手起誓。在友誼或戰鬥方面試驗過的人都知道他的右手的力量。許多國家和許多民族想與我們聯盟，希望跟我們結合。萬望你們不要因為我們自願手捧花冠來祈求和平，就有輕意。神諭命令並強迫我們只到你們這裡來，因為這是達丹納斯的誕生地，阿波羅教我們來到這裡，他以關於埃楚斯卡的泰伯河和努米斜斯聖水的斷然指示，促我們前來。此外，伊尼亞斯還向你獻上他從前財物中的幾件小禮物；都是些他從被焚的特洛伊城救出的遺物。這是一只金杯，他父親安契西斯曾用它向祭壇獻酒。這是一根君王權杖，這是一頂冠冕，這是特洛伊貴婦們做的幾件衣服，都是普利安使用的，當他依照慣例在人民集會中宣布法律的時候。」

　　拉丁納斯聽了伊利昂紐斯這篇話，眼睛盯住地，坐在那裡一動不動，只是眼睛在轉動思想。他也是一位君王，那綉花紫裳，甚至普利安的權杖，對他的影響，不如他對他女兒和她的婚事的關注。在他的內心深處，他在考慮老弗納斯的諭言：伊

尼亞斯一定就是他女兒的新郎，根據命運的許諾，他是要從外地來的；他一定就是那個被命運召來跟他在平等地位上掌權的人；他一定就是那位皇子，其後代將是些非常勇敢的人，將以他們的力量征服世界。立時他歡歡喜喜說道：「願眾神實踐他們的預言，促進展現在你們眼前的事業。特洛伊人，我答應你們的要求，接受你們的贈品。只要我拉丁納斯一日為王，你們中間任何人都不致缺少此間肥沃土壤的產品，甚至不致缺少特洛伊的所有財富。只是伊尼亞斯應該來見我們，倘使他很想跟我們一起，倘使他急切要跟我們締交，作我們的盟友。我們已經是朋友了，他庶可不必害怕跟我們照面；以我而論，等我跟你們的皇子握手言歡後，這項交易才算完成。你們可將我的答話帶回去給他。我有一個女兒，我不得把她嫁給我族的人；我父親的諭言和天上的顯應，都不許我這樣做，它們都顯示她要嫁的人屬於一族從外邦來的人。這便是拉丁阿姆的未來。新來的種族將與我們的種族相結合，將把我們的種族昇到星空。我相信，倘使我的直覺預測的不錯，同時我也希望，命運所指的人就是伊尼亞斯。」

講了這篇坦白話後，拉丁君王從他的皇家馬廄裡挑選馬匹，他那高頂馬房裡有三百匹訓練良好的軍馬。他下令立時依位次給特洛伊人每人一匹，這些馬都疾奔如風，各有紫色繡花鞍布，胸前掛一條金鍊；牠們甚至披著金甲，嘴裡的嚼鐵也是金的，與飾物相稱。因為伊尼亞斯不在那裡，拉丁納斯特為他選了一輛戰車，和兩匹馬；這兩匹馬是天上神種，鼻息噴火；牠們跟塞西所育的私生馬是同種，塞西曾偷來她父親太陽的雄馬跟一

匹陌生母馬暗中交配,生了那些私生馬。這些就是拉丁納斯的
贈品和信息,伊尼亞斯的人帶著它們,昂首騎馬回去,並帶回
和平協議。

　　可是,看呀!朱庇特的兇悍皇后從英納卡斯⑱的都城阿果
斯回來,一面乘虛御風,一面從西西里的帕奇納斯一路向天邊
瞭望,她看見這時伊尼亞斯跟他的達丹艦隊正在興高采烈。他
們已放棄船隻,在建築房屋,很自信地安居在陸地上。她停止
飛行,心如刀絞;一面搖頭,一面從內心深處傾出一片話來:
「啊,可恨的,可恨的特洛伊人,以你們的弗各吉亞命運跟我
的相對抗!他們前者沒有死在西吉阿姆平原的希望嗎?不能被
關在陷阱裡嗎?甚至一片火海的特洛伊城也燒不死這些特洛伊
人嗎?他們安然無恙經過了戰爭,穿過了火海。那末我必須斷
定我的神力已經耗竭,已經恨得夠了,必須罷休了嗎?當特洛
伊人被拋出家園時,我甚至屈身含怒迫逐他們於海上,他們不
過是些亡命之徒;他們在海上漂泊時,每到一處,我總是在那
裡。所有天上和海上的力量都曾用來對抗特洛伊人。可是浮沙、
西拉、或深凹的克瑞比迪對我有什麼用呢?他們現在已償心如
願,在泰伯河上找到了避難所,不再怕海洋,也不再怕我了。
不過,瑪爾斯曾有力量毀滅拉皮茨的可惡的部族。眾神之父自
己也曾將古時的克律敦⑲交由憤怒的狄安娜處置。拉皮茨人或
克律敦的罪愆值得這樣重的懲罰嗎?然而現在我,朱庇特的堂
堂皇后,曾不惜一切屈辱,不惜一切手段,現在竟落敗了,敗
在伊尼亞斯手中。好吧,假如我的神力太微弱,我就要向任何
力量求助,倘使我不能改變上天的意志,我就放出地獄。我承

認我不能阻止伊尼亞斯，他登上拉丁阿姆的王位，由於不可更改的命運，拉維尼亞終將是他的新婦。可是我可以延長這個程序的時間，使這些如此重大的事件遲遲不發生；是的，我可摧毀這兩個國家的根本。在新婦的父親跟她的夫君聯合之前，這就是他們將以他們人民的血付出的代價。姑娘啊，妳的妝奩將是血，是特洛伊人的和魯圖利人的血。戰爭的女神在等著作妳的伴娘。不光是赫丘巴夢生火炬[20]，並產下一個婚姻燒成一片火海的兒子。不只是她，維娜斯生的也要如此。她已經生下巴黎第二，是將重興的特洛伊燒掉的另一枝火把。」

說了，她飛衝下地，看著很可怕。她從復仇三女神居住的黑暗地獄裡，喚來製造痛苦的女神阿勒克托[21]，阿勒克托深愛戰爭的恐怖、暴怒、叛亂，及具有一切傷害力的互相斥責。她是一個怪物，甚至她自己的父親普路托和她自己的住在塔塔拉斯的姊妹們也恨她，她能以許多樣面貌出現，形像兇殘，頭上生一叢無數黑蛇。朱諾這時跟阿勒克托說話，用下面的語句激發她的仇恨：

「女郎，黑暗的女兒，求妳幫個忙，替我作一件妳自己心裡也喜作的事，不要使對我的崇拜和我的聲譽受到傷損，並屈居第二位，請妳使伊尼亞斯的人不能以婚姻關係贏得拉丁納斯的歡心，或取得義大利的土地。妳很知道如何使相愛的兄弟動干戈互相殘殺。妳能以嫉恨斲喪人家，使其家室內發生死亡。妳有千百樣惡作劇，成千的害人巧計。請妳動動腦筋。粉碎他們已締結的和平條約，使他們互相詰難，播下戰爭的種子。頃刻之間使他們的男丁希望戰爭要求戰爭，拿起武器。」

阿勒克托懷著她的戈兒岡毒，去到拉丁阿姆勞倫塔姆君王的高大宮殿裡。在那裡，她靜悄悄地等在阿瑪塔㉒皇后寢宮門口。特洛伊人到來，和特恩納斯婚事受阻，阿瑪塔已經心煩意亂，焦急不安，這位邪惡女神從她那鋼藍的頭髮裡拔出一條蛇，扔給阿瑪塔，使牠鑽進她的胸懷，深入她的心窩，用這樣魔術弄得她瘋狂暴躁，把整個宮殿折騰得天翻地覆。那蛇鑽進衣服下她那柔膩的胸間，盤在那裡，可是她並無與牠接觸的感覺，牠在她不知不覺中把毒蛇的氣息吹進她體內，迫得她發瘋發狂。這條可怕的蛇變成纏住她頸項的金鍊，變成她勒頭的長帶，絞在她頭髮裡，滑溜溜地繞住她的身體。那毒液開始滲進她的皮膚，沁入她的感官，燒捲她的骨頭，只是尚未完全燒壞她的心房，她像一個母親般柔聲說話，泣嘆女兒和計畫中的弗呂吉亞婚事。

「父啊！拉維尼亞真的要嫁給特洛伊流浪者嗎？你不可憐你自己的女兒，甚至也不可憐你自己嗎？你也毫不可憐她母親嗎，一旦北風颳起，這個奸詐的海盜就要把我撇得孤苦伶仃，偷了我女兒渡海而去？弗呂吉亞那個牧者㉓不就是這樣得到拉塞德芒人㉔歡心，結果把麗妲的女兒拐到特洛伊城去嗎？你從前信誓旦旦，現在如何了呢？你往日對自己人民的關心，對自己的親戚特恩納斯一再誓相提攜，現在如何了呢？假如娶我們女兒的一定得是外邦人才行，假如這一點不能改變，你父親弗納斯的命令你非奉行不可，那末我認為任何地方只要不是我們的，不是屬於我們的主權，都算是外邦；我相信諸神自己的意思也是如此。況且，假如將特恩納斯的家世追溯到它的原始，

英納卡斯和阿克瑞西阿斯㉕是他的祖先，邁錫尼本身就是他的母城。」

她這樣懇求，企圖勸得拉丁納斯回心轉意，但沒有發生效力；她看見他堅定不移，持反對態度。蛇的毒液漸漸深深滴進她身體，迫她發狂的力量散布周身，那不快樂的女王按捺不住了，為這可怕的魔力所驅遣，瘋狂地在城內盲目跑著；狂跑得像一只陀螺在一個寬大的空房裡被鞭子抽得團團轉，男孩們聚精會神地玩，不僅用鞭子抽，迫它跑圓圈兒，後來彎下身莫名其妙地看著那塊旋轉的黃楊木，以青年的不可思議的心情注視它，加抽幾下，給它新的生命。這位皇后就是這樣，狂得像陀螺般在居民貌視下沿著城裡的街道跑。她甚至逃到樹林裡，佯裝巴克斯的力量制伏了她，因而犯了更嚴重的罪愆；她還把她女兒藏在林木茂密的山裡，使婚禮不能舉行，使特洛伊人結不成婚。「喂，巴克斯！」她喊道，「只有你！」她尖聲叫道，「才配娶她！因為你看，她手執你的柔葉杖以尊崇你，繞住你跳舞，為你她蓄了神聖長髮。」這消息傳得很快；每個為人母者心裡這時都燃燒著同樣的歇斯底里熱情，都要去找一個新的住處。她們很快地拋家離室，光著脖子，一任風吹散髮。也有人身穿鹿皮，手執葡萄藤纏繞的槍桿，把天空充滿了抖顫的喂喂聲。阿瑪塔在她們中間，瘋狂地高舉一枝熊熊的松木火炬，轉動她那紅紅的眼睛四下望著，唱著她女兒跟特恩納斯的婚歌。突然間，她像野獸般怒吼：「拉丁阿姆的母親們！嘻！聽我說，妳們大家，無論妳們在哪裡！假如在妳們那忠實的心裡妳們對可憐的阿瑪塔還有些許同情，對一個母親的要求還有點正義感，

請打散頭髮，跟我來一起狂歡！」

　　這位王后就是如此，阿勒克托驅使她一會兒這樣，一會兒那樣，在只有野獸居住的樹林和荒莽裡以巴克斯的力量刺激她。這位獰惡的女神看見她已弄得王后足夠瘋狂了，因為她已設法推翻了拉丁納斯的計畫，把他的家鬧得不可開交，她就立時振起黑翼，飛往那個性急的魯圖利人特恩納斯的城裡。那座城池據說是達內被一陣狂暴的南風吹上岸後為阿果斯的居留者建的。許久以前我們的祖先名此城為阿德亞⑳；現在它仍保留阿德亞的大名，但繁榮遠不如昔了。這時適值午夜，特恩納斯正在他那高頂宮殿裡熟睡。阿勒克托改變她那可怖的相貌，和她身體其他令人發狂的部分。她變作一個老婦的模樣，展平眉宇間難看的皺紋，戴一頭白髮，頭上勒一條帶子，最後還把一個小橄欖枝綁在頭髮裡。這時她是朱諾的老僕克勒布，原是看管她的廟宇的；她就這樣出現在那位青年皇子面前，向他說道：「特恩納斯！你能坐視你前功盡棄，讓你應得的王權轉到這些達南移民者手裡嗎？國王已拒絕將女兒嫁給你了。他已將你以血汗掙得的妝奩給了別人，把一個外邦人弄來繼承王位。你歷盡艱險，不得好報，反而要受人訕笑！起來！砍殺埃曲瑞亞的隊伍，保衛你已贏得的拉丁人的和平。是的，這是萬能的撒騰尼亞皇后親自命我來在你靜夜熟睡時公開向你說的。所以起來呀！鼓起勇氣來！號召你的人拿起武器，開出城去準備行動。你要焚毀他們那漆得漂漂亮亮的船隻，殺死這些現在正睡在我們這條高尚河道的埠口裡的弗呂吉亞領袖們。這是天上眾神的絕對命令。假如拉丁納斯王不親自說他准許你的婚事，默認你的要求，

那末讓他知道他將付出何種代價，最後，讓他試試特恩納斯的戰鬥力。」

青年皇子聽了，開口答話，嘲笑她的預言：「我並非像妳假定的，沒有聽說過這個艦隊駛入泰伯河的消息。不要捏造這些嚴重的恐懼來嚇唬我。再說朱諾是堂堂正正的皇后，她是不會忘記我的。妳已經年邁力衰，到了不能辨別真假的時候，所以妳無故焦慮不安，所以妳所預言的君王間的戰爭，只是想像中的懼怕。妳的責任是看管神們的廟堂和偶像。打仗媾和是男子的事，因為那是他們的職務。」

這篇答話刺疼了阿勒克托，她當即怒火爆發。甚至在那青年皇子說話的時候，他覺得忽然四肢抖顫，目不轉睛地直視；無數條蛇發出復仇女神的嘶嘶聲，這時站在他面前的形相可怕極了；接著她那兩隻冒火的眼睛低下去注視著他；他仍在猶豫不定，打算繼續他的答話，她推他倒回去，從自己頭髮裡抽出兩條蛇，抽著鞭子，又向他說道，這回是咆哮叫喊：「看我是誰，我已年邁力衰，到了不能辨別真假的時候，所以我所預言的君王間的戰爭只是想像中的懼怕嗎！現在請看這個。我來自可怕的三女神那裡；掌握戰爭和死亡。」說著她用火印烙那青年皇子，把她的火炬插在他胸間，那火炬在微光中冒出黑煙。

一種壓倒性的恐怖破碎了特恩納斯的睡眠。他渾身冒汗，浸透四肢，直至骨頭。神經錯亂的他，咆哮著要武器，在牀邊和整個房子裡到處找。他胸中翻滾著刀槍的嗜血欲念，燃燒著兇殘的戰爭狂，尤其滿腔怒火；像沸鍋下高高的一堆木柴燒得噼噼啪啪響，鍋內的水滾著跳著，直到它盛不住水，滾水變成

蒸汽，黑氣升入空中，水漲到高處，溢出鍋外。

於是特恩納斯命他的青年將領向拉丁納斯王進軍，因為他破壞了和平。他下令準備戰爭，說他們必須保衛義大利，把敵人趕出邊境，並稱一旦打起仗來，他足以對抗特洛伊和拉丁聯軍。下了命令後，他向神宣誓。這時他的魯圖利人爭相策勉，欣然赴戰。特恩納斯的號召力很強，有的傾倒於他的為人，漂亮年輕，有的忠於他的祖先，也有人佩服他右臂的輝煌戰績。

當特恩納斯激發他的魯圖利人的戰鬥意志時，阿勒克托振起黑翼飛過去對付特洛伊人。這回她用另一套手法，她審視濱海地帶，漂亮的尤拉斯正在那兒獵捕野獸。這位從地獄來的女郎這時使他的獵犬突然發瘋。她用一種熟悉的氣味觸牠們鼻孔，使牠們去緊追一頭鹿。這就是將要發生的困難的主要原因，將燃起國人赴戰的精神。因為牠們追獵的這頭鹿，叉角長大，是一隻很美的動物。當牠尚未斷乳的時候，就被抱走，離開了牠的母親，現在是特拉斯和他的年幼兒子們的寵物，特拉斯是管理國王牛群的人，兼管國王的大片土地。他的女兒西爾維亞[28]把這頭鹿訓練得服從她，她小心照顧，把牠角上飾以柔軟的花冠，加以修整打扮，雖然牠是野獸，但用淨水洗浴牠。牠對她馴服，經常在主人桌邊吃東西，可是牠也到林中自由遊蕩，無論夜間多麼晚，牠總認得路，能回到牠所熟知的門口。

尤拉斯行獵的時候，他的獵犬聞到這隻鹿的氣味，驚動了牠，牠碰巧正在河水裡順著綠樹蔭庇的河岸往下游漂浮，以紓解暑氣。尤拉斯加入這場追逐，滿心要得到一宗殊榮。他彎弓搭箭，對準牠射了出去。由於神的幫助，他的箭向來沒有虛發，

那利箭嗖的一聲穿過鹿的肚腹和兩脇。那受了傷的四足動物立
即跑回家去，爬進牠的房裡呻吟。牠渾身血汗，把整座房子充
滿哀鳴，乞求救助。孩子們的姐姐西爾維亞是首先採取行動的；
她用手拍著胳膊，高呼援救，喚起了強壯的鄉下人。他們很快
都來了，因為那憤怒的惡魔在那兒，靜悄悄藏在樹林裡；一個
人手執一根焦木棍，另一人拿一根粗而有疙瘩的大頭棒。憤怒
使人把第一件能抓到的東西當作武器。特拉斯向他的軍隊發出
號召。他正在把一隻十字楔子撞進橡木心裡，要將橡木劈成四
片。他暴怒得發喘，抓著斧頭就來了。

　　那無情的女神這樣作了後，從一個高處判斷，認為進一步
為害的時刻已經到了；她飛到畜棚的房頂上，從那兒的高處響
出對牧者們的號召。用她那彎曲的號角，發出從地獄裡來的呼
聲。所有林中居民立即發顫，樹林深處回應著她的叫喊。遠處
的狄安娜湖聽見了，有白色琉璜水的納爾河和維利納斯湖[29] 的
泉水也聽見了；抖戰的母親們摟住兒子，緊貼在胸間。那號召
使那些頑強的鄉下人迅速採取行動。他們立即響應那凶惡的喇
叭，從四面八方集結起來，來的時候順手抓起武器。特洛伊人
方面也敞開營地，派出一隊戰士去幫助阿斯堪尼斯。雙方排開
陣勢，準備交戰。這已不再是鄉下農人的衝突，用棍棒或半燒
焦了的木椿[30] 廝打。現在他們是在用雙刃兵器解決問題。出鞘
的刀劍排成長列，像未刈割的莊稼，陰森可怕。青銅映著太陽，
向天上的黑雲反射出光芒；像大風乍起，波浪開始泛白，慢慢
地，海面愈來愈高，最後，海水從深處跳到高空。

　　特拉斯的長子阿爾莫迅即被一枝響箭射倒，他正站在陣前；

那殺傷箭鑽在他咽喉下，鮮血堵塞住發聲的濕潤通渠和細小的生命管道。許多戰士倒在他周遭，其中包括一個老人加萊薩斯，在出面斡旋和平時被殺。他是古代義大利人中最富正義感的人，也是最富有的地主，每天有五群綿羊和五群牛趕回他家，有一百張犁翻他的田地。

這些就是平原裡這時發生的事態，瑪爾斯不作左右袒。女神阿勒克托已經作成了她答應作的事，她已經使戰場初度濺血，造成了初次衝突中的死亡，這時她離開西方世界，橫過天空，驕傲勝利地向朱諾說道：「看呀，妳要的爭端來了，戰爭的恐怖使它無法和解。看誰能使他們言歸於好，同意和平！我已把義大利人的血灑在特洛伊人身上。假如有妳同意，我還可以做更多；我可以散播傳言，使鄰近諸城都捲入戰爭，燃起它們對瑪爾斯狂的熱情，我可以使他們在各處人民的援助下進軍，就這樣使戰火燒遍全境。」朱諾答她道：「我們有的是恐怖和叛亂。戰爭的動機已經奠定了，武裝肉搏戰已在進行；最初偶爾給了他們的武器，這時已經染上鮮血。這就是維娜斯可佩的兒子和拉丁納斯王所要慶祝的婚禮和良緣吧。只是，統治崇高奧林匹斯的父神不會想讓妳這樣的在上空過於自由遊蕩。退回去吧。將來需要其他惡作劇的時候，我自己下手。」撒騰的女兒這樣跟她說了。那復仇女神鼓動雙翼，旋轉飛起時，她的蛇嘶嘶作聲；離開高空向泣河考基塔斯飛去。義大利中部的高山腳下，有一個很著名的地方，許多地方的故事都提得它。那地方名叫安普桑克塔司峽[31]。其地林密幽暗，兩旁絕崖上滿生樹木；中間有洪流急奔，在亂石中發出濤聲，漩成高高的泡沫，那兒

有個可怕的岩洞，那是無情的普路托的通氣孔，有一極大的深淵張著無聲的嘴巴，愁河阿契隆就注入其中。那復仇女神以其可恨的能力飛撲進去，離開了世界和天空。

這時撒騰的女兒毫不躊躇地完成一切作戰準備。全體牧者從戰地回來，擠在城裡，抬回死者、男孩阿爾莫和滿面傷痕的加萊薩斯，向他們的神祇祈禱，並向拉丁納斯求告。特恩納斯在那兒，當人們痛罵那流血事件時，他的話使人們加倍恐懼，他說特洛伊人是被請來分掌王權的，弗呂吉亞人的血統將跟拉丁人的血統相混合，他已被摒諸王室門外。還有那些在巴克斯影響之下的婦女，成群結隊瘋狂般在沒有路徑的樹林裡跳躍，地位崇高的阿瑪塔給她們支持，她們從各方來的親戚也聚在一起，不斷嚷著訴諸瑪爾斯。全國人已注定將遭劫難，他們堅持要進行不正當的戰爭，某種惡毒的力量領他們反抗上天的警告和神的指定意志。他們爭著擠在拉丁納斯王的宮殿周圍。國王屹立不移，像海裡一塊不能撼動的岩石，因體積龐大，任憑大浪撞擊，或周遭吠鳴，都不為所動，同時巉崖和泡沫飛濺的礁岩空吼著，海藻沖來貼在它身上，又被捲了去。可是年老的國王知道他無法克服他們的盲目決心，因為是殘忍的朱諾在教唆生事，所以他只能哭著向眾神和不理會的風作長而無益的呼籲：「哎呀！命運要我們的命啊！暴風雨在驅逐我們啊！我的可憐的子民，你們將以自己的血來贖這樣褻瀆神靈之罪，啊，特恩納斯，你行為乖張，將來罪有應得，到最後才求神告罪，那就太晚了。至於我，我已到了該休息的時候了，在這等著安息的當口兒，只欠享著清福入土而已。」他不再說什麼，把自己關

在宮殿裡，不再管理朝政。

拉丁阿姆，西方的世界，從前有一神聖慣例，後來阿爾巴的城池繼續遵守，今天稱雄世界的羅馬，也遵守這個慣例。當羅馬人初次打動瑪爾斯的心去從事戰爭時，當他們以武力把戰爭的痛苦加諸格泰人[32]、海坎尼亞人或阿拉伯人時，或黎明進軍印度和向帕西亞人[33]討回軍旗時，都是如此。有兩扇戰門，人們是這樣稱呼它們的；由於人的敬畏之心，和殘忍的瑪爾斯的可怕相貌，他們把這兩扇門視為神聖，有百條青銅門閂，像鐵樣結實，緊閂著兩門，守門的簡納斯永遠不離開它們。當長老們決定要打仗，無可挽回時，執政官穿顯眼的大禮服，佩加賓[34]帶，親自開門，門樞吱嚀作聲；他當眾宣戰，其餘的男丁跟住他呼喊，嘟嘟的銅號响應那呼聲。

人們這時以這項儀式要求拉丁納斯向伊尼亞斯和他的人宣戰，並打開那兩扇不祥的門。可是老人不忍去碰它們。他退縮不前，不肯盡那項他不願盡的責任，躲在黑暗的地方。這時神們的撒騰皇后從天上下來，親手去開那兩扇礙事的門；門紐轉動了，她打開了那兩扇鐵門的戰門。

義大利從前原是一片寧靜的土地，沒有事可以激起怒忿，這時卻遍地兵火，有些人已準備徒步越過她的平原，有的騎高駒大馬，奔馳時蹴起塵烟滾滾。所有人都嚷著要武器，有的用油擦盾擦槍，擦得光滑明亮，或在石頭上磨斧頭。他們高高興興豎起軍旗，聽鼓角的號召。有五個偉大城池安了鐵砧，開始翻造武器；強大的阿蒂納[35]，高傲的提布爾[36]、阿德亞、克拉斯圖米阿姆[37]、和有塔樓的安坦奈[38]。他們打造頭盔，編柳條

框以安裝他們的盾。有人打造青銅胸甲，或銀質箭筒。他們把
他們敬愛的犁頭鐮刀都鑄成兵器；把他們父祖輩的劍插在火爐
裡重新淬煉。催戰的軍號開始響起來了。戰時的口令在人們中
間傳著。有個人雙手顫動著，抓一頂頭盔從房子裡跑出去；另
一個人倒退兩匹嘶鳴的馬，套在戰車上，掛著盾牌，穿著三股
金線編成的胸甲，佩著他所仗恃的寶劍。

　　眾位繆斯，現在時候已到，妳們該敞開赫利孔㉟的門給我
靈感，使我能講出當時集合起來打仗的是哪些君王，追隨他們
蜂擁到平原的是些甚樣的兵士，甚至遠古的義大利那時有些甚
樣優良戰士，他們以甚樣武器發洩精神的怒忿。因為妳們是神
聖的，記憶好，會講故事；可是傳到我這裡的只是這個偉大故
事的微弱回聲而已。

　　首先率領軍隊參加戰爭的是兇暴的麥任俠斯㊵，一個罵神
滅祖的人，來自埃楚斯卡的邊境。跟他同來的是他兒子洛薩斯，
其容貌之美僅次於偉岸的勞倫塔姆特恩納斯。馴馬者和制伏野
獸者洛薩斯率領從阿蓋拉㊶城來的一千名戰士，這些人追隨他
只是枉費一場心血；他應該有比在他父親的專制下更多的快樂，
應該有一個比麥任俠斯好些的父親。

　　其次來的是赫求力士的兒子阿文丁納斯㊷，他跟他父親同
樣俊美。他驕傲自負地驅一戰車到草地上，車上裝飾著他的馬
贏得的勝利棕櫚冠，他的盾上有他父親的紋章，那條多頭蛇及
其周圍的一百條蛇，阿文丁納斯係祕密出生於阿文丁山的樹林
裡；他母親是女祭司雷亞，凡人的女子，跟一位神交媾，那時
正值泰倫亞阿斯的赫求力士斬了三頭巨人格瑞昂㊸，勝利地來

到勞倫塔姆的田間,讓他的西班牙母牛沐浴於埃楚斯卡河。阿
文丁納斯的兵士用標槍木刀打仗,也用真刀和塞班棒。他們的
隊長步行走過來,擺動一張碩大的獅皮,那可怕的硬毛沒有梳
理,他把獅皮綁在肩上,並用它蓋住頭,張著白森森的獅牙;
他這身赫求力士裝束看起來很可怕。

　　其次是來自提布爾城的兩位兄弟,那兒的人以其第三位兄
弟提伯塔斯的名為名;那兩位兄弟是克蒂拉斯和精力充沛的庫
拉斯,兩位有阿果斯血統的青年,他們不顧槍林箭雨衝到前線,
像兩個生自雲中的馬人從高山頂上往下奔,迅速奔離白雪皚皚
的奧斯瑞斯和霍莫勒⑭ ,同時大片樹林在他們面前迎風披靡,
下層矮林在他們腳下高聲破裂。

　　建造普瑞奈斯推城的西庫拉斯⑮ 也來參加他們。從他誕生
以後,每代人都相信他是伏爾甘⑯ 的兒子,他生為君王,卻生
在有牛群的農家,剛生下來就被發現在火爐旁。跟他同來的是
一隊從田野徵召來的鄉下人,他們住在普瑞奈斯推的高頂和朱
諾在加比埃⑰ 的農田,住在清涼的阿尼奧河的河畔⑱ ,有溪流
滋潤的赫尼奇⑲ 亂石中間,還有些人依安納格尼⑳ 的肥沃土壤
或阿馬斯納斯河㉑ 為生。不是所有人都有武器,或嘩啦嘩啦的
盾牌,或鱗鱗奔馳的戰車。多數人都能以彈弓射出灰色鉛彈;
有些人手執兩根長槍。他們頭戴棕黃色狼皮帽,左腳赤裸,右
腳穿生皮皮鞋。

　　這時奈普頓的兒子,馴馬者麥薩帕斯㉒ ,上天使他刀火不
入的,又拿起了寶劍,立刻召集他的部落人民執戈從戎,他的
人民許久以來已失掉了行軍赴戰的習慣,安於逸樂的生活。他

們中間有些人住在弗遜尼阿姆城,或法里斯坎㊿ 平地上;有的
住在索拉克推峰下,或弗萊維尼亞㊿ 的農田;住在西米納斯山
的湖畔,或卡佩納㊿ 的聖林裡。他們以有節奏分明的步伐行軍,
唱著進行曲以慶祝他們的君王,像一群白色天鵝覓食歸來,飛
入白雲裡,伸著長頸唱韻律悠揚的歌,同時地面的河川和亞細
亞的沼澤對那歌聲發出回應。沒有人會相信這群烏合之眾是一
枝團結堅固的軍隊,而不是一群在空中聒噪的鳥兒,從海上飛
來,正要往地上降落。

　　看呀!古代塞班人的後裔克勞薩斯㊿ 率領一枝強悍的軍隊
急行而來;他自己就像一枝強大的軍隊一般;他是所有克勞迪
部落和克勞迪家的始祖。自從塞班人分掌羅馬的權力以來,他
的人民即遍布拉丁阿姆。跟克勞薩斯同來的是一枝龐大的隊伍,
其中有些人來自舊克瑞特斯城,有的來自阿米特納姆㊿ ,和所
有來自生橄欖樹的厄瑞坦和穆塔斯卡㊿ 的隊伍;也有些人住在
諾曼坦城,或維利納斯湖畔的羅西亞區,或特曲卡的峭壁上,
或塞維拉斯山上,或克斯波瑞亞,弗魯利,和希麥拉河畔㊿ ;
有些是飲泰伯與法巴瑞斯二河之水的人,有些是從寒冷的納西
亞派來的人,還有霍爾塔城的與拉丁人的隊伍,和那些住在那
個不幸的阿利亞河㊿ 所分開的區域的人。他們變得像無情的獵
戶星藏在冬天的波浪下時利比亞海的滾滾白浪,或像太陽以新
的威力照射赫馬斯㊿ 平原或律西亞的黃田地而灼乾的玉米。盾
碰盾咔嗒響;他們的腳步震驚了大地。

　　其次來的是阿加米農的人和特洛伊的仇敵海累薩斯㊿ ,他
套上馬車,率領一千名驕傲的部落人民急行軍前來幫助特恩納

斯。他們中間有些人用鋤頭翻動馬西卡[63]的宜於種葡萄的肥沃土壤，有些人是奧軟卡的長老們從他們的山地派下來的，或從鄰近西狄辛人[64]的平地來的，有些是從克勒斯走來的，有些人住在有淺灘的沃爾特納斯河畔，還有薩蒂丘拉的強悍人民和奧斯坎[65]的一枝軍隊。他們的投擲物是綁有繩子的圓滑木棒，投出去還可以收回。皮盾保護他們左臂，他們用偃月刀打肉搏戰。在這裡，不能不提起奧巴拉斯。相傳特朗統治克普瑞的特勒博[66]時，年事已高，跟寧芙塞貝齊斯生了一個兒子，這個兒子不以他所繼承的國土為滿足，征服了薩拉斯特斯部落的大片土地，薩納斯河[67]就流經那兒的平原，他還征服了那些住在呂弗賴與巴塔拉姆[68]以及西賴姆納的農田的人，和那些住在蘋果園裡，從阿伯拉[69]的城堡往下瞭望的人。這些人像條頓人一樣，受過投擲飛去來器的訓練；他們頭戴軟木樹皮帽，有明晃晃的青銅包皮盾和明晃晃的青銅劍。

多山的奈塞派烏芬斯來打仗，他是一位以幸運戰士著稱的皇子。他的族人艾基[70]居蘭人慓悍異常，住在土地貧瘠的地方，經常在林中打獵。他們武裝耕田，並以搶劫為生，樂於把新掠得的贓物運回家去。

還有一位馬魯維亞族的祭司也來了，他頭盔上飾以華美的橄欖葉冠。他就是勇敢的安布羅，是阿奇帕斯王派來的。安布羅用他的手和音樂催眠，能使蝮蛇和有毒的水蛇入睡，平息牠們的憤怒，醫癒牠們所咬的傷。只是他沒有能力醫癒達丹標槍對他的一擊，他那催眠的魔術和自瑪爾西安山上採得的藥草都不能治好他自己的創傷。安吉蒂亞的園林和弗西納斯湖[71]的清

波哭他，清澈的湖水為他啜泣。

希波利塔斯⑫的漂亮兒子維比阿斯也參加戰爭。是他母親阿瑞西亞派這個出眾的兒子來的，他自幼生長在狄安娜湖邊沼澤地的埃吉瑞亞森林裡，那兒的狄安娜祭壇以祭品豐盛為人羨慕。據說，希波利塔斯死於他繼母的奸計之下，被驚奔的馬分屍而亡，以他自己的血償還了所欠於他父親的債，後來他升入天空，又得看見天上的星宿，由於阿波羅的藥物和狄安娜的愛而復活還陽。可是萬能之父覺得凡人不該從陰世回到陽世，用他的霹靂將阿波羅的兒子乙斯丘勒皮阿斯，這種療術的發明者，打在冥河的水裡。慈悲的狄安娜將希波利塔斯安全地隱藏在別處，藏在寧芙埃吉瑞亞的園林裡，歸她照管，在那兒，他孤獨無聞地在義大利的林中度過一生，改名維比阿斯。就是因為這個緣故，有蹄的馬不得進入狄安娜的廟宇，也不得進入她的聖林，因為原來是兩匹馬為海裡出來的怪物所驚，把車子和這位青年皇子掀翻在海邊的地上。雖然如此，他的兒子還是驅策他自己的悍馬直入平原，乘戰車闖入戰爭。

特恩納斯自己在前線走來走去，威風凜凜，手持武器，比別人足足高出一頭，他的高大頭盔上有三排羽纓，羽纓支持著一個口噴艾蒂納火焰的奇邁拉；流血的戰爭愈激烈，牠的吼聲愈高，噴出的火焰愈是可怕。他那明亮的盾上有艾娥⑬的金像；她在那兒已經是一頭牛了，渾身硬毛，昂起兩角，一個可怕的圖樣；阿加斯⑭在旁監守艾娥⑬的處女身分；她父親其納卡斯從一個浮雕銀罐裡傾出他的河水。緊跟在特恩納斯身後的是一群步卒，他們手持圓盾，成群結隊，擠滿了整個平原；阿果斯

的壯丁,奧軟卡的隊伍,魯圖利人,舊日的西坎尼安人[75],隊形整齊的塞克阮尼安人[76],和盾牌漆得明亮的拉比卡姆[77]人;還有些人耕種泰伯河和努米斜斯聖河兩岸的田地,或用他們的犁在魯圖利的山地、塞西的岬角、朱庇特在安克修[78]所身臨的田園,和弗朗尼亞[79]令人喜悅的青翠林地工作。也有些人住在薩圖拉[80]的黑色沼澤,凜冽的烏芬斯河從那兒低窪的谷地蜿蜒流出,注入海中。

這些之外,還有卡米拉也來了。她是沃爾西亞人[81],率領她的耀著青銅光輝的騎兵隊。她是一個戰士,她的玉手向未習於密涅瓦的捲線桿和毛線筐,雖然身為女子,卻願從事殘酷的戰鬥,跑起來比風還快。她能在玉蜀黍田的頂上跑,不傷損姣嫩的玉蜀黍穗兒,能在海浪上跑而不濕鞋底。她經過的時候,有一簇為人母親的,和所有從房屋裡或田地裡湧出來的青年,都張口結舌以羨慕的眼光望住她,看她平滑的肩上披著多麼華貴的衣裳,她的頭髮上戴著金夾兒,肩披律西亞箭壺,手持裝有矛頭的牧杖。

譯　註

①伊拉圖（Erato）：繆司之一；繆司數目，眾說不一，但以九最通行。
　她們各自的職掌也無定論，但有人說伊拉圖掌抒情詩。

②埃曲瑞亞（Etruria）：泰伯河與亞諾河（Arno）之間、亞平寧山脈
　（Apennines）之南。埃楚斯卡人（Etruscan，或稱塔斯坎人〔
　Tuscan〕）居住之地。此族可能來自小亞細亞，其文化在公元前六
　世紀達於高峰，後來與羅馬合而為一。

③拉丁納斯（Latinus）：拉丁阿姆國王，相傳是撒騰的子孫。有人說
　他迎接特洛伊人，有人說他與特洛伊人交戰而亡。他女兒嫁給伊尼
　亞斯，拉丁納斯遂成為羅馬人的一個祖先，他們亦以他的名字稱呼
　他們的語言（拉丁）。

④弗納斯（Faunus）：義大利的地方神祇，皮卡斯的兒子，撒騰的孫
　子，拉丁納斯的父親，有先知之能。

⑤皮卡斯（Picus）：義大利農神。拉丁納斯的祖父，弗納斯的父親，
　撒騰的兒子，拉丁阿姆的第一位君王。因拒絕塞西的愛，被她變成
　啄木鳥。他的名字意為啄木鳥。

⑥特恩納斯（Turnus）：魯圖利人（Rutulian）的君王。魯圖利
　（Rutuli），其地在羅馬之南。

⑦月桂為laurus，勞倫塔姆為Laurentum。

⑧阿爾布尼亞（Albunea）：為預言聖地，因寧芙阿爾布尼亞而得名。

⑨見第一章註㊾。

⑩努米斜斯（Numicius）：拉丁阿姆一條小而神聖的河。

⑪一束用紅帶捆著的木棒，中間夾一斧頭，是古羅馬君王的權威標誌。

⑫義大勒斯（Italus）：古代英雄，「義大利」之名的由來。

⑬塞班納斯（Sabinus）：相傳為塞班人（Sabines）祖先。
　塞班人：義大利古代民族，居住羅馬東部山區。據希臘傳記家普魯
　塔克（Plutarch）所記傳說，羅穆勒斯興起於羅馬後，因城中缺少

男人，於是設大宴邀來塞班人，席中攻其男性，劫其妻女。塞班人
興師，那些塞班婦女反而為她們的羅馬丈夫說項，從此兩族融合，
羅穆勒斯與塞班王泰俠斯（Titus Tatius）共治。但正史記載塞班人
文化影響羅馬甚深，兩族多戰鬥，塞班人被征服，於公元前268年
獲得公民身分。

⑭簡納斯（Janus）：古羅馬門神，也是保佑一切事物開始的神，因
為開始是走向未來的門戶。每日、每月、每年之始都需要他（西方
曆法的一月就以他取名）。藝術作品常將他表現成兩面神，方向相
反，因為門都是通往兩個方向。

⑮克維瑞納斯（Quirinus）：古義大利神，後來認為就是被尊為神明
的羅穆勒斯，是羅馬的重要神祇。

⑯奧軟卡（Aurunca）：在義大利中部。

⑰薩莫色雷斯（Samothrace）：在愛琴海北部，本名達丹尼亞，被薩
莫斯來的移民改名。名字中的色雷斯（Thrace），表示島上的色雷
斯人不少。薩莫斯，見第一章註⑧。科瑞薩斯，見第三章註⑯。

⑱英納卡斯（Inachus）：阿果斯河流、第一任國王，艾娥（Io）的父
親，他是洋川奧欣納斯（Oceanus）的兒子，有時被認為係一河神，
特恩納斯的盾上有他的圖像。

⑲克律敦（Calydon）：艾托利亞（Aetolia）一城，國王歐紐斯（Oeneus）
年年收成即謝神，有一年獨漏女神狄安娜，女神派一野豬肆虐他的
國境。克律敦也是迪奧麥德斯的出生地。

⑳參考第一章註⑩。

㉑阿勒克托（Allecto）：復仇女神之一。

㉒阿瑪塔（Amata）：拉丁納斯的王后，拉維尼亞的母親。

㉓參考第一章註⑩。

㉔拉塞德芒（Lacedaemon）：宙斯與一山林女神之子，娶拉科尼亞
（Laconia，培洛奔尼撒半島南部一區）王之女斯巴達（Sparta）為
妻。他繼承拉科尼亞，改以自己的名字為該地名稱，並建一城，名
之為斯巴達。巴黎得維娜斯許諾，遠至斯巴達作客，當時的國王米

奈勞斯款待他九天之後，女主人海倫與他（維娜斯使她瘋狂愛上他）
私奔。

㉕阿克瑞西阿斯（Acrisius）：阿果斯國王。他娶拉塞德芒之女為妻，
得獨生女達納怡。阿克瑞西阿斯把她囚禁於銅室之中，因有一預言
說他將死在他女兒的兒子的手裡。朱庇特化成金雨，滲入跟她幽會，
她生下兒子，即為柏修斯（Perseus）。阿克瑞西阿斯令人把女兒與
嬰兒裝在木箱內拋入海裡。據味吉爾說，那木箱漂到了義大利的魯
圖利，達納怡在那裡建都興國，成為特恩納斯的祖先。

㉖阿德亞（Ardae）：在羅馬南邊海岸，魯圖利人的首都。

㉗特拉斯（Tyrrhus）：拉丁納斯的牛倌頭目。

㉘西爾維亞（Silvia）：特拉斯的女兒。

㉙納爾（Nar）：泰伯河支流，流急，起泡沫，水中含琉璜質。維利
納斯（Velinus）：義大利湖及河名，在羅馬東北大約四十哩處。此
河以瀑布注入納爾河，水中有琉璜質。

㉚把木椿燒得半焦，求其堅硬。

㉛安普桑克塔司（Ampsanctus）：那不勒斯東方之湖及湖區，相傳那
裡有進入陰間之門。

㉜格泰（Getae）：多瑙河流域與俄國南部的一個部落，發源於色雷
斯，以騎射著稱。亞歷山大大帝征服之，奧古斯都併吞之（公元一
世紀），不久以後，這個種族就在歷史上消失。

㉝帕西亞（Parthia）：在當今伊朗北部，曾建帝國，公元前53年在喀
賴（Carrhae）大敗羅馬軍，奪其軍旗。後奧古斯都於公元前19年
以條約贖回。

㉞加賓（Gabine）：加比城的人。城為拉丁古城，近羅馬，有朱諾廟宇。

㉟阿蒂納（Atina）：義大利一城，近阿皮納斯，其居民為沃爾西（Volsci）
人。這個種族，下文會提到。

㊱提布爾（Tibur）：距羅馬東北大約十五哩的義大利小古城，當今
的提弗利（Tivoli）；其建造者係希臘移民。

㊲克拉斯圖米阿姆（Crustumium）：塞班人的古城，距羅馬不遠。

㊳安坦奈（Antemnae）：義大利古代一城，在阿尼奧河注入泰伯河處。
㊴赫利孔（Helicon）：山名，繆司住的地方。
㊵麥任俠斯（Mezentius）：埃楚斯卡君王，暴虐無道而被人民驅逐出境。洛薩斯（Lausus）的父親，特恩納斯的盟友。
㊶阿蓋拉（Agylla）：基里（Caere）的舊名，在羅馬西北約二十哩。
㊷阿文丁納斯（Aventinus）：赫求力士與女祭司雷亞（不是同名的女泰坦）所生之子，出生於羅馬七個山頭之一阿文丁（Aventine）。
㊸格瑞昂（Geryon），見第六章註⑰ 。
㊹奧斯瑞斯（Orthrys）：提沙里一座山；霍莫勒（Homole）：提沙里一山，馬人（Centaur）住的地方。
㊺西庫拉斯（Caeculus）：其人其事，見文中內容。普瑞奈斯推（Praeneste）：拉丁阿姆古城，現稱Palestrina，在羅馬東南二十三哩，與羅馬多戰爭，變成同盟，其族於公元前93年取得羅馬公民身分。
㊻伏爾甘（Vulcan）：即希臘的赫斐斯塔司（Hephaestus），火神和金工神。維娜斯的丈夫。六個獨目巨靈幫助他鑄造朱庇特的霹靂，並為伊尼亞斯造了一副甲冑。他住在西西里島東北的伏爾甘尼亞島（Vulcania）上。火山（volcano）即由他的名字變來。
㊼加比族（Gabii）：羅馬東方的拉丁城。
㊽阿尼奧河（Anio）：又稱Aniene與Teverone河，是泰伯河一大支流，發源於羅馬東南部山脈。
㊾赫尼奇（Hernici）：在義大利中部，羅馬東南方。其種族與羅馬人經過戰戰和和，到公元前二世紀，語言與政治上都被拉丁人同化。
㊿安納格尼（Anagni）：赫尼奇人的首都，在羅馬東南部山區。
(51)阿馬斯納斯（Amasenus）：拉丁阿姆河名。
(52)麥薩帕斯（Messapus）：奈普頓的兒子，義大利的統治者，特恩納斯的盟友。
(53)弗遜尼阿姆或弗遜尼亞（Fescennium or Fescennia）：埃曲瑞亞一城。法里斯坎（Faliscan）：其地在埃曲瑞亞之南，泰伯河東北方，首都於公元前241年被羅馬人夷為平地，語言與文化都被同化。

(54)索拉克推（Soracte）：羅馬以北之山，上有阿波羅的廟。弗萊維尼亞（Flavinia）：埃楚斯卡人的城。

(55)西米尼阿斯或西米納斯（Ciminius or Ciminus）：山與湖的名稱。卡佩納（Capena）：埃曲瑞亞一城，在羅馬之北。

(56)克勞薩斯（Clausus）：塞班人首領，羅馬著名的克勞迪家族（Claudia）的始祖。

(57)克瑞特斯（Quirites）：塞班都城庫瑞斯的居民。阿米特納姆（Amiternum）：塞班人的城市，現名聖維托瑞諾。

(58)厄瑞坦（Eretum）：塞班人的古城，在泰伯河上。穆塔斯卡（Mutusca）：塞班人的城鎮。

(59)羅西亞（Rosea）、特曲卡（Tetrica）、塞維拉斯（Severus）、克斯皮瑞亞（Casperia）、弗魯利（Foruli）：都是塞班人的城鎮。希麥拉（Himella）：塞班人的河。泰伯河的支流。

(60)法巴瑞斯（Fabaris）：塞班區的河。泰伯河的支流。納細亞（Nursia）：亞平寧山中的塞班古城。霍爾塔（Horta）：泰伯河畔古城，已無遺跡。阿利亞（Allia）：泰伯河的支流。公元前390年七月十六日，羅馬軍在此慘敗。

(61)赫馬斯（Hermus）：小亞細亞河流。

(62)海累薩斯（Halaesus）：拉丁君主。

(63)馬西卡（Massica）：康帕尼亞（Campania）與拉丁阿姆間的山丘，以酒著名。

(64)西狄辛人（Sidicines）：康帕尼亞一民族，其京都為蒂納姆，即現在的蒂諾。

(65)克勒斯（Cales）：康帕尼亞一城，有朱諾寺。沃爾特納斯（Volturnus）：康帕尼亞河流。薩蒂丘拉（Saticula）：康帕尼亞區城鎮。奧斯坎人（Oscans）：義大利中南部古老種族，是龐貝城的第一批居民，公元一世紀以後，語言文化都被同化。

(66)特勒博安人（Teleboans）：荷馬稱他們是海盜，所據島嶼與奧德修斯的毗鄰。

⑥薩納斯（Sarnus）：在義大利南部。薩拉斯特斯人（Sarrastes）居
　其流域。

⑥呂弗賴（Rufrae）、巴塔拉姆（Batulum）：康帕尼亞區城鎮。

⑥阿伯拉（Abella）：康帕尼亞一城；以果園著名。

⑦艾基（Aequi）：義大利中部山地居民。奈塞（Nersae）為其城池，
　在拉丁阿姆，烏芬斯（Ufens）為其首領。

⑦弗西納湖（Fucinus）：義大利中部厄布魯奇（Abruzzi）區的湖泊
　（如今已經抽乾為農業盆地）。瑪爾西人（Marsi），名稱來自戰
　神瑪爾斯（Mars），住在湖東，崇拜司藥女神安吉蒂亞（Angitia），
　盛行原始醫方，羅馬人視之為巫術之鄉。公元前91年，與義大利東
　岸的馬魯維亞（Marruvians）等部落對抗羅馬，失敗，被併入其他
　部族。

⑦希波利塔斯（Hippolytus）：參見第六章註㉓。他由乙斯丘勒皮阿
　斯（Aesculapius）的神術而還陽之後，到義大利的阿瑞西亞（Aricia；
　也是一山林女神之名），在此設立侍奉狄安娜的儀式（他因信仰這
　個貞潔女神而回絕繼母求愛）。他與義大利小神祇維比阿斯（Virbius）
　被視為同一人，阿瑞西亞為他生子，即名維比阿斯。文中提到的埃
　吉瑞亞（Egeria）是屬於狄安娜的一個山林寧芙。

⑦艾娥（Io）：阿果斯公主，為朱庇特所愛。朱諾嫉妒而迫害她，把
　她變成牛。她的圖像在特恩納斯的盾上，表示他跟特洛伊傳統仇敵
　阿果斯的關係。

⑦阿加斯（Argus Panoptes，意指「無所不見」）：一個有很多眼睛
　的人。朱諾給了他永不懈怠的精力。朱諾把艾娥變成牛以後，派阿
　加斯監視，以防朱庇特仍然接近這隻牛。朱庇特派墨丘刺殺了他。

⑦西坎尼安人（Sicanians）：一個善戰的民族，原住在義大利中部，
　後遷至西西里。

⑦塞克阮尼安人（Sacranians）：拉丁阿姆一民族。

⑦拉比卡姆（Labicum）：拉丁阿姆一城。

⑦安克修（Anxur）：⑴拉丁阿姆一城，為祭祀朱庇特的聖地；⑵特

恩納斯的兵卒。

⑦弗朗尼亞（Feronia）：古代義大利女神。有時被認為是安克修廟的朱庇特的妻子，也是生殖和奴隸解放的女神。

⑧薩圖拉（Satura）：一片沼澤。

⑧卡米拉（Camilla）：沃爾西女戰士。沃爾西人（Volsci）在公元前五世紀的羅馬擴張史上扮有重要地位。原居利瑞斯河（Liris），然後遷至拉丁阿姆。公元前304年被羅馬征服。

八、未來羅馬的城址

　　特恩納斯在勞倫塔姆城樓上豎起戰旗，鼓動戰馬的勇氣，自己的武器磨擦得玎玎作響。軍號奏出嚴厲的樂聲。立時所有人都失去自持。整個拉丁阿姆陷入武裝抵抗的狂熱；青年瘋狂似地要上陣廝殺。他們的隊長們，麥薩帕斯，烏芬斯，和麥任俠斯這個罵神的人，都首先從各處召集他們的軍旅，使一片廣大地面失去耕田的農夫。范紐拉斯① 甚至被遣到勇武的迪奧麥德斯的城裡請求協助；他去向他解說特洛伊人如何已在拉丁阿姆得到一個立足地，伊尼亞斯如何帶著他老家的敗神駛到這裡，自稱命運注定要他作這裡的君王，許多人如何已經附從了這位達丹皇子，以及他的威名如何已經傳遍拉丁阿姆全境。至於這位皇子的初步行動的真正目的何在，假如他打勝了仗，他所希望的戰果是什麼，迪奧麥德斯比特恩納斯王，甚至拉丁納斯王，知道得更清楚。

　　拉丁阿姆的事態就是這樣。洛麥敦支系的英雄鑒於這種情形，一陣陣不住焦急不安。他的心變動得很快，一會兒這樣想，一會兒那樣想，急切從不同觀點想清楚所有問題。像陽光或月

光照在一盆顫動的水面上，反射出搖晃的光，忽來忽去，到處
飄蕩不定，最後跳到空中，射到頭頂的天花板上。那時已是夜
間，全世疲倦的生物，一切會飛的，田間的一切走獸，都在沉
睡，特洛伊人的首領伊尼亞斯，一心想著戰爭的恐怖，躺在冰
冷天空下的河邊，到了很晚的時候，渾身四肢才鬆開下來休息。
當地的神祇老泰伯自己從活潑的河水裡和白楊葉中鑽出來，出
現在他面前。他身穿灰色細布衣裳，頭戴深色蘆冠，向伊尼亞
斯說了下面的話，以減緩他的憂慮：「哦，神的種子，你把特
洛伊城從敵人手裡搶出來帶給我們，永遠保持她的防衛中心，
勞倫塔姆和這些拉丁土地等候你已久了，這裡確實就是你的家，
就是你的家神的住處。不要畏縮。不要怕戰爭的威脅，因為神
的怒忿和所有惡意都消逝了。為使你相信這並不是幻想，不是
你夢裡虛構的，我給你一個朕兆。你可以看見有一條大白母豬
躺在海邊一棵冬青櫟樹下，她四體伸開躺著餵三十隻小豬吃奶，
這些小豬是她剛生下來的，都跟她一樣渾身純白。這個地點就
是你的城址，你在這裡可以得到安息。從現在起三十年內，阿
斯堪尼斯將建一座著名的城，叫阿爾巴。我的預言是不會錯的。
請注意聽，我就要向你解說你將如何勝利解決眼前這些麻煩問
題。在這片領土上，住著一族阿卡迪亞人②，他們是帕拉斯的
後裔，是伊范德③ 王的戰友，一向追隨他和他的軍旗；他們在
山裡選了一片地，建一座城，以他們祖先的名稱，名叫帕蘭蒂
阿姆④。這些阿卡迪亞人很久以來就在不斷跟拉丁人打仗。去，
跟他們締約結盟，組成聯合軍。我自己將親自領你溯河而上。
所以來吧，女神的兒子；起來，當星辰開始斜落的時候，遵禮

如儀向朱諾禱告，懇求她息怒。等你得到勝利以後，再給我榮耀，作為報酬。我就是你所看見的在兩岸間奔騰，流經肥沃田野的藍水泰伯，上天最鍾愛的一條河。這裡就是我的殿廳，是若干輝煌城池的生命根源。

河神這樣說了，一頭鑽到深水裡，潛到河底。天明，伊尼亞斯不能再睡。他站起身來，兩眼注視天上的曙光，恭恭敬敬雙手捧一掬河水，誠心誠意向上天叫道：「眾位寧芙，勞倫塔姆的寧芙們，諸河的母親，還有你，泰伯父，和你的聖河，請接受我伊尼亞斯，使我終於有防禦患難的力量。你們可憐我們的苦境；是以，無論什麼泉水充滿你們的家，無論在什麼地方你們匯成壯闊的河面，我都將榮耀你們，向你們獻上供奉，哦，偉大的河，你管理著西方世界的所有河川。求你與我同在，以你的同在證明你的預言不誣。」伊尼亞斯說著，從他的艦隊裡選出兩艘雙排槳的船，派給它們槳手，同時把他的夥伴們武裝起來。

突然間，一個很顯眼的景象進入視野。在綠草河畔，有一條白得發亮的母豬和一窩小豬，白得跟她自己一樣，躺在一片樹林的地上。誠實的伊尼亞斯把母豬和小豬都抬到一個祭壇上，把牠們獻給朱諾，只獻給朱諾自己，那至高的神，接著，泰伯使那夜的整段河水平靜無波，平靜得像親切的水塘或安祥的沼澤，在上行船不需用力划槳。特洛伊人開始他們的航程，迅速前進，為伊尼亞斯聽到的話所鼓勵。塗過焦油的船在淺水上滑行。河水為之驚奇，兩岸的樹木不曾見識這樣景象，現在看著油漆鮮明的船載著甲冑鮮明的戰士在河上漂過，也詫異不已。

特洛伊人不費力地划了一夜一日。他們駛過長長的河灣，經過各種不同的樹木，順著友善的河面進入綠葉的森林。烈日中天的時候，他們看見前面有城牆、門樓，和零零散散的房頂；羅馬的威力現在已把這裡捧到天上，可是在那個時候，伊范德是在貧苦中討生活。他們很快地向岸邊行駛，駛到了城前。

那天恰值這位阿卡迪亞君王在舉行周年祭，以尊崇安菲垂昂⑤的大兒子赫求力士和城外樹林裡的其他神祇。跟他一起的是他的兒子帕拉斯，和阿卡迪亞的年輕一輩領袖，以及他的元老們，都不是富有的人；他們向眾神焚香禮拜，犧牲品的熱血順著祭壇流。他們乍見這些船在林蔭行駛，水手們默默彎腰划槳，對這突如其來的景象大吃一驚。然後一齊起身，離開了筵席。帕拉斯正在冒險的興頭上，教他們不要打斷儀式，抓一件兵器，單獨跑上去會晤這班陌生人。還離得相當遠的時候，他在一個高丘上向他們喊道：「諸位戰士，是什麼動機驅使你們來探查這條陌生路線？你們是往哪去的？你們是什麼種族的人，家在哪，你們帶來的是和平，還是戰爭？」伊尼亞斯首長從他的船尾高處答道，手執一個橄欖枝伸在面前，表示和平：「你看見的是特洛伊人，他們只敵視拉丁阿姆的人，我們向他們求庇護，他們傲慢地拒絕我們，並且向我們開戰。現在我們來乞援於伊范德。請把我們的信息帶給他，說一班達丹尼亞領袖來求一個軍事聯盟。」帕拉斯聽見這個偉大的名字，站在那裡一語不發，驚愕得不知所措。等一會兒，他答道：「不論你們是誰，請下船，來跟家父答話；請到我們家作客。」他拉住他的手，長時緊緊握著。他們隨即一同離開河流，向林中走。

伊尼亞斯向國王和藹地說道:「先生,在一切希臘人中你是佼佼者;命運使我來向你伸手求援。我知道你是阿卡迪亞人,是阿楚斯⑥兩個兒子的親戚,可是我並不怕你。不惟如是,我自己的勇力、眾神的聖諭,你父跟我父間的親戚關係,和你的蓋世英名,都足以使我服從我的命運來到這裡找你。達丹納斯⑦乘船去到圖瑟人那裡,是我們的伊利亞城的始祖,並使她成為一個強大城池;像希臘人說的,他是阿特拉斯的女兒伊萊克屈阿⑧所生;因為肩頭扛著天體的大力士阿特拉斯生了伊萊克屈阿。你家的始祖是墨丘利,他是漂亮的美伊亞在西里尼⑨的寒冷山巔生的。那末,倘使我們相信傳說,美伊亞也是阿特拉斯生的,那個肩扛天體的阿特拉斯。那麼我們兩家是出自同源的兩個支系。由於相信我們中間的這些關係,我初次來接近你的時候,既不利用使節,也不暗施巧計,而是不顧生命危險,親自來到你門前求情。迫害你們的道尼亞族人⑩也在以無情戰爭威脅我們。他們相信假如趕走了我們,便誰也不能阻止他們把整個西方世界置於奴役之下,並控制東西兩岸的海面。請接受我們的信誓,也給我們以你的信誓。我們有勇於作戰的心和精神,我們的人已經以事實證明了自己。」

伊尼亞斯這樣說。他說話的時候,伊范德許久都在凝目注視他的面孔,他的眼睛,打量他周身。他隨即答道:「特洛伊人中最勇武的,我多麼高興認識你,歡迎你啊!我多麼清楚地記得偉大的安契西斯的言語、聲音和面孔啊!我記得洛麥敦的兒子普利安到薩拉米斯去探望他妹妹赫西昂⑪的王國,他還進入阿卡迪亞寒冷的邊疆。我當時青春年少,羨慕所有特洛伊領

袖，羨慕洛麥敦的這個兒子；可是阿契西斯走起路來的時候，
高出眾人很多。我少年的心極想跟那位皇子說話，想緊握他的
手。因此我去到他跟前，高高興興陪他在菲內奧斯⑫城內行走。
他臨去的時候，贈給我一個很好看的箭筒，裡面裝著律西亞箭，
還給我一襲織有金線的斗篷，和一對金製馬嚼子，後者現在為
我的兒子帕拉斯所有。此所以我不僅以右手和你締結盟約，那
是你此行的目的：明天太陽普照大地我送你走的時候，你會滿
意我贈給你的協助和物資。只是現在要請你們賞光，你們既以
朋友自居，請來跟我們一同參加這個每年一度的儀式，要是延
期舉行，便是一項罪過。在盟友家裡請不要客氣。」

伊范德說著，命人把已經撤去的酒食重新擺上來，請客人
在草地上入座。他特別歡迎伊尼亞斯，把他安置在一張鋪有長
毛獅皮的楓木椅子上。接著祭壇的祭司和熱心服侍的青年們拿
來烤牛肉，斟上巴卡斯的酒，籃子裡堆滿色列斯給與勞動的人
類的贈品。伊尼亞斯和他的特洛伊人大啖牛脊肉和作為祭品的
內臟。

吃飽喝夠了，伊范德王說道：「這種正常儀式及其禮餐，
和這座尊崇一個強大神力的祭壇，並非一種虛幻迷信，也不是
不顧舊神的心理加諸我們的。特洛伊客人，我們有責任盡這項
新崇拜的義務；因為我們是從極大危險中被拯救出來的人。你
先一看這堵懸崖絕壁，那邊尚有一個被放棄了的獸穴，山上的
落石震開了那結實的建築，造成了極大損害。這裡從前有一岩
洞，深得陽光照不進去。一個可憎的人獸卡克斯⑬住在那洞裡。
他地上經常散溢新鮮血液的腥氣；蒼白得可怕的腐臭人臉嚇人

地懸在洞口。這個怪物的父親是伏爾甘,他移動他那龐大軀體時,口裡冒出他父親的黑色火焰。

「但是時間答應了我們祈求的援助,像答應了別人的一樣,最後來了一位神。來的是那位至高至大的報仇者,赫求力士自己;他來時正值志得意滿的時候,因為他剛殺了三體巨人格瑞昂,奪了他的牛群。他來到我們這裡,趕著一群他搶來的大公牛;牛群就在我們的谷地和河畔放牧。卡克斯醉心病狂,使盡一切絕招兒,無惡不作,從他廄裡偷了四頭又大而漂亮的公牛和四頭特別美的小母牛。他拉住牠們尾巴倒走,拉到他岩洞裡,這樣牠們那倒向的蹄印不致洩露牠們的去向。他把偷來的牛藏在他那山洞的暗處,沒有任何痕迹讓找牛的人找到他山洞裡去。同時,安菲垂昂的兒子赫求力士要把他餵飽了的牛群趕出牛廄,準備離去。牛群走動的時候,他們鳴鳴;樹林和山崗充滿牠們高高的鳴聲。有一頭母牛也在那廣大山洞的深處鳴叫,響應牛群的叫聲;雖然她在嚴密看管之下,可是她破滅了卡克斯的希望。

「這時赫求力士的憤恨火暴成惡毒的黑色狂怒。兩手抓幾件武器,包括他那根沈重的結節棒,他向高山裡的絕壁跑去。在那以前,我們誰也沒有見過卡克斯害怕,眼裡滿是恐懼。可是這時他不假思索,拔腿就跑,比東風還快,跑回他洞裡;恐懼給他腳上添了翅膀。他把自己關起來,弄斷一條鐵鏈放下一塊巨石,那是他用他父親的技能以鐵鏈吊起來的;那樣,石頭塞滿了兩個門柱中間的空隙,誰也不能通過。

「可是,看呀!這位泰倫斯人⑭已經滿腔怒火來到洞口。他審度一切可能的方法,咬牙切齒看看這裡,看看那裡;怒沖

沖地繞阿文蒂納斯山三圈兒，三次想撼動那堵門的巨石，都沒
有成功，三次垂頭喪氣沉到谷地。那岩洞頂上有一燧石尖峰，
高聳孤立，好像周圍的石頭都被斬去了似的；那尖峰是個令人
難忘的東西，正好是食肉鳥築巢的地方。它有些向下坡傾斜，
傾往左邊河的方向。赫求力士從右邊用力推，撼動了些，離了
根，再猛力一推。這一推，推得天上雷鳴，驚得河水跳岸，甚
至倒流。卡克斯的穴巢，他的可怕的城堡，立刻被揭開，所有
蔭僻之處暴露無遺；像是由於某種震動，地殼破裂，露出地下
世界的深處，敞開神們所恨的蒼白帝國，可從上面看見那可怕
的深淵，鬼魂們因陽光衝進而戰慄不止。赫求力士就這樣出其
不意，把卡克斯突然暴露於陽光之下，使他落入自己的石窟陷
阱，發出向未曾有的咆哮。他從上面向他投擊，以各種方式攻
打他，向他投擲乾樹枝和大塊石頭。卡克斯無處可退，口吐濃
煙，看起來很可怕；他把岩洞弄成漆黑一團，黑煙中還夾有火
頭。驕傲的赫求力士忍無可忍，他將身一躍，跳入洞裡最黑的
部分，煙與火最集中的地方。他抓住仍在黑暗中吐其無效煙火
的卡克斯，把他扭成一團，掐住脖子，直到他眼睛突出，喉嚨
失血乾燥。接著，他急忙打開洞門，敞啟黑暗的岩洞。那些被
偷來的牛，卡克斯被迫放棄的贓物，這時重見天日。不成樣子
的卡克斯被拉住腳拖了出來。觀看的人看他看個不夠，他們看
他那可怕的眼睛，他的臉，看這個人獸胸上的硬毛；或看他的
嘴巴，這時不再吐煙火了。

　　那時以來，這個儀式年年舉行，後來的人很快活地紀念這
個日子。最初這個責任落在波蒂俠斯⑮ 身上，後來又落在平納

瑞家⑮ 身上,兩家都是主持赫求力士祭儀的人。波蒂俠斯在這
林中建造祭壇,我們總是稱它為『最偉大的祭壇』,它將是我
們的『最偉大的』,所以,來,諸位青年戰士,把葉冠戴在頭
上,右手舉起酒杯,虔敬地紀念那次光榮事蹟。崇拜這位神祇,
他是我們的也是你們的神,虔誠地獻上祭酒。」說完,他拿起
一個白楊小枝,那樹是赫求力士的聖樹,做成一個葉冠,讓它
那銀青樹葉纏在頭上,並倒垂下來。他兩手捧起祭儀用的木杯。
接著所有人都很快而且高興地奠酒在桌上,並向眾神祈禱。

　　這時黃昏臨近了奧林匹斯的低坡。波蒂俠斯率領諸位祭司
來了。按照習俗,他身穿獸皮,手持火把。大家又開始飲宴;
這次他們自己都有東西帶來,把盛食物的盤子堆在祭壇上。其
次頭戴白楊冠的薩利⑯ 也來圍著祭壇的火唱歌。他們分成兩隊,
一隊年輕的,一隊年老的,以讚美詩祝頌赫求力士的輝煌事功,
唱他最初如何以自己的力量掐死他繼母派來的兩條蟒蛇⑰;如
何打破兩個戰鬥力堅強的城池特洛伊和奧柴利亞⑱;如何完成
了成千的艱巨任務,因為朱諾恨他,所以派定他的命運是要給
歐呂修斯王服務。「哦,不能克服的!你以自己的力量殺死了
生自雲中的兩位一體馬人海萊阿斯和弗拉斯,還有那可怕的克
里特牛和內麥亞岩下的雄獅。你把冥河的水嚇得發抖,還嚇壞
了奧卡斯的守護犬,當他那在他滿地血汗的洞裡躺在被咬過的
骨頭上的時候。什麼奇怪形相也嚇不住你,甚至高大的泰菲阿
斯站起來,手持武器,你也不怕。列納⑲ 的多頭蛇纏住你的時
候,你也並未無計可施。神啊,你真是朱庇特的兒子。你躋身
於諸神之列,使他們的光榮更見明亮!請臨近我們,參加你自

己的神聖祭儀，惠然與我們同在。」

　　他們就這樣以讚美詩歌頌他的事功。最後他們唱卡克斯的岩洞和那個噴火妖怪自己。那和諧的歌聲響徹整片林地，山岡也反應著回聲。祭祠完畢，全體人眾徒步回城。國王年事已高，行動不能自如，伊尼亞斯和他兒子在兩旁服侍他走，同時談論各種事情以減輕路途勞頓。伊尼亞斯驚異地注視他的周遭，對所見一切都感覺興趣，很高興地問起前代人的事跡，並靜聽羅馬城的創建者伊范德王給他解說：這些樹林原係當地的羊人和寧芙聚居的地方，他們是一族生自堅硬樹幹的人，沒有文明可言。他們不知道如何駕牛耕田，也不知道如何生產和貯藏穀物，以備荒年，只以樹上的果實和難得的獵物為生。首先來到他們中間的是從天堂奧林匹斯來的撒騰，他失去了王座，被朱庇特的武器趕出來的。他把原來散居於山巔和鈍於學習的人聯合起來，為他們立法，稱這片土地為「拉丁阿姆」，意即「潛伏」[20]，因為他可安全在這裡藏身。撒騰統治下的那些世紀，盛稱為「黃金世紀」，那是個和平文雅的時期，後來逐漸出現了一個比較差的和晦暗的時代，人貪得無厭，瘋狂地爭戰。後來又來了一夥奧索尼亞人和西坎尼安族人，這時撒騰的土地開始忘掉他的名字。在那以後，有幾位君王，其中之一是暴虐的巨人泰布瑞斯[21]，我們住在義大利的人稱我們的河為泰伯，就是以他的名為名，所以，我們的河失去了真名，在古代，它名叫阿爾布拉。我自己曾被放逐於故鄉之外，走到了海洋盡頭，直到萬能的神和不可逃避的命運把我安置在這裡，我母親寧芙卡曼蒂斯[22] 的可怕警告和阿波羅逼我來的。」

　　說到這裡，他繼續向前走，讓伊尼亞斯先看一個祭壇，繼而看一道門，羅馬人稱它為卡曼蒂斯門，是為紀念寧芙卡曼蒂斯而建的，她是一位女先知，曾首先預言伊尼亞斯子孫的偉大和帕蘭蒂阿姆的盛名。他繼而教伊尼亞斯看一片茂密樹林，有力的羅穆勒斯將會把這裡作為他的「庇護地」，又看一堵陰濕巉崖下的狼洞盧佩卡爾，那是阿卡迪亞人根據律克阿斯的潘㉓這位狼神給它的名稱。他還教他看阿吉勒坦㉔聖林，向他解說客人阿加斯如何死在那裡。從那裡，他引他到塔佩亞㉕的家和克匹托這個地方，現在金碧輝煌，當時卻是一片荒野，遍生樹木和下層矮林。甚至在古代，那個地點就特別凶險可怖，常使鄉下人發生恐懼，那時像現在一樣，人們看見那裡的樹和石就不寒而慄。伊范德繼續說道：「這些遍生樹木的山岡和那枝葉蔥鬱的岡頂，是某種神居住的地方，但不知究竟是什麼神。阿卡迪亞人相信他們常在這裡看見朱庇特右手抖動他那黑色的神盾乙己斯㉖行雲佈雨。在這裡，現在也可以看見兩個城砦的斷垣殘壁；它們是前人的遺墟和紀念物。其中一個城砦是簡納斯父建的，另一個是撒騰建的；因此許久以來前者被稱為簡尼卡拉姆㉗，後者被稱為撒騰尼亞。」說著，他們來到伊范德家，那是一座窮人的房子，到處有牛畜鳴鳴，那裡就是現在的羅馬公會所和漂亮的克瑞內㉘。進了房子後，伊范德說道：「赫求力士勝利的時候也曾低頭進入此門，這座皇家住所可容甚至像他那樣的人。朋友，要有輕視財富的勇氣，善自陶冶，你也可以廁身於神的行列。到窮人家的時候不要苛求。」說著，他引領強大的伊尼亞斯在那座簡陋的房子的斜坡屋頂下走，去看他

的床,那是乾葉堆成的一個臥榻,上面鋪了一張阿非利加熊皮。夜來了,她的黑翼覆蓋大地。

這時維娜斯鑒於勞倫塔姆人的堅決反抗和威脅,她那為母之心生出有其道理的憂懼,因而向伏爾甘求情。她在丈夫的金洞房裡開始懇求時,她把話裡攙入了神聖情愛的氣息。「阿果斯皇子們摧毀特洛伊的防禦和城堡,命運注定那是要為戰爭所破壞、為怒火所焚燬的,我可向來沒有為我的可憐人民向你求過武器或你的權力和技能所能提供的其他協助;因為,親愛的丈夫,我不願你勞而無功,白費力氣,雖然我欠了普利安的兒子們許多情,並時常為伊尼亞斯的痛苦流了眼淚。可是現在由於朱夫的命令,伊尼亞斯已在魯圖利人的國土找到了一個立足之地。所以這次我來向你求個情,請以你的神力給他一副甲 ,這是一個作母親的為她兒子求的。奈魯斯的女兒和泰索諾斯的新婦㉙ 俱曾以眼淚打動過你的心。你看,多少人已集合起來,有多少城池閉門不納,並磨刀相向,要毀滅我的人民!」女神維娜斯這樣說;她丈夫正在猶豫,她以雪白的胳膊摟他這邊,摟他那邊,以愛的擁抱哄勸他。像過去一樣,他立刻著了火;那熟悉的熱力深入他的骨髓,順著那抖顫的骨骼往下沖;像霹靂的閃光有時劃破濃雲。他的伴侶知道這個。她深知自己的可愛,得意於自己的媚力。那老頭兒陷於永不逝去的愛情枷鎖之中,這時答她道:「妳何以舉出那樣遠昔的事作為理由?妳對我的信任哪裡去了,女神?甚至在從前那些日子裡,只要妳的焦慮像現在這樣屬害,我總是毫無差錯地武裝妳的特洛伊人,因為無論萬能之父或命運之神,都沒有說特洛伊和普利安不能

再撐十年。現在倘使妳已有了戰爭準備，並願意戰爭，那麼，凡是我的技藝所能提供的，凡是鐵和熔化的金銀藉爐火的力量所能鑄造出來的——妳不必請求，也不必懷疑妳自己的力量！」說著，他給她以她想要的擁抱；然後，四肢鬆懶舒暢地靠在妻子胸上，安然入睡。

到了下半夜，他第一覺睡夠了，這時正值一個靠紡織和密涅瓦的微薄資助維生的家庭主婦撥起灰燼中的火種，將幾個黑夜時辰添加在她的工作時間內，給她的傭婦們定下漫長的差事，讓她們在燈光下操作，以便她能保障她的婚姻關係的純潔，並養大她幼小的兒子們；在這樣時刻，並以同樣活躍的意志，這位火神從軟和的床上起身，到他的鍛爐房工作。在西西里旁邊艾奧利亞的利巴拉㉚附近，有一個冒煙的岩石島聳峙於海水中，那裡的地下，有通往艾蒂納的岩洞與暗道，原是從事鍛冶的獨目巨靈所開，發著雷鳴樣的怒號，裡面可以聽見沉重的砧聲及其回聲。卡力比㉛鐵在洞裡哧哧作聲，爐內火光熊熊，那島是伏爾甘的家，名字就叫伏爾甘尼亞。

在這個時辰，火神從天上來到這個地方。獨目巨靈正在那個寬大的鍛工房鍛鐵，他們是雷、電、和赤裸的火砧，手裡持有一個已經粗具模型的霹靂，一部分已經明亮完美，其餘的尚未完成；這就是天父從天空的每一部分向世上投擲了許多的那種。他們在那上面裝了三束螺旋雨，三條雨雲，三團紅火，和三陣飛馳的南風。這時他們正在把閃光攙在這些作品裡，這些閃光攜帶著恐怖、隆隆響聲、懼怕，和包在復仇火焰中的激怒。其他巨靈在別處正忙著為瑪爾斯趕造一輛飛輪戰車，他用這樣

的戰車燒死戰士，焚燬整個城池；並趕造一件令人恐怖的乙己斯，以備帕拉斯憤怒時之用，眾獨目巨靈為此競相工作，給金黃蛇鱗以閃閃亮光，以兩條蛇纏在左右兩邊，把戈兒岡頭裝在女神胸間，那頭是從脖子上斬下來的，眼睛仍在轉動。「這些都不要管！」伏爾甘說，「放下你們手上的活兒，諸位艾蒂納的巨靈，仔細聽我說。我們要為一個凡人，一位勇敢戰士，造一副甲冑。現在，你們要拿出所有力氣，你們敏捷的手和所有技能，一會兒也不要耽擱！」他不再多說了。所有獨目巨靈同心協力，分工合作，黽勉從事。青銅和金砂順著導管流，殺傷人的鋼溶化在一個大火爐裡，他們形成了一面巨盾，單獨可抵禦所有拉丁阿姆的標槍羽矢。他們把它的七個層面固結在一起。其他獨目巨靈使起風箱，一抽一推，扇出陣陣強風，有的把哧哧有聲的青銅浸入循環流動的水池，岩洞的地面在大砧底下隆隆搖動作響。他們使盡全力，頓挫有致地揮動胳膊，用火鉗翻動大塊金屬。

倫諾斯島[32] 崇敬的火神在艾奧利亞做這項工作的時候，逐漸強烈的曙光和簷下的鳥鳴促使伊范德離開他的簡陋房子，這位老邁君王起身，穿起短裝，腳上綁一雙埃楚斯卡帶履，一柄特吉亞劍配在肩上，垂在身邊，穿一件豹皮，掛在左臂上。兩隻狗跟他一起，牠們先在他前面跳出前門，後在他身旁跟他一同行走。

他向另一座房子走去，他的客人伊尼亞斯在那裡，因為他是個言而有信的人，記得他們二人間的談話和他的承諾。伊尼亞斯跟他一樣，也清早就起床活動。伊范德的兒子帕拉斯伴他

父親同來，阿克特斯跟伊尼亞斯一起。他們見面握手，悠閒地坐在房屋正中，隨興談話。

國王開口說道：「你是特洛伊領袖中最偉大的，只要你還健在，我決不承認特洛伊帝國和特洛伊人完全落敗。跟那個顯赫的名字相較，我們所能提供的作戰助力是微乎其微的。我們一邊受阻於埃楚斯卡人，另一邊受迫於魯圖利人，隔牆可以聽到他們的兵器相擊聲。雖然如此，我可以為你聯合幾個強大的國家，它們已有現成的軍隊，並且有豐富的資源裝備。」

「這個得救的希望是一個幸運的機會帶來的；你來到這裡，正符合命運的一項要求。離這裡不遠，有一座城池，叫阿蓋拉，它的人民現在仍住在那座古老的山城裡；許久以前，一族律狄亞人，一族優良戰士，來住在埃楚斯卡山裡。阿蓋拉興盛了許多年，直到後來有一位國王麥任俠斯在殘暴武力的基礎上暴虐專制，壓迫人民。我不必細說這位暴君的瘋狂惡毒的殺人行為。願神把他所施諸於人的痛苦將來也施於他自己和他的子孫！他甚至將活人跟死人對面捆住，將活人手跟死人手綁在一起，活人臉跟死人臉綁在一起，真是一種苦刑；就這樣處死了許多人，以如此痛苦的擁抱使人慢慢死，渾身浸透了腐臭。最後，他的臣民不能再忍受這種極端的嗜殺行為，揭竿而起，圍住他的家，殺死他的扈從，焚燬他的房屋。屠殺的時候，麥任俠斯逃到了魯圖利人的境內，得到了他的朋友特恩納斯的武裝保護。為此，全體埃楚斯卡人義憤填膺，他們要求報復，不惜兵戎相見，要對方交還他們的君王，以便處以極刑。伊尼亞斯，我可以使你統率他們的數千之眾，實在說，他們的艦隊已經齊集河畔，急

切嚷著要求進軍的命令。可是一位年老的預言者以命運的預言約束他們。『諸位律狄亞壯士，一個古老民族的勇武英傑，正當的憤怒迫你們以行動對付仇敵，麥任俠斯完全值得你們火暴，可是你們要知道，命運注定不能由一個義大利人來統治一個像你們這樣的國家，所以你們必須選擇一個外邦領袖。』埃楚斯卡軍旅凜懼於這項神聖警告，像從前一樣，屯軍在平原上。塔賞㉞親自派使節來，帶著他的王國的皇冠權杖，因為他想把這些國寶交給我，要我加入他的陣營，即埃楚斯卡王位。只是我年事已高，行動遲緩，我的餘年不能有何貢獻，體力不似當年勇武，不堪重任，我可以督促我的兒子接受，可惜他是混血兒，他母親是塞班人。可是由於你的年紀和身世，你當是命運屬意的人。你是特洛伊人和義大利人最勇武的指揮官，命運所要的就是你。負起你的責任吧。除此之外，我還派帕拉斯跟隨你，他是我唯一的希望和安慰。讓他在你指導下習慣在瑪爾斯的悽慘工作中經歷艱苦的戰鬥；讓他親歷你的戰績；從少年起就惟你馬首是瞻。我將撥給他兩百名阿卡迪亞騎兵，我族的精壯部隊，帕拉斯將以他的名義撥給你同樣數目的隊伍。』

　　他剛剛說完，安契西斯的兒子伊尼亞斯跟忠實的阿克特斯還坐在那裡低著頭，黯然想著一連串麻煩問題，維娜斯親自來在晴天裡顯靈了。突然間，天上電光閃閃，雷聲隆隆，像整個天要塌下來似的，清亮的埃楚斯卡號聲彷彿響徹全境。他們仰頭上望，那巨大聲音一再響個不停。接著空中的晴明部分有武器透過雲層，在明朗的空中發著紅光，玎玎璫璫像是在打鬥。別人站在那兒張口結舌，不知所措，特洛伊的英雄認識那聲音

原是他女神母親的承諾。他說道：「啊，陌生朋友，用不著查究這奇蹟主何吉凶。這是奧林匹斯在召喚我呀。我的女神母親先前告訴我，假如有發生戰爭的危險，她就給我這個朕兆，並從空中送來伏爾甘製作的甲冑幫助我。哦，可憐啊，可憐的勞倫塔姆人將遭遇如此可怕的殺戮！特恩納斯，你的報應將多麼可怕啊！泰伯河，多少英勇戰士，多少盔甲將隨你的水波滾流下去！讓他們破壞條約吧！讓他們堅決主戰吧！」

說著，他離開那高座，站起來，先去撥弄祭壇上赫求力士聖火的餘燼，繼而高高興興去到昨天祭過的家神所在的家爐那裡。接著伊范德和特洛伊戰士們同樣都選兩歲的綿羊為祭。祭畢，伊尼亞斯走回船上看他的夥伴，從他們中間挑選些最英勇的隨他去遊說戰爭。其餘的人輕輕鬆鬆順流而下，回去告訴阿斯堪尼斯他父親的消息和已經發生的一切。其次，他們給這夥特洛伊人牽來馬匹，這時他們就要啟程往埃楚斯卡人那裡去，他們特別為伊尼亞斯選了一匹馬，馬身上穿著紅褐色獅皮，獅皮邊的金爪發著亮光。

這時突然間謠言滿城飛，說騎兵隊正在向埃楚斯卡王的宮殿行進，母親們膽戰心驚，加倍用力祈禱；危險隨恐懼而來；瑪爾斯的形象較以前顯得高大。伊范德抓住他行將離去的兒子的右手，貼住他身子，忍不住哭道：「哦，倘使朱庇特使我回到過去的歲月，使我像當年在普瑞奈斯堆城下那樣，那時我擊敗了他們整個前線的軍隊，燒燬了敵人成堆的盾牌，就用這隻手殺死了厄魯拉斯王！厄魯拉斯㉟生下來的時候，故事很離奇，他母親菲朗尼亞給他三條命，他可使用三套武器，必須被殺死

三次。可是那時我這隻手殺了他三次，三次剝了他的甲冑。我
倘使現在像那時那樣，兒啊，我決不會離開你那愛的懷抱，麥
任俠斯也決不會殘殺他城裡這樣多的男丁，肆無忌憚，好像我
已不住在他鄰境似的。可是你，天上的神祇，還有你朱庇特，
神中至高至上的，求你慈悲阿卡迪亞人的君王，聽一個為人父
者的祈禱。假如你們和命運之神的意思是要使帕拉斯安全無恙，
為我而保全他，假如我確切知道還能活著見他，那麼，我只求
你們一件事，讓我活下去；我願意忍受可能降在我身上的災禍。
可是命運之神，假如你要給我兒子以某種說不得的患難，那末，
趁現在我的焦慮尚屬可疑的時候，我對未來的期望尚未確定的
時候，我仍然擁抱著我的兒子，我晚年惟一的樂趣的時候，就
讓我擺脫這殘酷的人生，以免任何噩耗傷我的心。」

　　伊范德臨別的時候就這樣衷心祈禱著。接著他忽然暈過去，
僕從們把他攙進房裡去。

　　這時騎兵隊已出了城門。最前面走的是伊尼亞斯和忠貞的
阿克特斯，他們後面是其他特洛伊顯貴。帕拉斯在隊伍正中，
他的披風和甲冑顏色鮮明，惹人注目，他像一顆金星，維娜斯
愛他甚於其他一切星座，當他自海中出浴，把他那神聖面孔升
入天空迅速驅散黑暗的時候。母親們戰戰兢兢站在城牆上，凝
視著部隊的銅甲閃光和一團塵煙。這支武裝隊伍穿行於下層草
樹之間，採取最直接途徑向目的地進發。他們發一聲喊，形成
行列，馬蹄聲震撼著大地和塵土。離克爾㊱的清冽河流不遠，
有一大片樹林，向來為周圍廣大地區的人民所崇拜畏懼，彎彎
曲曲遍生黑松的山岡圍繞著這片樹林。古代的佩拉斯基人㊲是

最先來住在拉丁地面的，他們把這片樹林尊為聖林，用這片聖
林和一個節日祭祀農田和耕牛之神西爾范納斯⑱。離這裡不遠，
塔賞和他的埃楚斯卡部隊把守著一個天然防禦陣地，從一個高
山上可以看見他的全部隊伍部署在一大片土地上。伊尼亞斯隊
長和他的精壯戰士直去到那營地，他們已走得人困馬乏，停下
來歇息。

　　這時維娜斯帶著她的贈品自天而降，從天空她周圍的雲中
閃著她的神性。她可以看見遠處的伊尼亞斯在清冽的河水那邊，
退入一個閑靜的谷裡。她一直去到他跟前，向他說道：「看！
我丈夫應允給你的贈品已經做成了，你可以毫不猶豫地去戰任
何一個狂妄自大的勞倫塔姆人，甚至可以戰火暴的特恩納斯自
己。」女神說著，叫她兒子擁抱她。她把那光亮的甲冑放在他
面前一棵橡樹下。他對這件贈品及其所含的尊榮很是高興；欣
喜地審視每件東西，看個不停。他把它們捧在兩手中間，放在
臂上，翻來覆去看；那頭盔，可怕的盔纓射著火光；那寶劍，
碰著就沒了性命；那結實血紅的青銅胸甲，大得像一團暗灰色
的雲，太陽照住的時候，開始閃亮，光芒反射遠遠，那光亮的
脛甲，是多次煉治的金合銀製成的；那根長槍，以及那面盾牌，
它的質地無法形容。

　　火神在那面盾牌上打造出義大利的未來和羅馬的歷次勝利，
因為他聽說過那些預言，知道未來的事情；他將阿斯堪尼斯一
脈以降的歷代後裔及他們先後進行的戰爭都刻畫進來。他也打
造了那個狼的故事，生產後的母狼伸展軀體，躺在青綠的瑪爾
斯洞的地上，兩個男嬰在她身邊玩耍，不離她的乳房，毫無畏

懼地吸吮他們義母的乳頭,而她卻抬起光滑的頸頸輪流愛撫他們,把他們的四肢舐整齊。在他們附近,火神繪出羅馬本身,以及馬戲團正在表演的時候,人們不顧傳統法則,將所有塞班婦女迅速搶走,接著,羅穆勒斯的人與老年的泰俠斯及其庫瑞斯的嚴肅人民之間突然發生新的戰爭㊴;後來,這兩位君王又站在一起,這時不再爭戰,卻端著酒碗在全副武裝的約夫的祭壇前,獻上母豬為祭品,締結和約。緊接這幅畫面,是麥塔斯㊵,被四匹跑馬分裂而死;啊!這位阿爾巴人,你應該守信啊!圖拉斯拖著這位說謊的君王的剩餘屍體穿林而去,血液洒在荊棘上。波森納㊶也在那裡,要羅馬迎回被放逐的塔昆,對羅馬城實行了可怕的包圍;另一方面,伊尼亞斯的後代子孫在拋頭顱,赴湯火,衛護自由。波森納又出現了,這回他活活地像一個暴怒和可怕的君主,他生氣是因為考克勒斯㊷竟敢拆掉了橋,也因為那位女子克盧利亞㊸竟越獄,泅水而逃。

　　盾的上端,有塔佩㊹城堡的守護者曼利阿斯㊺在廟前他的崗位上,保衛那崇高的克匹托;下端有羅穆勒斯的茅屋,新用硬草蓋了房頂。克匹托上有一隻銀鵝突然自金製柱廊間飛起,警告說高盧人已逼到門口。他們趁夜色黑暗,匍匐爬行於矮林中,即將兵臨城堡。他們金髮金裳,披著光亮的條紋外氅,乳白的頸子帶著金項鍊。每人手執兩桿短短的阿爾卑斯槍,攜一長盾以保護身體。其次,伏爾甘也鑄出跳躍的薩利和裸體的盧佩西㊻;有木帽和天上掉下來的盾牌。還有貞節的母親們坐在軟墊的車上捧著宗教的聖物在羅馬街道遊行。在距離這些景象相當遠的地方,火神繪出普路托的高門,以及住在塔塔拉斯的

人和對他們的罪惡的懲罰；在那裡，克帝利尼⑰ 吊在一個搖搖欲傾的岩崖上，眼看著復仇三女神的臉，轂觫不已；另一個地方是些正義的人，和他們的立法者凱圖。在這兩種畫面中間，是一大片金質大海，惟水面是藍色的，有白浪滔滔，水裡有環游的海豚，亮得閃著銀光，出沒於浪波中，牠們的尾巴掃著水面。

盾的中央，可以看見青銅包頭的艦隊在阿克坦作戰。整個柳卡塔灣⑱ 呈現在眼前，人們急急忙忙排成陣勢；波浪發出金光。一邊是奧古斯都・凱撒率領義大利人赴戰，跟他一起的是元老院的議員和民眾，家神和民族大神。他站在高高的後甲板上，眉宇間射出兩道精光，頭上閃耀著他父親的朱利安星。在另一個地方，阿格瑞帕⑲，有風與神的協助，率領他的高大艦隊，頭戴飾有船首的海軍冠，標示崇高的官階。與他們對峙的是安東尼，他船上有埃及人、和東方直到巴克特里亞⑳ 的全部勢力；身旁有遠東的財富和不同形式的武器，他征服了東方和紅海沿岸的國家，乘勝而來，可是真可恥！後面跟了一個埃及妻子。雙方的船都以高速度相向合攏。槳往後划，和三頭船首在整片海水上攪起一片白沫。各艦都駛向開闊海面。彷彿西克勒底斯㉑ 群島都被連根拔起漂在海上，又像高山撞住高山，進攻的高船就是這樣龐大。手擲的火把彼來此去，鐵簇的箭桿到處亂飛。鮮血染紅了奈普頓的海面。居中的埃及女王搖動手裡的小鼓催促她的艦隊；這時還沒有想到命運為她準備的那一對毒蛇。她的神是些各種各樣的可怕形象，甚至有個作犬吠的狗頭神安努比斯㉒，他們以武器攻擊奈普頓，維娜斯，以及密涅瓦自己。在戰爭中間，身穿鋼甲的瑪爾斯和滿面怒容的復仇三

女神自天上放出他們的狠勁；撕破了衣衫的糾紛女神高興地大踏步前進，後面跟著女戰神貝洛納㊝，手持玷染血汙的鞭子。可是阿克坦的阿波羅看見了這景象，在高處有利的地點已經在張弓待射。每個埃及人，印度人，阿拉伯人，和所有希巴的軍隊，都害怕起來，正要轉身逃跑。女王自己這時正在祈禱順風，張起船帆。火神描繪她在殺砍中趁西北風破浪飛逃，面色蒼白得像垂死的人。她面前的尼羅河，全程悲悲切切，敞開衣襟，把戰敗者納入他那綠波和避難所的胸懷。

其次出現了奧古斯都凱撒，三重勝利地馳經羅馬的建築物，向義大利神祇鄭重宣誓，要在城裡建三百座大廟。全城的人都歡呼祝賀，高聲喝采。每座廟裡都有婦女跳舞，祭壇上都有供品，祭壇前躺著宰好的牛。奧古斯都凱撒自己坐在明亮的阿波羅雪白門廊裡，檢視各國的貢品，把它們掛在堂皇的柱上。俘虜們魚貫而入，他們的服飾，武器，和語言，都互不相同。伏爾甘打造了他們；這裡是努米狄安部落，那裡是穿長衫的阿非利加人；這裡是利里吉斯人和克瑞安人㊾，那裡是帶箭的格洛尼人㊿。幼發拉底河可以看見，這時它流得比較恭順。摩倫尼人㊱也在這裡，他們是最邊遠的人，還有雙角的萊茵河，尚未被征服的塞西亞人㊲，和新近被架橋而不甘的阿拉克西斯河㊳。

伊尼亞斯驚異地看著伏爾甘打造而他母親給他的這面盾牌上的景物。他對這些事毫不知情，可是看了盾上的刻畫，仍然樂趣盎然，當他把他後代子孫的光榮和命運披在肩上的時候。

譯 註

①范紐拉斯（Venulus）：義大利人，特恩納斯派往迪奧麥德斯那裡的使者。

②阿卡迪亞（Arcadia）：古希臘培洛奔尼撒中部山區，因以農牧為主，又與外界多隔，希臘、羅馬與文藝復興以下的西方作家每每將此地想像成樂土天堂。

③伊范德（Evander）：墨丘利與寧芙卡曼蒂斯（Carmentis）的兒子，阿卡迪亞王。早在特洛伊陷落前，他就來到泰伯河畔建立殖民地。他兒子帕拉斯幫助伊尼亞斯。

④帕蘭蒂阿姆（Pallanteum）：阿卡迪亞一城，伊范德的老家；及伊范德在義大利帕拉坦山（Palatine Hill）上所建之城，那裡就是未來的羅馬。

⑤安菲垂昂（Amphitryon）：赫求力士的父親。

⑥阿楚斯（Atreus）：邁錫尼王，阿格曼農和米奈勞斯的父親。

⑦見第一章註㊿。

⑧伊萊克屈阿（Electra）：阿特拉斯的女兒，金牛宮七星之一。宙斯追求她，她因此生下達丹納斯。

⑨見第一章註㊰。

⑩道尼亞人（Daunians）：特恩納斯的父親為道納斯（Daunus），「道尼亞」是其形容詞，因此，當名詞用，就是魯圖利人。

⑪赫西昂妮（Hesione）：洛麥敦的女兒。赫求力士救下她的性命（見第三章註㉔），把她給他的隨從特拉蒙為妻，生子埃傑克斯。

⑫菲內奧斯（Pheneos）：阿卡迪亞一城。

⑬卡克斯（Cacus）：伏爾甘的兒子，噴火巨靈，為赫求力士所殺。

⑭泰倫斯人（Tirynthian）：赫求力士的稱謂。得自阿果斯附近之城泰倫斯（Tiryns）。赫求力士的母親是泰倫斯君王的女兒。

⑮波蒂俠斯（Potitius）：兩個在羅馬主持赫求力士祭儀的家族之一。

另一個家族為平納瑞（Pinarii）。

⑯薩利（Salii）：意為「跳躍者」，古代羅馬祭司團成員，他們的儀式中有唱歌跳舞。他們主要是戰神瑪爾斯的祭司，惟味吉爾有證據證明他們也參加赫求力士的祭儀。

⑰赫求力士之父安菲垂昂遠行，返家前夕，宙斯變成他的模樣與他妻子過夜（有人說，安菲垂昂回來那晚，她與他以及化成他模樣的宙斯過了夜）。其妻生了雙胞胎，一神一凡。宙斯之妻派兩條蛇來害他們，八或十月大小的赫求力士將它們活活掐死，於是他證明是神子。

⑱奧柴利亞（Oechalia）：希臘一城，為赫求力士所毀。

⑲海萊阿斯（Hylaeus）：一個馬人。弗拉斯（Pholus）：(1)一個馬人，(2)一特洛伊人。內麥亞（Nemea）：希臘城池，赫求力士在其附近殺一雄獅。泰菲阿斯見第一章註㊷。列納，見第六章註⑯。

⑳拉丁文字根為Latent，Lateo。今日英文亦作Latent（潛伏、藏匿）。

㉑泰布瑞斯（Thybris）：義大利古代君王，著名強盜，戰死在一河畔，那河即取名泰伯。

㉒卡曼蒂斯（Carmentis）：伊范德的母親，是能預知未來的寧芙。

㉓盧佩卡爾（Lupercal）：源於拉丁字lupus（狼），與一個護羊禦狼之神，以及哺育羅穆勒斯兄弟的那隻母狼有關係。律克阿斯（Lycaeus）：在阿卡迪亞，朱庇特與牧羊神的聖山。潘（Pan）：阿卡迪亞的牧神。

㉔阿吉勒坦（Argiletum）：羅馬一區，近公會所（Forum），意為「阿加斯之死」，伊范德的客人阿加斯（非註㉚的阿加斯）在此被處死。後來這裡是書商聚集地。

㉕塔佩亞（Tarpeia）：一個羅馬少女，見下文註㊹。

㉖乙己斯（Aegis）：宙斯所用神盾或胸甲，能令敵人驚恐而癱瘓。有時借給雅典娜或阿波羅。

㉗簡尼卡拉姆（Janiculum）：隔泰伯河從西北方與羅馬遙對的一座山頭。

㉘克瑞內（Carinae）：共和政體末年起羅馬的上流社會區。西塞羅、

龐貝、安東尼都曾住過這裡。

㉙奈魯斯的女兒：即阿基里斯的母親塞蒂斯。泰索諾斯的新婦：即黎明女神奧蘿拉，見第四章註㉘。

㉚利帕拉（Lipara）西西里東北部群島中的一個小火山島。

㉛卡力比人（Chalybes）：住在黑海南岸的一個部落，以鐵工著名。

㉜倫諾斯（Lemnos）：愛琴海北部一島。伏爾甘因為生來跛腳，朱庇特不堪而把他從天上扔下來。一說朱庇特有一次懲罰他母親朱諾，他趕去援救，被他父親扔下來，跌成跛腳。他掉在倫諾斯，在此受照顧，因此鍾愛此島，此島也變成崇拜他的一大中心。

㉝特吉亞（Tegea）：阿卡迪亞古代重要城市，常與斯巴達發生衝突。現代名稱是皮亞里（Piali）。

㉞塔賞（Tarchon）：埃楚斯卡人。阿蓋拉人的領袖，與第六章註㊺的塔昆家族可能有關係。

㉟厄魯拉斯（Erulus）：一個女神的超人兒子。

㊱克爾（Caere）：羅馬西北，埃楚斯卡人城池，為宗教中心。

㊲佩拉斯基人（Pelasgians）：公元前十二世紀以前希臘的原住民，使用的不是希臘語；可能是由北方進入希臘。有人認為也是義大利的原始居民。

㊳西爾范納斯（Silvanus）：聖林、神木的觀念，舉世皆有。西爾范納斯是羅馬的農業與森林之神。本來保護屯墾移民地帶周圍林地，在人居範圍擴大之後，變成牧場、公園、花園之神。常被視同職司森林、保護牧人的牧神潘（Pan）。

㊴羅馬人與塞班人之事，請看第七章註⑬。

㊵麥塔斯（Mettus）：阿爾巴·朗卡的拉丁首領。因背叛羅馬第三任國王圖拉斯，被車裂而死。

㊶波森納（Porsenna）：埃楚斯卡人的君王。他進軍羅馬，企圖恢復被羅馬人驅逐的塔昆的王位。

㊷考克勒斯（Cocles）：公元前六世紀末葉羅馬傳奇人物霍瑞俠斯（Horatius）的綽號，意即「獨眼龍」。霍瑞俠斯隻身抵抗波森納

於泰伯河岸，俟其部隊將河上木橋毀掉後，始泅水回城。

㊸克盧利亞（Cloelia）：羅馬女子，在波森納之處當人質，泅水渡泰伯河逃回羅馬。

㊹塔佩亞（Tarpeia）：侍奉女灶神的處女。羅穆勒斯在位時，她父親鎮守羅馬內堡，接受塞班人賄賂，讓他們進堡，代價是他們把「左臂配戴之物」（她意指金鐲子）給她。他們進堡之後，用盾牌打死她（盾牌也是用左臂配戴之物）。

㊺曼利阿斯（Manlius）：公元前390年高盧人侵犯羅馬，他保衛了朱庇特廟和羅穆勒斯住宅所在的內堡區。神鵝的鳴聲警告他敵人夜襲。

㊻盧佩西（Luperci）：盧佩卡爾見本章註㉓的神的祭司。古羅馬每年二月十五日由他們主持盧佩卡利亞儀式（Lupercalia），是一種修潔禮和豐產儀式。

㊼克帝利尼（Catiline）：羅馬貴族，幾次未能當選執政官，於公元前63年圖謀造反，參與者被西塞羅（Cicero）下令處死，克帝利尼自己則拒捕而戰死。

㊽阿克坦與柳卡塔，見第三章註㉗與㉘。

㊾阿格瑞帕（Agrippa Marcus Vipsanius, 63? B.C. -12 B. C.）：在阿克坦之役中擔任屋大維的艦隊司令，擊敗安東尼。在奧古斯都手下，平亂、拓土、建設、出鎮封疆，功績顯赫。著名的萬神殿（Pantheon）即由他主持建成。他是卡里古拉（Caligula）的父親，尼洛（Nero）的祖父。

㊿巴克特里亞（Bactria）：興都庫什山與阿姆河之間的中亞古國，占有當今阿富汗北部及俄屬烏茲別克斯坦與塔吉克斯坦部分地區，被亞歷山大大帝征服前後，皆有其強大時期。即《史記》所說「在大宛西南二千里」的「大夏」。

51西克勒底斯（Cyclades）：愛琴海中德洛斯周圍的群島。

52安努比斯（Anubis）：埃及的人身狗頭神像。

53貝洛納（Bellona.）：女戰神。

54利里吉斯人（Lelegees）：希臘最早居民之一，分布於愛琴海諸島，

然後退回小亞細亞大陸，稱為克瑞安人（Carians）。這二族關係甚密，西方史學之父希羅多德（Herodotus）說，克瑞安人退回小亞細亞大陸以前，稱為利里吉斯人。這二族的確實身分一直不清楚，但論者大致認為他們起源於亞洲，使用的語言不屬於印歐語系。

(55)格洛尼人（Gelonians）：俄羅斯南部一個部族。

(56)摩倫尼人（Moroni）：古代凱爾特族（Celts），在凱撒征服高盧人時，居住於塞納河（Seine）與萊茵河之間的西北部。正史上最後一次提到他們，是說他們在公元前33與30年反叛羅馬。

(57)塞西亞人（Scythians）：中亞游牧民族，公元前八至七世紀移居黑海北部與東北部，驍勇善戰，是最早精於騎術的民族之一，亦有相當高度的文明。

(58)阿拉克西斯河（Araxes）：此為希臘名，今稱阿拉斯河（Aras），發源於土耳其東部，注入裏海。

九、特洛伊營地被圍

　　這些事發生在一個偏遠地方的時候，撒騰尼亞的朱諾派彩虹女神愛瑞斯從天上去到火暴的特恩納斯那裡。特恩納斯坐在他祖先皮蘭納斯①的聖林裡，在一個祭神的谿谷休息。陶瑪斯②的女神到他面前輕啟朱唇說道：「你看，特恩納斯，往前流的時間給你帶來了一項不求自來的好福氣，這樣的福氣縱使你苦苦要求，眾神也不敢答應給你。伊尼亞斯離開了他的居留地，以及他的夥伴和艦隊，正在前往伊范德家的途中，就是他的權力基地帕拉坦山。他還不以這為滿意，竟一直去到最遠的科瑞薩斯城，去連結鄉下人，現在他已有一支武裝的律狄亞隊伍。你此刻還在猶豫什麼？現在正是秣馬厲兵的時候。破除一切障礙，去突襲他們的營地，一舉占領它。」愛瑞斯這樣說了，平展雙翼，縱入天空，在雲前劃出一道長虹。那青年皇子認識她。他伸手向天，在她迅速飛去的時候向她喊道：「愛瑞斯，上天的榮耀，是誰派妳從雲中飛來地上送信給我？為什麼在光天化日下有這突如其來的光明？我看見天幕在正中揭開，眾星在天頂游離。無論妳是誰，妳叫我執戈赴戰，我就聽從妳有力的號

召。」說了他心裡的話以後，他去到水邊，掬起一捧漩流的河水，向眾神作長時祈禱，並望天起誓。

他的全部隊伍，許多馬匹和許多綉花外氅與金飾，越過開闊的平原。麥薩帕斯為前驅，特拉斯的青年兒子們斷後；特恩納斯為最高統帥，他在部隊正中，〔比別人高一頭，手執武器，來往走動。〕這支隊伍的行進像漲水的恆河靜靜地、深深地順著七條平靜的河道流，或像尼羅河從兩岸外的平地縮回它使田肥沃的水，匯回到自己的河床內。這時，守望的特洛伊人看見遠處塵烟滾滾，遮徧平原。第一個高喊報警的是克卡斯，他正在一堵面對敵人的防禦牆上：「同胞們，那一團滾滾黑烟是什麼呀？快來喲，拿起刀劍和槍箭上牆來喲，嗬！敵人已到了門前了！」特洛伊人高聲喊著，各找隱蔽，都退入寨門，守住壁壘；因為他們的聰明領袖伊尼亞斯臨去時曾警告他們，說在他外出的時候如有變故，不要冒險出戰，要守住營地，躲在土牆後面。是以雖然恥與怒慫恿他們出去與敵人周旋，他們終於聽從命令，閉住寨門，在寨內武裝等待。

特恩納斯的隊伍緩緩前進，他自己一馬當先，身旁有二十個精選騎士。他以驚人的速度衝到敵人營地，騎著一匹毛色雜駁的色雷斯馬，頭戴一頂有紅羽纓的金盔。「青年戰士們，」他喊道，「你們誰願跟我一起先向敵人進攻？因為，你們看！」說著把長槍投入空中旋轉，首啟戰釁。他高高地騎在馬上，進入戰場。他的隨從們吶聲喊隨他前進，喊著令人驚駭的口號。他們吃驚於特洛伊人表面上的怯懦，因為他們不像男子漢般手執武器，冒險來到戰場上公平打鬥，卻牢守著營地。特恩納斯

憤怒地繞營地旋轉，一時向左，一時向右，要找個進口，可是
沒有。像一條狼在一個擠滿了羊的羊圈外等待，對著羊圈高聲
怒嗥，在黑暗的子夜忍受風雨的打擊，而羊羔們繼續不斷地咩
鳴，躲在牠們母親腹下安全無恙；他卻兇惡暴怒，向得不到的
獵物發洩怒忿，因為他那乾燥而未得飲血的嘴巴和長時間的飢
餓使牠不能安寧；這位魯圖利人的怒忿就是這樣，他看著那圍
牆和營地，氣得發火，怒忿燒熱他的堅硬骨頭，他想著如何進
入圍牆裡的營砦，把他們趕到平原上。最後，他攻擊那躲在營
地脇下的艦隊，那兒一面有土牆庇護，一面臨河。特恩納斯叫
他的歡躍的夥伴們拿火來。在一陣狂熱之下，他緊握一把熊熊
的松木火炬。他的士兵受了他的強力鼓舞，都熱切工作著。每
人就近偷得火種，持一根冒黑烟的火炬。冒煙的松木，黑煙中
吐出火苗，伏爾甘把混合的煙與火送入雲天。

　　什麼神使那瘋狂的火焰偏離特洛伊人？是誰驅那可怕的火
離開他們的船隻？告訴我，詩歌的神。這件事古人相信屬實，
對它的記憶永不磨滅。

　　伊尼亞斯在弗呂吉亞的愛達山開始組織艦隊，準備航行於
深海上的時候，貝瑞辛莎斯③的聖女，眾神之母，據說曾親自
向至高的朱夫呼籲道：「兒啊，你現在是奧林匹斯之主。所以
請你聽從為母的祈禱，答應她對你的請求。從前我有一片松林，
許多年來我都在愛它；它位於我的要塞的頂峰，黑松與楓木遮
天蔽日；人們把供品送到那裡。當那位青年達丹人需要一隻艦
隊的時候，我樂於把我的樹給他。可是現在焦慮和恐懼折磨我。
請你釋除我的驚懼，讓為母的祈禱有力量使那些船不被征服，

不為海浪或疾風所粉碎。那些樹是生在我的山上的，讓這一點對他們有所裨益吧。」她那運轉天空星宿的兒子答她道：「母親，妳要請命運之神擔負什麼任務啊？妳為妳的船要求的是什麼？凡人造的龍骨要有神的特權嗎？妳要使伊尼亞斯安全度過路上的一切危險嗎？什麼神有這樣權柄？這是不可以的。不過，等有一天他們到了旅途終點，安全抵達義大利的海港，那時，凡是捱過風浪把這位達丹皇子送到勞倫塔姆田野的船，我都要除去它們不能免死的形貌，使它們像女神般永遠活在廣大的海上，像奈瑞艾茲多托和加拉蒂④ 出沒洋面，胸分泡沫。」他這樣說了；指著他冥河⑤ 兄弟的水，那漆黑的水浪和兩岸中間的黑淵，點頭承認。他一點頭，整個奧林匹斯山都在震搖。

　　現在因為命運之神已經結束了命定的時間，允許的日子已經到了。特恩納斯要焚熾那些神聖船隻的居心，驚醒了那偉大的聖母，使她起而衛護那些船免遭火災。忽然間，一道奇異的新光在人們眼前閃亮，一大朵雲出現了，愛達山的跳躍隊伍跟這朵雲自東方划過天空湧來。接著一個可怕的聲音發自空中，特洛伊人和魯圖利人的陣線都能聽見。「害怕的特洛伊人，不要急著保衛我的船隻，也不必拿起武器。特恩納斯得先有能力焚熾整個海洋，然後才燒得掉這些神聖的松木板。至於你們這些船，去吧，自由去吧，海上的女神們，妳們的母親在吩咐妳們。」倏然間，每隻船的船尾都掙斷了纜索，船頭潛入海底，像海豚一般。一群少女從水裡出現了，奇異的景象！她們的數目與那些有青銅包頭，先前安放在沙灘上的船數目相等；她們在海面游泳。

　　在這情形之下，魯圖利人覺得他們的興頭癱軟了。麥薩帕斯自己大驚失色，他的馬隊恐慌起來。甚至泰伯河也停止滔滔流聲，害怕得急忙倒返流向。可是火爆的特恩納斯，信心永不衰敗，他向他的人呼籲，鼓舞他們的精神，實在是在責備他們：

　　「這個奇蹟威脅的是特洛伊人。因為朱庇特拿去了他們主要倚恃的幫助。他們的船隻甚至不等魯圖利人用武器、不等魯圖利人用火炬，就自己沉沒。是以他們不能再到海上，沒有逃生的希望了。半個世界已經逸出他們能及的範圍之外，陸地則在我們控制之下，因為成千的義大利人現在都已武裝起來了。弗呂吉亞人可以自詡有命運的神諭相助，可是這些事我不怕。維娜斯和命運的要求都已經實現，因為特洛伊人已經到達肥沃義大利的農田了。再說，我也有我的命運；命運決定要我用自己的槍刀連根斬除這夥偷了我新婦的罪犯。不只是阿楚斯的兒子們有過那痛苦的經驗⑥，不光是邁錫尼才有權拿起武器。特洛伊人也許會說他們一次亡國滅種就夠了，我的回答是那麼一次犯罪不也夠了嗎？他們不必向世上每個女人發洩他們的深仇大恨。現在他們卻仗恃那衛牆和那很難保護他們性命的壕溝而膽壯。可是他們沒看見奈普頓親手築的特洛伊城牆被焚燼嗎？現在，夥友們，我的精銳部隊，你們誰準備以兵刃摧毀這衛牆？誰來跟我一起進攻他們驚恐的營地？我不需要伏爾甘的甲冑和成千戰船來戰這些特洛伊人。是的，所有埃楚斯卡人都來參加他們的行列，壯大他們的隊伍吧。他們不用害怕有人懦弱地乘夜偷去他們的護符，屠殺他們城樓上的衛兵。我們也不藏在馬腹裡令人看不見。天明的時候，我公開決定要火燒他們的衛牆；

不久我就要使他們承認，他們要應付的可不是達南人，不只是赫克特阻擋了十年的希臘青年。不過，在目前，戰士們，天候已經不早了，在剩餘的時間裡，請大家安歇，以今天的成就自喜，明天一定要有打鬥。」

這時麥薩帕斯受命指派崗哨，防堵寨門，在寨牆周圍佈置營火。接著又選了十四個魯圖利人巡邏並監視寨牆，他們每人率領一百名武裝戰士，戰士們頭盔的紅羽纓，發著金光。眾人都急忙去到自己的崗位，有的輪流換崗，有的躺在草地上飲酒，微傾青銅調和碗，倒出酒來。那一圈兒營火燒得明亮，人們徹夜不眠，賭博娛樂。

特洛伊人站在高處，全副武裝，從寨上注視一切。他們也戰戰兢兢視察寨門，帶著武器修補雉堞和交通橋樑。姆奈修斯與活力充沛的塞雷斯塔斯負責指揮，他們的首領伊尼亞斯指派他們負責管理戰士並指導戰略，倘使在他外出的時候他們遇到意外的威脅。全體戰士沿著寨牆露營，抽籤決定誰去守危險崗位，每人都善盡職責，把守他被派防衛的那部分前線。

海塔克斯的兒子尼薩斯[7]，一個勇悍的戰士，把守著一道寨門。女獵人愛達[8]派他跟伊尼亞斯同來；他的槍法箭法都很迅速。跟他一起的是他朋友尤瑞亞拉斯[9]，在伊尼亞斯部下穿特洛伊甲冑的人中，沒有人比他更漂亮了；他是個少年，還沒有開始刮髭鬚的臉露出青年的氣息。這兩人交誼深厚，是分不開的戰友；這次他們自然是在同一個崗位上把守一道寨門。尼薩斯這時說道：「是神把這種求戰的熱忱放在我們心裡的嗎？還是我們把自己這壓倒一切的衝動歸諸於神？以我自己而論，

我很不耐這平安的寧靜，早就在想衝到戰爭中，或其他轟轟烈烈的冒險中去，你看，這些魯圖利人由於相信自己的優勢而多麼疏忽啊。他們的營火只稀稀疏疏地亮著。酒醉倒了他們；他們躺在地上酣睡，整片營地寂然無聲。這可能使你想到我心裡正在盤算的計畫。我們的國人，長老們和士兵們，都堅持要喚回伊尼亞斯，必須派人去告訴他這裡的情形。假如他們願意把我要求的獎賞賜給你，我自己只要這件事的榮譽，那我相信我可以取道那廂的山腳去到帕蘭蒂阿姆城下。」

尤瑞亞拉斯吃了一驚，並表示異議。他渴望榮耀，志氣洋洋，立時答他的火爆朋友道：「你是說你不要我在你身邊作你的英雄業蹟的戰友嗎？我會讓你一人去冒這樣大危險嗎？我的父親，久經陣仗的奧菲爾特斯⑩，當特洛伊困苦時期在阿果斯人散佈的恐怖中把我養大，他可不是這樣教我的，這也不是我在你身旁作戰的精神，當我追隨果敢的伊尼亞斯，承當命運的一切作弄的時候。我的脾氣是輕視生命之光，認為拿生命換你要取得的榮耀，是一個低廉的代價。」尼薩斯答他道：「這一點，我對你從來沒有懷疑；要是有，將是一項罪過。我但願我同樣確定，那至高無上的朱庇特，或無論我們以什麼名字稱呼那位以公平眼光觀看我們的業蹟的神，會讓我建功得勝，平安回來你身邊。但是倘使有什麼三長兩短，或者某位神明陷我於災禍，在這樣嚴重的危險裡這是常見的，那我希望你能免於難，因為像你這樣年紀，你生存的權利比我大。我願有人從戰地救回我的屍體，或付價贖回它，把它正式葬在地下，倘使命運不允許這樣，她是常常如此的，那就立一紀念碑紀念我，並且在

那裡給我擺上供品。再說，我不願連累你，帶給你那可憐的母親如此可怕的悲哀，眾多母親之中，只有她不避跋涉，追隨她的兒子，從不想要躲在強大的阿塞斯特斯的城牆裡⑪。」但尤瑞亞拉斯答道：「你這些話都沒有道理，也沒有用。你沒有動搖或改變我的目的。我們趕快辦事吧。」說著，他喚醒其他哨兵，讓他們過來替他們看守。兩人離開哨崗，尤瑞亞拉斯同尼薩斯並行，去找他們的皇子。

全世界有生命的動物那時都在睡眠中舒散愁慮，忘掉勞苦，休息他們的心。但是特洛伊的主腦們，她的男人中的精英，這時正在開會檢討他們面對的嚴重情勢，辯論應採取的行動，和由誰送信給伊尼亞斯。他們站在營地中心會議的地方，倚住長槍，手放在盾牌上。突然，尼薩斯跟尤瑞亞拉斯到了。他們匆匆忙忙來請求參加會議，報告一件重要事情，說那將證明是值得他們聽取的。尤拉斯首先過來歡迎這兩個緊張兮兮的人；他請尼薩斯發言。

接著尼薩斯，海塔卡斯的兒子，說道：「伊尼亞斯的部眾，請同情我們的話，不要因我們年輕而輕視我們的提議。魯圖利人現在都睡熟了，也喝醉了，寂無一聲。據我們的觀察，我們看見一個很好的施以突襲的地方。寨門外近海處路分叉的地方有一個空隙。這裡的營火中斷了，只有黑烟冒入星空。要是諸位允許我們試往帕蘭蒂阿姆的城堡去找伊尼亞斯，不要多久，你們就會看我們在大殺一陣以後，帶著擄獲而回。我們不會迷失路途，因為在經常打獵時，從我們自己不能被看見的谷底，我們曾看見過那座城池，而且我們熟悉所有河道的情形。」

　　年高而深謀熟慮的阿利特斯聽了這話，答道：「吾鄉的神祇，在你們的神聖指導下，特洛伊永存不朽，你們尚無意使特洛伊人完全毀滅，假如你們產生了有這樣高尚精神和堅決意志的青年戰士。」說著，他依次摟他們肩膀，抓他們右手，一陣陣眼淚順著面頰流。接著他繼續說道：「少年英雄們，我能想到有什麼獎賞配得上你們的光榮行動？諸位神祇和你們自己的品格，首先會給你們以最光彩的獎賞；至於其他一切，誠實的伊尼亞斯將立刻賞給你們，阿斯堪尼斯將跟他一樣，他雖然年輕，但永遠不會忘記這樣出色的行動。」

　　阿斯堪尼斯插口道：「真的不會忘記。既然我的生命有賴於我父親的安全歸來，尼薩斯，憑著那些支持我們家室的強大神祇，憑著阿斯堪尼斯一向尊奉的神靈，憑著灰髮的女灶神的神龕，我懇求你們兩位；我把我的一切命運和信任都交在你們手中，只要你們叫我父親回來，讓我看見他。只要他回到我身邊，我就什麼都不怕，那時我將送給你們兩只純銀浮雕杯，那是我父親打破阿瑞斯比時得來的；還給你們一對三腳鼎，兩錠大泰倫金，和西當的戴朵給我的一只古調和酒碗，除此之外，倘使命運允許我父親得到義大利，因勝利而得就義大利王位，到了論功行賞的時候，那！你可見過特恩納斯的坐騎，和他那渾身甲冑，全是金碧輝煌。那馬和他的盾牌，連同他那耀眼明亮的紅纓頭盔，我自然都跟其他擄獲物分開；尼薩斯，它們就是你的獎品，從此刻起，它們就是你的了。我父親也將給你十二名精挑細選的婦女和每個都有自己甲冑的男俘虜，還把拉丁納斯現在擁有的皇家田產都給你。至於你，尤瑞亞拉斯，你比

我大不了幾歲，你這麼年輕，這麼可愛，我深深愛你，把你當作未來每次戰役中的戰友。我永遠不願沒有你參加而單獨贏得功勞與榮耀，無論在戰時或平時，凡是我所說的或作的，都惟你是賴。」

尤瑞亞拉斯答他道：「決不會有一天證明我不配從事目前這項大膽行動，倘使命運是順我的，不是背我的。可是除了你給我的一切以外，我還要求你再賜我一項恩惠：我有母親，她是普利安的支系。我離家的時候，可憐的母親，她跟我一同出來，無論是伊利亞地面或阿塞斯特斯王的有牆的城池，都留不住她。現在我要離開她，不告而去，吉凶難卜，也不論前去有何危險；讓黑夜和你的右手作見證，我知道我永遠不能忍受母親的眼淚。可是你，我求你，倘使到了我撇得她孤苦無告的時候，安慰她，幫助她。讓我知道你在這事上的確將誠意相助，那我就能更大膽去應付無論什麼樣的遭遇。」

達丹人領袖都悲哀飲泣，深深感動，漂亮的尤拉斯哭得更甚，想起他自己對他父親的真摯的愛，揪他的心。接著他說出心裡的話：「放心，我們要做到你的英雄事業所應得的一切。因為你的母親就是我的母親，只是名字不叫克魯薩。他生下像你這樣的兒子，我很感謝她；無論你這次遭遇如何，我憑自己的性命向你起誓，像我父親過去常憑我性命起誓那樣。凡是我答應你勝利歸來時給你的東西，倘使沒有了你，將全數給她和她的家人。」他這樣說著，聲淚俱下，同時解下他肩上佩的包金寶劍，那是克諾薩斯的律康精工巧製的，配有一象牙劍鞘，便於配戴，其次，姆奈修斯給尼薩斯一件長毛獅皮氅；忠實的

阿利特斯跟他交換頭盔。二人立時披掛起來，走了出去。去的
時候，所有老幼首領齊來站在門口，為他們祈禱。漂亮的尤拉
斯年雖尚幼，但負著成年人的思慮和責任，請他們給他父親帶
了許多話。但微風將吹散那些口信，成為送與雲朵的無用贈品。

二人走出營外，爬過壕溝，黑夜中進入敵營及那裡對他們
的一切危險；只是在最後時刻來到之前，他們要殺死許多人。
現在他們看見草地上到處躺著醉倒熟睡的人，戰車在海濱傾斜
著，御者躺在車輪與韁繩中間，兵器落在地上，酒器散佈身邊。
海塔卡斯的兒子先說道：「尤瑞亞拉斯，我們的強壯右臂必須
大膽從事，現在是需要這樣做的時候。我們的路在這裡。你得
小心注意背後，免得有人從後面上來攻擊我們。我將向前砍殺，
給你殺出一條清楚寬廣的路。」說了這話，他便不再說了。同
時他劍刺高傲的阮內斯⑫，他正高高地臥在一堆被上，熟睡中
正深深打鼾。他自己是國王，也是占卜師，特恩納斯王愛他，
但他的預言術未能救他免於死難。尼薩斯又殺了他的三個家臣，
他們爬在主人附近，兵器放在身旁，還殺了雷馬斯⑬的扈從兼
御者，他靠近他的馬匹。他用劍斬斷他們低垂的頸子，也砍掉
他們主人的頭顱，讓體腔裡冒出的血浸濕土地與床上的東西。
他還殺了拉姆拉斯、拉馬斯⑭，和那位年輕而最漂亮的塞拉納
斯，他那夜玩得最久，現在躺在那兒，飲酒過度，四肢無力；
他會更幸運些，假如他徹夜不停，玩到天明。乙薩斯像一頭餓
獅，飢餓使他發狂，他闖入擁擠的羊欄裡，亂抓亂咬，拖著駭
得不敢出聲的馴羊，血汙的嘴發出哼聲。

尤瑞亞拉斯同樣滿腔怒火，盡情砍殺。他攻擊許多無甚名

氣的戰士，法達斯、赫貝薩斯、魯塔斯和阿巴瑞斯，乘他們熟睡而殺了他們；只有魯塔斯醒著看見了一切，他害怕，只能躲在一個大酒碗後面；等他站起來近身的時候，尤瑞亞拉斯一劍刺進他胸膛，全劍刺入又拔出來，他血流如注而亡。魯塔斯的魂靈隨殷紅血液流出，死時吐出混合的酒和血。尤瑞亞拉斯突襲得起勁，現在正往麥薩帕斯的營地行進，已能看見馬匹拴得整整齊齊在地上吃草，最後一堆營火已漸熄滅，這時尼薩斯覺得他的朋友在攻擊的時候，殺得未免過於熱狂，因而簡短地說道：「住手吧，天快亮了，很危險。我們已在敵人中間闢了一條路出來。報仇也報得夠了。」他們撇下許多純銀兵器，還有調和碗和漂亮的被毯。可是尤瑞亞拉斯抓住了阮內斯的獎章和鑲金劍帶，佩在他那強有力的肩上，後來證明這是夠無益的。這些東西是很久以前富庶的克迪卡斯送給泰伯的瑞穆拉斯，以表示其遠道的友誼的，後來瑞穆拉斯死時把它們給他孫子配戴；他死的時候，魯圖利人在戰爭中奪取了它們。尤瑞亞拉斯又戴上麥薩帕斯的有漂亮羽纓的頭盔，大小正合適。二人這時就離開營地，進入安全地區。

這時拉丁城派出的騎兵正往前行進，帶有拉丁人給特恩納斯皇子的覆信，他們的其餘部分停在平原上整裝待戰。這隊共有三百人，各持盾牌，由沃爾遜斯⑮指揮。他們已行近營地，事實上已到了牆邊，看見這兩個特洛伊人正要向左轉入一條新路；那頂奪來的頭盔害了尤瑞亞拉斯，它在黑夜發亮，而且反光，他忘記了那種危險。敵人看見這情形，沃爾遜斯從支隊前面喊道：「站住，陌生人！你們是幹什麼的？你們是誰，全副

戎裝？往那裡去的？」

他們沒有回答，急忙逃到樹林裡，仗恃夜的掩護。騎兵隊堵住他們所知道的各處交叉路口，到處設崗包圍，防他們逃逸。那片樹林裡，成叢的矮林神祕地延伸著，到處有黑的冬青櫟和密生荊棘覆地。尤瑞亞拉斯受了樹枝陰影和他的掠奪物重量之累，恐懼許多次把他引到錯誤的方向，因為只有在沒有雜亂矮林的地方，才能看見正當的蹊徑。可是尼薩斯不加思索，向前跑去，不久就拋開敵人，脫離危險。他過了那個後來隨阿爾巴朗卡之名被稱為阿爾班的地點，只是在那時，拉丁納斯王還用它作牛欄。這時他停下來四下瞭望，看不見他的朋友。「哦！可憐的尤瑞亞拉斯，」他叫道，「我是在哪裡丟掉你的？我該往哪裡找你去，如何在這迷亂的樹林中回頭走所有那些曲曲折折的途徑？」說著，他仔細看身後的足跡，在那寂靜的矮林裡摸索回去的路。他聽見馬蹄聲和追逐聲；不久就聽見大叫聲，並看見了歐呂亞拉斯；那不可靠的林地和黑暗把他累壞了，鼓譟聲令他驚魂失魄，他被那隊人捉住了，他們拉他走的時候，他仍在無望地竭力掙扎。

尼薩斯該怎麼辦呢？有什麼力量，或在他能力內有什麼武力行動，能拯救那孩子呢？他應該慷慨赴難，灑鮮血以促成一個光榮的結局嗎？他隨即將胳膊往後揚，高舉標槍，仰望天上的明月，高聲禱告道：「女神，一切星宿的光榮，拉托納的女兒，樹林的監護者，請來與我們同在，救我們脫離苦難。倘使我父親海塔卡斯曾擺供品在妳的祭壇上代我祈禱，倘使我自己曾從我的獵獲物中給妳增添供品，或將戰利品掛在妳的殿宇裡

或釘在妳的神聖的簷前，那就請妳引領我的武器飛越空中，讓我在這隊人中造成混亂。」祈禱畢，他用盡全力，投出那標槍。那飛槍劃破夜的黑暗，正中訏爾莫⑯的背，插在那裡，折斷了木柄的裂片刺進他的心房。訏爾莫滾在地上，口吐胸中的熱血，兩脇顫動著長時喘氣，身軀僵冷下來。其餘的人前後左右四下望著。看呀！乙薩斯受了一擊得中的鼓勵，已準備投出第二枝標槍，把它高舉過耳。敵人尚驚惶未定的時候，那武器咻的一聲穿透塔古斯的雙鬢，刺入他的腦海，熱刺刺的停在那裡。沃爾遜斯氣得發狂，可是他看不見有誰能投擲標槍，也沒有誰能供他攻擊洩忿。因而他向尤瑞亞拉斯喊道：「可是這時你得以你的青年熱血還這筆債，你一人替我兩人報仇。」說著他手執寶劍搶了上去。乙薩斯看見，嚇得發瘋。那時的痛苦是他不能忍受的，他不能再隱藏在黑暗中了。「看哦，」他喊道，「是我幹的！我在這兒！來殺我來，你們魯圖利人。一切都是我的不是；那孩子沒有做任何事，實在也不能做任何事。我請上天和眾星作見證，它們看得清清楚楚。他只是過愛一個不幸的朋友而已。」他還在說著的時候，那寶劍已狠狠地插在尤瑞亞拉斯肋骨間，破開他白皙的胸膛；他滾下去折騰著死了，血塗染他那漂亮的肢體，頸子鬆沉在肩膀上。他像一朵被犁掉的鮮花，凋萎枯死，或像被驟雨壓下去的罌粟，頭垂在沒有力氣的頸上。尼薩斯立時衝到敵人中間，越過眾人，直取沃爾遜斯，別的人他一概不顧。敵人四面圍上來堵擋他，推他回去。可是他奮不顧身衝上前去，輪著他那霹靂般的寶劍，將全劍插進那正在叫喊的魯圖利人的臉上，殺死他敵人，自己也喪了性命。身被劍

刺後，他倒在他的無生氣朋友的身上，從容赴死，最後得到了
平安。

　　幸運的一對！倘使我的詩有什麼力量，沒有任何日子能從
時間的記憶裡磨滅你們，只要伊尼亞斯的子孫住在克匹托的不
能動搖的岩石邊，只要有一位羅馬君父仍然掌權。

　　勝利的魯圖利人，這時是新的掠奪物和奪回的鹵獲物的主
人，哭著把無生命的沃爾遜斯抬回他們的營地。那兒的人們已
在同樣哀慟哭泣，因為人們發現阮內斯被殺死了，跟他一起被
殺的還有其他領袖，其中有塞拉納斯，還有努馬。立刻有一大
堆人圍住那些死者、傷者，和垂死者，那兒灑在地上的血尚溫，
還有紅漿在流。他們認識那些傳示的劫奪物，麥薩帕斯的光亮
頭盔，和那些費老大血汗氣力才奪回的獎章。

　　黎明女神奧羅拉已經離開泰梭諾斯的紅床，她的微曦向世
界灑出新鮮的光明。現在陽光已照射下來，顯露出地面。特恩
納斯首先裝束自己，再喚起他的人們從事披掛，那些指揮官各
自集合自己的銅甲部隊，以各種話激發他們的戰鬥怒忿。有人
竟把尤瑞亞拉斯和尼薩斯的頭顱綁在矛頭上，看著好悽慘；另
有人跟在後面叫喊。伊尼亞斯的人決心靠他們左邊的牆列陣抵
抗，他們右邊為河所包圍；正在黯淡地據守深壕和高壘時，他
們忽然大吃一驚，看見他們朋友的頭顱綁在矛頭上，流著殷血，
那些悲傷的戰友認識他們太清楚了。

　　這時有翅膀的謠言急忙把她的訊息傳遍營地，正好傳到尤
瑞亞拉斯母親的耳朵裡。可憐的女人，她立刻渾身冰冷。手裡
的鐵梭跳出手去，木砣上纏的線倒捲開來。她精神錯亂、極端

痛苦地跑了出去；哭著叫著，像女人常見的樣子，拉散頭髮，瘋狂地跑到牆上，那是最前線；她全不理會標槍的危險，也不顧有人在那裡。接著她把整個天空充滿哭聲：「尤瑞亞拉斯，我看見的那個真的是你嗎，我老年的唯一依靠啊？哦，殘忍啊，你竟忍心撇得我孤孤單單的嗎？你去從事那可怕的任務，竟不給你可憐的母親一個機會最後說句話？哎呀，你現在躺在一個陌生地方，扔給拉丁阿姆的狗吃鷹啄。你母親不能在出殯行列陪伴你，不能合上你眼睛，洗你的傷，給你穿上壽衣，那是我日夜替你趕做的，從趕製中得到愉快，安慰老人的心。我能往哪裡找你去呀？你的屍體躺在什麼地方？你的被支解了的肢體在哪裡啊？兒啊，剩下來帶回給我的你就只有這一點嗎？我走遍陸地海洋所追隨的兒子不能比這多一點嗎？刺殺我吧，你們魯圖利人，假如你們還有些惻隱之心！把你們所有的標槍都向我投來，只投我一人，在殺人之前請先殺我！不然的話，你至高無上的神，請慈悲慈悲，把這個自恨的我打到深深的塔塔拉斯去，倘使我沒有其他方法斬斷這殘酷的生命。」她的哭泣感動了所有人。全軍都在飲泣吞聲；他們的戰鬥力破滅了，志氣萎頓了。那位母親的悲哀又要發作的時候，由於伊利昂紐斯和痛哭的尤拉斯授意，愛德阿斯和阿克托急忙去扶她起來，兩人攙她回去，放她躺下。

這時遠處有青銅號角響出可怕的音樂。接著是吶喊，天空咆哮著回聲。義大利人盾連盾跑步上來，意欲填滿壕溝，打破寨牆。有一隊人冀圖找出牆上一個人數稀少可以透過光線的地方，直接進攻，用雲梯爬上牆去。特洛伊人以各種各樣武器對

付進攻者，用粗大的長竿推下他們去，從長期的特洛伊戰爭中，
他們學得了衛城的經驗。他們還放下沈重殺傷的滾石，希望砸
破重甲下的敵線，但是敵隊躲在堅硬的龜殼下，承受了任何滾
下來的東西。只是，不久他們便不能再堅定不移了，因為在防
禦力集中的地方受威脅時，特洛伊人滾下一塊極大的石頭，砸
破護盾，粉碎整部魯圖利人攻擊者。魯圖利人減卻了勇氣，失
去在掩蔽下盲目進攻的熱忱，現在只從遠處以投射物驅迫守衛
者從寨牆上後退。在另一地方，麥任俠斯，看著就可怕，手執
一個埃楚斯卡松木火炬，用火和煙攻擊防線。同時馴馬者麥薩
帕斯，奈普頓的兒子，高喊拿雲梯來，要爬上去撕破寨牆。

　　哦，克利奧佩⑰！詩歌的繆司，我求妳給我的故事以靈感，
因為我要講述特恩納斯在那戰地造成的災害，他殺死的人，以
及什麼戰士把什麼人送往普路托的世界。請來跟我一起展開那
次戰爭的巨大卷幅。因為妳是神聖的，知道那個故事，有講述
的能力。

　　有一個位置適宜的堡壘，從下往上看，可看得頭暈眼花，
高處有連接寨牆的交通橋。義大利人用各種方法全力向它進攻。
特洛伊人則用石頭防衛，他們聚在一起，從垛口投擊進攻者。
特恩納斯身先士卒，他扔出一把熊熊燃燒的火炬，那火燒住堡
壘的側面。風助火勢，燒住了木板，下面的支柱也燃燒起來。
堡內是一片驚恐混亂，人們都想逃離這可怕的境遇。特洛伊人
往後退，胡亂擠在一個尚無危險的地方；在他們的驟增的壓力
下，那堡壘立時塌了。整個天空充滿那坍塌聲。大量的土木隨
著半死的人下墜，他們墜到地面的時候，有的被自己的長槍戳

穿，有的被堅硬的木片刺入胸膛。

只有海倫諾跟律卡斯二人幸得安全逃出。海倫諾只是一個年輕的青年。他母親利辛尼亞是奴隸，把兒子當作律狄亞的皇子撫養，保守他身世的秘密；他本是不准來參軍的，可是她看著他往特洛伊去了，他只帶了輕武器，僅一把寶劍，他那無紋章的盾上沒有光榮故事。海倫諾這時發見自己身在特恩納斯的數千之眾中間，前後左右都是拉丁人。像一個野獸被一群獵人團團圍住，憤怒地面對他們的投射物，拚著一死往他們的獵矛上撲，這青年像那一樣，輕巧地撲往密集的敵人中間，死在標槍最稠密的地方。律卡斯比海倫諾跑的快。他一直乘隙穿過仇人和他們的武器，已跑到牆邊，奮力攀上面的胸牆，抓住朋友們的手。特恩納斯在後追，追著投出一槍，勝利地罵他道：「瘋狂的傻瓜，你真指望逃出我的手掌嗎？」說著，抓住那爬在牆上的他，拉他下來，把牆也拉下一大塊；那正像朱夫的鷹抓住一隻野兔或一隻晶瑩的白鵝飛入空中，或像一條狼，瑪爾斯的獸，從羊圈裡攫一羊羔，母羊望著牠咩咩叫。

一時喊聲四起。拉丁人衝上前去，開始用土石填平壕溝，也有人把熊熊火炬投在堡樓的傾斜屋頂上。伊利昂紐斯擲一塊石頭還擊，像山上的一大塊岩石，那時適值盧俠斯帶著火具進到門口，被他打倒了。利格殺死了埃馬塞昂，阿西拉斯殺死了科瑞奈阿斯；利格槍法準確，阿西拉斯躲在遠處射出箭來，不為人所見。接著克紐斯殺死了奧推吉阿斯，特恩納斯乘克紐斯勝利的時候殺死了他；他還殺死了義曲斯，克盧尼阿斯，迪奧西帕斯，普羅莫拉斯，塞加瑞斯和愛達斯，最後這個人那時正

站在堡樓的高處。克普斯殺死了普利瓦納斯，這人剛被塞米拉斯的槍劃破了皮膚，像個傻瓜一般，他丟開盾，用手摸傷。那迅速的飛箭輕易地進入他身體；他的手被釘在身體左邊，那箭深入肌肉，重傷並斬斷他生命的管道。阿遜斯的兒子也站在那兒，他穿著輝煌的甲冑，披風上繡著景物，染成絢爛的西班牙紅，看著非常漂亮。他是辛邁薩斯⑱ 河神在瑪爾斯樹林養大的，那兒有供品豐盛的帕利卡斯⑲ 祭壇；他父親送他來參戰。麥任俠斯放下他的長槍，拉緊有哨聲的彈弓皮條，在頭上繞三圈兒，以這時已熔化了的鉛彈擊中敵人的前面，裂開他額頭正中，使他平躺在沙灘上。

　　據說這時是阿斯堪尼斯初次在戰爭中向敵人射一快箭，在這以前，他的經驗限於驚走捷足的野獸。他以自己的力量射倒了勇敢的努瑪納斯，努瑪納斯姓瑞穆拉斯，不久前娶了特恩納斯的小妹為妻。他因新跟皇家聯姻，心裡非常驕傲，昂首闊步走到前線前面，嚷著誇示著他那龐大的軀體，嘴裡信口雌黃，說著不堪入耳的話，以說話的聲音使自己顯得冠冕堂皇。「兩次被俘的弗呂吉亞人，這回是第二次被困在一堵牆後，又是靠牆來保命，你們害羞不害羞？就是你們這些人要以戰爭強奪我們的新婦嗎！是什麼神，或者說，是什麼樣的瘋狂症，迫使你們來到義大利？你們將發現這兒沒有阿楚斯的兒子們，沒有說騙人話的尤里西斯。我們生來就是吃苦耐勞的。嬰兒生下來的時候，我們就把他帶到河裡，以冰冷的水施以鍛鍊。我們的男孩子最喜歡打獵，總是不讓樹林空閑著。他們的遊戲是馴馬射箭。我們的青年從事工作，並學著吃苦耐勞；他們總是在田地

裡勞動，或在戰爭中使敵城懾服。我們一生的每個階段都離不了鋼鐵。我們倒持長槍以刺激牛背。到了老年行動遲緩些，但決不稍減充沛的精神，或改變力量；我們把白髮壓在頭盔下，仍然樂於帶回家來新的斬獲，並且以劫掠為生。可是你們這些人，穿紅色衣服，紫光絢爛。你們最愛遊手好閑，一味以跳舞為樂。看，你們上衣有袖，帽子有帶！簡直就是弗呂吉亞的女人，哪裡是弗呂吉亞的男人！爬到丁杜馬⑳的山巔，聽雙孔蘆笛的樂聲去吧，那才是你們拿手的事。愛達聖母的貝瑞辛莎斯小鼓和黃楊木笛才是你們醉心的玩意兒，讓男兒們執干戈吧，你們動不來刀槍。」

　　這就是他的那不祥的大話；阿斯堪尼斯不能忍受，他挽弓搭箭，把馬腸弦往懷裡拉，兩臂分開站在那裡。首先他低首下心祈禱，向朱庇特許願道：「萬能的朱庇特，請准許我的大膽企圖。為報答你，每年我將親自到你廟裡上供。我將把一頭角飾金箔的雪白公牛放在你的祭壇上，牠抬起頭時可與牠母親等高，已到了以頭牴和以蹄刨沙土的年紀。」天父聽見他的祈禱，在他左邊響了一聲霹靂，那裡仍是一片藍天；這時，那奪命的箭嗖的一聲射了出去，箭的響聲很可怕，它穿過瑞穆拉斯的頭，鐵的箭鏃從眉後刺入。阿斯堪尼斯說道：「啊！去誇你的勇氣去吧，你大言不慚的傢伙！這便是兩次被俘的特洛伊人給魯圖利人的答覆。」他這麼說。特洛伊人見他勝利，高聲叫喊，發出歡樂的吼聲，精神提升到天上。

　　這時長髮的阿波羅正好從天上往下望義大利隊伍和特洛伊居留區。從他在雲中的座位上，他向勝利的尤拉斯說道：「祝

福你剛進入成年，青年皇子，神的後裔和未來神的祖先！你已
在升入星空的道上，命運所引起的一切戰爭，在阿薩拉卡斯㉑
王朝俱將和平解決，也應該如此。特洛伊不能局限你。」說著
他從高空飛下，分開旋捲的風，直到阿斯堪尼斯跟前。他立時
變成年老的布特斯的模樣，他原是達丹人安契西斯的扈從和忠
實守門者，後來伊尼亞斯派他為阿斯堪尼斯的伴侶。阿波羅走
起路來，他的音容面貌，白髮，和兵器的摩擦聲，樣樣都像那
年老的家臣。他直接向這時很興奮的尤拉斯說道：「夠了，伊
尼亞斯的兒子，努瑪納斯被你射死，你自己幸得無恙。天上的
阿波羅給你初次光榮勝利，他並不因為你跟他用同樣武器而心
懷嫉妒。可是你還年輕，將來應該避免戰爭。」說了這幾句話
後，阿波羅甚至還在說著的時候，忽然不見了，消逝在空氣之
中。可是有些達丹首領認識這位神，他們聽見他臨去時箭筒的
響聲，認識那神聖武器。是以鑒於菲巴斯明白表示的心意，他
們止住了阿斯堪尼斯，雖然他急欲作戰；不讓他赴戰，他們自
己卻奮不顧身，甘冒矢鏑衝上前去。人們在牆上全線齊聲吶喊，
奮勇地彎弓投彈；地上滿是矢石。這時盾牌和空的頭盔撞擊著
呵嘟作響，戰鬥激發新的怒忿，激烈得像攜雨的馭夫星座升起
時從西邊來的驟雨抽打著大地，或像朱庇特颳起陰暗的南風，
旋轉帶雨的風暴，劈開天上的雲堆時，雲裡的冰雹射入淺處的
海水中那樣。

　　阿爾坎諾的兩個兒子，從愛達來的潘達拉斯和比蒂阿斯，
被林中寧芙在朱庇特的聖林中撫養成人，兩位青年戰士高得像
他們父親山上的喬松，這時敞開指揮官派他們守護的門；完全

仗恃自己的兵器，自動延敵進入防線。他們手執鋼劍，頭上的
羽纓不住跳動，站在門內堡樓前面，左右分立，像暢流的河畔，
波河或宜人的阿塞西斯[22] 河畔，兩棵高聳入雲的橡樹，兩個未
經修理的頭伸入高空不住點動。魯圖利人看見門開著，一擁而
入。霎時間，克遜斯，渾身甲冑漂亮的阿基考拉斯，任性的特
馬拉斯，瑪爾斯的兒子海芒，在衝上來的整隊敵人面前或轉身
逃跑，或戰死在門內。這時戰鬥的怒狂使每人的心趨於兇猛。
特洛伊人值此危急之秋，集結在一起，他們甚至鼓起勇氣，進
入敵人中間肉搏。

　　總指揮特恩納斯在戰地的另一處瘋狂廝殺，擊潰敵人，有
人送信兒給他說，敵人因得意於新近的屠殺成功，現在已開門
迎戰。特恩納斯放棄手上的殺戮，激於盛大的怒忿，跑到達丹
門前那兩位大膽兄弟站立的地方。他立即一標槍放倒了安蒂法
特斯，第一個擋住他來路上的人，他是薩佩敦[23] 的私生子，母
親是底比斯人；那義大利茱萸槍桿飛入無阻的空中，刺進他的
肚腹，往上伸到胸腔。從黑洞般的傷口流出洶湧的血；那矛頭
刺入肺中，得到溫暖。特恩納斯進而大力擊倒麥羅佩斯，埃呂
馬斯，與阿肥得納斯，後來又擊斃比蒂阿斯，雖然他眼裡冒火，
心裡高傲；可是並非用長槍刺死的，因為長槍不能取得他的性
命，而是為一根強力投擲像霹靂般高鳴的標槍擊斃的，兩層牛
革和他所恃的胸甲裡的兩層金片抵擋不住。他那龐大的肢體倒
在地上，大地發出呻吟，那面大盾像雷鳴似地倒在身上，正像
一個預先造成的石樣堅固的磚墩放在拜耶灣庫麥[24] 的深處，放
下去的時候後面拖著一溜煙混亂，一古腦砸在淺水裡，落到海

底,海水在混亂中打漩,黑沙被翻攪起來。那塌落聲使崇高的普羅期塔島和英納里姆㉕震撼,後者是朱夫命令壓在泰菲阿斯身上使他不易安息的島。

這時戰神瑪爾斯鼓動拉丁人的勇氣,給他們力量,嚴厲激厲他們的精神;對特洛伊人,他卻放出惡魔、潰敗、和黑色的恐慌。拉丁人從戰地各部分過來集結在凡是有戰鬥機會的地方。戰神已撲入他們心裡。潘達拉斯這時看見他兄弟的屍體躺在地上,意識到他們處境危殆,情勢堪慮,遂以他那寬闊的肩膀貼住門,用盡力氣推轉門樞,把門關上。可是他把許多朋友關在門外,致他們暴露於無情的戰鬥;他也把許多人關進來,救了他們,他終究是個傻瓜,沒有看見魯圖利王自己也在人群中間,他自己把他關在居留地內,像把一頭兇猛的老虎關在無助的牛群裡。特恩納斯的形象一進入特洛伊人眼簾,立即成了一種非常可怕的東西。使他們害怕的是他那兵器的玎瑭聲,他那顫巍巍的血紅盔纓,和他的盾牌的耀眼反光。伊尼亞斯的人驟吃一驚,認出了那個可恨的身軀高大的人。可是偉岸的潘達拉斯正因他兄弟的死而怒不可遏,這時跳上前去說道:「這裡可不是阿瑪塔宮,有許多贈品給你,作為妝奩的一部分;也不是阿德亞,現在圍繞著特恩納斯,以家牆庇護他。都不是呀!你在這裡看見的是仇人的營地,你決沒有逃掉的可能。」特恩納斯對他微笑一下,沉著地答道:「請上來,假如你有膽量。交起手來,你立時就會去告訴普利安你在這裡遇到了第二個阿基里斯。」

他說完,潘達拉斯使盡力氣向他投了出去,轉動著一根沒有完工的槍桿,上面尚有青青的樹皮和樹疤。可是風吹開了它,

因為撒騰尼亞的朱諾岔開了這飛來的危險,那槍刺在門上。「你可躲不開我的武器,像我躲開了你的那樣;我的右臂投它出去,是有力氣的,現在投出去傷了你的一擊,可不像你的那樣。」特恩納斯說著高高揚起寶劍劈了下去,給了他一記可怕的創傷,劈開他的額頭,從兩鬢正中砍下去,直到他那年輕光滑無鬚的嘴巴。他砰的一聲倒了下去,大地在他的重量下抖顫。潘達拉斯死在地上,彎扭成一團兒,他的甲冑塗有他的血和腦漿,腦袋分成兩半,分別搭拉在左右肩膀上。特洛伊人睹狀,轉身逃跑,四散驚奔;倘使特恩納斯那時立刻想到斬關開門,放進他的戰友們,那天將是戰爭的最後一天,也就是特洛伊國族的末日。可是他那時正有著熾燃的熱情,暴烈的殺性驅使他繼續進攻。首先他突襲法勒瑞斯和古吉斯,從後斬斷他們的膝蓋;並抓住他們的長槍,向奔逃者背後投去。朱諾給他以新的精神和新的力氣。他殺死了哈律斯、菲古斯,刺透他的盾牌,又殺死了阿爾坎德,海利阿斯、諾芒和普瑞坦尼斯,這些人都在牆上熱心從事戰神的工作,沒有提防背後的攻擊。林修斯向他奔來,還呼喚他的戰友們。特恩納斯向他右邊靠牆的一面攻擊,寶劍一閃,止住了他;那被一擊而斬掉了的頭顱,連頭盔滾了很遠。特恩納斯接著殺死了阿麥卡斯,捕殺野獸者,此人最善於在兵器上與鋼鐵上塗抹毒藥;又殺死了艾奧拉斯的兒子克律霞斯和眾繆司的伴侶與朋友克瑞修斯,他最喜愛歌唱與豎琴,用琴弦彈出詩歌,他總是謳歌戰馬,武裝戰士和他們的戰功。

最後,特洛伊的指揮官們,姆奈修斯和兇猛的塞雷斯塔斯聽見他們的人所遭受的屠殺;親自到現場看見他們的戰友在潰

逃，敵人被關在門內。姆奈修斯叫道：「特洛伊同胞們，你們
要往哪兒逃啊？除了這個，你們還有別的牆和別的堅強營地嗎？
你們讓一個單獨被關在牆內的人滿城屠殺，不加報復，讓他把
你們的這些傑出青年送到死人世界嗎？你們這樣可恥的怯弱，
不覺得對不起你們受苦的家鄉，古代的神祇，和偉大的伊尼亞
斯嗎？」特洛伊人從這項呼籲中得到新的精神和新的力氣。他
們團結起來形成隊伍。特恩納斯這時逐漸退出戰鬥，向河邊退
卻。特洛伊人更猛力壓迫，高聲喊叫，緊緊追逼；像一群獵人
端著矛壓迫一頭野蠻的雄獅，那雄獅受驚並憤怒；眼冒兇光，
身子往後退，因為他的怒忿和勇氣都不允許他轉身逃跑，那些
獵人和武器也不允許他向他們攻擊，無論他多麼想。特恩納斯
正像那頭雄獅一樣，不慌不忙，不情願地往後退著，滿腔怒火。
即便那樣，他還兩次衝進敵人當中，兩次趕得他們沿牆潰逃。
這時有一隊人匆匆從營地走出，集結起來，排成隊形。撒騰的
朱諾已不敢再給特恩納斯增加力氣，因為朱庇特派了愛瑞斯穿
空而來，給他姐姐送來嚴峻命令，警告她說倘使特恩納斯不退
出特洛伊人的崇高衛牆，就有苦吃。因此這位青年戰士的盾和
手這時甚至無力抵禦，從四面八方投來的矢鏑就是這樣厲害。
他的頭盔在他那悸動的眉頭上不斷被擊作聲；他那紮實的青銅
甲在一陣一陣石頭砸擊下開始破裂；頭上的羽纓被打掉了；盾
上的鏡心已禁不起打擊了；特洛伊人，其中最可怕的姆奈修斯，
加倍投出長槍。這時特恩納斯汗流如注，遍體淋漓，因為他沒
有喘息的機會；他已經筋疲力竭了，渾身發抖，痛苦地喘著氣。
在這最後時刻，他才渾身甲冑一頭栽到河裡。跳下去的時候，

河水歡迎他進入它的黃流，溫柔的波浪洗淨他身上的血汙，載
他快樂地回到他戰友中間。

譯 註

①皮蘭納斯（Pilumnus）：古義大利神。

②陶瑪斯（Thaumas）：彩虹女神愛瑞斯的父親。

③貝瑞辛莎斯，見第六章註⑰。

④奈瑞艾茲（Nereid）：見第三章註⑤。多托（Doto）與加拉蒂（Galatea）皆屬之。

⑤以冥河之水發誓，見第六章註⑬。

⑥指海倫被誘拐之事。奈普頓築特洛伊事，見第三章註㉔。

⑦海塔克斯（Hyrtacus）：特洛伊附近阿瑞斯比（Arisbe）的君主。阿瑞斯比是特洛伊城主普利安的下堂妻，轉嫁給海塔克斯，他的城就以她的名為名。尼薩斯是他們的次子，與伊尼亞斯同航。

⑧愛達（Ida）：克里特島愛達山的一個女神，宙斯生下來避難於此山洞中，愛達用羊奶哺育他。

⑨尤瑞亞拉斯（Euryalus）：特洛伊人，尼薩斯的好友。

⑩奧菲爾特斯（Opheltes）：尤瑞亞拉斯的父親。

⑪漂至西西里時，伊尼亞斯臨危權宜，採納建言，將失船、意志較弱、體力不濟者以及老弱婦孺留在該島，事見第五章。

⑫阮內斯（Rhamnes）：魯圖利人領袖，特恩納斯的占卜師。

⑬雷馬斯（Remus）：魯圖利人，包圍營地者之一。

⑭拉姆拉斯（Lamyras）、拉馬斯（Lamus）：圍攻營地的魯圖利人。

⑮沃爾遜斯（Volcens）：拉丁人，向特恩納斯增援的騎兵隊長。

⑯訐爾莫（Sulmo）：①魯圖利人；②義大利人，其子替特恩納斯作戰。

⑰克利奧佩（Calliope）：主掌史詩的繆司；有人說是九繆司之長。奧菲斯的母親。

⑱辛邁薩斯（Symaethus）：西西里東部河流與城市。

⑲帕利卡斯（Palicus）：原始的西西里神，朱庇特與一個寧芙的兒子，其廟在辛邁薩斯河附近。

⑳丁杜馬（Dindyma）：在當今土耳其的安卡拉附近，眾神之母訏伯勒的聖水。

㉑阿薩拉卡斯：見第一章註(54)。

㉒阿塞西斯河（Athesis）：義大利文為Adige，義大利第二大河，次於波河，發源於阿爾卑斯山，注入亞得里亞海。

㉓薩佩敦：見第一章㉓。

㉔拜耶灣（Bay of Baiae）：義大利康帕尼亞區古城，名字出於尤里西斯的舵手Baios，因為有硫磺泉，氣候又適中，凱撒與尼洛等重要人物紛紛在此建築別莊。

㉕普羅期塔（Prochyta）：義大利文作Procida，納不勒斯灣入口西北角的島嶼，由死火山構成。英納里姆（Inarime）：義大利文作Ischia，在那不勒斯灣入口西北角，那不勒斯市西南西，也是火山島，氣候溫和，風景秀麗。泰菲阿斯，見第一章註(92)。

十、解圍與會戰

　　這時，至高權力中心奧林匹斯的大門敞開著，眾神之父和人的王在高處他的星空家裡召開會議。從那裡，他經常俯瞰下面的世界，看達丹人的營地和拉丁阿姆的人民。眾神在那雙門殿廳裡各就席位。朱庇特自己開言道：「天上的威嚴居民，為什麼改變了你們的決定？為什麼你們使敵對兩造從事這樣兇殘的衝突？我已命令義大利不得以戰爭對待特洛伊人。為什麼現在反抗我的禁令？是什麼恐懼導致一方或另一方拿起刀劍走上戰爭？戰爭自有適當的來時，不要催促它。將來有一天，兇猛的迦太基將打破阿爾卑斯隘口，大肆蹂躪羅馬重鎮。那時你們可用合法的武力自由發洩憤恨。可是現在不要妄動；幫我敲定我想要的契約就行了。」

　　朱庇特這樣簡短地說了。可是金維娜斯的答話可不簡短。「噢父啊，噢統治一切人和整個世界的永久主權！我們現在不能向任何其他權力請求。魯圖利人如何勝利霸橫，特恩納斯風光地策馬衝進特洛伊人的隊伍中間，因瑪爾斯給他的恩惠而趾高氣揚，你看見沒有？特洛伊人自己的防衛牆已經不能關起門

來保護他們，因為他們的敵人已在混戰中進到門內，沿著土牆殺伐，直到壕溝裡血水充溢。伊尼亞斯毫不知情，因為他到別處去了。你永遠不給他們解圍嗎？現在又有一個敵人，一支敵軍，威脅新生的特洛伊；迪奧麥德斯二次攻擊特洛伊人，這回他是從艾托利亞的阿皮①來的。以我自己而論，我相信我必將在戰爭中再受一次傷，甚至我現在說話的時候，就有某凡人戰士在等著傷我，你的親生女兒。倘使特洛伊人來到義大利沒有得你的同意，並違背你的意旨，那就讓他們賠罪，不要以你的援助支持他們。可是倘若事實上是上天下地神祇的諭言引他們來的，那麼為什麼現在任何神有權力取消你的命令，給他們一個截然不同的命運呢？自然，我不需要提起他們的艦隊在厄瑞克斯如何被火焚燒，暴風雨之王如何把他的狂風放出艾奧利亞，或愛瑞斯如何自雲中飛往下界。現在朱諾甚至放出惡魔替她工作，從前向來沒有神利用過她們；阿勒克托驟然釋放到地上，已在荼毒義大利的城池。現在我已不談什麼帝國了。從前在命運向著我的時候我是有這樣希望的；現在任憑你選擇，讓任何一方獲勝吧。倘使你那無情的皇后不許特洛伊人去到世界任何地方，那麼，父啊，我懇求你，看在被毀的特洛伊城一片焦土的分上，准我把阿斯堪尼斯救出戰爭，放在安全地方。讓我的孫子活下去。伊尼亞斯可以任憑風吹浪打，走上命運安排的路徑。我只願有力保護阿斯堪尼斯免受戰爭的恐怖。我擁有阿瑪薩斯，西瑟拉和帕弗斯山頂②，在愛達利阿姆有一廟宇。讓他放下武器，在上稱任何一地無聲無臭過一輩子。你可以讓迦太基把羅馬握在鐵掌中。阿斯堪尼斯決不會去擋泰爾人的路。特

洛伊人當初逃離戰爭的苦難，安全脫出阿果斯人的火光，在海上和廣闊的陸地上備嘗艱險，所為何來，假如他們現在仍沒有尋到拉丁阿姆以建一個新的特洛伊城？住在原來特洛伊城的殘餘焦土上，不是更好嗎？父啊，我求你，倘使特洛伊人必須吃苦的話，請讓他們回到贊薩斯河和西其伊斯河那裡，讓他們重新經歷特洛伊城的全部不幸就行了。」

這時高貴的朱諾急忙憤恨地說道：「為什麼逼我打破我緊守的緘默，公開說出藏在我心裡的苦情呢？有任何人或任何神強迫伊尼亞斯選擇戰爭，無端去攻擊拉丁納斯王嗎？妳說『命運之神鼓勵他航往義大利』。非也，是卡珊德拉的胡言亂語激動他的。是我逼他離開居留地，把命運交給風嗎？是我逼他把戰爭的最高指揮權和衛牆的保衛交在一個孩童手中嗎？或妨害埃楚斯卡人的效忠和各國間的和平嗎？我們這方面有什麼神、什麼殘忍無情的力量迫他做錯事嗎？朱諾、或從雲間下去的愛瑞斯，跟這些有什麼關係？『義大利人大不該火攻新生的特洛伊城，祖先是皮蘭納斯、母親是女神范尼利亞③的特恩納斯，他不該堅守他自己家鄉的土地。』那麼，特洛伊人舉起冒黑烟的火炬猛攻拉丁人，霸占非他們所有農田，搶去他們的東西，想娶誰家女兒就娶誰家女兒，引誘已訂婚的姑娘離開未婚夫，這些該怎麼樣呢？那些伸手呼籲和平的人不是亮著他們掛在船尾的武器嗎？妳得到力量從希臘人掌握中偷去伊尼亞斯，在他們眼前放散成團流動空氣以遮掩妳的英雄，並把他的每隻船都變成一個寧芙。那麼，我幫一下魯圖利人，就是荒謬絕倫嗎？『伊尼亞斯毫不知情，因為他到別處去了。』讓他繼續在別處，

毫不知情吧。『妳擁有帕弗斯，愛達利阿姆，和西瑟拉高地。』那麼，為什麼招惹一個擁有戰鬥力和熱情高漲的城池呢？是我在算計摧毀妳那本來就已經在崩潰的弗呂吉亞命運的基礎嗎？是我，而不是使倒楣的特洛伊人跟希臘人作對的那個男人嗎？什麼理由使歐羅巴與亞細亞為了一項背信行為而破壞合約並且兵戎相見呢？是我引導那個心存姦情的達丹人闖進斯巴達嗎？是我給他武器，用淫慾促成戰爭嗎④？那些才是妳該為妳的人民著急的時刻。現在妳用無稽之言責備我，亂講些惡言惡語，未免太晚了。」

朱諾如此如此說了，所有住在天上的神祇都在竊竊私議，有的同情這個，有的同情那個，像樹林裡響起風雨欲來的氣息，警告航海者暴風即將來臨，雖然尚未發作。

可是這時萬能的父，掌握著統治世界的最高權柄的，開始說話；他說話的時候，天帝的高大殿廳頓時靜肅，下界的地開始顫動，高陡的天空寂然無聲，西風息歇，海波不興：「好吧，請聽我說，把我的話銘刻在你們心裡。既然現在證明奧索尼亞⑤人不能跟特洛伊人訂立和約，既然你們二者間的裂痕無法彌補，那麼無論今天人們的命運如何，無論每人抱有什麼希望，不管他是特洛伊人或魯圖利人，對我都沒有分別；特洛伊居留地被圍，無論是由於義大利人的命運，由於特洛伊人得到惡意預言，或者是罰特洛伊流浪的詛咒，我都不管。我也不寬恕魯圖利人。福禍無門，唯人自招。朱庇特是一切人的公正無私的君主。讓命運之神行其道好了。」朱庇特點了點頭，指著他的親兄弟的冥河的水及其焦黑河岸與兩岸中間的黑淵，證實他的

誓言；他點頭的時候，整個奧林匹斯都震動。他講話到此為止。
朱庇特起身離開他的金寶座，眾神簇擁，送他到門口。

　　同時，魯圖利人壓迫每道寨門，立意要屠殺守軍，火燒寨
柵。另一方面，伊尼亞斯的整部隊伍被困在寨牆內，沒有逃脫
的希望。特洛伊人可憐無助地站在高樓上，牆上稀稀疏疏站著
守軍。前線上有英布拉薩斯的兒子阿西阿斯和希塞塔昂的兒子
齊莫特斯，有兩個名叫阿薩拉卡斯的，還有現在上了年紀的辛
布瑞斯、克斯特站在他身邊；跟他們一起的還有薩佩敦的兩個
兄弟克拉魯斯和塞芒，從驕傲的律西亞來的。列紐斯的阿克芒
使盡了力氣抱著一大塊石頭，從巉崖上裂下來；因為他身軀魁
梧，不下於他父親克律霞斯與他兄弟麥內修斯。他們就這樣竭
力禦敵，有的擲標槍，投石塊，有的扔火把或射箭。

　　看呀！在他們眾人當中，那位少年達丹皇子真的值得維娜
斯特別鍾愛。他那漂亮的頭沒有戴頭盔，他閃著亮光，像鑲在
黑金中間的寶石，可作頸或頭的裝飾品，或像有光彩的象牙，
巧妙地嵌在黃楊木或奧瑞坎⑥的篤耨香木裡；他的頭髮有金繩
束著，順金繩下垂蓋著乳白的脖子。在那裡，驕傲的部族可以
看見另一個人，伊斯馬拉斯，正瞄準有毒的蘆箭以求殺傷：他
是律狄亞一家望族的後裔，那裡強壯的人耕種谷田，帕克托拉
斯河⑦以其含金的水灌溉土地。姆奈修斯也在那裡，因先前的
光榮勝利而自喜，因為他曾在土牆上擊退了特恩納斯；還有克
普斯，康帕尼亞⑧那個同名城市的名字就是從他那裡來的。

　　兩造軍隊就這樣頑強地打鬥著；這時伊尼亞斯正航行於午
夜的海上。離開了伊范德後，他就進入埃楚斯卡營地去見君王。

他告訴他他的名字和祖系，回答所有關於他自己的需要和資源的問題，充分解說麥任俠斯召集了多少軍隊，特恩納斯的脾氣多麼暴躁；他提醒他不可過於倚恃人力，並提出他的請求。一點時間也沒有浪費。塔賞跟他締結了條約，兩造成立了聯軍。這樣，律狄亞就償清了它欠命運的債務⑨。依照神聖的命令，他們把自己索托在一個「異邦領袖」手裡。最後，他們開動艦隊。伊尼亞斯的船領頭；那船首下面有弗呂吉亞獅子，上面高懸著愛達山，這幅景物為被逐的特洛伊人所喜愛。偉大的伊尼亞斯自己坐在船首，參想著戰爭的諸般變化。帕拉斯緊依在他左邊，有時問他關於星辰指導他們夜航的事，有時問他在陸地和海上的冒險事跡。

詩歌的女神，現在請敞開赫利孔，給我靈感，俾我能描寫那些正在離開埃楚斯卡海岸乘船航海追隨伊尼亞斯的軍隊。

馬西卡斯⑩是第一個艦長，他那乘風破浪的青銅包頭艦是母虎號。他手下有一千名青年戰士，都是從克律西阿姆城和科塞城⑪來的；他們的武器是披在肩頭的殺傷弓和輕便箭筒中的箭。跟馬西卡斯一起的是嚴酷的阿巴斯。他的部隊都穿著輝煌甲冑，他的船尾閃耀著阿波羅的金像。波普朗尼亞⑫是給了他六百名健兒的城池，都是能征善戰的青年戰士；土地肥沃和鐵礦豐富的伊爾瓦島⑬給他添了三百名。第三位領袖是強力的先知阿西拉斯，他是人和神的居間人，稔知野獸的內臟中的祕密、天上的星辰、鳥的語聲、和含有前兆的雷電的意義；他催促千人隊伍前進，他們的長矛密集成林。比薩把這些人置在他指揮之下，比薩是阿爾弗斯河畔的希臘城比薩⑭的人來到埃楚斯卡

地面建立的。他後面是漂亮的阿斯特爾，他很仗恃自己的戰馬和五光十色的甲冑。他手下的三百人，都一心一意來參軍，他們家裡的人住在基里和米尼歐河畔，古老的派吉和不健康的格拉維斯克[15]。

我不會忘掉你，庫那魯斯，利格瑞亞人[16] 勇武的戰爭領袖；或者你，庫帕沃，雖然追隨你的人為數不多，你的盔頂上插的天鵝翎象徵你父親的變形，這事是丘比特和他母親的恥辱。據說西克納斯因哀傷他愛慕的菲桑[17] 之死，以音樂安慰自己的愛情悲劇，歌吟於一叢白楊樹林和樹蔭下，這些樹從前原是菲桑自己的姊妹；他吟啊吟，頭上生出，不是老年的白髮，而是柔軟的羽毛，歌唱著離開世界，升入星空。他兒子庫帕沃這時跟他的同輩人一起在船上航行，划槳撥水，駕著巨大的馬人號前行；那船破浪而進，船頭的高大雕像有如一塊可怕的岩石威脅波浪，長長的龍骨犁開深水。

另有一人從他家鄉的邊境招來一隊人，他是奧克納斯，會算命的曼圖[18] 和埃楚斯卡河的兒子，他給曼圖亞以城牆，並以他母親的名字稱它。曼圖亞的祖宗支派繁多，不是出自一系。其地有三個部落，每個部落有四個社區。它們都承認曼圖亞是它們的京城，可是她的主要力量在於埃楚斯卡一支。在這一區域，另有五百人不堪麥任俠斯，揭竿而起反抗他；他們乘松木戰艦航行於廣闊的海面，船頭有班納卡斯湖的兒子明俠斯[19] 河神的像，他頭上戴著灰色蘆葦冠。沉重的奧勒斯特斯的船以一百根樹幹槳划著撥水，水面被攪起白花泡沫。載他的船是龐大的屈頓號，屈頓[20] 手持的海螺像驚嚇綠波；他游水的時候，那

毛茸茸的前胸直至腰間，是人的形體，可是肚腹往下是一隻海獸。海水在這個混合體怪獸胸下花拉作響，泛起白沫。

這便是那些精英首領的故事，他們乘三十隻船去幫助特洛伊，那些青銅包頭的船衝破平靜的海面。

這時白晝已經退出天空，慈祥的月光女神菲貝㉑帶著她的夜行隊掠過奧林匹斯頂上。可是伊尼亞斯心有憂思，不能休息；因此他坐在舵旁，親自駕駛，並照顧帆篷。然後，看啊！半途中，他遇見一群原是他自己的朋友。她們是一群寧芙，賦生的神母訏伯勒命她們具有女神的能力，可控制海水，把她們個個變成海居寧芙，她們原來是船隻，青銅包皮的船身原先停在沙灘上；現在卻在海面破水游泳。她們從遠處就認出她們的君王，繞著他踴躍歡迎，她們中間最會說話的居莫多塞緊隨在船後，她右手攀住船尾，上半身露出水面，左手不聲不響在下面撥水。正當他仍然莫名其妙的時候，她對他說道：「你醒著嗎？女神所生的伊尼亞斯？醒來吧，放鬆船帆，讓它吃滿風。我們是你的艦隊，從前是愛達山的神山上的松樹，現在是海裡的寧芙。那個奸惡的魯圖利人用刀槍與火把逼我們逃命時，我們不自願地弄斷了你的錨纜，在海上找你。眾神之母出於惻隱之心，把我們變成這樣形狀，她讓我們成為女神，生存於波浪下面。現在，你的年幼兒子阿斯堪尼斯被圍在寨牆和壕溝內，勇猛的拉丁人正以各種武器攻擊他並包圍他。阿卡迪亞騎兵隊，其中有些勇武的埃楚斯卡人，已在準備行動。可是特恩納斯立意以他自己的主力應付他們，使他們不能與特洛伊營地聯合。是以，起來吧，一俟天色破曉，你必須命令你的戰友準備行動，你自

己必須拿起你那無敵的金邊盾，火神親自給你的金邊盾。倘使
你相信我說的是實話，明天早晨就可以看見魯圖利人屍骨成堆。」
她說完，臨去時用手把那船尾往前推，她知道該用多少力氣。
那船在海波上迅速前進，比標槍還快，比箭還快，而箭是跟風
同樣快的；其他的船也跟住她加速前進。

　　安契西斯的兒子，特洛伊的君主，莫名其妙，驚愕不置；
但是他服從那向他顯示的徵兆，並高興著仰望蒼穹，簡短地祈
禱道：「愛達之母，眾神之母，生命的給與者，妳愛好丁杜馬
山和有堡樓的城池，和一對套在軛下戴籠頭的雄獅，現在妳是
我在戰爭中的神聖領袖；願妳實現這個預言，站在特洛伊人這
邊。」這便是他的熱切禱告；這時白晝已驅散黑暗，迅速旋動，
攜著充分光明轉來。他的第一項動作，是命令他的戰友們排隊
站在軍旗後面，激發他們的鬥志，準備交戰。伊尼亞斯這時高
高站在後甲板上，已能看見他的營地和特洛伊人；他立時左手
舉起他那閃光的盾，達南人在牆上看見他，高聲叫喊，呼聲響
徹雲霄。新的希望增加他們的怒忿，他們使勁投擲標槍，像斯
垂芒的鶴群，襯托著黑雲在南風之前匆匆飛過天空，前呼後應，
高聲和鳴。魯圖利王和他的艦長們見狀，驚惶失措，他們環顧
四周，見艦隊已轉向海岸行駛，海上是一片在行動的艦艇。伊
尼亞斯的盔脊耀眼明亮，他頭上的羽纓盔射出火光；他那金盾
的心光芒四射，像晴空之夜一顆彗星的凶邪紅光，或像天狼星
給受苦的人類帶來乾旱與疾疫，當它升起來發射邪惡的光芒，
滿天散播恐怖的時候。

　　但是那慓悍的特恩納斯向不畏縮。他充分相信他能及時占

領海岸，等敵人來登陸的時候把他們推回去。〔他沒有等待，向他的人講話以振奮他們的精神，事實上是在罵他們！〕「現在機會來了，這正是你們盼望祈禱的時機，是用劍擊破他們陣線的機會！這一仗的勝敗操在你們手中，假如你們都像大丈夫一般打鬥。現在你們個個必須想到自己的妻子和自己的家，想想父祖垂名後世的偉大事蹟。讓我們先發制人，趁他們仍在擔心猶疑，剛踏上陸地尚不穩定的時候，趕到水邊，迎擊他們。命運幫助膽大的人。」他這樣說著，同時心裡盤算要率領什麼人去迎擊敵人，責成什麼人包圍寨牆。

可是伊尼亞斯的人已從高高的船尾順著跳板下來登陸了。許多人仔細等待浪頭破碎後退的時候跳在淺水裡，也有人順著槳滑了下去。塔賞審度岸邊的情形，忽然把他的船頭轉向一個沒有沙洲翻起大浪、沒有大浪破碎後水往後退，海水平靜無阻湧漲著的地方。他向他的戰友們呼籲道：「精良的戰士們，抓緊你們結實的槳，用力划呀！前進呀！讓船頭的鐵嘴分開敵人這裡的土地，讓龍骨在這裡犁一道溝。只要我們能在岸上占一個立足點，我情願自己的船破在這裡。」塔賞這樣說了，他的戰友們用力搖槳，把船往拉丁阿姆岸上划，直到船頭的鐵嘴啃住乾地，每條龍骨都安然無恙，停了下來。可是塔賞，你自己的船可不是這樣！她撞到一個淺灘，船身落在一塊不平的暗礁上，長時間懸在那裡搖擺不定，一任浪頭撞擊，最後船破了，把水手們扔出去，拋在水裡，水裡的斷槳和漂浮的破碎木板妨礙他們泅水，同時退下去的水浪在下面沖得他們站不住腳。

但是，什麼也不能稽延特恩納斯，束縛他，或制止他。他

精神飽滿，動作迅速，急忙將對付特洛伊人的前線隊伍全部調過來，部署在岸上，以迎敵人。軍號在嘟嘟響著，伊尼亞斯首先向那些鄉下人部隊撲去，作為戰爭的一個佳兆，他是首先打倒拉丁人的。他殺死了塞朗，他身體最高大，正走上來攻擊他；伊尼亞斯刺進那青銅連鎖甲的縫隙和那織金線的上裝，戳破他的腰脅，他血流如注而死。他繼而殺死了利柴斯，他是他母親死後破腹取出來的，他被獻給了菲巴斯阿波羅，因為他讓他在嬰兒時期躲過刀險。以後不久，伊尼亞斯投槍擊斃了強壯的西修斯和高大可怕的古阿斯，他們正在用木棒打倒整排的人；他們使用的武器和赫求力士一樣，兩臂也都很有力氣，但對他們沒有用處；雖然他們的父親是麥蘭帕斯[22]，也沒有用，只要世上有重大任務要赫求力士去執行。麥蘭帕斯總是他的夥伴。伊尼亞斯繼而向法羅斯投一標槍，這人正在高聲叫喊吹牛，但沒有行動，那槍刺進他那正在嚷叫的嘴裡。多愁的居當，你幾乎也喪命了。你正在追求最新的心上人克律霞斯，他兩頰剛開始生出金黃的柔毛；你很可能命喪這位達丹人手下，慘死一場，解脫了你那永遠熱愛男風的心，要不是你那一群兄弟，弗卡斯的兒子們，一齊上來攻擊伊尼亞斯。他們一共七人，投了七根長槍，其中有些被他的頭盔或盾牌擋回去了，沒有造成傷害，有的只輕輕劃了過去，因為保護他的維娜斯把槍撥到旁邊去了。

伊尼亞斯向他忠誠的阿克特斯說道：「給我拿幾根長槍來，就是從前在伊利亞平原射在希臘人身上的那些。你可以看見，我投擊魯圖利人的時候，沒有一根槍不發生效力。」說著他抓住一根長大的槍投了出去；它飛著刺透邁昂的青銅盾，立即穿

過胸甲，進入他的胸膛。他兄弟阿爾坎諾連忙上來支持，當他
要倒下去的時候，用右手扶助他。另一根飛來的標槍穿過阿爾
坎諾的手臂血淋淋直往前飛，那無生命的臂只有筋連繫著搭在
肩膀下。這時努米托拔出那抽在他兄弟身上的長槍，向伊尼亞
斯投去；他沒有擊中目的；只輕輕擦破偉岸的阿克特斯的腰側。
正在這個時候，庫瑞斯的克勞薩斯上來，自負年富力強，遠投
他的堅硬長槍，沉重地擊中助埃奧普斯的頷下，那槍刺透他咽
喉，他還正在說話，立時奪去了他的語聲和生命。他一頭栽在
地上，濃血堵在嘴裡。克勞薩斯還打倒了三個色雷斯人，最著
名的博瑞阿斯㉓家的人，和另外三個人，是他們父親愛達斯從
他們家鄉伊斯馬拉斯㉔派他們來的；這些人的死法各有不同。
接著海累薩斯率領一干奧軟卡人逼來，他後面，奈普頓的兒子
麥薩帕斯趕著一對壯大的馬。一個跟一個，他們竭力要趕走來
侵的人，就在義大利的大門口展開了血戰。正像廣闊的天空中
相爭的風以同等勇氣與力量互相衝撞，因為風不讓風，雲不讓
雲，海也不讓海，是以那鬥爭長久而頑強，那風力波及全世；
特洛伊人和拉丁阿姆人的鬥爭也是這樣，他們腳絆腳，人對人。

　　在戰場的另一處，大雨沖動了滾石，沖倒了岸上的樹木，
好大一片土地上到處都是亂石斷木。帕拉斯看見他的阿卡迪亞
人不慣步戰，卻因地面崎嶇，他們已遣回他們的馬匹，這時正
回頭逃跑，拉丁人在後緊追。在這樣危急時候，他只有一個辦
法。他企圖重新振奮他們的勇氣，有時央求他們，有時責罵他
們：「朋友們，往哪裡逃啊？我求求你們，看在你們自己的英
勇事蹟的分上，看在指揮你們的伊范德的分上，看在他贏得的

光榮勝利的分上，看在我自己的冀圖與我父齊名的志向的分上，
哦，不要仗恃你們腳下跑的快！你們必須持槍刀向敵人隊中衝
去。敵人最密集的地方，就是你們光榮的土地需要你們和你們
的領袖帕拉斯，我，去的地方。沒有神在跟我們作對，那些對
抗我們的敵人跟我們一樣也是凡人，我們的生命和手跟他們的
一樣多。你們看呀，整個海水堵住了我們，我們也沒有後退的
陸地。我們是要進入海裡呢，還是直接打進特洛伊營地？」

　　他這樣說著，立即向敵人稠密的地方衝了去。第一個與他
相值的是拉古斯，殘酷的命運引他到了那裡。他正在用力從地
上搬動一塊沉重的滾石，帕拉斯擲一標槍刺入他背骨分開肋骨
的地方。他用力拉那長槍，要從那骨縫中間拔出。這時希斯博
跳上來攻擊他，但沒有占先，像他匆匆忙忙希望的那樣。因為
帕拉斯及時作了準備，正值希斯博瘋狂撲上來的時候，看見朋
友可怖的死狀，有些沉不住氣，帕拉斯把他的寶劍插在他鼓脹
的肺裡。他還攻擊澤尼阿斯和安奇柔拉斯，後者喪盡羞恥，侵
犯繼母。另有兩人也死在魯圖利人的戰場上，他們是道卡斯的
孿生兒子，辛伯和拉瑞德斯，二人完全相像，他們自己的父母
也常在甜蜜的惶惑中分不清誰是誰。可是帕拉斯給他們以殘酷
的區別；他用伊范德的劍斬掉辛伯的頭，削去拉瑞德斯的右手，
那隻手像在尋找它的軀體，手指抽搐著死的時候仍然抓著劍。

　　阿卡迪亞人受了他們英雄的責備，又看見他的輝煌事功，
得到鼓舞，在悔恨交織的心情下奮力迎敵。這時帕拉斯擲死了
魯蒂阿斯，正值他乘二馬車經過他的時候。這樣倒給伊拉斯㉕
一個喘息的時間，不過也只是暫時而已。因為帕拉斯的沉重長

槍原以遠處的伊拉斯為目標，魯蒂阿斯因逃避高尚的圖斯拉斯和他兄弟泰雷斯的攻擊，正跑進那標槍飛行的道上；他滾下戰車，無力的腳在魯圖利地上彈掙。正如夏天裡由於牧人的祈禱，靈應起風，牧人在林中的地上這裡那裡點火，火堆之間的樹林霎時燃燒起來，直到伏爾甘的參差不齊的，氣勢洶洶的戰線繼續不斷展延到廣闊的平原，牧人勝利地坐在那兒，俯瞰那熊熊的火焰；同樣的，所有帕拉斯的戰友都鼓起勇氣給他幫助。可是行動敏捷的海累薩斯手持武器跑上去面對敵人。他立時殺死了勒敦，菲雷斯和德莫多卡斯，並以明晃晃的劍削去斯垂芒尼阿斯的右手，當他伸出手來扼他咽喉的時候；接著他又以石頭砸在佐阿斯的臉上，砸破了腦殼，腦漿混血迸流。海累薩斯原本被他父親藏在樹林裡，因他已預見他未來的命運；可是他父親後來年紀大了，白髮皤然，最後閉上眼睛死了，命運之神便捉住他兒子，教他死在伊范德的劍下。帕拉斯向他走去的時候，祈禱道：「泰伯河父，請使我要投出去的長槍一路順利，透過強壯的海累薩斯的胸膛。那時我現在看見的敵人的甲冑俱將獻給你的橡樹。」河神聽見他的祈禱。正當海累薩斯用盾掩蔽伊梅昂的時候，自己胸脯沒有遮蓋，不能抵禦阿卡迪亞的長槍。可是這次戰爭中的堅強堡壘洛薩斯，不能讓他的隊伍繼續狼狽，甚至在這樣一位英雄陣亡的時候。他首先殺死他碰到的第一個戰士阿巴斯，一個能征慣戰的人。繼而被他殺死的有阿卡迪亞人，埃楚斯卡人，也有特洛伊人，那些未被希臘人戕害的人。雙方軍隊正面衝擊，二者的領導和兵力勢均力敵。後方的人往前方擁，人們密密層層擠在一起，不能施展武器，也不能伸開

手臂。一方面有帕拉斯竭力向前推進，另一方面有洛薩斯，年紀跟他相差不多。二者都是出類拔萃的。命運之神讓他們都不能返回故鄉。可是奧林匹斯的神不許他們單獨對戰；他們的命運在等著把他們分別交在一個更強大的敵人手中。

這時特恩納斯的監護者姐姐朱特納㉖警告他，教他上去幫助洛薩斯。他那飛快的車穿過戰鬥中心，看見他的戰友們的時候，跟他們說道：「你們暫緩打鬥，讓我來單獨會會帕拉斯，我才有權結果他。只希望他父親能在這裡親眼看著。」這樣說了以後，他的戰友遵命退出他們的部位。魯圖利人退下去的時候，青年的帕拉斯吃驚於特恩納斯命令的傲慢語氣，看著他，嚇了一跳，他的眼睛上下打量他的龐大軀體；把他渾身各部分都觀察過以後，遙遠投以敵對的目光，然後也以大話對抗那傲慢的皇子：「不久我就要得到榮譽，要麼我取得一位指揮官的甲冑，要麼我死——轟轟烈烈的死。無論怎樣，我父親都會安於天命的。你不要再大話嚇人了！」說著他走到戰場中間；阿卡迪亞人嚇得血液都凝結起來。特恩納斯跳下戰車，準備徒步走近。像一頭雄獅自高處看見遠處平地上一頭公牛準備戰鬥，飛跑下去向他攻擊，特恩納斯的攻勢就是這樣。帕拉斯判斷特恩納斯進入標槍射程的時候，他首先向前移動，雖然二者力氣懸殊，他希望假如他大膽行動，也許命運會給他以助力，同時他仰天禱告：「赫求力士，我父親曾善遇當時還是陌生人的你，與你結交，看在那情誼的分上，我求你支持我的偉大意圖。讓特恩納斯臨死的時候看見我剝下他身上的血汙甲冑，讓他垂死的眼睛看著征服了他的人。」

赫求力士聽見這位青年的祈禱。在內心深處，他壓下去一聲長嘆，禁不住眼淚直流。這時天父對他和藹地說道：「各人的壽數是固定的。整個人類的年命都很短暫，一去不能復返。但是以事功延長榮譽，那是勇氣的工作。許多神的兒子都死在特洛伊崇高城垣之下；是的，我的兒子薩佩敦也死在那兒。特恩納斯也有他的命運在召喚他；他也活到派給他的年限了。」說著他把眼睛轉向別處，不再看魯圖利的這片農田了。可是帕拉斯用盡力氣擲出他的長槍，繼而猛的拔劍出鞘。那長槍直往前飛。它穿過特恩納斯盾牌的邊緣，擊中肩頭上鎧甲最高的地方，穿過那裡，擦破了他的皮膚。這時特恩納斯久已準備好了那有鋼矛的堅硬橡木長槍，向帕拉斯投了出去，喝道：「看槍！看我的武器是不是傷得重些！」他這樣說。那矛頭顫巍巍地穿透帕拉斯盾牌的中心，透過一層層鐵、銅和許多層密疊的公牛皮革，刺透胸甲，深入他的胸膛。他急忙要拔出那熱刺刺的武器，但沒有成功；因為不久就從那個傷口流出他的生命之血和他的生命。他砰的倒在地下，盔甲呵嘟蓋在身上，臨死，他那血汙的嘴啃住有敵意的大地。特恩納斯站在他身旁叫道：「阿卡迪亞人，記住！向伊范德王傳我的話：我把帕拉斯還給他，這樣的帕拉斯是他應得的帕拉斯。我慷慨為懷，讓他享受墳墓可能提供的榮耀，殯葬可能帶來的安慰。伊范德歡迎伊尼亞斯，要付出不少的代價喲。」說著，他左腳踏住沒有生命的帕拉斯，拉下他那重而且大，上面刻有可怕景物的劍帶：那帶上刻了五十個青年在他們結婚之夜被慘殺，他們的洞房滿是血汙[27]；這幕景象是歐呂塔斯的兒子克盧納斯在那帶上用金屬打出的浮彫

花樣。這就是特恩納斯高興而光榮地贏得的勝利品。人對命運和未來是多麼盲目喲！人多麼昧於光榮的勝利時刻應該保持的中庸之道喲！將來有個時候，特恩納斯會寧願付出一個大代價，以恢復一個毫髮無傷的帕拉斯，並且恨這一天和這一天的掠奪物。這時帕拉斯的一大群戰友哭哭啼啼，放他在他的盾牌上，抬他回去了。哦，帕拉斯，回到你父親跟前的時候，你將帶給他多麼慘的痛苦和多麼高的自豪喲！這一天是你初次加入戰爭的日子，而把你偷去的就是這一天。可是即使如此，你也留下了成堆被殺死的魯圖利人。

這個時候，這個慘重打擊的消息已飛報給伊尼亞斯，這不是一個傳說，而是一個確實可靠的人報告的，他說他的兵士都快被消滅了，特洛伊人已潰敗，急需援助。這個消息使伊尼亞斯心頭火起。他劍劈所有能夠劈到的敵人，在人群中間殺開一條血路。他單找特恩納斯，後者仍在為他最近所殺的人而興高采烈。往事歷歷在目，他看見帕拉斯，伊范德，他這個陌生人初次去見他們那天所得到的招待，和他們握右手締結的條約。他往前急衝的時候，生擒了訐爾莫的四個兒子和馬芬斯養育的四個兒子，意欲犧牲他們以祭帕拉斯的亡魂，把這些俘虜的血澆在火葬堆上。接著他向遠處的烏加斯投一致命的長槍，可是馬拉斯靈敏地跑到他身邊，那長槍顫抖著越他頭頂而過。馬加斯抱住伊尼亞斯雙膝央求道：「看在你父親亡魂的分上，和你對已經成年的尤拉斯的希望的分上，求你饒了我的命，讓我安全回到我兒子和父親那裡。我有一座堂皇的房子，房內地下埋了許多泰倫的浮彫銀器，還有重大的熟金條和生金條。你們特

洛伊人的勝利不在乎我一個人；一條人命不能造成多大區別。」
他說完，伊尼亞斯這樣答他道：「把你說的許多泰倫金銀留給
你兒子們吧。特恩納斯殺死帕拉斯的時候，已抹殺了一切戰爭
的禮節。我父親安契西斯的亡魂要我這樣，尤拉斯也要我這樣。」
說著他左手抓住馬加斯的頭盔，他仍在哀求的時候，把他領子
往後搬，一劍刺進去，直至劍柄。

　　不遠處有菲巴斯和曲維亞的祭司海芒尼德斯，他額頭勒了
一條由聖繩縮結的寬帶，身穿一件發亮的白服，上面的紋章也
是白的。伊尼亞斯遇到他，趕他在戰場跑。他失足倒在地上。
伊尼亞斯站在他身邊，他那高大的身影遮蔽了他，並收拾了他；
塞雷斯塔斯剝下他的甲冑，扛在肩上帶走了，作為戰爭的君王
瑪爾斯的戰利品。可是這時伏爾甘的兒子克庫拉斯和馬西安山
的安布羅重振他隊伍的戰鬥精神。盛怒的達丹人迎上去。他剛
才一劍砍掉安克修的左臂，那手裡還持著圓盾。安克修滿口大
話，相信吹吹牛就可當事；也許他以為他會長命，能活到白髮
老年，只是在他的假定中，他忘掉了人的命運是有限的。這時，
塔基塔斯渾身光亮的甲冑，驕傲地向伊尼亞斯高視闊步走來，
攖他的怒忿；他母親是寧芙助埃奧貝，父親是住在林中的弗納
斯。伊尼亞斯把他的長槍往後一揚，一槍把塔基塔斯的胸甲和
沉重的盾刺穿，釘在一起，當他徒然無益地哀求，並想著還有
許多話可說的時候，他把他的頭砍落塵埃，腳踢他那溫暖的軀
體在地上滾，並以滿懷復仇的心對他說道：「躺在那兒吧，你
以為我們怕你！你母親永不能恩愛地放你入土，或將你的遺體
葬在堂皇的家族墓場了。因為你將被留給野鳥啄食，被扔在水

裡，讓波浪打得你東滾西盪，飢餓的魚兒吃你的傷處。」

接著伊尼亞斯立即去追殺特恩納斯前線的安特阿斯和盧卡，勇敢的努瑪，和豪爽的沃爾遜斯那個，赭色頭髮的克默斯，沃爾遜斯曾是緘默的阿麥克里[28]的統治者，是義大利人中擁有田產最多的。伊己昂[29]據稱有一百隻臂和一百隻手，五十張嘴吐出五十個胸裡的熊熊火焰，舉起五十個同樣盾牌，拔出五十把劍抵禦朱庇特的霹靂；伊尼亞斯就像他一樣，所向披靡，遍地追殺，殺得他的劍鋒都熱了。看呀，現在他要去攻擊尼費阿斯趕來的馴馬戰車。可是那四匹馬看見他大踏腳步走上來，怒號驚人的樣子，忽然掉頭驚奔，把牠們主人摚出車外，曳著顛簸的戰車跑到海邊去。這時盧卡加斯駕一對灰馬上來。他的兄弟利格跟他同來，操作韁繩，控馭馬匹，同時盧卡加斯用他那出鞘的劍賣力畫圈兒。伊尼亞斯不等他們攻上來，自己攻了上去，他那高大的軀體向他們走著，手端著槍。利格向他說道：「你在這裡可看不見迪奧麥德斯的戰馬，或阿基里斯的戰車，或弗呂吉亞的平原。這次戰爭和你的性命就要在此時此地告一結束。」這便是瘋狂的利格所說的話，這些話連遠處的人都聽見了。可是特洛伊的英雄沒有答言，向他的敵人投出一根長槍。這時盧卡加斯正探身向前用劍的平面催馬急行，左腳向前準備戰鬥。那長槍穿透過他明亮的盾牌下端的邊緣，深入他的左股；他被扔出戰車，滾在地上死了。誠實的伊尼亞斯罵他道：「盧卡加斯，這可不是驚逃的馬害了你的戰車，也不是空虛的陰影使牠們不敢面對敵人。原是你決定拋棄你的馬，因為你自己跳下了車！」這樣譏誚他以後，伊尼亞斯拉住那兩匹馬。盧卡加斯的

不幸的兄弟也掉出了戰車,他向伊尼亞斯伸出無望的手,哀求
道:「特洛伊人!我指著你自己和生你成偉大人物的父母,求
你饒了我的命吧。可憐可憐我,我這個向你哀求的人。」他還
要說下去,伊尼亞斯說道:「你剛才可不是這樣說的,兄弟不
拋棄兄弟,你也死吧。」說著他劍尖挑開他胸脯,露出內臟的
生命根源。

達丹人的戰爭領袖就這樣殺得屍橫遍野。他的憤怒恰似暴
發的山洪或黑暗的龍捲風。最後,青年皇子阿斯堪尼斯和特洛
伊隊伍突出了營寨。圍城沒有成功。

這些事情發生的時候,朱庇特向朱諾說:「我的姐姐和我
所深愛的皇后,正像妳所假定的那樣,妳的判斷是對的。支持
特洛伊的是維娜斯,不是她的人們的作戰勇氣,也不是他們的
不畏艱險的驕傲精神。」朱諾溫柔地答道:「我的最親愛的主,
為什麼煩我呢?我已經心裡夠不舒服了,害怕你那冷酷可怕的
命令。自然啦,假如我對你的愛情有從前那樣應該有的影響力,
那麼,萬能的神,你將不至於不讓我把特恩納斯偷出戰場,為
他父親道納斯保佑他平安。按照現在的情形,那只好讓他死了。
讓他以他那無辜的血討得特洛伊人的滿足嗎?可是他祖先跟我
們同出一源。皮蘭納斯是他父親的曾祖父。他時常慷慨為懷,
把許多禮品擺在你的廟門口。」天上的奧林匹斯王簡短地答她
道:「假使妳要求的是不立刻就死,是讓這位青年皇子緩死些
時候,不過,他來日終究是要死的,妳如果明白這是我的命令,
那就讓特恩納斯逃掉好了;把他移出戰場,使他逃脫眼前這場
劫數。到此為止,我從權隨妳施為。可是假如妳的央求中含有

更深一層赦免的意思，認為可以紊亂或改變整個戰爭歷程，那妳就妄想了。」朱諾含淚答道：「啊，但願你是嘴上不允，而心裡實在應允我的要求，准許特恩納斯活得長久些。照你這麼說，一個愁慘的下場正在等著他，雖然他是無辜的。否則是我大錯特錯了。哦，但願我只是虛驚，但願你，因為只你有力量，改變你的計畫，設計一個好一點的結局！」

朱諾說了，駕一朵雲，驅趕一陣風穿行天空，立即從天堂高處俯衝下來，直奔伊利亞戰線和勞倫塔姆的營地。因為她是神，她用沒有實體但易於塑造的雲造成伊尼亞斯的模樣，一個奇怪和可怕的形象。她把它飾以達丹甲冑，給它以女神兒子的盾牌，和他頭上的羽纓。她使它說空洞無實的話，發出沒有思想內容的聲音，並使它有完全相同的步態；像那些據說在人死時飛來飛去的幻像，或像熟睡時看不清楚的夢境。現在這個幻像快活地在最前線高視闊步，舞動武器激起驕傲的特恩納斯的怒忿，向他挑戰。特恩納斯奔向這個幽靈，自遠處向他投擲長槍，那槍飛起來，呼咻作響。那幽靈轉身逃跑。這時特恩納斯想著伊尼亞斯真的是在逃避他，心裡深深抱著一種想不清楚和捉摸不定的希望。「伊尼亞斯，」他叫道，「你往哪裡逃啊？不要拋棄你那海誓山盟的婚約啊！我這隻右手現在就把你飄洋過海來尋找的土地給你。」這樣譏罵著並揮舞出鞘的劍，他追了上去，絲毫沒有想到他快意的是個在隨風飄蕩的東西。碰巧有一隻船繫在一塊岩石的尖上，梯子和跳板放得好好的。這是奧西尼阿斯王從克律西阿姆邊境來拉丁阿姆所乘的船。逃奔的伊尼亞斯的幽靈鑽在這隻船裡藏起。特恩納斯以同樣速度緊跟

上來，不顧一切障礙，一躍而跳上那陡峭的跳板。可是他剛走到船頭，撒騰尼亞的朱諾便拔錨啟碇，船藉退潮，漂到海上。

是以，當伊尼亞斯繼續找一個到處找不到的對手交戰，並沿途殺死許多強人的時候，特恩納斯卻在海上漂泊。這時那虛無縹緲的幽靈已不再尋覓隱藏的地方，它騰入高空，消逝於黑雲裡。特恩納斯對自己的困境莫名其妙，對自己逃得一命也沒有感激。他四下望望，接著向天伸出雙手叫道：「萬能的父，你真的要這樣嚴厲懲罰我嗎？你認為我犯了這樣嚴重的罪嗎？我是要漂到哪裡去啊？我是從哪裡開始漂流的？為什麼我會陷於這樣境地？我怎樣才能回去？我還能再見我的營地或勞倫塔姆的城垣嗎？那群追隨我的軍旗的人怎麼樣了呢？多可怕啊！我放棄了他們，他們的周遭都是說不出的死亡，要我看見他們四散奔逃，聽見他們臨死的呻吟嗎？我怎麼辦？啊，地上能不能裂開一個深罅把我吞下去啊？風啊，可憐可憐吧！吹這隻船撞在暗礁上或岩壁上吧。我，特恩納斯，真心真意求你們。讓她落在塞蒂斯的險惡浮沙上，任何魯圖利人，任何關於我這恥辱的傳言都跟不到的地方。」說著他一會兒這樣想，一會兒那樣想，一種可怕的恥辱之感使他心神錯亂，不知道應該拔劍自刺，把那無情的劍鋒插進他的肋骨間呢，或是跳下水去，竭力游到彎彎的岸邊，再去面對特洛伊人的武器。他每樣試了三次，但朱諾每次都大力止住他，她衷心可憐這位青年皇子，迫他回頭。因此他慢慢漂著，海浪的流向幫助他划開深水航行，最後漂到他父親的古城道納斯，在那裡登陸。

這時麥任俠斯由於朱庇特的促使，積極加入戰團，向耀武

揚威的特洛伊人攻去。埃楚斯卡部隊圍著他戰，集中所有仇恨和所有武器向他一人身上投。但是他像峙立於海水中的一塊岩石，對抗著風的狂暴和浪的迫擊，永遠禁得住一切暴力和天和海的一切威脅，屹立不移。首先他把多利柴昂的兒子赫布拉斯打倒在地，又打倒了拉塔加斯和急忙逃跑的帕爾馬斯。拉塔加斯上來攻擊他，他搶先一著，用山上一塊巨大糙石砸在他臉上嘴上；帕爾馬斯在地上打滾折騰，已斷了腿筋，沒有指望了；他把他的甲冑給洛薩斯穿在局上，把盔纓戴在他盔上。他也殺死了弗呂吉亞的伊范西斯和米馬斯，米馬斯是巴黎同時代的人，也是他的密友，因為西亞諾給她丈夫阿麥卡斯生下米馬斯的那天夜裡，亞修斯那個夢火而孕的女兒赫丘巴王后也生下了巴黎[30]。巴黎死在他父親城裡；可是勞倫塔姆海岸把米馬斯留在異邦土地上。麥任俠斯像一頭可怕的野豬，多年來在松柏掩映的維蘇拉斯山[31]平安度日，或在勞倫塔姆沼澤旁一片蘆葦裡生活，現在被一群兇猛的獵犬趕下山來，最後四面佈滿羅網，已無路可走，但猶怒吼抗拒，鬃毛直豎，所以誰也沒有勇氣向他洩憤，或上去跟他對戰，人們只在一個安全的距離向他投擲標槍或大聲吃喝，不斷襲擾他。就這樣，那些有正當理由惱恨麥任俠斯的人，誰也不敢拔劍上前，只能從遠處投擊，並高聲喊叫，以激起他的怒火。他自己毫不畏懼，滿懷自信，各方抵禦，咬牙切齒，抖掉刺在他盾上的長槍。

有個從古老的科瑞薩斯地面來的一個希臘人，名叫阿克朗；他原本被放逐於外，所以沒有完成他的結婚儀式。麥任俠斯從遠處一眼看見亂軍中的他，他頭戴豔紅盔纓，身穿他的準新娘

送給他的紫色長袍，正在戰團中心把敵人殺得一片狼狽。像許
多次一頭餓獅在一個養牛的場地漫走，肚裡飢餓難禁，偶然看
見一隻飛跑的山羊，或一隻長角鹿，不禁心花怒放，張大著嘴，
鬃毛直豎，咬死牠，並蹲在牠的美餐旁邊，緊抓牠的內臟，滿
嘴血污，令人毛骨悚然；麥任俠斯對那群敵人的敏捷攻擊就像
這樣。不幸的阿克朗被打倒了。嚥氣的時候，他兩腳還在黑地
上彈掙，破碎的武器上滿是血迹。可是當奧羅德斯逃的時候，
麥任俠斯甚至不屑於殺他或從後面暗槍傷他。他反而繞過去跟
他打個照面，緊緊相對，證明自己勝他一籌，在戰爭中不事奸
詐，以真的勇氣取勝。奧羅德斯倒下去了。麥任俠斯一腳踏住
他，彎下身去拔他的長槍，說道：「朋友們，驕傲的奧羅德斯，
這次戰爭中的重要戰士，倒下去死了。」他的戰友們也高聲喊
叫，響應他那高興的勝利歡呼。可是奧羅德斯最後奄奄一息答
道：「勝利者，不管你是誰，你高興不了好久，就有人替我報
仇；一個像我這樣的命運在等著你呢。我死後，你在這個戰場
亦將有一席之地。」麥任俠斯聽著笑了一下，笑中有怒：「現
在該你死。至於我，眾神之父和人的王自會決定。」說著從他
身上拔出長槍；昏睡合上他沈重的眼皮，眼裡的光明熄了，代
替的是永久黑暗。克迪卡斯這時殺死阿爾坎索斯；塞克拉托殺
死海達斯佩斯；拉波殺死帕塞尼阿斯和具有堅強戰鬥力的奧塞
斯。麥薩帕斯殺死克盧尼阿斯和律康的兒子厄瑞塞特斯；克盧
尼阿斯已經從他那脫韁的馬上摔下來，躺在地上，但是麥薩帕
斯戰厄瑞塞特斯的時候，兩人都徒步。律西亞人阿吉斯也徒步，
向前，但是有乃祖勇武之風的瓦勒拉斯把他打倒在地。這時薩

利阿斯殺死了斯羅尼阿斯，內爾塞斯又殺死了薩利阿斯，內爾塞斯以善投標槍和善射著名，常從遠處暗射，不為人見。

這時戰神瑪爾斯給雙方以沈重的壓力，給他們以同等痛苦和同等死亡；因為他們同樣殺著死著，勝者敗者相等；任何一方都沒有存過退卻的念頭。在朱庇特的殿廳裡，眾神可憐雙方無謂的忿怒，他們難過的是人類反正注定要死，竟然還要受這樣可怕的罪。維娜斯與她的對方，撒騰的朱諾，都在注視戰況，面色蒼白的復仇女神蒂西豐㉜在交戰的千軍萬馬中發洩她的忿怒。但這時麥任俠斯滿腔怒火進入戰場，舞動一根長大的槍。他身軀高大，像奧立昂㉝徒步進入海中奈魯斯最深的池塘，頭和肩猶能露出水面，或從山頂扛一棵老年的山梨樹回家，腳在地上走，頭卻隱在雲中；麥任俠斯就像他那樣，穿著沈重的甲胄昂首闊步。伊尼亞斯俯瞰那綿長的戰線，偶然看見他，準備去跟他交戰。麥任俠斯仍然沒有懼色，等待著他的勇敢的仇敵，自己立定腳根，龐大的身體堅定不移。他迅即用目打量投標槍的適當距離，並祈禱道：「我的右手啊，你就是我的神，還有我準備投出去的長槍，幫幫我吧。我起誓，我將把從這個盜寇身上剝下來的甲胄穿在洛薩斯身上，紀念我對伊尼亞斯的勝利。」他這樣說著，自遠距離投出嘶嘶作聲的長槍。那槍飛出去，擦伊尼亞斯的盾而過，刺入站在他身旁的漂亮的安托瑞斯腰與大腿之間。安托瑞斯曾是赫求力士的戰友，自被逐出阿果斯後，就來依附伊范德，住在義大利一個城裡。不幸現在替別人受傷身亡；他仰面望天，臨死不忘他所愛的阿果斯。接著誠實的伊尼亞斯投出他的長槍，那槍刺透盾的三層銅圓凸面，亞麻布層

和三層牛革，停在他的腹股溝裡，到了那裡，已經沒有餘力了。
伊尼亞斯看見埃楚斯卡人的血，快意風發，立時拔出身邊的劍，
猛撲已經受傷的敵人。洛薩斯看見這光景，心裡非常痛苦，因
為他深愛他父親，眼淚順臉往下流。假如這樁發生在遠古的事
功能令人相信，那麼，青年英雄，你的慘的死，你的英勇，和
極值得美譽的你自己，我不能緘默略過。

麥任俠斯往後退，退的時候有阻礙，他得拖著那仍然插在
盾上的鋒利長槍。猛然間，他的年幼兒子跳上前來，加入戰鬥。
正當伊尼亞斯上去舉劍向麥任俠斯劈下去的時候，洛薩斯以身
擋住伊尼亞斯的劍鋒，救了父親。這時他們的戰友們集結起來，
高聲喊著投出長槍，逼他們的敵人保持距離，直到在兒子的庇
護下能把父親撤退下去。伊尼亞斯雖滿腔怒火，也必須謹慎掩
蔽。像暴風雲裡降下冰雹的時候，所有犁地的和在田裡工作的
人都四散奔逃，每個路人都躲在一個安全的遮蔽所，河崖下或
高高的拱岩下，躲在那裡暫時放棄工作，直到雨過天青太陽出
來。伊尼亞斯也是這樣，各種武器從四面八方向他投來的時候，
他躲在盾的掩蔽下，一直到不再有槍投來。那時他向洛薩斯說
話，罵他，威脅他：「你這是幹什麼的，上來送死，要做你力
所不能及的事嗎？對父親的孝心竟使你有這樣輕率的舉動。」
可是雖然如此，洛薩斯仍然堅持他的瘋狂挑戰。這位特洛伊的
戰爭領袖愈發怒不可遏，命運三女神也在收起洛薩斯最後的生
命線；伊尼亞斯把利劍刺進那孩子的肚腹，戳到劍把為止。劍
鋒穿透他的圓盾，比起他那頑強的脾氣，這盾嫌太輕了，還穿
透他母親用金線給他織成的上裝；他的血流在衣縫裡。接著，

他的生命離開了軀體，穿過空中飛去，悲哀著進入幽靈世界。
安契西斯的兒子一見他垂死的面孔，和他臉上神祕的蒼白死色，
不禁深深嘆息，因為他見到他對自己父親的愛也是這樣。他伸
出右手說道：「哦，可憐的孩子，誠實的伊尼亞斯用什麼匹配
你這崇高功績和偉大德行呢？你自己保存你喜愛的甲冑吧；我
放你去會合你祖先的靈魂和骨灰，假如你願意如此的話。不過，
就是在厄難中，你這樣慘死，至少還有幾分安慰，因為你死在
強大的伊尼亞斯手中。」接著他責備洛薩斯的戰友們不該遲疑
不前；他從地上抱起那修理得很好的頭髮沾染著血汗的洛薩斯。

　　這時他父親在泰伯河畔以水洗濯創傷，靠在一棵樹上休息。
他的青銅頭盔掛在附近的樹枝上，沉重的甲冑放在草地上。他
周圍站著他所挑選的青年兵卒。疼痛著，張著嘴喘氣，以寬舒
他的頸子；他那長而梳過的長鬚飄拂在胸前。他不停地問洛薩
斯如何，時時派人去傳達他受苦難的父親的命令，教他回來。
正在這時，洛薩斯的戰友們流著眼淚把他的屍首放在盾上抬來，
一個偉大英雄受了重傷而死。麥任俠斯原已預感凶兆，從遠處
已聽出悲哀的聲音。他抓起地上的塵土揉在自己的白髮裡，向
天伸出雙手，然後抱住兒子的身體說道：「哦，兒啊，難道我
這般貪生怕死，竟讓你，我親生的兒子，替我死在敵人手中嗎？
難道你自己的父親在你為他受傷而死後還能獨活嗎？我真是痛
苦萬分啊！我被放逐的真正苦楚，現在才完全嘗到，現在才是
我受傷最重的時候。還有一點，兒啊，是我因我的罪過玷汙了
你的名聲，因為是我惹起的怨恨，把我放逐在外，不得承受我
父親的寶座和權杖。所以我應當自動回到我的祖國和人民中間，

讓他們報仇消恨，情願以各種死法贖我的罪愆。可是我仍然活著，還沒有離開人世和陽光。不過，我是要離開它們的。」

這樣說著，他用那受傷的大腿撐起身子來，並不氣餒，雖然那深傷消耗了他的精力，因而行動緩慢。他命人帶過他的馬來。這匹馬是他所誇耀的，也給他以安慰，他常騎牠從所有戰爭中勝利歸來。他這時在痛苦中向這個伴侶說道：「雷巴斯，活到現在，我們的命算是長的，假如終有一死的眾生擁有什麼稱得上長久的東西的話。今天要麼你跟我一同為洛薩斯的痛苦報仇，戰勝伊尼亞斯，取得他的首級和血汙的甲冑，要麼你跟我一同死，假如我們再也沒有力氣取得勝利；因為，勇敢的朋友，我知道你決不願屈身服從一個外邦主人或一個特洛伊主人的命令。」說著他騎在鞍上，兩腿放在慣常的部位，兩手都握著尖銳的標槍。他的頭在長長的馬尾縷下閃耀著青銅光輝；就這樣迅速跑進人群。在那顆心裡，湧起一陣強大的恥辱、瘋狂和痛苦的混合浪潮，愛子之心為復仇的熱情所折磨，他自信有真正的勇氣。他三次喊叫，向伊尼亞斯挑戰。伊尼亞斯完全認識他的聲音，他高興祈禱道：「願眾神之父允許如此，願阿波羅允許這樣……來！交起手來吧！」這樣說出他的願望後，他端著槍上前去迎擊敵人。可是麥任俠斯答他道：「野蠻的仇敵，你偷去了我兒子，還能使我害怕你嗎？你已經找到了毀掉我的惟一方法。我現在對死毫不畏懼，不信任任何樣的神。所以，算了吧。因為我來是準備死的；不過，我先要送你一件禮物。」說著，他向敵人投出一槍，接著又是一槍，又是一槍，因為他縱馬繞個大圈子，把三槍插在伊尼亞斯的盾上；可是那金的盾

心禁得住那些槍，伊尼亞斯屹立不移。麥任俠斯三次圍著他向
左繞，繞著投著標槍；特洛伊英雄跟著他轉身，護身的銅盾上
插著一叢奇異的槍林。最後，他懶得從盾上拔掉所有的矛，並
且覺得這樣不相稱的戰鬥很吃力，仔細想想該怎麼做以後，跳
上前去，把槍投在那匹戰馬的兩鬢中間。那四足動物直立而起，
前蹄在空中猛彈，把騎者摔下去，自己倒在他身上，把他緊壓
在身下，接著向前一陣掙扎，摔倒，肩膀脫了臼。

特洛伊人和拉丁人二者的熱烈吶喊聲響徹天空。伊尼亞斯
快步跑到麥任俠斯跟前，拔劍出鞘，向他說道：「昔日火暴的
麥任俠斯和他的瘋狂脾氣，現在哪兒去了？」那埃楚斯卡人仰
面望天，吸著氣，恢復了知覺以後，答道：「殘忍無情的仇敵，
為什麼嘲弄我，並且以死相威脅呢？殺我不是錯事；我來打仗
時並沒有懷著這樣的信心，我兒子洛薩斯也不曾跟你約定，要
你不要殺我。可是倘使戰敗者可以求情的話，我請求一件事。
讓我的屍身埋在地下。我知道我的同胞到處都非常恨我。我求
你把他們的忿怒跟我隔開，讓我跟我兒子合葬在一個墓穴裡。」
說著他引頸把喉嚨伸向劍尖；血一陣一陣噴在他的甲冑上。

譯　註

①艾托利亞（Altolia）：希臘西北部一區，迪奧麥德斯（見第一章註
　㉑）生於此。他是特洛伊戰爭希臘遠征軍裡少數安返家園的將領之
　一，但他後來被逐，移居義大利南部東海岸，建阿皮城（Arpi）。

②阿瑪薩斯（Amathus）：塞浦路斯島城市，為拜維娜斯之大城；西
　瑟拉，見第一章註㊿。帕弗斯（Paphos）也是塞浦路斯崇拜維娜斯
　的中心；愛達利阿姆，見第一章註㊚。

③皮蘭納斯，見第九章註①；范尼利亞（Venilia）：義大利一個寧芙。

④朱諾在此說的，是海倫被巴黎誘拐等引起特洛伊圍城之戰的各種原因。

⑤奧索尼亞（Ausonia）：義大利南方部落，在詩裡常被當成義大利
　的代名。

⑥奧瑞坎（Oricum）：希臘西部城市，在長統靴狀義大利半島腳跟正
　對面。

⑦帕克托拉斯（Pactolus）：律狄亞的河流。邁達斯王（Midas）由酒
　神戴奧尼索斯傳授點金術之後，觸摸之物都變黃金，十分痛苦，請
　求解脫，酒神教他到帕克托拉斯河洗手，從此這條河就富產金砂。

⑧康帕尼亞（Campania）：義大利西南一區名，首府為那不勒斯。

⑨意思是：命運規定他們要選一個異族人為領袖，現在他們已經滿足
　了命運的要求。楊周翰譯本註。曹按，語見第八章伊范德所述故事。

⑩馬西卡斯（Massicus）：伊尼亞斯的埃楚斯卡盟友。

⑪克律西阿姆（Clusium）：埃曲瑞亞的十二個城池之一。科塞（Cosae）：
　埃楚斯卡人的古城。

⑫波普朗尼亞（Populonia）：在義大利中部西岸埃楚斯卡人的海港。

⑬伊爾瓦（Ilva）：鐵礦富饒的小島。義大利名厄爾巴（Elba），在
　義大利西岸第勒尼安海中。1814-15年，拿破崙即放逐於此。

⑭比薩（Pisa）：希臘的比薩在阿卡迪亞，義大利的比薩在義大利西
　北部。

⑮米尼歐（Minio）：羅馬之北的埃曲瑞亞河流。派吉（Pyrgi）：埃曲瑞亞一城。格拉維斯克（Graviscae）：埃曲瑞亞的港口，在羅馬之北，字義為「濁重」，可能由於氣候不利健康。

⑯利格瑞亞（Liguria）：義大利西北部一區，在現代的熱那亞附近。歷史上，其種族對抗羅馬，直到第二次迦太基戰爭之末。

⑰西克納斯（Cycnus）：利格瑞亞的音樂家國王。費桑駕太陽車肇禍而被朱庇特用霹靂打死（見第五章註⑤），他的姐妹哭泣而被化成白楊。西克納斯與他是知交，在林間哀傷徘徊不去，被太陽神變為天鵝。西方人說天鵝臨死必有哀歌（以及以「天鵝之歌」形容某人最後一件作品），源出於此。

⑱曼圖（Manto）：女先知；盲先知泰瑞西阿斯（Teiresias）的女兒，底比斯陷落時她被俘，相傳解往德爾菲作阿波羅的傳諭女祭司，來義大利後嫁人，生子奧克納斯（Ocnus），奧克納斯名其城曰曼圖亞（Mantua），以紀念其母親。

⑲班納卡斯（Benacus）：維羅納（Verona）區域的湖。明俠斯（Mincius）：發源於班納卡斯湖，注入波河，在曼圖亞附近匯成湖。

⑳屈頓：見第一章註㉝。

㉑菲貝（Phoebe）：狄安娜的屬性之一是月神，以此稱呼。

㉒麥蘭帕斯，見第一章註㊸。

㉓博瑞阿斯（Boreas）：即北風，住在色雷斯（在希臘之北），與西風（Zephyrus）都經常被擬人化。

㉔伊斯馬拉斯（Ismarus）：色雷斯南部的山與城。

㉕這個伊拉斯不是尤拉斯（第一章註㊾）。

㉖朱特納（Juturna）：義大利的一個湖河女神，特恩納斯的姊姊。

㉗希臘神話中，埃及普塔斯（Aegyptus）與丹納斯（Danaus）為兄弟，前者有子五十人，後者有女五十人。丹納斯與他兄弟發生口角後，攜其五十女兒逃至阿果斯，成為那裡的國王，埃及普塔斯的五十個兒子追到阿果斯要跟丹納斯的五十個女兒結婚。丹納斯命他的女兒們在新婚之夜把她們丈夫刺死，她們除一人外，俱各照辦，這些弒

夫的女子死後被罰裝滿一無底水罐。

㉘阿奈克里（Amyclae）：在斯巴達附近，曾是重要城市，後來變成
村子。

㉙伊己昂（Aegaeon）：天與地所生的百臂巨靈，又名布賴魯斯
（Briareus），看守囚禁在地底的泰坦族。

㉚見第一章註⑩。

㉛維蘇拉斯山（Vesulus）：今名維索山（Viso），在義大利西北，波
河發源地。

㉜蒂西豐（Tisiphone）：復仇女神之一。

㉝奧立昂：見第一章註㉞。

十一、和戰之爭／繼續鏖戰

　　黎明已自海洋裡昇起。伊尼亞斯深深懷念著死者，自然想把時間用來殯埋他的戰友們。可是他沒有這樣做，東方初露曙光的時候，他開始對神還願，報答他們給他的勝利。他從一棵大橡樹上砍下些樹枝，豎在一個土坵上，上面飾以得自麥任俠斯酋長的明亮甲冑，作為給戰神的紀念品。他把麥任俠斯的血汗盔纓，他的折斷了的長槍，和他受了重大打擊被刺透十二次的胸甲都安排在樹枝上；把那青銅盾掛在那紀念物左邊，把那象牙柄的劍掛在頸子上。接著他說了些勉勵他的戰友們的話，因為他的隊長們都團團圍著他：「朋友們，我們已成就了一次偉大勝利。未來的任務完全不要害怕。這些戰利品是得自一個驕傲的國王的，是初次勝利的果實；這兒站在你們面前的是我造成的麥任俠斯。現在我們必須向拉丁納斯王和拉丁的城池進軍。好好準備你們的武器，期待戰爭再起，一旦天上的神祇發下命令，我們便從地上拔起軍旗，把我們的人開出營地，不讓任何猶豫或疑懼阻礙我們的進度。可是讓我們現在先把這些屍體埋在地下，他們曾是我們的戰友，因為這是地下深處愁河，

阿契隆岸上的人所知道的惟一光榮。」接著他又說：「去，向那些輝煌的魂靈致最後敬意，他們以生命之血替我們贏得這片新的國土。首先，把帕拉斯運到伊范德的城裡去，那裡已在為他守喪；他並沒有缺乏勇氣，當那個黑暗的日子來偷了他去使他夭折的時候。」

他這樣說了，並且哭了。接著他回頭往帳篷裡走，帕拉斯的屍體就停在帳篷前面，老年的阿科埃特斯在看守他，從前伊范德在阿卡迪亞的時候，阿科埃特斯曾是他的扈從，後來擔任一種不太幸運的職務，與同帕拉斯同來，被派為他所愛護的人的伴侶。所有隨他來的人和特洛伊人都聚在那裡，還有伊利亞婦女們為那喪儀披頭散髮。最後，伊尼亞斯走進高門，所有人都搥胸大哭，哭聲上聞於天，帕拉斯的皇家營帳回應著那深沉的哀哭聲。伊尼亞斯觀看帕拉斯放在枕上的頭，他那白得像雪的面頰，和那柔滑的胸上義大利標槍所造成的創傷。他流著眼淚說道：「啊，可憐的孩子，命運之神是笑著來的；她心懷嫉妒，所以殘酷地奪了你去，不讓你看見我建立起來的王國，或勝利地騎馬回到你父母家裡嗎？從前我答應你父親伊范德的，完全不是這樣的呀，那是當我離開他的時候，他擁抱我，送我去贏得一個偉大帝國，急切警告我說，我的敵人是些體力充沛的人，我們必須對一個強悍民族作戰！伊范德，現在可能還在許願，為空幻的希望所欺騙，將牲供堆在祭壇上，而我們在這裡舉行著無用的祭儀，以痛苦的心伴著他的無生命的幼子，這個現在已不再欠天上神祇什麼願的青年。哦，那可憐的父親，命中注定要看見自己兒子的痛苦葬禮！這就是我們當初希望的

凱旋嗎？我的莊嚴承諾就是這樣實現的嗎？可是伊范德啊，你看見的不是一個落敗脫逃，背上挨了可恥的創傷的戰士兒子；你也不必為兒子偷生歸來而求自己不得好死。義大利啊！你要慟哭你喪失的偉大保護者；尤拉斯，這也是你的重大損失。」

哭夠了，伊尼亞斯命人抬起那可憐的屍體。他從全軍中選派一千人，參加最後葬儀，陪死者的父親同哭。對這樣沉痛的喪失，這點安慰太輕微，但仍是一個哀慟的父親應該得到的安慰。其他人用靈巧的手做一個柔軟的柳條靈床，把一些野生草莓蔓條和橡樹細枝編進去，他們造成一個高起的臥榻，上有樹枝樹葉的天篷遮蔭。他們把這位青年英雄放在那裡，放在這個樸素的床上供人瞻仰。他像一朵花被一個少女的指甲掐了下來，一朵柔嫩的紫羅蘭或低著頭的風信子，凋萎了，沒有生氣了，自然形體還沒有改變，只是他的母親，大地，已不再給他以營養，不再能恢復他的活力了。伊尼亞斯接著拿出來兩件硬挺的金繡紫裳，是樂於女紅的西當的戴朵親手替他做的，用金線織成。這是他以哀痛心情向他致的最後敬意，他把一件穿在那青年屍體的身上，另一件蓋在那不久就要在火葬堆上焚化的頭和頭髮上；又把帕拉斯在勞倫塔姆戰爭中鹵獲的許多戰利品高高堆起，下令把他所有戰利品都擺列出來。他還把馬匹和帕拉斯從敵人身上剝下來的甲冑和武器也添上去，此外，還有用以活祭的背綁著的俘虜，他們的血將灑在火焰上。其次他命他的人把幾根樹幹穿上敵人的甲冑，標出他們可恨的名字，以諷示敵人的隊長們也在場送殯。阿科埃特斯年老力衰，樣子很悲慘，在行列裡走著，有時用拳頭搥自己的胸脯，有時用指甲抓自己

的臉皮，直到後來栽了下去，直挺挺躺在地上。他們也開出成列的塗滿魯圖利人血的戰車。帕拉斯的坐騎艾桑在後面走著，牠身上的裝飾都拿了下來，哭著，滿臉滾下大顆大顆的淚珠。也有人拿著帕拉斯的長槍和頭盔，勝利的特恩納斯搶去了其他武裝。在那整列的送喪人之後，還有特洛伊人，全體埃楚斯卡人和阿卡迪亞人，他們倒持著武器。等這整個行列走了很遠以後，伊尼亞斯停步，長嘆了一聲，說道：「我們還得為其他遭受戰爭的同樣殘酷命運的人灑淚。帕拉斯，偉大的英雄，別了，願你永遠安息。」他不再說話，離開行列走向自己的防禦工事那裡，走回營寨裡。

這時有使者從拉丁城來。他們帶來橄欖枝編成的環圈，請伊尼亞斯開恩把他們被殺死在平原上的人還給他們，讓他們在墳墓中得到安息。他們說，跟死人已經沒有什麼好爭執的了，他們已不能再看見陽光了；並且懇求伊尼亞斯對他先前的這些東主慈悲為懷，他曾稱他們是他的未婚妻的父老兄弟。伊尼亞斯不能不睬他們的要求，因而立時和善地答應了。他進一步說道：「啊，拉丁人，你們捲入這次可怕的戰爭，以至棄絕了跟我們的友誼，多麼不值，多麼不幸！你們來求我寬待這些死在戰神瑪爾斯手中的人嗎？唔，是呀，以我而論，我還願寬待活著的人呢！我來到這裡，只是因為命運給了我一個地方作我的家。我也不是在跟你們全國作戰。是你們國王一人棄絕了跟我的客主之誼，而去仗恃特恩納斯的武力。假如特恩納斯能代替這些死者，自己親自來冒死作戰，那就比較公平些。假如他要以武力結束這次戰爭，逐出特洛伊人，那他不如親自來跟我決

鬥一番。在我們二者之間，只有天神和自己的右手給自己生命的人能活下去。現在去吧，在你們可憐的國人身上點火去吧。」

伊尼亞斯說完，那些聽他講話的人寂然無聲。他們面面相覷，說不出話來。後來一位年長的專塞斯開口作答，他一向深惡年輕的特恩納斯，時常斥責他並恨他，他開始說道：「特洛伊人，你的赫赫戰功超過了你的鼎鼎大名，我用甚樣讚譽之詞才配得上你呢？我該欽仰你的正直無私，還是你在戰爭中的堅毅不屈呢？以我們而論，我們極樂於把你的回話傳達給我們父祖的城池，假如命運給我們指出一條路，我們將使我們的國王拉丁納斯跟你結盟。讓特恩納斯去找他自己的和平條約去！實在說，我們甚至樂於自己肩扛石頭幫助建造新特洛伊城，把命運指定的魁偉結實的城牆築得高高的。」他說完，大家齊聲高呼，同意他的話。他們約定停戰十二天。停戰期間，特洛伊和拉丁人在樹林裡或山坡上走來走去，混在一起，各不相傷。雙刃鐵斧砍伐高大的梣樹，丁丁有聲。他們放倒高入雲際的松樹；不屈不撓地用楔子軋開結實的橡樹和芬芳的杉木；並用吱吱響的車運輸山梨樹。

可是不久前還報告帕拉斯在拉丁阿姆成功的謠言，現在已把最初的噩耗傳過去，使伊范德和他的宮廷及全城人民傷心。阿卡迪亞人急忙跑到城門口，按照古禮，手裡拿著喪儀火炬。那一長列火炬把大路照得通明，一條亮光把那兒的田野分成兩半。特洛伊人的行列上前去跟他們相遇，兩下匯成一個移動的哭喪人群。婦女一看見他們行近自己的房子，她們的尖嚎便把全城充滿了哀傷。還有，什麼也約束不住伊范德。他跑到人群

中間，靈床落地的時候他撲到帕拉斯身上，抱住他哭泣。過了好久，才艱難地說出他的悲哀：「哦，帕拉斯，你對父親的諾言不是這樣的呀！你曾向我保證你知道如何小心謹慎去應付戰神瑪爾斯的兇暴。可是我也知道青年戰士的自尊本能是多麼堅強，初次交鋒贏得的光榮是多麼美妙。哦，一條年輕的生命，這麼苦澀的果實！離家這樣近，上戰爭這麼嚴酷的一課！沒有一位神聽見我許願和祈禱！妳呀，我的神聖的受敬愛的王后，妳死得多福氣，沒有活著受這痛苦！我卻不是這樣，我多活了這些歲月，戰勝了我的命運，到頭來只做了個沒有兒子的父親。我只願是我跟隨特洛伊朋友們的軍隊去陣亡，死在魯圖利人的亂槍下！我只願是我自動去送死，那時這個行列將是把我，而不是把帕拉斯，抬回家來！可是特洛伊人，我不是埋怨你們，也不埋怨我們的條約，也不埋怨我們用以誓結賓主友好的手，你們報告給我的這場禍殃，命運注定要在我老年發生，是一開始就在等著我的。假如我兒子的早死是不可避免的，那麼我至少還有一點安慰，那就是他是為幫助特洛伊人進軍拉丁阿姆戰死的，他還先殺了無數沃爾西人；還有，帕拉斯，我能給你的哀榮，怎麼也比不上誠實的伊尼亞斯、弗呂吉亞的貴冑們、埃楚斯卡皇子們和全體隊伍給你的。為了紀念你的勝利，他們帶來了你的右臂所殺死的人；還有你，特恩納斯，倘使他跟你年紀相若，長些的年紀給他以同樣的力氣，你現在也將站在那裡，變成一個穿著自己甲胄的大樹幹。可是，我不要我一人的哀戚耽擱特洛伊人的戰鬥。現在你們必須進軍；請把我下面的答覆謹慎地奉上你們的君王：『你的勇武尚欠我父子一筆債，那筆

債只有殺死特恩納斯才算清償。我現在苟延殘喘,為此而已,帕拉斯死了,生命對我是可恨的。這是你惟一的成功機會,也是你能替我做的惟一好事。我不為自己找快樂;那將是罪過;只要為我在幽冥中的兒子帶點安慰。 』」

這時黎明女神奧羅拉將她慈祥的光輝普照可憐的人類,使他們開始工作和勞役。伊尼亞斯隊長和塔賞王已在海濱搭起若干火葬堆。人們遵照祖先的習俗,把死者搬到這裡。冒黑烟的火把點燃火葬堆的基層,高高的天空便籠罩在漆黑的煙霧中。接著他們身披光亮的甲冑,繞行燃起的火葬堆三圈兒;又隆重地騎馬繞行死者可憐的火堆三圈兒,嘴裡大放悲聲。他們的眼淚洒在地上和武器上。人的喊叫聲和號角聲上干雲霄。有人把得自被殺的拉丁人身上的東西,頭盔和漂亮的寶劍,馬籠頭,明亮的車輪,扔在火葬堆上;也有人把死者喜愛的東西,他們的盾牌和沒有生效的武器,也扔上為祭。許多頭強壯的公牛被宰殺在那裡,作為對死者的犧牲。他們把從當地捉來的硬鬃豬和羊殺死在火堆上。沿著整個海岸,他們看著戰友們焚化,監視著半燒光的火堆,不忍離開那裡,直到濕潤的夜遮蔽天空,並將燦爛的星星釘在天上。

在另一處,悲慘的拉丁人也搭起無數火葬堆。他們把許多死者的屍體埋在地下,把有些屍體移到別處,送回他們家裡去。其餘的他們成堆焚化,不行禮儀,也不計數目,只是亂糟糟成堆的屍體。一大片田野到處亮著熊熊火堆。直到第三天的黎明把寒冷的陰影撤出天空,他們才以悲哀心情趴倒灰堆,那裡是火燒過的地方,一堆雜亂的骨頭;他們把仍然溫暖的土蓋在上

面,堆成一個土丘。

但是,這時吵鬧聲最高的是城內拉丁納斯的富貴人家,那兒的拖長的哭聲達到了極點。那裡有母親的不幸的兒媳婦的,和姊妹們的哀傷的愛心,有被父親撇下的孤兒,他們詛咒這不幸的戰爭和特恩納斯的婚姻計畫。他們要求特恩納斯以單獨決鬥來覓得決定,既然是他在要求義大利王位的最高光榮。憤怒的專塞斯給這要求增加分量,他向他們保證說伊尼亞斯只向特恩納斯一人挑戰,只要跟他一人決鬥。另一方面,也有人舉出各種理由幫特恩納斯說話。此外,他還在王后的皇權保護之下;他自己的顯赫聲譽和他贏得的勝利紀念品也支持他的要求。

在這些紛亂之中,在吵鬧最熱烈的時候,最不幸的就是使者從迪奧麥德斯的偉大城池回來了,沒精打采,帶來他的回音。所有花掉的工夫沒有成就任何事;那些禮物、黃金,和誠心誠意的祈禱,沒有發生效力;拉丁人必須向別處找對戰爭的助力,不然就得向特洛伊王求和。在這樣重大的失望之下,甚至拉丁納斯王也崩潰了。眾神的憤怒,他們面前新起的墳塋,所見證的憤怒,已經警告他們,伊尼亞斯顯然是受命於天的人。因此拉丁納斯王下令在他的高門之內召集全境的重要人物,開一場高級會議。議員們沿著擠滿人的街道走來,聚在王宮裡。拉丁納斯年紀最長,權位也最高,坐在眾人當中,眉宇間沒有喜色。他立即命令甫自那個艾托利亞人①的城裡回來的使者報告他們的信息,要他們詳述對他所提各點的答覆。殿廳裡說話的聲音都頓時停止。范紐拉斯遵從國王的命令,首先發言道:

「同胞們,我們看見了迪奧麥德斯和他的阿果斯營寨。我

們歷盡艱辛，完成了旅程，碰著這位毀滅伊利亞者的手。迪奧
麥德斯得到勝利後，如今忙於在伊阿佩吉阿的加蓋納斯附近營
建他自己的阿蓋瑞帕城②，這城名是根據他祖先的族名來的。
我們被他召見，並自由向他講話。我們獻上禮物，報告姓名和
國籍，解說是誰來攻戰我們，並說明我們來到阿皮的動機。他
聽我們說完後，安詳地答道：『啊，幸福的民族，撒騰的轄地，
古奧索尼亞的人民！是什麼非常事故在擾亂你們的和平，並使
你們發動你們不大懂得的戰爭？我們所有以兵刃加諸伊利亞地
面的人，都在世界各地遭受難以言喻的懲罰，為我們的罪過付
出完全的賠償，我們這群人，連普利安自己也可能會憐憫，且
不提在特洛伊的崇高城樓下作戰所受的一切苦楚，或葬身西莫
伊斯河的那些英雄。密涅瓦的災星，歐畢爾的地岬，和報復者
卡菲如斯岬角③，都知道我們的遭遇。戰爭以後，我們分散，
各自流落在遙遠的海岸上；阿楚斯的兒子米奈勞斯甚至被放逐
到普羅圖斯④的柱子那裡，尤里西斯看見了艾蒂納的獨目巨靈。
我可以告訴你們內奧普托勒馬斯⑤的王國如何了；愛多麥紐斯
⑥的家是怎樣破壞的，洛克里斯人⑦現在如何住在阿非利加海
岸上。邁錫尼王自己，強大的亞該亞君主⑧，回到他家門的時
候，被他那邪惡的王后親手奪命；他在亞細亞大獲全勝，可是
那淫婦在家等著他呢。想想，神的嫉妒是如何不讓我回到我父
親的祭壇旁，不讓我再見我急切想念的妻子和可愛的克律敦吧！
後來發生了一個奇蹟，那實在是一幕不吉的而且可怕的景象，
因為我失去了我的戰友，他們振翅飛到空中去了，啊，對我人
民的可怕的懲罰啊！他們現在是一群鳥兒，沿著河川流浪，聲

聲哀鳴在岩石間到處可以聽見。但是，甚至從那個命運注定的
時刻起，我應該就料到這樣的事了，就該料到，那時我發了瘋，
居然用劍攻擊維娜斯的神體，犯了傷她手腕的大罪⑨。哦，請
不要逼我進入另一次這樣的事端！自從特洛伊人的城堡被剷平
後，我跟他們不曾再有爭戰；想起從前那些不幸的事情，我心
裡一點兒也不高興。所以，你們從家鄉帶來送我的禮物，不要
給我，送給伊尼亞斯吧。我已經領教過他那厲害的標槍，跟他
交過手；請相信我的話，他手持高高的盾牌跳上來的時候是多
麼有力啊，他投出的旋轉的長槍像旋風一般。倘使愛達地面多
生出兩個這樣的英雄，特洛伊人真的會渡海攻擊英納卡斯的城
池，那時命運將會反轉過來，哀悼亡國的是希臘人。在頑強的
特洛伊城下僵持的所有時間內，全靠赫克特和伊尼亞斯兩人使
希臘人不能得勝，所以直到第十年，勝利總是逸出希臘人的掌
握。兩人都勇毅非常，武技過人，可是在敬慎畏神方面，伊尼
亞斯領先。你們伸出右手跟他締結條約吧，不管條件如何；只
是要小心，別跟他發生武裝衝突。』稟報如上，陛下，這就是
那位皇子的答覆和他對這次可怕的戰爭的意見。」

這位使者剛報告完畢，眾義大利人便擔憂地你望我，我望
你，鬧烘烘的你一言，我一語，表示互相衝突的意見；正像大
塊大塊石頭擋住奔騰的河流，激起水浪嘩拉作響，兩岸也回應
那響聲。一等他們的思緒穩定下來，不再喧嚷，坐在高起的寶
座上的國王就先向眾神祝告，然後開始說道。

「拉丁人，我本來希望早些對我們的主要問題作成決定，
最好是早一點，不必等敵人兵臨城下才召集會議。國人們，我

們對這些神的兒子和無從征服的人作戰，並不合宜，他們向來未曾疲於戰爭，甚至戰敗了也不放下武器。假如你們指望艾托利亞的武力來幫助你們，現在可以死心了。不錯，我們個個可以隨心所欲作任何希望；可是你們看，一切可能的希望如今多麼渺茫。其他一切，你們親眼看見，即使不是親手摸過，都知道我們的實力已徹底崩潰了。我不會怪誰。凡是無邊的勇武所能做的，都做了；我們已經傾全國之力。現在，讓我向你們提出一個我有些躊躇的建議；這事我一直在考慮著，假使你們願意聽，我可以簡單說明一下。臨近塔斯坎河，我擁有一片從古傳下來的土地，長度往西伸到西坎尼安人的邊疆以外；奧軟卡人和魯圖利人在那裡耕種堅硬的山地，把最崎嶇的地用作牧場。我們把這片地，連同生有松樹的高山地區，讓給特洛伊人以示友好；我們擬定一個條件寬大的條約，請他們加入我們的領域，作我們的盟邦。讓他們定居在這裡，並營建他們的城池，假如他們熱望如此的話。假如他們寧願到別的國度去另找一塊土地——我們沒有理由不讓他們走，假如他們想離開我們這裡——那我們用堅硬的義大利橡木，給他們造二十隻船，多些也可以，只要他們的人力可以操作。所有木材都離海很近。特洛伊人可以決定船的數目和設計，我們供給青銅、人工，和造船廠。再者，我願從最高貴的義大利家庭中選一百人作為使者，向他們傳達我們的信息，並締結一個可靠的協定；他們要手持和平的橄欖環前去，帶著黃金、象牙作為贈品，還帶給他們我的寶座和朝服，二者是我們的主權的象徵。現在請你們隨意發表意見，商議如何挽救危局。」

接著專塞斯站起身來，像從前一樣對立逼人。特恩納斯的名望使他忿忿不甘，並驅使他心懷難以告人的怨毒和惡意。專塞斯家資富厚，他的長處在於說話的能力；他不善於打鬥，可是商討政策的時候，他被認為是一個值得尊敬的議論者，他從他那反叛的本能裡吸取力量。他母親的高貴身世給他以高傲的門第，可是在父親方面，他的祖上仍是一個謎。專塞斯現在用他的辯才給他的敵意增加重量和實質：

「吾王陛下，你的提議大家都清楚瞭解，不需要我來多說。我們個個人心裡都明白我們對國家應作的事，只是都害怕，只低聲咕噥，不敢大聲說出來。可是我要說出來，雖然我們都知道有一個人可能以暴力甚至以死，威脅我。請他不要恐嚇人，給人說話的自由吧。我所指的那個人，由於他那不得天佑的領導和他那不吉祥的壞脾氣，我們看見這麼多輝煌領袖都陣亡了，我們的整個城池陷於悲哀之中，而他一方面向特洛伊營寨挑逗小戰小鬥，揮舞兵器威脅天空，一方面依恃逃跑來保命。我王陛下，在你慷慨吩咐我們帶給特洛伊人的許多贈品外，請再添一樣。你不要讓任何人以暴力逼你放棄你為人父的權利，不敢把你女兒嫁給一個值得她的輝煌夫婿，以持久的婚姻關係保障和平。可是，假使我們心裡真是怕的厲害，那我們就直接向他求情，籲請那人寬忍為懷。請他讓步吧。請他為了他的君王和祖國，放棄他個人的權利。是的，你是拉打阿姆所受的一切痛苦的根源，為什麼一再把你那些無告的國人投入明顯的危險中呢？戰爭決然救不了我們。特恩納斯，我們大家向你要求和平，以及不容破壞的和平保證。你看，我第一個來屈膝求你，我，

你認為是你仇敵的這個人。也許是吧，我不在乎。請你可憐國
人，放下你的驕傲，承認失敗吧。我們已經看夠了敗退和死亡；
我們已經奪走大片土地上的居民。不然的話，假如你的動機是
光榮，假如你的意志頑固不悛，假如你決心要得到王宮作為妝
奩，那就請你膽大些，滿懷自信走上去面對你的敵人。我們大
家都自己想想，難道只為了讓特恩納斯得到皇家的女兒為妻，
我們這些顯然生命不值一文的人都得橫陳原野，成為無人掩埋
無人悼泣的一群屍體嗎？你呢，倘使你是個有骨氣的人，還多
少有些你父親的勇武氣概，那你自己必定也希望去當面應付那
個向你挑戰的人。」

聽完這樣一段講話，特恩納斯的霹靂脾氣爆發了。他氣得
透不過氣，把他心裡對專塞斯的毒恨一下子宣洩出來。

「是的，專塞斯，你像通常那樣，總是有許多話說——而
且正值戰爭的情況需要動手賣力的時候。每次召開會議，你總
是第一個到場。但是，只要我們的城牆還能擋住敵人，城壕裡
尚未血流盈岸，你就無權在議事廳裡大放厥詞，毫無危險地油
腔滑調。專塞斯，你以你那慣常的滔滔雄辯責備我膽怯的時候
還沒到，除非你的右臂像我的一樣，也殺死成堆成堆的特洛伊
人，也在一個戰場接一個戰場留下輝煌的勝利紀念品。你可以
自由去親自一試活生生的勇力能有何作為；我想，你不必走遠，
就找得到敵人，因為城外四下都是。怎麼樣，我們向敵人進軍
吧？為什麼放過這個機會？是不是只有在你那吹大氣的話裡和
你那敏於逃跑的腳上才能找到你的勇武精神？你說我敗逃。我？
好卑鄙的傢伙你！凡是看見特洛伊人的血漲高了泰伯河水，看

見伊范德的家園倒了下去，他的兒子死了，他的阿卡迪亞人失敗後被剝去身上甲冑的人，誰能平心說我敗逃了嗎？我給潘達拉斯和魁偉的比蒂阿斯或其他成千人的印象也不是這樣啊，我在一日之內乘勝把他們投入地獄裡的塔塔拉斯，雖然那天我還被關在敵人的營寨裡呢。『戰爭救不了我們。』瘋子，去向那個特洛伊人和你自己的前途作這預言吧。繼續顛倒是非危言聳聽，讚美一個被征服兩次的民族的武功，並蔑視拉丁納斯的戰鬥力吧！是嗎，現在甚至邁密登人⑩ 的領袖也被特洛伊人的勇武善戰嚇得戰觫不已；連泰杜斯的兒子迪奧麥德斯和拉瑞莎的阿基里斯也發抖！亞得里亞的海波迫得奧菲達斯河⑪ 倒流啦！另外，他諉稱害怕跟我當面爭吵，好狡黠的傢伙！——他其實只是以懼怕為口實，以加重對我的誣謗。放心，像你這樣的人我這隻右臂是不會碰的；不必退縮！只管好好活著；你可以把你的生命保全在你的胸腔裡。

「父王陛下，現在我來跟你說，來看看你的重要提議。倘使你對我們的武力已無信心，我們真的到了眾叛親離的地步，又倘使我們的軍隊僅這一次敗退就一敗塗地永無翻身的希望，那麼讓我們伸出不抵抗的手求和好了。可是，倘使我們還留有些昔日的勇氣，那麼，假如有人不願見此恥辱，寧願倒下去嘴啃地死在那裡，我會認為他是快樂的成功者和出類拔萃的人物。從另一方面說，倘使我們還有些資源，還有些人力可用，倘使義大利還有城池能幫助我們，又倘使特洛伊人的勝利也必須付出血的代價——因為颶風吹倒雙方，他們也有損失啊——那麼為什麼在開始交戰時就接受可恥的失敗呢？為什麼甚至號聲還

沒有響,我們就四肢抖顫呢?時間,以及歲月的變遷,往往帶
來轉機。命運之神絆倒過許多人,可是轉來轉去,她總是回頭,
又把他們立穩在實地上。對,那個艾托利亞人和他的阿皮城不
幫助我們。可是麥薩帕斯會幫助我們,還有圖倫尼阿斯⑫跟他
帶來的幸運朕兆,和許多國家派來的酋長們。這些人都是拉丁
阿姆和勞倫塔姆的精英,他們俱將贏得不小的光榮。還有卡米
拉,最高尚的沃爾西人物,跟她的花團錦簇的銅甲騎兵隊。可
是倘使特洛伊人要跟我單獨決鬥,你也認為可以的話,倘使只
是我一人在妨害大家的好處,那麼,直到如今,勝利還沒有顯
示它這麼痛恨我這雙手,這麼棄絕它們,以至於我應該回絕任
何帶有這麼大希望的考驗!我將高高興興去會他,即使他有超
過阿基里斯的膂力,穿著伏爾甘親手打造的與阿基里斯的相同
的甲冑。我,特恩納斯,勇武精神不亞於昔日的英雄,業已發
誓把這條命獻給你們大家,獻給我的岳丈拉丁納斯。伊尼亞斯
已向我單獨挑戰了嗎?我接受並歡迎他的挑戰。倘使這項挑戰
中含有眾神的忿怒,我不要專塞斯去替我死以息神怒;倘使其
中只關係著勇氣和光榮,我也不讓他去替我作戰。」

　　他們就這樣針鋒相對,辯論他們那岌岌可危的情勢;可是
伊尼亞斯已在移動他的營地和他的前線。看呀,這消息迅速穿
進王宮,散佈極度緊張的情緒,全城為之驚慌;特洛伊人整隊
待戰,連同埃楚斯卡部隊,壓迫從泰伯河起的整個平原。立時
全國震動,陷入混亂狀態。這激烈的震驚惹起他們的憤怒。他
們在匆忙中立意要執戈禦侮,所有青年都喊著要武器,可是老
年人低語哭泣。接著,四下裡人聲鼎沸,聲音升入空中,那是

一種混合的嘈雜聲，像一群要落在山上樹林裡的鳥的聲音，或像一群雁子飛越魚類孳生的帕杜薩⑬溪時發出的刺耳鳴聲。

特恩納斯抓住這個時機說道：「哎，國人們，不要這樣！開個會，坐下來讚美和平吧。只是敵人在進攻我們，手執武器，要奪取我們的王國而已。」他不再說話，跳起來急忙走出高大的王宮。「你，沃律薩斯，」他說，「你去下令沃爾西人的隊伍武裝起來。帶著魯圖利人去。麥薩帕斯，庫拉斯和他的兄弟，把武裝騎兵隊部署在整個平原的前線上。派一個支隊拱衛通往本城的要道，把守城樓。其餘的人跟我來，順著我選定的路線進攻。」對這些命令，沒有爭論。隊伍在城內各處匆匆忙忙走動，把守城牆的每個部分。拉丁納斯王自己放棄了他的會議和他的重大計畫，在這危急時刻暫時擱置一切，還不斷懊惱自己沒有慷慨接待達丹人伊尼亞斯，沒有情願把女兒嫁給他，使他與自己的城池結盟。

這時人們在城門外到處掘壕，並把木樁石塊搬到城牆上。刺耳的軍號響起殺氣騰騰的戰爭號召。婦孺們站在城牆上，形形色色成一圈兒，因為情勢孔急，這重要關頭需要一切人力。王后也帶著一大群女隨從，乘車攜供品到密涅瓦城堡頂上的廟裡，拉維尼亞跟住她走，低著美麗的眼睛往下看。她就是所有一切可怕災禍的主因。女隨從們爬到廟裡，把裡面充滿香烟；在那高大的廟門內傾吐她們的愁苦，禱告道：「戰力偉大的女神，主理戰爭的屈頓之女⑭，請用手折斷那弗呂吉亞海盜的武器，把他打倒在地上，教他死在妳的高大廟門下。」

特恩納斯熱情奮發，披掛起來準備戰爭。他已穿上紅光閃

耀的銅鱗胸甲，把金脛甲裹在小腿上。他的頭尚裸著，但寶劍
已佩在身邊。他渾身金光熠熠，急忙從城樓高處跑下去，心裡
非常高興，因為他精神飽滿，並希望立刻找到敵人；像一匹脫
韁雄馬，最後自由了，從廄裡跑出去，面前是一片曠野，急忙
奔向成群母馬吃草的牧場，或再次去到一條他鍾愛的河裡洗浴
一番，浴畢跳向前去，高抬頸項，得意嘶鳴，鬃毛在肩頭跳動
著。這時卡米拉騎馬來到這裡與特恩納斯相遇，她的沃爾西隊
伍跟她同來，這位公主在城門附近跳下馬；她的隊伍跟著也都
下馬，熟練地溜到地上。卡米拉向特恩納斯說：「特恩納斯，
倘使勇敢的人有權相信他自己，那末，我是有勇氣的，我要去
迎戰伊尼亞斯的馬隊，單獨對付埃楚斯卡騎兵。讓我去打頭陣，
先試試戰爭的危險。你徒步在城邊守衛城寨。」特恩納斯瞪眼
看著這可怕的女孩，答她道：「姑娘，義大利的光榮，我應當
怎樣謝妳、怎樣報答妳才合適呢？好吧，既然一切讚美獎賞都
不足以報答妳，那就請妳跟我共甘苦吧。根據傳言，我們的偵
探也已經證實，伊尼亞斯已斷然派遣他的輕騎隊先他出來，偵
察整個平原，他自己卻採取一條陡峭而無人把守的山路，隨時
都可能出現，奔下山坡向城裡撲來。我現在有一個作戰策略。
樹林裡有一條峽道，我打算派武裝兵士堵住這峽道兩端。妳必
須準備應付埃楚斯卡騎兵的攻擊。麥薩帕斯、拉丁阿姆支隊和
提布爾塔斯⑮的隊伍，都將熱心協助妳。妳必須跟我分擔指揮
的責任。」他這樣說，也用同樣的話鼓勵麥薩帕斯及他的盟軍
領袖作戰；接著，他往前對抗他的敵人去了。

　　有一條曲折的峽谷，宜於隱藏設伏和佈置陷阱。兩邊山坡

枝葉茂密，把峽谷遮得幽暗。通往峽谷的路徑很不明顯，是一條狹路，入口處窄險可畏。峽谷上面的山頂是一個有利地點，有一片人跡不到的平地，埋伏在那裡的人不露形跡，可從左邊或右邊攻擊敵人，或從中間的高坡上滾下礌石。這位青年領袖沿他所熟知的路徑急忙跑到這裡。他占據陣地，在樹木掩映的一小片地上等候敵人。

這時，拉托納住在天上的女兒狄安娜在向她的一位神聖女伴，捷足的奧皮斯⑯，說話，語音很沉重：「哦寧芙，卡米拉要去從事殺人的戰爭了，她佩帶的是我們喜愛的武器，但都是無用的。我愛她超過任何人。實在說，我，狄安娜，對她的這份兒心意，並不是新近發生的；我的靈魂不是現在才突然對她有了甜蜜的愛。卡米拉的父親麥塔巴斯被奪掉王位，因為他濫用武力，招人仇恨，他被逐出他的古城普利瓦南⑰，帶著他的初生女兒逃亡，逃出激烈的戰爭。他給她命名叫卡米拉，那是根據她母親的名字卡斯米拉起的，只少了一個字。他把她裹在胸前衣服裡，順著漫長的山地走進一片僻靜無人的樹林。敵軍從四面八方無情地威脅著他，因為他周圍到處都有沃爾西人的隊伍。看呀！橫在他逃亡路上的是阿馬斯納斯河，河水已漲出了岸邊，一陣密雲降下了傾盆大雨。麥塔巴斯準備泅水過河，可是他的愛女使他躊躇，生怕傷害到他抱著的心肝寶貝。他馬上依次審度每一個策略，驟然作成一個堅定的決定，雖然對這決定仍有懷疑之處。幸喜他那結實的手裡拿了一根結實的粗大長槍，槍桿是經火烤過的結疤橡木作的。他用林中的軟木皮把他女兒緊緊包起來，綁在槍桿正中，以保持平衡，接著以他那

有力的右手揚起槍桿，高聲向天說道：『慈愛的女郎，拉托納的女兒，林中的護神，我，她的生身父親，願將我這個女兒獻給妳為侍女。她第一次所持的長槍就是妳的武器，她在逃避敵人並祈求妳的恩典保佑。女神，我求妳，把她收為妳自己的，我現在要把她付諸無定的風了。』說著他手向後一揚，投出那滾轉的長槍；河水在下面怒號；卡米拉飛越那疾奔的河水，無助地綁在那嘯鳴的槍桿上。這時成群敵人已撲向麥塔巴斯，他一躍投入水中，立時泅過對岸，從草地上拔起長槍，那女孩還綁在上面，那是他已經獻給狄安娜的禮物。

「沒有任何人家或城池願意收容麥塔巴斯；他的狂野脾氣決不允許他自首，所以他在牧人們孤寂的山中度日。在這些荒野的莽叢裡，他用野馬乳和其他野獸乳餵養他的女兒，把她們的乳頭塞在她嬌嫩的嘴裡。當那孩子第一次用小腳在地上留下腳印時，麥塔巴斯把一根鋒利的標槍放在她手裡，把一張弓和鋒利的箭掛在孩子肩上。她頭髮不束金帶，身不穿下垂的斗篷，但穿一件母虎皮，從頭上到背上。在那樣年紀，她經常從柔軟的小手裡投出小標槍；在頭頂輪旋用光滑皮條做的帶弓，打下從斯垂芒⑱飛來的鶴或一隻白鵝。在所有埃楚斯卡城池裡，許多人家的母親都盼望娶她作媳婦，但都沒成功；因為她覺得單是服侍狄安娜已夠快樂了，她也深愛她的武器和她那白玉無瑕的處女貞操。我只願她沒有要去向特洛伊人挑戰，沒有捲入這樣的戰爭裡，因為她本來仍將是我的伴侶，仍然是我心愛的。

「可是，來，寧芙；既然無情的命運要她早死，請妳飛往下界，去到拉丁地面，那裡殘酷的戰爭正在進行，充滿不吉的

兆頭。拿這些武器去；從這箭壺裡抽出一枝箭替我報仇。讓這枝箭殺死任何傷害她的人，凌辱她的神聖肉身的人，不論他是誰，特洛伊人或義大利人。將來我會把她可憐的身體裹在霧裡，連同她身上仍穿著的甲胄，完好無損地輪到她墳墓裡，放她在自己家鄉安息。」狄安娜這樣說了，奧皮斯駕一團黑旋風輕輕從天空掉下去，她飛行的時候，武器在身邊卡嗒作響。

這時特洛伊人的軍隊已臨近城牆，埃曲瑞亞的首領們及全部騎兵，分成幾個實力均等的支隊，也到了那裡。整個平原上眾馬騰躍，蹄聲得得，牠們不耐緊緊的箝制，煩躁嘶鳴，一會兒這樣跳，一會兒那樣跳。廣大的田野裡槍矛成林，發出高舉的武器的亮光。但是麥薩帕斯、庫拉斯和他兄弟的拉丁阿姆騎兵隊，以及卡米拉姑娘的馬隊，也上去與他們相值於平原上。他們堅定地右手後揚，投出長槍，矛頭顫動著。戰士們往前挺進，馬在嘶鳴，騷動益發加劇。雙方軍隊現在停下來，已進入長矛一擲之射程。接著突然一片殺聲，他們躍向前去，把馬催到戰爭狂的地步，馬向前奔馳，雙方相對投出一陣標槍，密如雪片，遮天蔽日。特亨納斯和兇狠的阿康圖斯立即抖擻精神，平端著槍互相衝殺。他們是首先倒下去的，倒下去的時候發出巨大的碰撞聲，兩人的馬互相撞破了前胸。阿康圖斯像雷霆般摔向前去，或像石弩彈出去的一塊巨石，一頭栽在地上，生命消散在空中。人們不禁驚恐，於是隊形散亂了。拉丁人返身逃跑，用盾掩護背後，往城池的方向逃，特洛伊人在後追，阿西拉斯率領他的部隊領頭追趕。可是到了離城不遠的地方，拉丁人又發聲喊，掉轉馬頭。這時該特洛伊人逃了，他們放鬆轡頭，

退了很遠。他們像海水樣漲漲落落，有時高漲起來，水浪撞擊石壁，迸得水花紛飛，一片水浸濕沙灘最遠的地方；有時驟退下去，回水吸著滾石俱退，水愈退愈淺，最後岸邊露出乾地。埃楚斯卡人兩次擊潰魯圖利人，趕他們往城裡逃，兩次又被擊退，急忙瞟眼後瞧，把盾背在後面以保護自己。可是到第三次相遇時，他們纏鬥在一起。人人捉對兒廝殺；垂死者高聲呻吟；人身和武器在血泊裡打滾，將死的馬和人的屍體混在一起；戰爭愈來愈激烈。奧西洛卡斯向瑞穆拉斯的馬投了一槍，因為他不敢接近騎馬者，鐵矛尖深入馬耳。那馬經此一擊，甚為惱火，又疼痛難禁，直跺腳，人立起來，前腿在空中彈掙，鼓脹著胸脯；瑞穆拉斯摔下馬，在地上打滾。克蒂拉斯打倒了艾奧拉斯和赫米尼阿斯，後者趾高氣揚，身體魁梧，使用重大的武器；他裸著頭，一頭金黃頭髮；兩肩也裸露著，一點兒也不怕受傷，這樣一個強大身體出現在敵人面前。可是一桿槍插入他寬闊的兩肩中間，顫抖著，教這位身強力壯的人疼得直不起腰來。到處碧血飛濺，人在惡戰中以鋼刀砍殺，想以受傷求得光榮的結局。

這時卡米拉背著箭壺，騎馬馳入亂軍之中，高興得像一位亞馬孫女戰士，袒露一胸，那是為了戰鬥時便於施展。有時她接連投出一陣沉重長槍，有時不假休息，手揮一柄長大的戰斧。她的金弓從平肩的水平發出，箭矢離弦的響聲，那正是狄安娜用的武器。有時不得不後退的時候，她便在退卻時轉身向後射出利箭。她周圍的人都是她挑選出來的戰友，拉瑞納姑娘，圖拉，和使銅斧的塔佩亞，三人都是義大利的女兒，狄安娜的侍女卡米拉選她們為她的儀仗衛兵，在和平或戰爭時都是她的忠

實侍從。她們像巴雷斯的亞馬遜女戰士，身穿鮮豔戎裝騎馬赴戰，塞其敦河回應著她們的馬蹄聲，也許像希波利塔率領的，不然就是像勇武的潘澤利亞⑲駕戰車歸來時那些高聲吶喊的女兵，高興地揮動她們的半月形盾牌。

哦！猛烈的女郎，誰是第一個，誰又是最後一個被妳的長槍打落馬的？有多少身體強壯的人被妳打死在地上？第一個是克律霞斯的兒子尤紐斯，正在她面前；她用長長的杉木桿槍刺進他那沒有掩護的胸膛。他倒下去，口中鮮血噴湧，嘴啃住染血的土地，臨死撐扭一陣，壓在傷口上喪命。接著她又殺死利瑞斯和帕加薩斯：那是當利瑞斯的馬失足倒下去，他身軀往後仰，一邊企圖抓住韁繩的時候，和帕加薩斯來幫助利瑞斯，向他倒下去的朋友伸出沒有持武器的手的時候；二人都栽倒在地上。除這二人之外，她還殺死了希波塔斯的兒子阿馬斯楚阿斯；並探身向前，遠距離標槍投擊特魯斯，哈帕律卡斯，德莫弗昂和克魯米斯。這位女戰士每投出一根旋轉的銳矛長槍，就有一個弗呂吉亞戰士倒下殞命。在一個較遠的地方，有一獵人奧尼塔斯，不習於甲冑，正在騎一匹伊阿佩吉阿馬。作為一個戰士，他用牛皮遮蓋他那寬闊的肩膀，頭戴狼面帽，狼嘴大張，露出白森森的牙齒；他手裡的武器乃是鄉下人的獵矛。在戰士們中間走動的時候，他比別人都高出一頭。在他同戰友們潰逃時，卡米拉沒有大費力氣，就截斷他的去路，刺穿他的身體；接著站在他身旁，憤恨地向他說道：「埃楚斯卡人，你以為你是在林中追逐野獸嗎？今天將證明你跟你的朋友們都想錯了；而且是一個女人的武器證明的。可是你將給你祖先的陰魂帶去還不

錯的名聲，那就是死在卡米拉槍下的名聲。」

　　緊接著，她殺死奧西洛卡斯和布特斯，兩個力氣奇大的特洛伊人。布特斯已轉過身去，她用槍刺他胸甲與頭盔中間，因為他騎馬的時候，那兒的頸頸露出白色，他的盾掛在左臂上。奧西洛卡斯轉圈兒追她，她起初逃跑，後來誘他跑小圈兒，轉到他身後，因而被逐者變成了追逐者。接著，她在鞍上高挺身子，用結實的戰斧左劈右砍，斬破甲冑和骨頭，甚至當被斬的人高呼饒命的時候；受傷者溫熱的腦漿濺在他自己臉上。這時奧納斯的戰士兒子，從亞平寧山來的，遇見了她；只要命運讓他使得出他的心計，他就不是利格瑞亞人中最無用的。他站在那兒不動，驟然看見她，不禁驚慌。他覺得縱然他腳下快，還是脫不了一場戰鬥，也不能使這位公主轉移她攻擊的目標，於是決定使一條妙計，開始向她說道：「一個女戰士有這樣一匹強大的馬可恃，有什麼了不起的？撇開妳藉以逃命的手段，只靠下馬打仗的能耐，跟我在平地上一試高下吧。妳很快就會發現是誰的驕傲自負給她招來災禍。」他這樣說了，卡米拉怒恨交加，把馬交給一位戰友，毫無畏懼地立在那裡，像她的敵人一樣也手持一把出鞘的劍和一面無裝飾的盾牌。就這樣，那位利格瑞亞青年以為他的狡計得逞。他毫未遲疑，立刻就逃，策動他的四足馬，用鐵的馬刺催牠疾行，一陣飛去。「愚蠢的利格瑞亞人！」那女郎說道，「受這個愚蠢奸計之騙的，是你自己，你這個狡猾的傢伙！可是你這天生的詐術對你沒有好處，沒法帶你安全回到你父親奧納斯那裡，和你一樣是騙子的奧納斯。」女郎話聲才落，已經像閃電般飛射上去，追到馬前，回

頭對面抓住韁繩，跟那利格瑞亞人交手，洒了他那可恨的血為自己報仇；她做這件事，輕而易舉，像瑪爾斯的神鷹從某個高處的岩石上起飛，往上搶到遠處的雲中追過一隻鵪鴿，緊緊抓住牠，用鉤爪撕破牠肚腹，血和撕掉的羽毛從天空往下飄落。

這時坐在奧林匹斯山寶座裡的人和神的父看見了這樣事。天父感動埃楚斯卡的塔賞去瘋狂進攻，催促他兇猛向前，激起他的怒忿。因此塔賞騎馬衝到死人堆裡，那裡的隊伍正在退卻。他用盡一切勸說的話，督促他的騎兵隊前進，呼喚各個人的名字，鼓舞潰退的人再去打鬥：「埃楚斯卡人，總是這樣沒有骨頭，永遠沒有一點兒廉恥嗎？怕什麼呢？你們心中的畏怯已達到這樣新的深度了嗎？想想，一個女人就擊潰了這支軍隊，把你們趕得五凌四散！我們帶劍有什麼用？我們為什麼手持長矛，倘使不能用它們？哦，聽到愛的號召，趕赴愛的夜戰的時候，你們就不是這樣！還有，彎曲的風笛號召你們去參加巴克斯宴會的時候，你們都貪饞地期待一次滿桌酒食的盛筵，只等先知報告吉兆，說有肥美的犧牲品請你們到某堂皇的樹林中集合。這才是你們的真正興趣，你們的熱情所在。」說了這段坦白話以後，塔賞不顧生命危險，催馬進入戰鬥激烈的地方，毫不在乎地去攻擊范紐拉斯，把他拉過馬來，夾在右臂下，猛使蠻力，把這個敵人抱在胸前帶走。這時一陣呼聲震天，每個拉丁人都轉身觀看。塔賞抱住那人和他的武器，像一陣火樣衝過平地，接著他折斷敵人長槍的矛頭，摸索一個沒有保護的地方給他以致命傷。范紐拉斯拚命掙扎，企圖把他的手推開他的咽喉，以武力對抗武力，像一隻高飛的金鷹抓住一條蛇，蛇纏住鷹腳，

鷹爪緊搯著蛇，蛇雖受傷，但仍繼續扭滾，昂首豎鱗，嘴裡嘶嘶作聲，但是鷹不管牠怎樣，在牠掙扎的時候用鉤嘴折磨牠，同時在高空振翼飛翔；塔賞就是這樣從提布爾塔斯人陣線勝利地攫得他的戰利品。埃楚斯卡人鑒於他們領袖的範例，見成功而思效法，也群起衝鋒。

　　這時阿阮斯，不久就要被命運召去的，策馬來到卡米拉附近，手持標槍，伶俐地窺伺她的敏捷行動，小心等待一個最容易進攻的機會。無論她憤怒地衝進哪裡的戰鬥中心，阿阮斯總跟她到那裡，默默地守在她附近；無論她往哪裡去，戰勝返來或離開敵人，那青年戰士總是迅速地、悄悄地去到那裡。他總是在找一個襲擊的機會，有時這裡，有時那裡；不斷繞著她走，專心致志，毫不放鬆，手裡握著那抖顫的長矛。這時訏伯勒的信徒，並且曾當她祭司的克勞魯斯偶然出現，老遠就看見他那光亮的、惹人注目的甲冑；他騎的那匹嘴邊泡沫斑斑的馬穿著像羽衣樣的、金線綴成的銅鱗甲。他自己身穿輝煌的東方紫色服裝，他的律西亞弓射出鋒利的克里特箭，那弓用金包裹，掛在他肩上。他是一位先知；頭盔也是金的，他用一只赤金別針把他那有麻布褶沙沙作響的紫紅斗篷綰一個結，上裝和東方式的護腿，都是金線縫的。那女郎雖是女獵人出身，卻不顧別人，在戰亂的人群中只盯住他一人，也許是由於希望把一套特洛伊甲冑掛在廟裡的牆上為祭，也許是想穿上擄來的金衣以資炫耀。由於一陣女孩子搶奪戰利品的熱心，她沒頭沒腦走遍到處的戰線。這時阿阮斯終於決定動手，暗暗投出他的長矛，同時高聲向上天祈禱道：「最高的神，阿波羅，神聖的索拉克推的護神，

我們埃楚斯卡人對你的崇拜超過其他任何人,為你我們添加燃燒的松木堆上的木柴,為崇拜你,我們滿懷信心在火堆上行走,萬能的父,讓我的武器雪盡我們的恥辱。我不是為了要那女郎的甲冑,也不是為了打敗她以獲得勝利紀念品,也不是為了要搶奪什麼;我可以留待其他戰功來給我掙得榮譽,實在說,我可以很高興回到自己的故鄉,無聲無臭,令名不彰,只要這個不堪忍受的禍害能死在我手裡。」菲巴斯聽見他,決定只答應他的一部分祈禱,其餘的部分讓它隨風飄逝了。他答應他可以驟然殺死卡米拉;可是沒有答應讓他自豪的故鄉可以看見他歸去,南風把那句話吹散了。是以,他擲出的長矛穿空嘶鳴,沃爾西人最集中的地方個個人都轉向他們的公主,每隻眼睛都在看著她。可是卡米拉自己沒有聽見那標槍破空而來的嘯聲,直到它擊中她赤裸的胸膛,插在那裡,深入內腑吸盡她的血。她的戰友們頓時驚慌,集合起來扶持他們倒下去的女主人。阿阮斯較任何人更為惶恐,他又驚又喜,逃了起來,不敢再信任自己的長槍,不敢面對那女郎的武器;像一隻狼咬死了一個牧人或一頭大牛,甚至還沒有任何威脅性的武器追牠,立刻急忙跑到高山上沒有路徑的地方,深深體會到牠的這種魯莽行徑;兩腿夾住尾巴,尾巴抖顫著並摩擦著牠的肚皮,向林中逃去。阿阮斯像這樣的狼一樣,惶惑地躲了起來,混在武裝人們中間,只想逃掉。將死的卡米拉一手拉住那長槍,可是那鐵的矛頭深深插在她肋骨中間,牢不可拔。血流了出來,她垮倒在地上;眼神不能集中,開始瀕於死亡;臉上的紅潤消逝了。在奄奄一息的時候,她跟阿克卡說話,阿克卡是跟她同樣年齡的伴侶,

對她的忠實為其他任何人所不及，她常向她說些私心話。這時
她跟她說道：「阿克卡，好妹妹，我的努力到此為止。這個重
傷要了我的命；我的周圍慢慢黑暗起來。妳快逃去。傳我最後
的話給特恩納斯：教他來加入戰團，抵禦特洛伊人以保衛城池。
就此永訣了。」說著的時候，她手裡的韁繩已經掉下去，身體
軟軟而不自主地滑落到地上。她已經冰冷了，她的魂靈兒慢慢
離開身體的各個部分，已經沒有知覺的領頸和沒有生命的頭平
躺著；她的武器棄置在一邊。哭著恨著，她的生命逃入地下的
陰間去了。她死的時候，一陣震耳的喊叫聲沖動天空和它的金
星。卡米拉被打下馬後，戰爭愈趨激烈，所有特洛伊的隊伍，
埃楚斯卡領袖們，和伊范德的阿卡迪亞部隊一齊進攻，混戰成
一團。

　　這時狄安娜的哨兵奧皮斯久已在高山頂上守著她的崗位，
無所畏懼地在觀察戰局。從老遠她看見，那些高聲吶喊和瘋狂
戰鬥的戰士中間，卡米拉受了致命的打擊，不禁吸了一口氣；
因而從她內心深處哭訴道：「啊，姑娘啊，為了向特洛伊人挑
戰，妳付出的代價未免太重大了！雖然妳在林間幽僻處崇拜狄
安娜並肩披我們的標誌，箭壺，可是那對妳也沒有什麼幫助。
不過，妳的女王在妳死後並非沒有給妳哀榮。妳的死將馳名於
世界各國；也決不至於無人替妳報仇。因為傷了妳的玉體的人，
無論他是誰，將以命還命，食其應得之報。」在那高山腳下有
一土丘，那是古代勞倫塔姆君王德森納斯的墳墓，堆土而成，
有冬青樹遮蔭。那女神迅即來到墓旁，她那靈敏有力的行動極
其美妙。她立即守在那裡，從土丘頂上觀察阿阮斯。看見他那

明晃晃的甲胄和滿面虛榮，她跟他說道：「為什麼你轉身，像是要離開的樣子？往這裡走過來；來死在這裡，接受卡米拉適當的報復。可是想想，你這樣的壞人竟然要由狄亞娜的武器來結束！」那色雷斯女神這樣說著，從她那包金箭壺裡抽出一枝飛箭。她拉弓對他瞄準，把弓弦拉得直到彎弓的兩端幾乎相遇，兩手平衡用力，左手觸及鐵的箭鏃，右手把弓弦拉得幾乎挨住她的右乳。接著，阿阮斯才聽見那箭嘶鳴時一陣風響，那鐵鏃已插進他的胸膛。他的戰友們毫未顧他，留他在那裡呻吟，最後死在平原一個沒人注意的地方。奧皮斯飛回奧林匹斯去了。

　　卡米拉死後，首先逃跑的是她的輕騎隊。魯圖利人四散飛奔，潰不成軍，精力充沛的阿丁納斯也在逃；與隊伍失掉連絡的隊長和沒有領袖的隊伍，都在尋覓安全，勒轉馬頭往城裡跑。誰也沒有力氣以飛槍飛矢抵禦特洛伊人，或當他們窮追不捨準備刺殺的時候站住堵擋一陣。反而，他們把鬆了弦的弓掛在低垂的肩頭上。平原在馬蹄下震動，塵土飛揚。塵土向城牆的方向飛，一陣陣黑煙滾滾。婦女們站在堡樓上搥胸大哭，哭聲震天。第一批敗逃的人跑到城門口，後面緊隨著成群敵人跟他們混在一起，他們逃不脫悽慘的死亡；因為甚至在他們自己的城門口，在自己的城內，周圍都是自己的房子，他們還是被刺殺身死。有些守城者因而關閉城門，不敢留下進口讓朋友們進來，無論他們怎樣央求也不讓他們進城，因而發生最可嘆的大屠殺，逃回的潰兵竟向守城的人攻擊。哭泣的父母親眼看著關在城外的人，有些被擠滾到城壕裡，有些鬆轡前奔，盲目地衝向那擋住他們去路的城門。甚至城牆上的婦女們有感於真正的愛國熱

忙，並且一心摹仿她們所見的卡米拉的榜樣，匆匆忙忙用手投
出武器，她們沒有用鋼矛，而用燒尖的橡木棒；在最前線上誓
死捍衛城牆。

　　同時悲慘的消息傳到了在樹林裡的特恩納斯那裡，他十分
憂慮；阿克卡向他報告那非常危殆的情勢，給這位青年皇子以
極端的悲痛：他說沃爾西隊伍被消滅了，卡米拉陣亡了；敵人
所向披靡，已在乘勝攻城；城內已是一片驚慌恐怖。特恩納斯
興奮地遵從朱庇特的殘酷和專橫的意志，走下他所占據的山頭，
離開樹木掩映的山坡。他剛走出視界以外到達平原，特洛伊的
首領伊尼亞斯進入那無人防衛的關口，越過山頂，走出了樹林。
因此這兩位指揮官各自率領自己的隊伍，急急忙忙往城的方向
進發，二者相隔不過數武的距離。伊尼亞斯隔著塵土彌漫的平
原遙望，可以看見勞倫塔姆的隊伍，同時特恩納斯聽見後面上
來的蹄聲和馬鼻子的哼聲，知道伊尼亞斯已來到這裡準備交戰。
他們本來可以立刻交起手來，在戰鬥中決定勝負，要不是深紅
的太陽已把他那疲憊的馬沐浴於西班牙的海中，又帶黑夜復返。
雙方軍隊在城外安營，構築柵欄以資防衛。

譯 註

①見第十章註① 。

②伊阿佩吉阿（Iapygia）：在長統靴狀義大利半島東南「腳跟」的阿普利亞（Apulia）區。腳跟上有一稱為「刺馬釘」的多山岬角突出亞德里亞海，即是加蓋納斯（Garganus）。阿蓋瑞帕（Argyripa）：是迪奧麥德斯在此岬角所建阿皮城的別名。

③卡菲如斯（Caphereus）：希臘歐畢爾（Euboea）區東南尖端岬角。特洛伊戰爭得勝返航的希臘人，大多數在此撞沉。

④普羅圖斯（Proteus）：與奈魯斯一樣，常被稱為「海的老人」。能知過去未來，亦善於改變形貌。特洛伊戰後，米奈勞斯攜海倫返航，被風吹到埃及附近的法羅斯島（Pharos），在那裡遇見普羅圖斯，並設法使他指點返回斯巴達之路（見《奧德修斯返國記》第四章）。

⑤見第一章註⑯ 。

⑥見第二章註⑩ 。

⑦見第三章註㊱ 。

⑧指希臘聯軍統帥阿格曼農。他遇害的經過，請參考《奧德修斯返國記》第三與十一章。

⑨事見《奧德修斯返國記》第五章。

⑩邁密登人：見第二章註① 。拉瑞莎（Larissa）：希臘中部重要城市。

⑪奧菲達斯（Aufidus）：義大利東南部河流，注入亞得里亞海。

⑫圖倫尼阿斯（Tolumnius）：義大利占卜者，在特恩納斯一邊作戰。

⑬帕杜薩（Padusa）：波河的出口之一。

⑭屈頓，見第一章註㉝ 。密涅瓦（雅典娜）由於與海的某種隱微的關係，或者與非洲北岸屈頓尼斯湖（Lake Tritonis）的關係，有時被稱為「屈頓之女」。

⑮提布爾塔斯（Tiburtus）：建造提布爾城（見第七章註㊱ ）的三兄弟之一，他以自己之名名其城。

⑯奧皮斯（Opis）：寧芙，狄安娜的侍從。

⑰普利瓦南（Privernum）：沃爾西人在拉丁阿姆的城，卡米拉的誕生地。

⑱斯垂芒（Strymon）：色雷斯西部河流，鶴的家。

⑲塞莫敦（Thermodon）：小亞細亞一條河，流經亞馬遜土地注入黑海。希波利塔（Hippolyta）：亞馬遜女王，西修斯（Theseus）的妻子。潘澤利亞（Penthesilea）：另一亞馬遜女王。

十二、決斷：特恩納斯之死

特恩納斯看見戰神瑪爾斯衝破了拉丁人的隊伍，他們已經沒有戰鬥力了，個個眼睛都盯住他看，要他實踐他自動提出的諾言。他迫不及待要交戰；心中那股難以平息的火早已不點自燃；像阿非利加沙漠裡一頭強壯雄獅，胸間受了獵人的嚴重創傷，最後拚死一鬥，痛快地猛搖著頸上的豐茂的鬃毛，無畏地咬掉一個潛隨的獵人插在牠身上的標槍，張開血汙的嘴咆哮怒號。特恩納斯的熱烈情緒就像這樣，他那頑固的脾氣愈來愈倔強。在一陣暴躁心情下，他開始向國王說道：「我，特恩納斯，不妨礙任何人。那些追隨伊尼亞斯的懦夫沒有理由收回他們的挑戰或放棄他們的契約。我去戰鬥。父王，你是我們的元首，請你帶著犧牲用具並開列休戰條款。你們拉丁人請坐下觀看。要麼我這隻右臂把那達丹人，那個亞細亞亡命徒，打到塔塔拉斯，憑我的寶劍隻手擲回加諸於我們大家的恥辱，要麼讓他手擒我們，並讓拉維尼亞姑娘落在他手作他的新婦。」

拉丁納斯穩住他的情緒，答特恩納斯道：「啊，勇敢過人的青年皇子，你愈是表露你那暴烈的勇氣，為公平起見，我必

須愈加認真考慮每一種危險。你自己已經承繼了你父親道納斯
留給你的王國，你的左臂還奪取了許多別的城池。除此之外，
我拉丁納斯有的是黃金，和一顆慷慨樂贈的心。在拉丁阿姆和
勞倫塔姆地面，有的是門第高尚的未婚姑娘。讓我直言無隱說
出我心裡的話，無論這話說來多麼痛苦；請你把我的話牢記在
心。我不能把我的女兒嫁給從前任何一位追求者，要是那樣，
就是犯了罪；神和人的每次預言都教我不要那樣。可是因為我
愛你，我們是親戚，我的王后的悲傷和眼淚又勸動了我，所以
我打破一切約束，把一個許了人的女兒從她未婚夫手裡偷了來，
然後，起了邪惡的戰爭。你自己看見，特恩納斯，開戰以後，
軍事失利怎樣使我熬煎；你自己知道，誰也不像你那樣忍受了
這麼多苦難憂傷。兩次大戰都敗了，甚至在我們城內，我們也
很難保持對義大利未來的希望。我們的熱血溫暖了泰伯河水，
平原上是我們的一片白骨。我為什麼總是回到這一點上來呢？
我發什麼瘋，老是改變我的主意呢？假如特恩納斯先死了，我
馬上就跟特洛伊人結盟。既然如此，為什麼不在特恩納斯尚未
受傷害的時候結束一切鬥爭呢？倘使只因為你要娶我女兒為妻，
我就送你去死——願命運證明我的恐懼是無根由的——那麼你
自己的親人，魯圖利人，將會怎麼說，甚至全義大利將如何判
斷呢？請想想，戰爭的機運變化莫測。也可憐可憐你遠在阿德
亞家裡的老父，他正在為他遠方的兒子擔憂。」

可是這些話一點兒也沒有改變特恩納斯的堅定決心。他的
熱情益發高張；病越治越厲害。一旦他能說話的時候，他開始
說道：「父王，求你不要為我擔憂，讓我憑死爭取榮耀吧。我

的手像任何人的一樣，也能擲出一陣重大的標槍；我若刺傷敵人，他同樣也得灑出生命的血。他的女神母親定然不會在他身邊以濃霧掩護他逃逸——女人常用的策略——；倘使他企圖藏在陰暗處，那也沒有用場。」

可是王后懍於戰爭又發生的危險，像一個人將死的樣子，流著眼淚，抱住她女兒的火暴愛人：「特恩納斯，求求你，請你看看我這些眼淚，請你顧念對阿瑪塔的情誼，它仍能打動你的心吧！你現在是我惟一的希望，是我不幸的老年的惟一安慰；拉丁納斯的一切尊嚴和權勢都寄在你身上，因為我們的搖搖欲墜的家室靠你支持。我只求你一件：不要跟特洛伊人短兵相接。無論你在計畫的戰爭中遭遇什麼樣命運，都是我未來的命運；要是你死了，我也要離開這可恨的陽世。因為我決不要身為俘虜，看見伊尼亞斯成為我的女婿。」

拉維尼亞聽見她母親的哭求，眼淚順兩頰往下流，內心深處的熾熱羞赧迅即紅遍她發燒的面頰；像一個工匠將血紅顏色塗在印度象牙上，或百合混在玫瑰花叢裡，反映紅的光色，那姑娘臉上的顏色就是這樣。特恩納斯以發狂的愛心注視著她；他的要執戈赴戰的熱忱益發強烈了。他對阿瑪塔的答話是簡短的：「媽媽，我求妳，不要以這樣不吉利的眼淚送我去參加戰神瑪爾斯的無情戰鬥。特恩納斯沒有展延他自己死期的自由。好了，愛德芒！去向那弗呂吉亞掌權者傳我的話，他是不喜歡這些話的。明朝當黎明開動紅輪軒車，天色微露曦光的時候，他不必派特洛伊人來跟魯圖利人作戰，特洛伊人和魯圖利人都不要使用武器。這次戰爭的勝負只以他的血和我的血來決定。

拉維尼亞誰屬，必須由場上輸贏來決定。」

　　說了這些話後，他迅即回到王宮裡，吩咐準備馬匹，看見牠們的帶些安詳的興奮情形。這些馬是奧瑞西亞① 親自送給皮蘭納斯的，是值得誇耀的好馬；牠們色白似雪，疾奔如風。盡心的御者站在牠們身旁，用手空掌拍牠們前胸鼓勵牠們的勇氣，並梳理牠們散落在頭上的長鬃。這時特恩納斯把他的硬挺的金鱗和銅鱗鎖子胸甲拉到兩肩上。他還掛上寶劍和盾牌，戴上有紅翎盔纓的頭盔。火神親自給特恩納斯的父親道納斯鑄成那把劍，當它正白熱的時候把它浸在冥河水裡。接著特恩納斯緊握著他靠在殿廳正中一根高柱上的沉重長槍；那是奪自奧軟卡人阿克托的。特恩納斯把它抖得上下顫動，大聲喝道：「我的長槍啊，你向來不曾辱我給你的使命，現在時刻到了。英勇的阿克托曾用過你；現在你握在特恩納斯右手裡。求你把那個弗呂吉亞半人打倒在地，大力扯掉他的胸甲，讓我把他那用鐵鋏捲過並搽了樹脂香油的頭髮揉在塵土裡！」他一陣瘋狂不已：閃著精芒的眼睛冒著怒火，滿臉表露著內心的可怕火熱，這熱迸出火花紛飛；像一頭準備戰鬥的公牛，開始咆哮發威，以牠的兩角憤怒衝牴；牴觸樹幹，衝撞空氣，或踢起沙土，在戰鬥以前預試鋒芒。

　　同時伊尼亞斯高興的是，終於有希望以對方向他提出的新協議解決戰爭。在一陣堅強不屈的心情下，穿著他母親給他的鎧甲，他像特恩納斯一樣，也奮起勇武精神，激發熱烈怒忿。他說些使他的戰友們和焦慮的尤拉斯安心的話，說這樣的事全由命運支配。接著他指示他的軍官把他的回話傳給拉丁納斯王，

指出他的決定，並宣布他的和平條件。

　　翌晨，黎明剛向山巔灑出微曦，日神的馬甫自海水深處升起，牠們那高昂的鼻孔噴出光明。魯圖利和特洛伊雙方的將領已在偉大的城寨附近丈量出一個決鬥的地方，他們在那裡的中央為雙方都尊敬的神擺一火盆和草地祭壇，祭司們穿長禮服，戴聖草冠，攜來水與火，義大利師旅走出來，他們的密集隊伍穿過擁擠的城門。所有裝備不同的特洛伊和埃曲瑞亞的軍隊，從另一方面急忙開來，攜帶全副鋼鐵武器，彷彿是來從爭激烈戰鬥似的。各位隊長，阿薩拉卡斯支系的姆奈修斯，勇武的阿西拉斯，和奈普頓的兒子馴馬者麥薩帕斯，閃著金色與紫色光輝，也在他們成千的隊伍中間疾步行進。一聲號令，人馬往後退，退到各自的指定地點；把長槍插在地上，盾牌靠槍放著。接著婦女們，沒有武器的群眾，老的弱的，都興奮地從家裡湧出；他們聚在城樓上，屋頂上，或高高的城門頂上。

　　這時朱諾從一個山頂往下瞭望，那個山頭現在稱為阿爾巴，那時候只是一個沒有名字的小丘，沒人注意，也沒有名聲，她從那裡俯瞰平原，和勞倫塔姆與特洛伊的師旅，以及拉丁納斯的城池。她立刻向特恩納斯的姐姐說話，她像她一樣，也是女神，掌管水塘和奔騰的河川，天上的君王朱庇特給她這項職位，作為偷了她處女貞操的報償：「寧芙，河川的光榮，我的愛，妳知道，在所有被頑強的朱庇特強拉到他床上的拉丁阿姆少女中，妳是我最鍾愛的，我已很高興給妳一個在天上的位置。朱特納②，妳要知道，妳將有一場哀傷；可是不要懟怨我，因為只要命運允許，只要命運三女神讓拉丁阿姆成功，我總是保護

特恩納斯和妳們高牆圍起的城池。可是現在我看見這位青年皇子以弱於其敵人的命運去交戰。命運注定的日子和惡毒的力量行將來到。我不能親眼看著這次休戰和這次決鬥。可是妳呀,倘使妳敢給妳弟弟以比較有力的援助,只管上前去;因為現在正是該幫助他的時候。也許妳們二人的前途會光明些!」她剛說完這些話,朱特納的眼淚已開始淌,三番五次用手捶著美好的胸膛。「現在不是流淚的時候,」撒騰的朱諾說道。「快些呀,倘使妳能想出辦法,救救妳的弟弟免於一死;要不然,就破壞他們現在所訂的條約,重新燃起戰火。我准許妳這樣作。」說了這番勸勉的話以後,她離開心裡疼痛,迷惘不知所措的朱特納。

她們說著話的時候,那些君王們走出來了。拉丁納斯乘一輛駟馬高軒,光亮的額頭戴著十二道金光的冠冕,象徵他的祖先是日神。特恩納斯乘兩匹白馬拉的戰車,手持兩根抖顫的闊矛長槍。從特洛伊陣營來了伊尼亞斯隊長,羅馬族的始祖,渾身光輝燦爛,他的盾像一顆明星,鎧甲係上天所造;緊隨他走出來的是阿斯堪尼斯,羅馬的偉大前程的第二號人物。一位身穿純白寬袍的祭司帶著一頭幼豬和一隻兩歲未剪毛的綿羊,把這兩件犧牲品趕到已生了火的祭壇旁。皇子們轉面凝視正在升起的旭日,貢獻成把的加鹽麥片,用劍在豬羊額頭劃一道痕迹,用碗將獻祭的飲品傾在祭壇上。這時誠實的伊尼亞斯抽劍出鞘禱告道:「太陽,請你做我的見證,義大利的土地,我向你央求,因為原來為了你,我才有力氣忍受至今所遭遇的重大磨難;還有你,萬能的父,和妳,他的撒騰王后——啊,女神,時至

今日，我希望妳對我們友善些——我現在向你們祈禱，還有你，瑪爾斯，光榮的父，你左右著一切戰爭；我祈求你們，一切泉流河川，天上和深海裡的一切力量；倘使勝利屬於奧索尼亞的特恩納斯，我現在同意戰敗者將去到伊范德的城裡，尤拉斯將放棄他對這些土地的名分，伊尼亞斯的人將來永遠不再重啟戰端，執刀槍向這個領域挑戰。可是倘使勝利是屬於我們，證明瑪爾斯在向著我們——我想多半是這樣的，願諸位神祇促其實現！——那麼我決不命義大利人服從特洛伊人，我自己也決不稱王稱帝。讓兩族俱未被征服的人民在平等基礎上訂一永久契約。我將引進我們特洛伊的禮俗和我們的神祇。可是拉丁納斯作為我們的聯合家庭的父，將握有一切武力和享有一切政權的尊嚴。特洛伊人將為我建造我們自己的有牆城池，那個城池將以拉維尼亞的名為名。」

伊尼亞斯先說了，拉丁納斯接著也說。他仰望蒼穹，伸右手向天祈禱道：「伊尼亞斯，我也指著大地、海洋、星宿，拉托納的孿生兒女，兩面神簡納斯，陰間的神祇和不假寬容的德斯③的廟堂起誓。願父神聽見我的誓言，他的霹靂是每個條約的保證。我手摸著這個祭壇；請這裡的神祇和我們中間的火做我的見證。無論將來的命運如何，願永無破壞這個義大利條約的日子。沒有任何力量能改變我的意志，即使那力量能使洪水橫流，把全世沒在水裡，粉碎天空，把它投在地獄裡，也不足以改變我的意志。我意志堅定不移，如此權杖」——碰巧他右手握著一根——「自從它最初在其森林的家裡從樹幹上砍下來，被刀斧削去枝葉，現在已沒有了母樹，永不能再發芽生葉，抽

枝投蔭。從前它是一棵樹，現在被工匠巧妙地包以青銅，持在拉丁阿姆長老們手裡。」

他們就以這樣的誓詞，當著眾隊長之面認可他們之間的契約。接著他們正式在火上宰殺祭牲；當牠們仍在喘氣的時候挖出內臟，把滿滿的盤碟堆在祭壇上。

雖然如此，魯圖利人早就判斷這次決鬥是不公平的。他們的心已因多種不調和的衝動而游移不定，現在就近看見兩個決鬥者力量懸殊，益感不安。特恩納斯的情形教他們越發焦慮，他默默無語走到前面，雙目下視向祭壇躬身施禮，兩頰顯著青年的髭鬚，面色蒼白。他的姐姐朱特納一見眾人開始這樣談論，人們的感覺已在變動，並且失去把握，她自己變成克默斯的模樣。克默斯的祖先是顯赫人物；他父親的勇武氣概給他留下輝煌的盛名，他自己也其勇善戰。朱特納變成克默斯突入行伍中間，知道該說些什麼。她散播另一種傳言，說道：「魯圖利人，你們讓一個人去犧牲性命以拯救全軍，不害羞嗎？你們的人數和力量不是跟他們相當嗎？看！他們的全部人馬都在你們眼前，特洛伊人，阿卡迪亞人，和仇視特恩納斯並為命運所支配的埃楚斯卡部隊。倘使我們中間每二人中只有一人去跟他們交手，恐怕還有些人找不到對手呢。特恩納斯無疑將榮躋天上神祇之列，他已將生命貢獻在神們的祭壇上，他的令名將永遠播在人口；可是我們這些人，今天消極地坐在這田野裡，將喪失自己的鄉土，並被迫服從傲慢的主子。」

朱特納這樣說著，那些青年戰士聽了她的話，精神著了火，那火愈燒愈熱。喃喃的語聲在行伍間傳佈，勞倫塔姆人和拉丁

人都改變了心腸。先前希望退出戰爭休息一下和希望被拯救的
人，現在都要求兵器，可憐特恩納斯的不公平的命運，熱切希
望沒有締結這項契約。朱特納這時又採取甚至更其動人心弦的
行動。她在高高的天空顯示一幕景象，其目的在於迷惑義大利
人的心，使他們誤解它的意義。

　　因為朱庇特的金鷹這時正飛越緋紅的天空，在騷擾海邊的
禽鳥，追著成群在牠面前咭咭呱呱飛逃的鳥兒，忽然牠向水面
俯衝，把領頭的天鵝抓在牠那無情的爪裡。義大利人對此立時
警覺注意，注視一幕驚人的景象。因為這時所有鳥兒都不再飛
逃了，而高鳴著繞圈兒飛翔，形成一大群，像一團遮天蔽日的
黑雲，逼迫牠們的仇敵後退，直到牠受不住牠們的壓力和那天
鵝的重量。牠踉蹌飛著，把抓在爪裡的捕獲物掉在河裡。接著
牠遠遠飛去，進入遠處的雲中去了。魯圖利人對此高聲歡呼，
歡迎這個朕兆，準備採取行動。第一個說話的人是他們的預言
者圖倫尼阿斯。「這是我時常祈求的兆頭。我接受它，我看其
中有眾神的行動。我將領導你們！因此拿起你們的刀槍，我的
不幸的同胞們，這個殘酷的外來人以戰爭威嚇你們，以暴力摧
殘你們的海岸，正像你們就是些可憐無力的鳥兒。可是他也會
逃的；他會開起船來逃到遠處的海上。不過你們必須萬眾一心，
團結一致。努力拯救你們的皇子，不要使他參加那將盜取其性
命的決鬥。」

　　說著他搶上前去對敵人投出一槍。那瞄得準確的茱萸木長
槍劃空飛去，發出哨聲；同時也聽見人們的大聲叫喊，因為成
排的旁觀者頓時鼎沸起來，個個興奮、激昂。那長槍繼續飛著。

直接在它飛行的道上，碰巧站著九個高大的同胞兄弟，他們是一母所生，是阿卡迪亞人古利帕斯誠實的埃楚斯卡妻子替他生的。那長槍擊中其中一個兄弟，進入他腰帶蓋住肚皮，帶釦扣住腰帶兩端的地方。他是個青年戰士，身穿明亮甲冑，耀眼眩目；可是那長槍進入他肋骨中間，把他刺倒在黃沙上。他的猛烈的兄弟們團結一致，悲憤填膺。有的拔劍出鞘，有的手抓鐵槍，一齊盲目進攻。勞倫塔姆的隊伍迎著他們前進；於是特洛伊人，埃楚斯卡人，和阿卡迪亞人，穿著五光十色的甲冑，又集結起來，像洪水般相互沖擊；他們雙方都熱切希望一件事，就是以刀槍解決當前的問題。霎時間，他們拆毀了祭壇。一陣亂槍飛矢遮天蔽日，雨點般自天而降。酒碗和火盆凌亂散拋。拉丁納斯自己逃跑了，條約已經失效，他收回他那蒙羞了的神祇。有人策動戰車的馬匹，或跳上馬，掣出寶劍準備廝殺。麥薩帕斯因亟欲撕毀條約，縱馬去戰頭戴王冠的埃楚斯卡王奧勒斯特斯，嚇得他往後退。他匆匆忙忙後退的時候，不幸絆住了身後的祭壇，頭和肩膀栽倒在地上。麥薩帕斯搶到他跟前，手執長槍怒目相向，站在腳鐙裡，舉起如椽的木槍，不顧他長時哀求饒命，狠命給他一擊。「夠他受的了！」麥薩帕斯喊道。「要拿犧牲品獻給偉大眾神，這個好多了。」

　　義大利人迅速集攏起來，從那還溫熱的肢體上剝去甲冑。科瑞奈阿斯從祭壇上抓起一個燃燒著的火把，等埃比薩斯上來攻擊他，他先發制人，用火把燒他臉。他那濃密的鬍鬚烘然燎著，散放燒焦的氣味。科瑞奈阿斯繼續攻擊，左手抓住他那心神渙散的對手的頭髮，用膝蓋頂住他並施全力壓迫，迫他倒在

地上，以利刃刺進他的腰脅。波達利瑞斯手持光劍追趕阿爾薩斯，阿爾薩斯是個牧人，在前線的飛槍羽矢中迅速轉動。當波達利瑞斯逼臨他頭上的時候，阿爾薩斯揚起斧頭，照定攻擊他的人砍去，劈開他的額頭和下巴；噴出的血浸透他的甲冑。於是不寤的睡眠封閉他的眼睛，它們的光明消逝在永恆的黑暗中。

這時誠實的伊尼亞斯裸著頭，伸出沒有護甲的右手，向他的人們高聲叫道：「你們急急忙忙要往哪裡去？為什麼忽然要打起來？哦？忍住你們的怒氣！我們已經締結了停戰，雙方都同意了條件。打鬥的權利只是我一個人的。讓我一個人去戰鬥，不要害怕，因為我必須維持已經締訂的條約，祭神的儀式把特恩納斯交給我一個人了。」可是正當他說著並高聲呼喊他的人們的時候，一枝冷箭正對住他呼嘯飛來。誰也不知道是什麼人或什麼力量放出來的，或什麼機緣或什麼神給魯圖利人以這樣大的榮譽，因為沒有出面邀功的人；沒有人自稱射傷了伊尼亞斯。特恩納斯看見伊尼亞斯退出戰線，他的隊長們惶惑驚愕，倏然又燃起希望的火花，教他的人們帶過戰車武器來，霎時心花怒放，一跳上車，緊握韁繩。

他立即馳騁於戰場上，把許多英勇戰士送入冥府，留下別的掙扎於死亡的邊緣；他驅車輾壓敵軍行伍，迅速地接二連三以長槍擲擊奔逃的人。他像血紅的戰神瑪爾斯自己一樣，在冰冷的赫布拉斯河附近被惹起性子，撞響他的盾牌，驅策他那戰爭狂的馬進入爭鬥；那兩馬飛馳於平原上，超過南風西風，直到最遠處的色雷斯在牠們蹄下呻吟；戰神自己的隨從，黑的恐怖，憤怒，和奸詐，隨著他踐踏前進。特恩納斯就這樣，也像

他那樣生猛，策動熱汗蒸騰的馬在戰團裡橫衝直撞。牠們踐踏著被無情殺死的敵人，奔騰的馬蹄洒淋著血露，牠們蹴起的沙土混和著股血。特恩納斯刺死了澤內拉斯，塞梅瑞斯，和弗拉斯，後二者是交手戰殺死的，第一個是從遠處投槍擊斃的，他還從遠處擊倒了荑布拉薩斯的兩個兒子格勞卡斯與勒德斯。荑布拉薩斯在律西亞把他們撫養成人，教他們二人如何打交手仗，如何騎快馬飛馳踰風，並給他們每人一副合身的甲胄。在稍遠的地方，顯赫的戰士歐麥迪斯④衝入戰爭中心，他是從前著名的多朗的兒子；他以他祖父的名為名，像他父親一樣勇於冒險，手臂靈巧。多朗曾要求佩柳斯兒子的一隊馬，作為他潛入希臘營地刺探軍情的酬償，可是對於這樣大膽的業績，迪奧麥德斯卻給他以截然不同的賞賜，他沒能再貪圖阿基里斯的馬。特恩納斯看見歐麥迪斯在遠處的平原上。他首先擲一枝輕標槍追他，遂即停住戰車並跳下車來；立即趕上去跨在那倒地喘氣的敵人身上，一隻腳狠狠踩住他頸子，攫取他右手裡的刀，猛力一擊，深深刺入他的咽喉裡。他還罵道：「看，特洛伊人！躺在那兒，用你的軀體丈量你要以戰爭奪取的我們的西方土地吧。這便是敢以刀槍與我交鋒者的報酬；他們也就是這樣興築他們的有牆城池。」接著他投出一槍，把阿斯拜特斯送去與他作伴，還殺死克勞魯斯，訏伯瑞斯，達雷斯，塞西洛卡斯，和訏莫特斯，後者的馬把他摔在地上。像北風自埃多尼亞⑤吹過陰暗的愛琴海，把滾滾海浪吹到岸邊，天上的暴風雲在風前飛奔那樣，凡特恩納斯到的地方，特洛伊的行伍便向後退卻，並掉頭逃跑，他進攻的力量帶著他勇往直前，不能自己；他驅趕戰車進入風

中，風飄搖他那飛擺的羽纓。可是菲古斯不能容忍他的攻勢和他的驕傲吶喊。他衝上去擋住他戰車的去路，他那強有力的右臂抓住兩匹飛奔的馬，把牠們含嚼鐵起泡沫的嘴扭向一旁。菲古斯抱住車軛被拖著，側面暴露。特恩納斯的寬矛頭盡力插入，刺進他的雙條胸甲，但只輕輕劃破了皮膚。即使這樣，菲古斯仍轉面迎敵；把盾牌伸在前面，企圖拔出利劍自衛。可是他還沒有來得及攻擊，那疾速轉動的車輪把他摔下去栽在地上。特恩納斯立即趁勢劍劈他頭盔下和胸甲上的地方，斬掉他的首級，留他的軀體在沙上。

特恩納斯在平原上勝利地砍殺的時候，姆奈修斯，忠實的阿克特斯，和阿斯堪尼斯攙扶著滿身血汗的伊尼亞斯，拄著長矛，一步一拐走回他們的營地。他憤怒地掙扎著要起出那斷了的箭鏃，堅持要他們用寬刀割開傷口，剜出藏在裡面的箭頭，讓他回到戰場上。那時伊阿薩斯的兒子伊阿佩克斯站在他身邊。菲巴斯阿波羅愛他甚於任何人，許久以前由於熱烈愛情的驅使，自動向他傳授他自己的技能、預言、彈琴、和箭法。伊阿佩克斯想延長他父親的壽命，那時正奄奄待死，他情願放棄名位，而習知藥物的性能，從事安靜的醫療工作。伊尼亞斯倚長槍站著咆哮，他的一群戰士圍住他，其中尤拉斯非常痛苦；可是他不為他們的眼淚所動。年老的伊阿佩克斯捲起衣服，拽在腰間，像醫神那樣，急切試用各種方法，用阿波羅的療法和他的藥物，但俱無效果；他用手指拔那箭頭，用鉗子夾，都不成功。他運氣不佳，他的恩主阿波羅一點兒也沒有幫助他。正在這時，戰爭的吼聲越過平原傳來，愈高愈密，災禍愈來愈近。他們已能

看見空中塵烟滾滾。馬上戰士離他們近了；陣陣飛槍羽矢已落在營地中。在戰神瑪爾斯手下作戰並捐軀的青年，悽慘的嚎聲上聞天庭。

這時伊尼亞斯的母親維娜斯受了她兒子的不該有的痛苦的震撼，從克里特的愛達山上採了一株白蘚，它莖上多葉，花豔紅；野羊都知道吃它，當牠們背上帶著箭的時候。她隱藏在一團霧裡，把這棵植物帶到他們中間，暗將它的療性攪和在他們已注於光亮大鍋中的水裡；最後並將神的飲食和芬芳的萬應靈藥中的保健津液也洒在水中。老伊阿佩克斯就用這水洗那箭傷，不知道它的療性。忽然間，伊尼亞斯感覺的疼痛停止了，從傷口的深處，血也不流了；接著那箭頭自己掉在伊阿佩克斯手裡，沒有人勉強它。伊尼亞斯的體力恢復了，新鮮得像從前一樣。伊阿佩克斯高聲喊道：「快些呀！拿我們英雄的武器來！怎麼站在那裡不動？」他是第一個重新振起他們那面對敵人的精神的人：「人的力量和技巧都不能造成這樣可喜的效果；伊尼亞斯啊，不是我的手醫癒了你的創傷。是一種比我大的力量，某位神，在顯靈。他送你去建樹更偉大的功業。」

急於赴戰的伊尼亞斯已將金的脛甲綁在他右腿和左腿上，一點兒也不耽擱時間，揮動他那光亮的長槍。這時他的盾牌已繫在身邊，胸甲已穿在背上；全身戎裝，緊抱住阿斯堪尼斯，透過盔面的開口輕輕親他的嘴唇。「兒啊，」他說，「你可以跟我學到什麼是勇氣，什麼是堅毅耐苦；至於什麼是幸運，得由別人教你。今天，我的右臂可保你在戰爭中安全無恙，並引你去贏得豐富的戰利品。等你長大成人的時候，你可要記住，

你的親人們給你立下的榜樣。你父親是伊尼亞斯，你伯父是赫克特。以這些榜樣自勵憤發吧。」

說著他大踏步走出寨門，威風凜凜，閃動著巨大的長槍。他走出去的時候，安修斯和姆奈修斯也率領著大隊人馬匆匆開拔。這時全軍都離開營地，向前進發。不久整個平原呈現一片混亂，塵烟迷目，大地在眾多踐踏的足下震動抖顫。特恩納斯從對過土牆內看見他們過來；他的奧索尼亞人都看見了，一股冷氣透徹他們的骨髓。拉丁人中首先聽見那聲音的是朱特納，她也認識那是何意義；她戰慄，退縮了。伊尼亞斯迅速上前，催促他的軍隊前進，一股陰森的威脅閃過開闊的平原，他像一陣暴風雲，遮天蔽日從海上向陸地移動，可憐的內陸農民見了，心驚膽怕，因為那暴風暴雨將摧折他們的樹木，吹倒他們的莊稼，在大片土地上造成普遍災害；風往前飛，把那聲音帶到岸上。特洛伊的戰爭領袖就是這樣，當他催促他的部眾上去迎敵的時候。他的軍中個個人緊密互貼，形成密集隊形，方陣緊挨方陣，全部隊伍結合一。這時辛布賴阿斯已用劍劈死了龐大的奧西瑞斯。姆奈西斯屠殺了阿塞蒂阿斯，阿克特斯、埃普羅，和古阿斯、烏芬斯。首先向敵方投出長槍的先知圖倫尼阿斯，自己也陣亡了。一時喊聲震天。這時該魯圖利人掉頭逃命了，他們在陣陣塵烟中轉身奔走。可是伊尼亞斯不屑殺死這些逃命的人，他也不逼逐那些向他進攻的步卒或揚起長槍向他投擲的人。他一心要戰特恩納斯，在密集的人群中到處找他，要跟他單獨決戰。

勇敢的女郎朱特納害怕那戰爭，不由得心驚膽顫。因此她

把特恩納斯的御者麥蒂斯卡斯從他手握韁繩站著的地方推下車去，他翻過轅桿掉在地上，車子把他遠遠拋在後面。她迅速占了他的位置，握著並操縱那曲彎的韁繩，面貌，語音，身裁，和手臂都變成麥蒂斯卡斯一樣。像一隻燕子，一個小星點般竄入一戶富農人家的寬大農舍，來回穿梭高高的穀倉，採集小粒小屑的食物餵養她那窩吱吱叫的雛兒，同時，在空蕩的工棚裡，或在池塘旁邊，都可聽見牠的鳴聲——朱特納就這樣站在馬後，趕著戰車在敵人中間飛馳，穿過整個平原。她驅車帶著她那仍然興高采烈的弟弟，有時跑到這裡，有時跑到那裡，總不讓他接近戰爭，只轉彎抹角，跑出離開戰場很遠的地方。可是伊尼亞斯總是在她後面左旋右轉追她，一心要跟特恩納斯交手；他追蹤不捨，順著被衝散的隊伍高聲喚他。可是每次他看見敵人，並企圖飛步向前趕上那飛毛快馬，朱特納立即掉轉馬頭離開他。哎呀，伊尼亞斯怎麼辦呢？他茫然不知所措，像站在急流的水中，被沖得東倒西歪，時而這樣，時而那樣，主意不定。這時麥薩帕斯悄悄跑過來，用他左手所持兩根結實鐵矛長槍之一，對準伊尼亞斯投了出去，不偏不倚旋轉著向目標飛去。伊尼亞斯停下來躲在盾後，一隻腿跪在地上；即使如此，那以強力擲出的長槍仍擊中他的盔頂，削去盔纓的尖端。伊尼亞斯憤怒極了。這樣的偷襲改變了他的計畫。他看見那逃跑的馬跟戰車已跑了很遠，首先便呼籲朱庇特和締訂現在已破壞了的停戰和議的祭壇給他作見證，接著向敵人中間衝去。由於戰神給他的幫助，他可怕地對敵人不分皂白，見人就殺，一洩滿腔怒氣。

什麼神能為我講述那所有恐怖和各樣不同的殺戮，並告訴

我那些隊長們是怎樣死的，當特恩納斯在先，特洛伊的英雄在後，趕他們在整個戰地飛逃的時候？朱庇特！你真的命令那些後來永遠和平相處的民族需先如此激烈衝突嗎？伊尼亞斯跟魯圖利人訐可羅的一場小戰，起先擋住了特洛伊人的攻勢。可是他沒有耽擱伊尼亞斯許久，因為伊尼亞斯把他那無情的寶劍刺入他包圍心房的肋骨中間，那是致命最快的地方。特恩納斯徒步殺死了阿麥卡斯，因為他已被打下馬，還殺死了他的兄弟迪奧雷斯；阿麥卡斯衝上來的時候，他用長槍搠他，但用劍鋒直刺迪奧雷斯。他斬去二人首級，掛在他的戰車上，車走時它們灑著血露。伊尼亞斯殺死了塔朗，塔納易斯，和英勇的塞西加斯。他同時力戰這三人，還殺死一個精神憂鬱的人昂尼特斯，他的名字是從埃奇昂城⑥來的，他母親是派瑞狄亞。特恩納斯也殺死了幾位從阿波羅的地面律西亞來的兄弟，還殺死了一個阿卡迪亞青年麥諾特斯，他恨戰爭，卻是枉然。他在列納河附近有一所簡陋房子，在那裡做生意，那裡盛產魚類，向來不知道如何伺候權貴；他父親在同一地區租田耕種。像一個乾枯的樹林到處起火，叢生的月桂樹燒得劈劈啪啪響，或像河川的洪流自山上洶湧奔騰而下，沿途造成損害，急著瀉入平原，伊尼亞斯和特恩納斯迅速急切地馳騁於戰場。他們心中的憤怒達到前所未有的劇烈程度。他們的不屈不撓的心脹得要破裂了，他們的每一打擊都用了全部力氣。

　　穆拉納斯在高聲唱出他祖先的姓名，他自己的祖父和祖父的父親，數著他的整個世系，一連串拉丁阿姆君王。伊尼亞斯用石頭砸他，旋風般猛擲一塊巨石，把他打倒在地，馬的韁繩

和車軛壓在他身上，他在車輪下滾著前進，飛奔的馬蹄不知道下面是牠們的主人，一再踐踏他。特恩納斯遭遇了海拉斯，當他傲慢自大怒吼地衝上來的時候，照定他眉頭上的金盔投出長槍；矛頭透過頭盔，進入腦中，插在那裡。哦，克瑞修斯，最勇敢的希臘人，甚至你的右臂也不能救你脫出特恩納斯的手。庫潘卡斯的神在伊尼亞斯上來的時候也不能保護他；他的銅盾未能擋住那打擊，胸膛承受了武器。那片勞倫塔姆平原也看見艾奧拉斯陣亡，仰面朝天，躺在地上。是的，從前希臘人的隊伍和摧毀普利安帝國的阿基里斯都不能把你放倒，你卻在這裡結束了生命。你在愛達山腳有一座足以傲人的宅第，你那輝煌的家在列奈薩斯⑦，你的墳墓卻在勞倫塔姆地面。這時所有各路部隊俱已加入戰團，其中所有拉丁人，所有達丹人，姆奈修斯，可怕的塞雷斯塔斯，馴馬者麥薩帕斯，英勇的阿西拉斯，埃楚斯卡人的全部隊伍，和伊范德的阿卡迪亞支隊，所有人各自為戰，使出全身氣力，不稍喘息，竭力打鬥。

可是這時伊尼亞斯的母親，絕美的女神，激勵他去攻城防，揮動他的軍隊速往城的方向去，嚇唬拉丁人有立遭慘禍的危險。因為伊尼亞斯的眼睛望望這裡，望望那裡，在戰地各處找特恩納斯的踪跡，看見城裡正像承平時期一樣，沒有受到騷擾，與這次偉大戰爭沒有關係。他倏然想起了一個更可怕的招兒。他召集他的隊長們，姆奈修斯，塞解斯塔斯，和英勇的塞雷斯塔斯，自己站在一個土丘上。他把其餘的特洛伊軍隊都集合在那裡，成密集隊形，教他們不要放下鋒利武器或盾牌。伊尼亞斯站在他們中間的土丘上說道：「大家得立時遵行我的命令。朱

庇特跟我們同在。諸位得迅速行動，因為我不預先警告就會改變計畫。今天我要撕破這座城池，它是造成這次戰爭的原因，是拉丁納斯王國的都城，我要把它那冒烟的房頂夷為平地，除非他們認輸，順服我們。你想我能等在這裡，等特恩納斯高興才來跟我對戰嗎——等他一次失敗之後再來交手嗎？同胞們，這次的邪惡戰爭的根源就在這裡；拿火把來，讓我們用火討回我們的停戰。」

伊尼亞斯說完了，他的部眾排成楔形陣勢，個個人精神振奮，密密層層攻襲城垣。霎時間，雲梯和火把出現了。有的特洛伊人到城門口砍倒他們遇見的哨兵。其他人投出疾旋的長矛，他們的武器遮天蔽日。伊尼亞斯自己身先士卒，伸手指著城牆，高聲指責特恩納斯，請求眾神證明他這次又是不得已而戰，說義大利人兩次成為他敵人，這是他們第二次破壞停戰協議。這時城內人民驚惶失措，意見分歧。有人主張大開城門，讓達丹人進來，並且要把國王自己拉到城上。其他人披堅執銳，執意要保衛城池：正像一個牧人發現一群蜜蜂在一片火成岩的暗縫裡作巢，把縫裡灌滿酸性煙氣；裡面的蜜蜂逼得走投無路，繞著蠟的堡壘亂飛，滿腔怒火，高聲嗡嗡，同時黑煙從蜂房裡滾滾湧出，岩石迴響著蜂房內黑暗的嗡嗡聲，濃烈的煙氣散入空中。

這時一場新的不幸降在筋疲力竭的拉丁人頭上，很是嚴重，震動了整座城池的基礎。王后從她的房頂上瞭望，看見敵人已到城下，有攻打城牆的模樣，火花已飛到房頂上，可是到處不見魯圖利隊伍迎擊敵人，不見特恩納斯部隊的踪影。可憐的王后相信這位青年皇子已在戰爭中喪了性命；一時精神錯亂，突

然間一陣傷心難過，大哭大叫，說她自己是禍源，是造成目前
災難的全部原因。她發起狂來，以悲哀的話傾吐內心的痛苦；
決定要結束自己的性命，急躁地把紫色長衫撕破，結成一個活
套綁在樑上，準備死一醜陋的死。一旦拉丁阿姆不幸的貴婦們
得知王后遭遇的慘禍，拉維尼亞公主第一個扯散自己明亮如花
的美髮，抓自己玫瑰般的面頰；隨後所有其他人都圍住她哀哭，
整個宮殿響著哭聲，靈耗從宮殿傳遍全城。拉丁納斯心頹志喪，
穿一身撕爛的衣服走著，為了他的王后的命運和都城的陷落，
他頭昏眼花，茫然迷亂，抓一把髒土揉在他那白髮裡，不斷懊
怨自己沒有一開始就甘願接受達丹人伊尼亞斯，爽快地認他為
他女兒的丈夫。

　　這時特恩納斯仍在平原的邊緣追逐若干落後的人；可是他
的行動不像從前勇猛，愈來愈不像從前那樣興高采烈策馬衝擊
了。一陣微風似乎給他吹來一陣憂戚的鬧聲，其中含著恐懼的
意味；他敏於聽見一切聲音，城內的高聲騷動傳入他的耳鼓，
像是一種沒有一點兒快樂意味的哄哄喧嚷。「哎呀，」他說，
「城裡為什麼有這樣的高聲騷動和哭泣？從離此這樣遠的城裡
傳來的叫喊是什麼意思？」他這樣說著，在極度激動之下，抓
住並勒緊馬韁，停住了馬。他的姐姐原先變作麥蒂斯卡斯的模
樣替作御車，倏然間這時手握韁繩向他答話道：「特恩納斯，
我們最好繼續在這裡追逐這些特洛伊人，這兒的成功證明我們
的作法是對的。有別的人可以勇敢地保護我們的家。伊尼亞斯
追殺義大利人，掀起戰爭的騷動。讓我們也用力氣，毫不留情
趕殺特洛伊人。將來在殺死敵人的紀錄上，或在作戰的光榮上，

你就不至於不如他。」特恩納斯答她道：「好姐姐，我早就認得是妳，甚至在妳剛加入戰爭施詭計破壞停戰的時候；現在妳又來改裝掩飾妳的神性，那是無用的。是誰要妳從奧林匹斯下來忍受我們人世的繁重勞苦？可是只為了讓妳自己看看妳可憐弟弟臨死的痛苦？現在我還有什麼希望呢？有什麼命運還能許我以生命呢？穆拉納斯，現在還活著的誰也不如他那樣親愛，我親眼看見他像個巨人般死在我面前，死於一個巨人的創傷，我聽見他臨死時在叫我的名字。不幸的烏芬斯也陣亡了，倖免於親見我的恥辱，特洛伊人現在據有他的屍體和甲冑。我能忍見我們的家室夷為平地，我的痛苦命運尚欠的一大恥辱，而不用寶劍反駁專塞斯的侮辱嗎？難道我要在敵前退卻，讓義大利地面看見特恩納斯逃跑？究竟說起來，死當真如此可悲嗎？哦，你們下界的幽靈，請善待我，因為天上的神已不再惠顧我了，我將以一個無辜的靈魂去到你們那裡，不沾一點兒懦夫的罪咎，因為我決不貽辱於我高貴的祖先。」

他剛說完這些話，塞西斯騎一匹汗流浹背的馬，滿臉是箭傷的血汗，穿過敵人飛奔而來。他奔到特恩納斯跟前，喊著他的名字央求道：「特恩納斯，我們大家最後的命都靠你了。可憐可憐你的人民吧。伊尼亞斯像霹靂一般，要劓平我們義大利的城堡。甚至此刻，火把正在往房頂上飛。現在每個拉丁人的臉，每個拉丁人的眼睛，都在看著你。我們的國王拉丁納斯，只能喃喃自語說，不知誰該是他女兒的丈夫，他該接受誰的條件。王后自己原是很相信你的，已經因為極端恐怖，離開陽世，自裁身死了。只有麥薩帕斯和壯健的阿蒂納斯還在城門前守著

我們的陣線。他們兩側站著密密層層的敵人，他們明晃晃的刀劍林立，像鋼鐵禾苗一般，你卻在這片無人的草地上演習戰車，消磨時間。」

　　這幅連番災禍的畫面使特恩納斯惶惑迷亂，默默無語。他站在那兒不吭一聲，眼睛發直。他心裡湧起一股強大的羞恥，混合著瘋狂和痛苦，為復仇熱情所苦的愛情，和自己相信的勇氣，一旦心裡的陰霾散開了，恢復了光明，他狂野地用他那燒熱的眼睛望著城垛，從車上望那偉大的城池。是啊！一個兇猛的火頭，夾著烈焰騰騰，往上直冒；它已從一層延燒到另一層，那整座城樓都著了火——這座城樓是他自己蓋的，是一座有棟樑的堅固結構，結構安置在滾輪上，高處裝有吊橋⑧。「姐姐，」他說道，「此時此刻，命運比人強。不要再打算稽延了。讓我們去到天帝和我們那冷酷無情的命運要我們去的地方吧。我已決定跟伊尼亞斯單獨決戰，忍受死所能給我的無論什麼樣的痛苦。姐姐，妳不會再看見我忘掉我的榮譽了。可是我先央求妳，讓我在死前作這件瘋狂的事。」說畢，他跳下戰車，站到地上，撇下他姐姐傷心悲哀，自己衝入敵人的飛槍羽矢；一陣急跑，穿過戰鬥中心。像從山巔飛滾下來的一塊石頭，也許由於大雨沖鬆了泥土，風把它吹動，也許因為時間久了，它下面的泥土鬆落；那大塊石頭以萬鈞之勢直衝下來，意志堅定，連蹦帶跳滾著，砸著前面的樹林和人畜；特恩納斯就這樣一直跑到城牆邊，穿過被打散的隊伍，那些隊伍所在的地方血流成渠，空中飛槍哨鳴。他以手示意，同時高聲喊道：「魯圖利人，住手。拉丁人，止住你們的長槍。無論未來命運如何，那是我的命運。

休戰的事，按理應該我一人來贖償，讓寶劍決定這次戰爭。」
眾人都向後退，中間留出一片空地。

　　這時特洛伊的首領伊尼亞斯聽見特恩納斯的名字，便離開
城堡的高牆。他推開所有障礙，停止手上的工作，心花怒放，
敲打著盾牌，響出可怕的雷鳴。他高高站起，像阿索斯山⑨ 或
厄瑞克斯山，或像老父亞平寧山⑩ 自己，他那閃爍的冬青櫟樹
沙沙作聲，高高興興把他那白雪皚皚的頭頂伸入天空。在這個
可怕的時刻，眾人都擠著占一個最好的觀看決鬥的位置。魯圖
利人，特洛伊人，每個義大利人，有的站在高高的城垛上，有
的原在用撞角撞擊城牆牆腳，現在卸下肩上的甲冑放在地上。
甚至拉丁納斯也驚愕地看著這兩位生自兩個相距很遠地區的英
雄，現在最後碰到一起，要以刀劍決定勝負。

　　一旦兩人看見一段平地空無一人，可供他們施展，他們便
迅速相對跑著，距離還相當遠的時候，各自投出長槍。接著他
們交起手來，銅盾相撞，呵啷作響。大地在他們身下哼聲太息。
他們加倍用力劍劈，一再狠命打擊。混戰中，很難辨別何者是
幸運，何者是本領。像在廣大的席拉山林或塔伯納斯山⑪ 頂上，
兩頭公牛頭牴頭纏鬥，驚恐的牧人向後退去，所有牛群靜立，
心驚膽怕，可是小母牛都嗚嗚叫著，不知哪頭公牛將在牧場稱
王，為全群所服從；牠們猛力相牴，都極力想把自己的角尖插
進對方，自己頭上肩上鮮血迸流，同時整個林地回應著牠們的
吼鳴；特洛伊的伊尼亞斯和道尼亞⑫ 的英雄就是這樣，他們盾
對盾相撞，大力衝擊，聲聞於天。朱庇特自己手持兩個稱盤，
小心移動中間的舌頭，使兩端平衡；然後，把兩位戰士的命運

分別放在兩個盤裡，決定誰應當脫開災難而幸福，誰的重量下沉而死亡。

特恩納斯心想他看出了一個破綻，一閃搶了上去；用盡力氣舉起寶劍，欠身往下劈。特洛伊人和著急的拉丁人高聲吶喊；雙方的全線隊伍都顯得緊張。可是那寶劍不結實，斷了；正當他往下劈的時候，它可能使這位魯莽的攻擊者無術防身，要不是他立時逃跑，給自己一個暫避危險的機會；因為特恩納斯一見手裡已沒了寶劍，只有一個劍把，看著不像是自己的，他便飛奔而走，比東風還快。

相傳當初特恩納斯跳上他那新裝備的戰車，因為赴戰心切，把他父親的寶劍忘在家裡，而用御者麥蒂斯卡斯的寶劍代替；那寶劍只可用以戰那些潰逃落後的特洛伊人；一旦與火神伏爾甘親造的神劍交鋒，那凡人的劍劈下去的時候，有如脆冰，裂成紛飛的破片，那些碎塊從黃沙上向他反射微光。這情況使特恩納斯驚惶失措，他飛奔而去，要進入開闊平原，一會兒到這裡，一會兒到那裡；左旋右轉，繞圈兒跑，茫無目的，因為特洛伊人已把他團團圍住，他一邊是一大片沼澤，另一方面有崇城高牆阻住他的去路。

伊尼亞斯同樣猛烈追逐，只是他膝上的箭傷使他不能跑快，不能以高速壓迫他那滿心驚恐的仇人。他像一隻獵犬追逐一隻被困的鹿，知道牠為河所阻，或被圍在有紅色羽翎的獵網裡，緊緊壓迫牠，跑著叫著；那鹿百般逃竄，害怕中伏和高高的河岸；可是那不倦的安布瑞亞⑬獵犬緊追不捨，大張著嘴，時時刻刻就要抓住，猛咬一下，像是已經咬住了似的，但是落了空，

沒有咬住。

這時吶喊變成了怒吼。周圍的湖和河岸一再回應那吼聲。整個天空充滿了喧嚷吵鬧。特恩納斯繼續奔逃，奔逃的時候一路責備所有魯圖利人，叫他們個個人的名字，聲聲要他自己的寶劍。伊尼亞斯則以立即毀滅與死亡威脅上來幫助的人，嚇得他們發抖，嚇他們更甚的是以摧毀他們的城池相威脅；雖然受了傷，他還是緊追不捨。這時他們已經跑了五圈兒，並轉身向相反方向跑了五圈兒；因為說實在的，他們這次競賽，可不是為了取得微不足道的獎品，他們爭的是特恩納斯的命。

在那個地方，從前有一棵野生的苦葉橄欖樹，是弗納斯⑭的聖樹；後來只剩一枝堅實的木樁，過去為航海者所崇敬，他們被人從海裡救回來的時候，習慣來到這裡把奉獻給勞倫塔姆神的祭品擺在這木樁上，並把他們許誓的衣服也掛在上面。可是特洛伊人不知道這木樁的神性，去掉了它以廓清戰場。伊尼亞斯早先投出的一根長槍正擊中這棵野生橄欖樹，插在那樹根上，牢不可移。這時那達南人彎下身去想用力拔出矛頭，意欲以長槍投擊他腳下趕不上的敵人。特恩納斯看見，驚慌萬狀，忙祈禱道：「弗納斯，我求求你，可憐可憐我。還有我自己家鄉的土地，倘使我一向總在尊崇你的榮耀，而伊尼亞斯的人以戰爭褻瀆了你，請你把那矛頭抓得緊緊的。」這樣說著，他祈求那位神祇幫助他，沒有白求，伊尼亞斯跟那堅實的樹根掙扎多時，竟不能鬆開那矛頭。當他竭力這樣做的時候，道尼亞的女神朱特納又變成御者麥蒂斯卡斯的模樣，跑上去把她弟弟的寶劍還給他。維娜斯憤恨這位大膽寧芙這樣自由行動，這時也

到那裡把那插在深根裡的矛頭拔了出來。這時兩位戰士興高采烈，各人重得自己的武器，並恢復了精神，一個仗恃自己的寶劍，一個兇猛地高舉長槍，又面對面，喘著氣，準備戰神瑪爾斯的決鬥。

這時奧林匹斯的萬能之王向正在從一團彩雲裡凝視戰局的朱諾說：「我的王后，現在結果如何？在這最後時刻，妳還有什麼可做的？妳自己知道，妳也承認妳知道，伊尼亞斯有權作為義大利的神進入天堂，命運注定他要在星宿中占一個崇高位置。那麼，妳的目的如何呢？妳現在挨在這寒冷的雲裡究竟何所求呢？一位神應該因一個凡人給她的創傷而發怒嗎？或者特恩納斯應該復得他的寶劍——因為沒有妳的幫助，朱特納是無能為力的——因而給戰敗了的戰士一陣新的精力嗎？可是事到如今，請妳罷休了吧，請妳聽我勸說，改變心腸。別讓這樣的憤恨默默撕嚙妳的心，也別讓妳那甜蜜的嘴唇常說著仇恨的話。現在，最後決定的時刻到了。妳已經有充分力量趕得特洛伊人在陸地和海上受苦受難，掀起一場可怕的戰爭，使一家人家蒙受醜陋的恥辱，弄得一場姻緣憂苦相尋。再胡鬧，我可不許了。」

朱庇特這樣說；撒騰的女神柔順地答道：「至高無上的朱庇特，是的。我就是因為知道你的願望，才不情願地放棄了特恩納斯，離開了地上。否則的話，你決不會看見我獨自坐在這空中的寶座上，忍受一切不堪忍受的，而必然會在戰爭前線的烈焰中，把特洛伊人拖到最殘酷的戰鬥裡。我確曾勸朱特納去幫助她困苦中的弟弟；這點我承認；我還允許她更大膽些去拯救他的性命。可是我從來沒有要她張弓射箭。沒有，我以冥河

的不徇情的水源起誓，這河源是天上的神祇害怕的惟一制裁。
現在我要退出了，我要離開戰爭，因為現在我恨戰爭。不過我
有一個請求，這件事不是任何命運的律例管得著的。為了拉丁
阿姆和你自己的人民的榮耀，我請求你。好吧，讓他們訂立和
約，締結快樂的姻緣，讓和約的條款約束他們。可是，不要命
拉丁人在他們自己的土地上改變他們自古以來就有的名字，改
成特洛伊人，或被稱為圖瑟人；不要命他們改變語言或服裝。
讓拉丁阿姆和阿爾巴的君王世世代代傳下去；讓義大利人的大
丈夫氣概成為羅馬族力量的來源。特洛伊已經破滅了，讓它跟
它的名字一併消逝了吧。」

全世界和所有人類的創造者笑著答她道：「妳真是朱庇特
的姐姐，撒騰的另一個孩子，內心深處湧起這樣強大的怒潮！
可是現在，過來，消消氣，妳永遠不需要這麼生氣。妳希望的，
我給妳。妳勝利，我願意妳勝利。我自己的願望，我放棄。古
老的義大利民族將保持他們祖先的語言和生活方式；他們的名
稱仍舊不變，特洛伊人混合在義大利人中，為義大利民族所吸
收。我將也採行他們的風俗習慣和祭祀儀式，並且使大家成為
使用單一語言的拉丁人。從這樣的結合，妳將看見興起一個血
統混合的義大利族，其敬神之心超過其他一切人，甚至也超過
神，其他任何民族對妳的崇拜，都不如他們虔敬。」朱諾對此
點頭同意，現在心裡快活，改變了意志；同時步下雲團，離開
了天空。

了卻此事以後，天父心裡在考慮另一個計畫，因為他要使
朱特納離開她在戰鬥中的弟弟。相傳有兩個惡魔，名字叫恐怖，

黑夜神一胎生下她們兩個跟塔塔拉斯的麥蓋拉⑮；她們的母親用蛇身同樣地繞住她們，給她們疾飛如風的翅膀。這兩個惡魔守在朱庇特殿廳門內他的寶座旁，聽候差遣以洩其憤怒。每當眾神之父以死的恐怖或癘疫，或以戰爭的警鐘，懲罰犯罪的城池，她們便去加劇可憐的人類的恐懼感。朱庇特這時派遣這兩個惡魔之一迅速自天堂飛下去，命她去見朱特納，給她一個警兆。她以龍捲風的速度飛撲到地上，像帕西安人或克里特人射出的一枝箭，穿過雲層，透入半明中，只聽嗖嗖聲，但不能看見，箭鏃上塗有最劇烈的毒藥，中人無藥可救。這位黑夜的女兒下地的時候，就是這樣突飛著。她看見特洛伊戰線和特恩納斯的隊伍的時候，倏然縮小成那種夜間棲在墓碑上或空房頂的小鳥，在黑暗中鳴著，聽了令人毛骨悚然。變成這樣的小鳥後，那惡魔在特恩納斯面前來回噼啪飛，用翅膀拍打他的盾牌。這樣奇異的恐懼使特恩納斯四肢軟弱，麻木無知。他的頭髮嚇得直立起來，喉嚨堵塞得說不出話聲。朱特納從遠處聽見這惡魔飛行的噼啪聲，痛苦的心情使她打散並亂撕頭髮，用指甲抓破面皮，用拳頭捶得胸口青腫。「特恩納斯，」她哭著叫道，「你的姐姐現在能怎樣幫助你呢？經過所有奮鬥之後，現在還有什麼可做的呢？我能以什麼辦法延長你在人世的日子呢？我能挺身鬥這樣一個可怖的東西嗎？在這個時候，我必須離開戰場啊。邪惡的鳥兒，不要嚇唬我，我已經害怕了。我很熟悉那翅膀的響聲，那就是死的聲音；硬心腸的朱庇特的迫切命令是很清楚的。這就是他對我處女貞操的酬賞嗎？他給我以永生，究竟有什麼目的，為什麼他取消死亡律對我的作用？不然的話，我至

少可以有終止這哀傷的日子，穿過黑暗去到我那可憐弟弟身邊。
這就是我的長生不死嗎？弟弟呀，你去了之後，我哪裡還有快
樂？哦，但願地上裂開一個深洞，雖然我是神，讓我去到地下
深處與鬼為伍吧！」說了這些後，以灰紗蒙頭，帶著她的神力，
潛入河水深處。

　　伊尼亞斯這時揮著他那樹幹般的長槍逼向前去，從他那冷
酷的心裡說道：「現在你還能期望什麼耽擱嗎？特恩納斯，你
已經不能回頭了；已經不再是賽跑的時候了，這回你必須跟我
交手，以武器較量。你可以千變萬化，使出所有膂力，勇氣，
或詭計。你可以飛到天上與星星一起，或藏在地下的深洞裡。」
特恩納斯擺一下頭答道：「傲慢的敵人，你的氣話沒有嚇住我。
只有神我才怕，尤其是怕朱夫的敵意。」他不再說什麼；四下
一望，看見一個大而古老的石頭，正好在平原上離他近的地方，
在那裡作為田地的界石，免得地主發生爭執。今日凡塵特選的
十二個孔武有力的人恐怕也扛不動這塊石頭，可是英雄的特恩
納斯急躁之餘一手撈起來，疾步前奔，然後起身子，準備向
敵人擲去。不過，他渾然不覺自己在跑，在動，在揚起手來，
在投擲那塊可怕的巨石。他的腿軟了，血凝固了。他向空中投
出的旋轉前進的石頭沒有擊中目標，甚至沒有飛越全部距離。
像有時在睡眠中，夜裡我們兩眼困倦，夢見在拚命往前跑，可
是跑不動，正在用最大力氣的時候，暈倒了；我們舌頭無力，
身體的力氣不起正常反應，說不出話來，甚至作不出聲來；特
恩納斯就是這樣，因為無論他要從哪裡使出勇力，那神祕女神
都使他無有進展。他心裡閃著變動的景象。他的眼睛看著魯圖

利人,看著城;他怕得打顫,看見矛頭刺來,開始發抖。他無處逃避,沒有力氣向敵人狠命進攻,也看不見他的戰車和為他執鞭的姐姐。

　　正當特恩納斯遲疑的時候,伊尼亞斯端著那顫動的並要他命的長槍,作好準備,小心謹慎找一個機會瞄準,然後,相隔還遠,就以全副力量投了出去。攻城的礮石不曾有這麼厲害的力道,霹靂的聲音不曾有這麼巨大的暴響。那帶著慘死的矛頭像黑色颶風般飛著,穿透那七層盾的邊緣和胸甲下面的卷邊,哨鳴著刺進特恩納斯大腿正中。那強大的英雄中了槍,曲著一腿,倒在地上:魯圖利人跳起身來,一片呻吟叫苦;周圍的群山回應呻吟,遠近高地的樹林也回答哭聲。被打倒了的特恩納斯抬起眼睛,伸出右手,低心下氣哀求道:「這是我自作自受,我無所求。祝你善自享受你的好運氣,可是倘使一位可憐父親的痛苦能打動你的心,你自己的父親安契西斯正像我父親一樣,那麼我請求你,可憐可憐老年的道納斯,讓我回去;不然的話,也請把我的屍體還給我的人民。你已經勝利;奧索尼亞人看見我失敗伸手求饒了。拉維尼亞是你的新婦。請你息怒止恨吧。」

　　伊尼亞斯一動也不動,站在那兒,渾身甲冑,一派猛氣;可是他眼睛不住轉動,他停住右臂,沒有殺下去。特恩納斯的哀求已在他心裡發生作用,隨時都會使他決定饒恕。突然間,在他眼裡,他看見他肩上斜佩著帕拉斯的不幸的肩帶,上面釘著閃耀發光的鉚釘,他從前知道那是屬於他的青年朋友的。特恩納斯殺死了他這位朋友,把這條肩帶佩在自己肩上。這成了一件致他死命的戰利品。伊尼亞斯的眼睛呆看著它,又興起報

仇雪恨的心。他恨火中焚，一陣盛怒，說道：「你佩戴的戰利品是從我所愛的人身上拿到的，你還想逃出我的掌握嗎？是帕拉斯，不是別人，要以我現在給你的創傷，把你作為犧牲；你這個罪徒，他從你的血裡索求報復。」說著這些話的時候，他怒忿沸騰，把他的矛頭整個兒插進特恩納斯胸膛。特恩納斯四肢鬆軟，變冷；那生命嗚咽著，懊恨著，逃往陰間而去。

譯　註

①奧瑞西亞（Orithyia）：神祕的女英雄，北風的妻子，死後亦變成風。
②朱特納：見第十章註㉖。
③德斯（Dis）：羅馬人給冥王普路托的別名。普路托的希臘原文是ploutos，意指富裕，羅馬人意譯成dives（富有），然後又縮寫成Dis。人敬畏冥王，不敢直道其名，就以Dis代替。
④歐麥迪斯（Eumedes）：特洛伊偵探多朗（Dolon）之子。《伊利亞圍城記》第十章裡，一天夜裡，赫克特要派人潛入希臘營地刺探軍情，多朗毛遂自薦，願意前去；惟要求將來打敗希臘人後，以阿基里斯的馬與戰車作為報酬。他進入希臘營地前，為迪奧麥德斯和奧德修斯所獲，於是吐露特洛伊城外特洛伊陣地及其盟軍的部署情形，以圖保命，但兩人還是殺了他。
⑤埃多尼亞（Edonia）：色雷斯一區。
⑥埃奇昂（Echion）：底比斯城起源神話中的重要人物。
⑦列奈薩斯（Lyrnessus）：特洛伊附近一城。《伊利亞圍城記》開章，阿格曼農因搶得阿波羅祭司之女，希臘軍遭阿波羅降疫，阿格曼農棄此女，轉奪阿基里斯所得的布里希伊絲（Briseis），阿基里斯怒而罷兵，從此希臘軍陷於不利。這位布里希伊絲就是阿基里斯攻破列奈薩斯劫來的。
⑧楊周翰譯本《埃涅阿斯記》裡關於這一點的註解說：這類工事可以在城牆上移動，便於增援。
⑨阿索斯（Athos）：希臘北部馬其頓地區，卡西底斯（Chalcidice）半島有三個岬角伸入愛琴海，阿索是角上最東端的一座山。厄瑞克斯山，見第一章註㊱。
⑩亞平寧山（Apennines）：弧狀山脈，義大利半島的骨幹。
⑪席拉（Sila）：義大利南部卡拉布瑞亞（Calabria）地區內的巨大山叢。塔伯納斯山（Taburnus）：義大利南部山區。

⑫道尼亞（Daunian）：特恩納斯之父為道納斯（Daunus），Daunian
  是形容詞，指「魯圖利的」。

⑬安布瑞亞（Umbria）：在義大利中北部，以產獵犬著稱。

⑭見第七章註④。

⑮麥蓋拉（Megaera）：與上述的「恐怖」一樣，是復仇女神。

聯經經典

伊尼亞斯逃亡記

1990年5月初版　　　　　　　　　　　　　　　定價：新臺幣280元（平）
2014年1月初版第三刷　　　　　　　　　　　　　　　新臺幣380元（精）
有著作權・翻印必究
Printed in Taiwan.

著　　者	Virgil	
譯　　者	曹　鴻　昭	
發 行 人	林　載　爵	

出　版　者　聯 經 出 版 事 業 股 份 有 限 公 司
地　　　址　台 北 市 基 隆 路 一 段 1 8 0 號 4 樓
台北聯經書房　台 北 市 新 生 南 路 三 段 9 4 號
　　　電話　(0 2) 2 3 6 2 0 3 0 8
台 中 分 公 司　台 中 市 北 區 健 行 路 3 2 1 號 1 樓
暨 門 市 電 話　(0 4) 2 2 3 1 2 0 2 3、(0 4) 2 2 3 0 2 4 2 5
郵 政 劃 撥 帳 戶 第 0 1 0 0 5 5 9 - 3 號
郵 撥 電 話　(0 2) 2 3 6 2 0 3 0 8
印　刷　者　世 和 印 製 企 業 有 限 公 司
總　經　銷　聯 合 發 行 股 份 有 限 公 司
發　行　所　新 北 市 新 店 區 寶 橋 路 235 巷 6 弄 6 號 2F
　　　電話　(0 2) 2 9 1 7 8 0 2 2

行政院新聞局出版事業登記證局版臺業字第0130號

本書如有缺頁，破損，倒裝請寄回台北聯經書房更換。　ISBN　978-957-08-0342-6 (平裝)
聯經網址 http://www.linkingbooks.com.tw
電子信箱 e-mail:linking@udngroup.com

聯經經典

伊利亞圍城記	曹鴻昭譯
堂吉訶德(上、下)	楊絳譯
憂鬱的熱帶	王志明譯
追思錄—蘇格拉底的言行	鄺健行譯
伊尼亞斯逃亡記	曹鴻昭譯
追憶似水年華(7冊)	李恆基等譯
大衛・考勃菲爾(上、下不分售)	思果譯
聖誕歌聲	鄭永孝譯
奧德修斯返國記	曹鴻昭譯
追憶似水年華筆記本	聯經編輯部
柏拉圖理想國	侯健譯
通靈者之夢	李明輝譯
道德底形上學之基礎	李明輝譯
魔戒（一套共6冊）	張儷等譯
難解之緣	楊瑛美編譯
燈塔行	宋德明譯
哈姆雷特	孫大雨譯
奧賽羅	孫大雨譯
李爾王	孫大雨譯
馬克白	孫大雨譯
新伊索寓言	黃美惠譯
浪漫與沉思：俄國詩歌欣賞	歐茵西譯注